dtv

Ein buntes Gemisch von Selbstgesprächen, Erzählungen, Notaten und dokumentarischen Skizzen, von echten und fingierten Bekenntnissen, von phantasierten Visionen und skurrilen bis rührenden Reflexionen über Liebe, Glück und Sinnlosigkeit. Franz Schuh macht sich als »Anti-Held«, Dichter und Philosoph auf die Suche nach dem Nutzlosen und hält wundersame Überraschungen für uns bereit: Freddy Quinn verschenkt Zündhölzer, Friedrich Schiller schnupft und stampft beim Beischlaf und Ernst Jandls »Letztes Gedicht« wird zum Erlebnis ... Ob Schuh sein Lieblingspils besingt oder den Zwiespalt des Dichtens erforscht – stets zeigt er uns die Welt als ein heillos schönes Durcheinander.
Für ›Schwere Vorwürfe, schmutzige Wäsche‹ erhielt Franz Schuh den Preis der Leipziger Buchmesse 2006. In der Begründung der Jury heißt es: »Die unterschiedlichen Formen seines philosophischen Nachdenkens machen die Texte zu sprachlichen Kostbarkeiten, die eine große Linie dieses Genres von Kafka bis Polgar in das 21. Jahrhundert hinüberretten.«

Franz Schuh, geboren 1947 in Wien, zählt zu den wichtigsten österreichischen Schriftstellern. Er studierte Philosophie, Geschichte und Germanistik. Er ist Lehrbeauftragter an der Universität für angewandte Kunst in Wien und schreibt Kolumnen u. a. für ›Die Zeit‹ und ›Literaturen‹. Von ihm sind zahlreiche Bücher erschienen, darunter ›Liebe, Macht und Heiterkeit‹ (1985), ›Das phantasierte Exil. Essays‹ (1991), ›Der Stadtrat. Eine Idylle‹ (1995) und ›Schreibkräfte – über Literatur, Glück und Unglück‹ (2000). Zuletzt veröffentlichte Franz Schuh ›Memoiren. Ein Interview gegen mich selbst‹ (2008).

Franz Schuh

Schwere Vorwürfe, schmutzige Wäsche

Deutscher Taschenbuch Verlag

Januar 2009
Deutscher Taschenbuch Verlag GmbH & Co. KG,
München
www.dtv.de
Lizenzausgabe mit Genehmigung des Paul Zsolnay Verlags Wien

Umschlagfoto: Silvia Lahner
Satz: Eva Kaltenbrunner-Dorfinger, Wien
Druck und Bindung: Druckerei C. H. Beck, Nördlingen
Gedruckt auf säurefreiem, chlorfrei gebleichtem Papier
Printed in Germany · ISBN 978-3-423-13734-8

Ja, ich kann es nicht leugnen: Ich habe ein Werk in der Mangel, mein Hauptwerk, das aus lauter Nebensachen besteht. Mein Hauptwerk heißt »Schwere Vorwürfe, schmutzige Wäsche«. Es sind Aufzeichnungen, die dem Durcheinander in meinem Kopf entsprechen – sie entsprechen auch meinem Widerwillen gegen die Hauptsachen, die Hauptsachen des Lebens, dieser immerwährenden, glückversprechenden Folter; ich hege den Widerwillen gegen die niederschmetternden Auskünfte der Weltgeschichte, gegen das nicht auszusparende Elend, das aus den lokalen und globalen Überheblichkeiten resultiert. »Schmutzige Wäsche, schwere Vorwürfe« – endlich ein Buch, das dieses Durcheinander nicht beseitigt, sondern das ihm Worte verleiht. Ein Durcheinander der Formen, der Themen: Das Gedicht folgt auf den Essay und die Erzählung auf den Aphorismus – eine räudige Gattung der Erhabenheit übrigens, der Aphorismus. Die Welt in ihrem Widerspruch in ein oder zwei Sätze hineingedrängt, so wie die Eier legenden Hühner in den Legebatterien auf kleinstem Raum ein gequältes, produktives Leben führen. »Das Leben im Überfluß ist ein überflüssiges Leben« oder so – in diesem Sinn kommt ein Aphorismus nach dem anderen …
Bitte, sagt mein Verleger, bitte, verschone mich mit deinem Durcheinander, ein Thema, wähle ein Thema – und ich mache dich berühmt. Und ich sage zu meinem Verleger: Hör' einmal, ich bin doch selbst auch Kritiker, ich weiß, wie man das macht. Die Kritik, die an meinem Buch zu üben ist, die lautet einfach

so: »Schwere Vorwürfe, schmutzige Wäsche« von Franz Schuh besteht in Wirklichkeit (»in Wirklichkeit« mag ich), besteht in Wirklichkeit aus einem bunten Gemisch (»Gemisch« mag ich, aber bei »bunt« habe ich das Gefühl, jemand steckt mir zwei Finger in den Rachen, aber »bunt« kommt immer gut an), besteht in Wirklichkeit aus einem bunten Gemisch von Selbstgesprächen, Erzählungen, Notaten und dokumentarischen Skizzen, von echten oder fingierten Bekenntnissen, von phantasierten Visionen (unter anderem des eigenen Todes) und skurrilen bis anrührenden Reflexionen über Liebe, Glück, Sinnlosigkeit.
Ah, ja, so geht das: Reflexionen, anrührend, skurril, Sinnlosigkeit (aber nicht ohne Glück) … Erstklassig, da paßt noch mehr her, zum Beispiel: hysterisch gelacht, elegisch gejammert, vulgär geschimpft, und zusätzlich darf nicht fehlen: deliranter Furor, das ist gut – und dazu gehört, daß die Sinnkohärenz ins Wanken gerät, gar der Wortfluß ins Stocken, und daß in den Sätzen die Lakonie regiert … *Das sind doch provokative Blödeleien*, falle ich mir selbst ins Wort, und ich führe, das Steuer herumreißend, meine Kritik weiter aus: »Schwere Vorwürfe, schmutzige Wäsche« ist in Wirklichkeit (ja!) ein zutiefst ernstes, kluges und vielseitiges Werk, das nicht nur über eine sekundäre Befindlichkeit (wo denken Sie hin: sekundäre Befindlichkeit!), vielseitiges Werk …, das nicht nur über eine sekundäre Befindlichkeit, sondern auch indirekt über den Zustand der Gesellschaft, ja, über die Welt im allgemeinen Bescheid gibt.
Jenseits von kulturbetrieblichen Vernetzungen setze ich auf die Kraft der Sehnsucht. Aber im allgemeinen versöhnt eine gute Kritik den Verleger sowieso mit dem dümmsten Werk, das er herausgibt. Na gut, sagt der Verleger, aber die Kritik muß unbedingt noch enthalten: Statt simplen Kausalitäten

huldigt der Autor von »Schwere Vorwürfe, schmutzige Wäsche« einer ironisch-verzweifelten Moral (und Ästhetik) – *und Ästhetik, und Ästhetik* krähe ich nicht ohne Ironie in die verlegerischen Konzepte hinein – und der Verleger führt weiter zu meinen Gunsten aus: huldigt einer ironisch-verzweifelten Moral und Ästhetik … des Andersseins. Gerne, sage ich, gerne, Anderssein! Jawohl, sich selbst fremd, natürlich, und ich kann dir, mein lieber Verleger, noch einen Schritt weiter entgegenkommen, und dann sage ich zu ihm das Schönste, das ich seit langem gehört habe, nämlich: Die euphorisch-melancholischen Grenzgänge des Anti-Helden Franz Schuh halten wundersame Überraschungen bereit …

Zwei

Zwei Intellektuelle
Heben ein Blatt Papier auf.
Dem einen ist es runtergefallen,
Dem anderen ist es aufgefallen.
Der eine, dem es aufgefallen ist,
Hebt als erster das Blatt Papier auf.
Auf halber Strecke schließlich,
Mit dem Papier schon in der Hand,
Fällt ihm auf, daß der zweite,
Dem das Blatt Papier runtergefallen ist,
Sich zum Aufheben überhaupt nicht anschickt.
Und da läßt der erste das Blatt Papier wieder fallen,
Worauf der, dem das Blatt Papier runtergefallen ist,
Als zweiter das Blatt Papier aufhebt,
Das weiße, weiße, leere Blatt Papier.

Denktraum. Alle Hingaben haben etwas vom Zugeben. Der Augenblick der Hingabe ist ein Augenblick, in dem gestanden wird: Das Wesen öffnet sich dem anderen und zeigt sich; es zeigt, daß, vor allem aber, wie es geliebt sein möchte. In Geräuschen führt es seinen Rhythmus des Lustlärms vor, die Schallmauer der Scham ist durchbrochen. Solche Augenblicke verleihen dem, dem sie gewährt werden, der sie in sich aber nicht gewähren lassen kann, der krank, neurotisch von außen zusieht, eine Art richterlicher Souveränität. In diesen Augenblicken (und in den Augen des beteiligt Unbeteiligten) ist alles, was das hingebende Wesen ist und tut, als Eingeständnis zugleich da und verschwunden, zugleich vorhanden und abwesend. Im sektiererischen Medium des Intimen läßt sich ein jeder Mensch, auch wenn darin nur Details von ihm zum Vorschein kommen, als »Ganzes« beurteilen. Es ist wie in den Momenten, in denen einer vor dem Richter steht. Der Richter sieht stellvertretend für den Staat von außen zu, wie einer sein Verbrechen gesteht. Das Verbrechen wird dem Gestehenden freilich nur zum Verbrechen, weil ihm einer, der Richter, von außen zusieht. Der Verbrecher hat in der Identität mit seinem Verbrechen gelebt; sich entfremdet, »zerrissen« war er nur, wenn er sich selber von außen gesehen hat, also in den Amtsperioden seines Gewissens. Der Verbrecher muß vor dem Richter seine – von außen her gesehen – »geheime«, aber – vom verbrecherischen Innen aus gesehen – unverborgene, selbstverständliche und daher auch unschuldige Identität auspacken. Der Richter muß den Verbrecher »schuldig sprechen«, das heißt, er muß ihm das Vertrauen zu seiner verbrecherischen Identität nehmen. Der Richter ist dazu bestellt, kein Verbrechen von innen her zu sehen, obwohl er, weil er von Staats wegen sieht, selbst inmitten des Verbrechens steht, dem kein Staat, wie die Geschichte lehrt, immer und überall, früher oder später fernbleibt. Einerseits tut der Richter von Staats wegen so, als wäre ihm jedes Verbrechen fremd, andererseits aber, dem Verbrechen des Verbrechers gegenüber, so, als wäre ihm jedes Verbrechen bekannt. Der richterliche Liebhaber (die Geschlechter kann man hier tauschen) tut – nach außen, also gegenüber seiner Geliebten – so, als wäre ihm keine Intimität fremd, als wäre er zu jeder in der Lage, und andererseits tut er für sich – nach innen hin – so, als wäre ihm jede fremd und er zu keiner in der Lage. Der richterliche Liebhaber sieht auf die Geliebte, die er nicht liebt, herab, während er sie »liebt«. So liebt nur noch der Staat seine Ungeliebten, auf die er herabsieht, mit denen er sich aber unaufhörlich befaßt. Ficken heißt auf österreichisch auch Pudern, und so sagt der Sträfling: »I hob mi anpudern lassen«, wenn ihm das richterliche Verhör ein Stück seiner intimen Verbrecheridentität hat entlocken können.

Literatur und Verbrechen. In den sechziger Jahren weilte ich an einem Schauplatz des Verbrechens. An diesem Schauplatz werden Verbrechen nicht begangen, sondern – Schauplatz – sie werden dort ausgestellt. Dieser Schauplatz ist in den literarischen und filmischen Verarbeitungen des Verbrechens eines der Zentren, ein Mittelpunkt, zu dem man durch Verbrechen oder durch die Befassung mit dem Verbrechen, gesetzt den Fall, es ist ein schweres Verbrechen, hinkommt.

Ich spreche von Old Bailey, dem Londoner Strafgericht, das über die schweren Verbrecher hereinbrechen kann und das in seiner filmischen Dimension keine geringeren als Marlene Dietrich und Charles Laughton vorzuzeigen hatte. Ich kam damals zum Schauen ins wirkliche Old Bailey, wo meiner Schaulust zuliebe, die keine Straflust ist, ein wirklicher Verbrecher abgeurteilt werden sollte.

Jeder Prozeß in einem ordentlichen Gericht ist auch ein Schauprozeß, man bekommt dabei immer etwas zu schauen, und ich hatte damals im Old Bailey einen Richter, der sich seiner Rolle bewußt war; das heißt: Er war sich bewußt, daß es auch eine Rolle war, die er im Ernst zu spielen hatte. Dieser Mann, der Richter, folgte in seiner Rollenauffassung auf eigenartige Weise dem Brechtschen Verfremdungsprinzip: Auf dem Theater steht man neben seiner Rolle in »der Wirklichkeit«. Der Richter stand mitten in der Wirklichkeit (oder besser: neben der Wirklichkeit) zugleich auch in einer Rolle, nämlich in seiner Rolle, und zugewiesen wurde ihm diese nicht nur durch das Castingbüro, das ein jeder Mensch, der sich selbst besetzt, im eigenen Kopf hat. Zugewiesen wurde dem Richter seine Rolle auch durch das Ritual, durch die Inszenierung, mit der ein Imperium, das Empire, Verbrechen und Strafe vorstellt, ausstellt und aburteilt. Jeder Prozeß ein

Schauprozeß, und wir lernen: Das Ästhetische, das Literarische, das Filmische ist nicht eine Erfindung der Literatur, des Films, der ästhetischen Artefakte, sondern dieses Ästhetische ist schon der Wirklichkeit, der sozialen Realität des Umgangs mit dem Verbrechen eigen. Um so deutlicher, um so intensiver ein Staat etwas von sich hält, um so mehr wird er seine Justiz dazu anhalten, einen Stil zu entwikkeln, und man kann sagen, was die Aufgabe eines Stils ist: Die Aufgabe eines Stils – in der Literatur wie im Leben – ist es zu beeindrucken. Vor Gericht heißt das unter anderem auch, dem Verbrechen, mit dem einer aus dem Rahmen gefallen ist, einen pathetischen Rahmen zu schaffen. Ein Gerichtsverfahren ist unter anderem ein Verfahren, das in seinen Routinen die Öffentlichkeit mit der Existenz des Verbrechens versöhnt; es ist die Inszenierung einer Wiedergutmachung von etwas nicht Wiedergutzumachendem, von einem Verbrechen.

Im Old Bailey tragen die Richter und die Anwälte Roben und Perücken, also Kostüme. Das nimmt in den Stil gleichsam das Historische mit herein: Ein Imperium, geschweige denn das Empire, umfaßt nicht nur die Gegenwart, sondern es spricht auch im Namen einer Vergangenheit Recht, von der die Inhaber der tragenden Rollen wohl hoffen, daß sie ewig währt, daß sie auch die Gegenwart überragt, um in der Zukunft fortzudauern. Ich glaube, das nennt man Tradition; ein Schauprozeß in einem Staat, der etwas auf sich hält, stellt auch seine Tradition aus: Er inszeniert sein letztes Wort über einen Verbrecher als historisches Drama. Mit jedem neuen Verbrecher werden die alten von neuem abgeurteilt, und mit jedem präsenten Richter sitzen die alten, die längst schon toten, wieder einmal zu Gericht. Und – das ist zusätzlich beeindruckend – wie die Hochzeit, das Abitur, der erste Kuß und dergleichen wendet der auratische Augenblick im Gericht sich an die Tradition des Individuums, an das, was mit dem einzelnen verschwunden sein wird, weshalb man es in verräterisch übertriebener Wertschätzung »das Persönliche« zu nennen pflegt: Im Gerichtssaal bekommt der Angeklagte etwas zum Erinnern, und die juristische Inszenierung mit ihren dramaturgischen Momenten soll sich in der Seele des Verbrechers breitmachen. Sie soll zusammen mit der Erinnerung an die Tat in die Geschichte des schuldig gewordenen Individuums eingehen; es wird eine Geschichte sein, die Gefahr läuft, sich beim Absitzen der Strafe zu verflüchtigen. Sie verläuft sich in den Routinen der Gefängnisalltage, und daher sind die Highlights von Tat und Prozeß einerseits Reminiszenzen an die endliche Verdammnis des Sträflings, andererseits hat so ein Sträfling, dem allmählich alles Persönliche ausgetrieben wird, in der langen Weile der Strafe etwas, woran er sich wenigstens eine Zeitlang halten kann. Die Highlights von Tat und Prozeß sind Wegweiser im permanenten Zeitverlust seines abgeschlossenen Lebens.

Mein Richter – durch sein neben und in der Rolle Stehen dazu prädestiniert – war ein Ironiker ungeheuren Ausmaßes. Das Wort ungeheuer steht hier nicht als Floskel, denn mir kam der Mann wirklich wie ein Ungeheuer vor: Sein Antlitz glänzte dick, fett, schweißtriefend unter der Perücke; seine Stimme hob und senkte sich, füllte den Raum, entzog sich dem Raum nach Belieben, denn manchmal murmelte er Unverständliches, rein Persönliches, und in diesen Momenten wirkte er besonders bedrohlich. Mit sich selbst beschäftigt – was wird er nur ausbrüten? –, machte er den Eindruck, alles um ihn herum würde ihn persönlich beleidigen, und schon wurde er strafend ironisch, aber – überraschenderweise – niemals von oben herab, niemals aus der Position seiner geradezu absurden Stärke; nein, er verteilte seine Ironie im Saal ge-

recht, ein jeder kam dran, und dabei geschah etwas sehr Merkwürdiges: Gleich zu Anfang des Prozesses hielt der Staatsanwalt seine Rede; er las – meiner Erinnerung nach – die Anklageschrift nicht vor, sondern er rezitierte sie – zumindest in großen Teilen – by heart, also auswendig. Dabei war eine unendlich lange Passage, in der dieser öffentliche Ankläger die einmalige, die außerordentliche, die nie wiederkehrende, die niemals noch gewesene, die entsetzliche Verwerflichkeit des Angeklagten in allen Farben malte. Auf dem Richtertisch wurde das Ungeheuer lebendig, das heißt unruhig, und schließlich unterbrach der Richter die Tirade des Anklägers. Er sagte – und auf deutsch kann man weder seinen besonderen schneidenden Ton noch die geradezu opernhafte Qualität der englischen Sprache wiedergeben – folgendes:
»Sehen Sie einmal mich an, sehen Sie mich genau an, und dann« – er wies auf die Bänke der Barristers, in meiner Wahrnehmung Anwälte, die sich dem Verfahren als Privatkläger angeschlossen hatten –, »und dann sehen Sie diese Herren an, sehen Sie sich diese Herren genau an – und dort« – er wies auf Justizwache und Polizei –, »sehen Sie diese Herren? Sehen Sie sie sich genau an«, und dann erhob er seine Stimme, wie es heißt, donnergrollend: »Alle diese Herren sind doch ehrenwerte Herren, und alle diese ehrenwerten Herren leben davon, daß dieser Herr da« – und er wies auf die Anklagebank – »straffällig geworden ist. Und nun kommen Sie, Herr Staatsanwalt, und sagen uns allen, die wir von diesem Herrn da leben, daß dieser Herr da, der uns Brot gibt, eine Ausgeburt der Hölle wäre, daß er das Verächtlichste wäre, das jemals unter Menschen geweilt hätte?«
Literatur und Verbrechen: Es ist klar, daß dieses Old-Bailey-Ensemble aus den sechziger Jahren, das sich hier meiner Nachdichtung erfreute, ein Stoff ist, der sich anbietet, Litera-

tur zu werden. Es ist eine spezifische Literatur, nämlich der heutzutage bereits überstrapazierte Gerichtssaalkrimi. Dialektik und Rhetorik haben in unserem Kulturkreis einen altgriechischen Ursprung, und zwar nicht zuletzt einen juristischen: Beim Verteidigen und Anklagen – und noch dazu, wenn's ums Leben geht – schärft sich der Sinn; es entsteht eine Wechselwirkung, eine Dramaturgie von Rede und Gegenrede, von Enthüllen und Verbergen. Aber im Gerichtssaal ist man schon im Banne der Aufklärung, also schon dort, wo auf das Verbrechen Licht fällt, wo es seinen eigentümlichen, furchtbaren Charakter höchstens noch in Form der Rekonstruktion beibehält. Das Verbrechen wird im Prozeß nachgestellt, und zwar coram publico, und das Publikum befindet sich bereits in Sicherheit. Nur der Täter, der noch mutmaßliche, befindet sich in Gefahr, er kann verurteilt werden.

Die sonderbare Dialektik, die moralisierende Geschichten vom Verbrechen so gerne zudeckt, ist altbekannt: Das Gesetz benötigt, um sich einzubürgern, um stabil und glaubwürdig zu sein, diejenigen, die es übertreten. »... und gäbe es die Nacht nicht«, heißt es bei Nietzsche, »wer wüßte noch, was das Licht wäre.« In der Nüchternheit, die der sozialen Mechanik angemessen ist, erscheint das Verbrechen als Garantie für das Gesetz. Nur dadurch, daß das Gesetz übertreten wird, kommt es in Anwendung, was wiederum viele auf die Idee bringt, es einzuhalten. Nur dadurch, daß gegen das Gesetz verstoßen wird, kann es den Eindruck erwecken, nötig zu sein. Diese soziale Mechanik mag überraschen, paradox wirken, aber gefährlich erscheint sie nicht mehr: In ihr ist das Verbrechen in seiner stets lauernden Furchtbarkeit entschärft.

Mein Richter übrigens – ist er nun Fiktion oder habe ich ihn wirklich erlebt? – war in seiner ironischen Äußerung eine Art von Marxist. Marx nämlich hat die Geste des nüchternen, geschäftsmäßigen Umgangs mit dem entschärften Verbrechen analysiert und zugleich karikiert, indem er einmal mehr – und nun eben auch auf dem Gebiet des Rechts – der bürgerlichen Gesellschaft jede moralische Legitimation entzieht. Ihr Umgang mit dem Verbrechen ist ökonomisch, auch die Jurisdiktion steht unter dem Diktat der Produktion. Marxens berühmte Sätze aus dem Jahre 1862 lauten: »Ein Verbrecher produziert Verbrechen. Der Verbrecher produziert nicht nur Verbrechen, sondern auch das Kriminalrecht und damit auch den Professor, der Vorlesungen über das Kriminalrecht hält, und zudem das unvermeidliche Kompendium, worin dieser selbe Professor seine Vorträge als ›Ware‹ auf den allgemeinen Markt wirft. Damit tritt Vermehrung des Nationaleigentums ein … Der Verbrecher produziert ferner die ganze Polizei und Kriminaljustiz, … Strafgesetzbücher und damit Strafgesetzgeber.«

Ohne Zweifel: Der Verbrecher produziert auch die Literatur über das Verbrechen. Die schöne Kunst des Schreibens nimmt sich des Verbrechens an und vermehrt durch diese Annahme den eigenen Reichtum: Sie bereichert sich. Ich weiß aber nicht, ob Marxens zynische Nüchternheit nicht erst recht auf einer klassischen literarischen Romantisierung beruht oder mit ihr zumindest verwandt ist, nämlich: der Verbrecher als der wahre Produzent, und alles folgt auf ihn; er, der Verbrecher, schafft – wie ein Gott – die Welt: die Polizei, die Justiz und sogar den Professor. Er, der Verbrecher, ist der Eigenmächtige, der Abhängige produziert. Die Vorstellung vom allmächtigen Verbrecher ist eine Phantasie, der man nicht leicht auf den Grund kommt. Warum sollte man sich ausgerechnet das Böse, das Gefährliche als übermächtig phantasieren? Aus Angstlust oder gar aus kleinlicher Furcht davor, das

Gute zu tun, sodaß man sich gleich das Böse als allmächtig phantasiert?
Am Schluß der »Verlorenen Illusionen«, einem Roman von Balzac, als es dem jugendlichen Helden an den Kragen geht (das heißt: als er Hand an sich legen möchte), erscheint ihm, dem keineswegs Unschuldigen, ein Deus ex machina in Gestalt eines spanischen Priesters. Dieser geheimnisvolle Retter im Kleide der Kirche, also des anspruchsvoll, des prätentiös Guten, ist in Wahrheit der Großverbrecher Vautrin. Balzacs grandiose Umheimlichkeitskolportage läßt diesen Verbrecher als Unternehmer auftreten, der – ausgestattet mit dämonischen, Abhängigkeit produzierenden Kräften – zunächst einmal unangreifbar erscheint. (Vautrin versucht in the long run den Selbstmörder zu verführen mit einer Kalkulation von der Art: Wenn dich dein bisheriges Leben schon in den Tod treibt, dann versuch's doch mit dem richtig schweren Verbrechen; ist doch eh schon Wurscht.) Zwischen den Zeilen erhebt sich die Frage: Wird Vautrins Macht gebrochen, und zieht er schließlich den Geretteten in ein noch viel schlimmeres Unglück mit hinein als das, das mit einem Selbstmord schon hätte beendet sein können?
Über solchen Fragen entsteht, was die Literatur über das Verbrechen zu einer hervorragenden Ware macht, nämlich die Spannung, oder mit einem englischen unübersetzbaren Wort: *suspense,* und ich stehe nicht an, die Auffassung zu vertreten, daß *suspense* mit einer Modifikation, mit einer ungeheuren Modernisierung, also mit einer Kommerzialisierung dessen zusammenhängt, was in der griechischen Tragödie die Katharsis, die Läuterung des Zuschauers auslösen sollte: Erregung von Furcht und Mitleid angesichts des Schrecklichen!
So bin ich von den hellen, aufgeklärten Seiten des ausgemachten, verabredeten Umgangs mit dem Verbrechen allmählich

zu den schwarzen Seelen gekommen, zum Dunklen und seiner ergreifenden Herrschaft. In der Tat ist die Literatur eine Institution, die es ermöglicht, das Verbrechen nicht moralisch beurteilen, verurteilen zu müssen. Die literarische Phantasie ermöglicht eine Spekulation, eine Selbstbespiegelung, in der das mehr oder minder gutbürgerliche Subjekt des Autors und seines Lesers sich in Gedanken entgrenzt. Ist der Mensch in der Zivilisation nicht das bloße Objekt von Regeln, die auf ihm lasten und von deren Übertretungen zu träumen er ebenso gelernt hat, wie man ihm beibrachte zu gehorchen, also auf die Regeln zu hören? *Entfesselung* ist eine Vision, und sie bedarf der symbolischen Ebene. Ach, was für ein Verbrecher wäre Goethe geworden, wäre er kein Dichter gewesen. Das Läuternde der Phantasie, Hannibal the Cannibal, also Hannibal Lecter, eine Verbrecherfigur von Thomas Harris, der gänzlich Freie, der vollkommen Entfesselte – entfesselt auch noch im Gefängnis, wo ihm, wo seinesgleichen stets die Freiheit winkt (während den anderen, nicht genialen Verbrechern in der Freiheit das Gefängnis droht); Hannibal Lecter, dessen mörderische Grausamkeit sowohl Suchtcharakter hat, als sie in schöner ästhetischer Zweckfreiheit dasteht – seine Grausamkeit ist primitiv archaisch und zugleich ausgeklügelt, sein Wahnsinn ist kein Verfall, sondern ein die Normalität besiegender Scharfsinn, von dem die Polizei nicht nur etwas lernen kann, sondern muß –, dieser Hannibal Lecter, ein Unmensch, eine verbrecherische Intelligenzbestie, er gewinnt die Sympathien eines nicht kleinen Publikums.
Was für einen Platz auch immer der unmenschliche Übermensch, diese verfilmte Figur aus der Kriminalliteratur in der ästhetischen Hierarchie, in der künstlerischen Rangordnung einnehmen mag, seine Funktion teilt er mit den Verbrechern aus der anerkannten Hochliteratur; es ist die Funktion der

Vorstellung von einer fundamentalen Regelübertretung, also nicht von einer Übertretung eines gesetzlich festhaltbaren und beschreibbaren Details, es ist die Vorstellung von einem Entsetzlichen, das so entsetzlich ist, daß man es ebensowenig wie den bewunderten Mörder fassen kann. Kein Prozeß kann dem Entsetzen gerecht werden, und wenn der Schrecken auch nur Literatur ist, so existiert doch die Vermutung, daß hinter aller Kultur das Entsetzliche lauert und damit eine fundamentale Freiheit, die ungebunden, bestialisch sein könnte. Nichts ist ungeheurer als der Mensch, und so bildet das Verbrechen in der Literatur eine der Phantasiebrücken, eine der phantasierten Brücken zum Herz der Finsternis, von dem man zu keiner Zeit wissen kann, wie weit man von ihm entfernt ist.

Erlebnis mit Jandl. Am 1. Mai 2001 ging ich in der Wiener Innenstadt vor mich hin. Plötzlich fielen sie mich zu dritt an – eine Polizistin und zwei Polizisten mit entsicherten Waffen. »Ausweis, Ausweis!« Ich hatte keinen dabei, und so drängte mich die Staatsmacht, um mich besser kennenzulernen, an die Wand. Die Hände in der Höh, das Gesicht an der Wand, folgte ich dem Wunsch des Beamten und grätschte die Beine. Ihm war es nicht weit genug, weshalb er mit einem zustoßenden Fuß für die Erweiterung meiner Grätsche sorgte. Er durchsuchte mich gründlich und nahm mir zur Sicherheit Handy und Diktiergerät ab. Dann griff er in meine rechte Rocktasche, und ich rief gellend in den sonnigen Nachmittag: »Nein, nein, nicht das Taschenbuch!«
Das Taschenbuch, das der Herr Inspektor konfiszierte, war das erste der neuen Sammlung Luchterhand, nämlich Ernst Jandls »Letzte Gedichte«. Es ist ein großartiges Buch, auch weil das erste Gedicht mit einer sehr einleuchtenden Zeile, die eine ganze Seite für sich allein hat, beginnt: »ich beginne den mißglückten tag.« Schon beginne ich zu denken: Jüngst las ich in einem ergreifenden Feuilleton die Maxime, daß nicht der Schmerz, sondern das Glück den Menschen provoziert. Solche Sätze sagt man gern, weil sie auf eine selbstherrliche Weise ohne Bedeutung sind. Aber man stelle sich vor, ein Gedicht begänne mit dem Satz: Ich beginne den geglückten Tag. Sich die Vorstellung eines geglückten Tages auszumalen, hätte in meinen Augen die Berechtigung, daß die Öffentlichkeit vollgestopft ist mit Äußerungen von mieselsüchtiger Unzufriedenheit. Der Negativismus ist Routine, und man kann dagegen auf zwei Arten vorgehen: einerseits, indem man den Menschen vom Glück hervorgebracht darstellt, andererseits aber – und dies ist Jandls Weg –, indem man die Negativität so sehr verschärft, daß sie nicht mehr mit sich

handeln und nicht einmal die Dichtung integer läßt: »metaphernspucke / buchstabenklosett / lyrikklistier / speichelreim / reimspeichelkäse / metaphernafter / anagrammmasche / poesiephimose / schamhaaranagramm / speichelkäsegedicht / pentametervers / silbenschiss / wortabort.«
»Jandl wagt das Sakrileg«, hat Felix Philipp Ingold in einer erhellenden Rezension geschrieben, »doch da er es im Wort, nicht in der Tat vollzieht, verfällt er der Sprache umso mehr.« Vielleicht gilt es gerade für die Dichtung nicht, aber etwas im Wort und nicht in der Tat zu vollziehen, macht doch auch die Sätze unglaubwürdig. Bei der Lektüre von »metaphernspucke« bis »wortabort« habe ich kein Wort geglaubt, weil alles so gut gesagt ist und weil das doch nur das Resultat einer Anstrengung, die an ihren Sinn glaubt, sein kann. Ich glaube, die Zweideutigkeit, die in Jandls »Letzten Gedichten« einen irritierenden, ästhetischen Mehrwert erzeugt, rührt von der Radikalisierung der Negativität her, die – solange ein Mensch lebt – für ihn ihre Grenzen hat. Die absolute Negativität, auf die viele der Gedichte Jandls anspielen (und doch nur anspielen können), ist nämlich der Tod. Der Tod selbst ist zweideutig: Er ist für den Lebenden einerseits noch nicht erreicht, andererseits aber ist es sicher, daß er eintreten wird. Das eröffnet dem Dichter die poetische Möglichkeit, sich als Verschiedener im vorhinein selbst zu porträtieren: »auf deinem einstigen bauch / liegt deine einstige hand / neben deiner einstigen hand / in deinem künftigen sarg.« Das Klappern mit den Gebeinen ist gute österreichische Tradition; auch der Versuch, ein Stück von der zukünftigen Erlösung zu erhaschen, indem man sich als tot imaginiert, liegt auf der Hand, ist aber immer noch ein starkes Lebenszeichen: Ist man nämlich einmal wirklich tot, dann hat man nichts mehr davon, daß man nicht mehr lebt. Die Hoffnung, eines Tages die Früchte sei-

ner Todessehnsucht zu ernten, sprich: aus der Scheiße herauszukommen, läßt sich leider nur im lebendigen Zustande hegen.
Es gibt zwei Auswege aus der Zweideutigkeit, in die man gerät, wenn man zu Lebzeiten bloß dem Tod Sinn zuschreibt, während man alles sonst, einschließlich sich selbst, für Scheiße hält. Den einen Weg schreibt Gott, der Erlöser, vor, den anderen beschreitet der Mensch selbst: durch den Freitod. Gegen Gott hat Jandl ein wunderbares Gedicht geschrieben, ich nenne es nicht blasphemisch, weil die poetische Ausarbeitung ganz von dem Respekt für die entsetzliche, beliebig halluzinierbare Nicht-Existenz Gottes erfüllt erscheint: »ein in sich speiendes sei gott, / eine sich selber fressende blutfontäne, / ein im eigenen hirn steckengebliebenes / zeugungsglied.« Gott schwebt auch sonst über Jandls letzter Poesie, zum Beispiel in einem verzerrten Vaterunser: »ich klebe an gott dem allmächtigen vater / schöpfer himmels und aller verderbnis / und an seinem in diese scheiße hineingeborenen sohn / der zu sein ich selber mich wähne, um mich schlagend / um mein maul aus diesem meer von kot in die luft zu halten / und immer noch atem zu kriegen, warum nur?«
Der Ausweg in den Freitod wird vom Dichter nicht »gewählt«. Die Begründung dafür gibt er in einer Selbstbeschimpfung, »weil ich ein von maßloser feigheit gesteuertes schwein bin / unfähig willentlich unterzutauchen ins unausweichliche«. Die Erlösung aus der Scheiße wäre also einerseits Gott, genauer: die Hingabe an Ihn, die spirituelle Selbstauslöschung, und andererseits der sogenannte »Selbstmord«, eine Tat, die im absoluten Gegensatz zum Gerede steht, das sich höchstens an der mangelnden Willenskraft für ein Gedicht noch aufputschen kann. Die Rede dieses Gedichts ist zugleich erhaben und erniedrigend, zugleich verfluchend und

bekreuzigend. Der nicht gläubige Mensch Jandl, der in eine vom Glauben an Gott mehr oder minder geprägte Kultur hineingeboren ist, schreibt sich deren Erlösungsversprechen von der Seele, indem er Gott poetisch so sehr anfleht, daß von Gott nichts bleibt; es bleibt nur das Nichts, das den Menschen ins Dasein zurückstößt, wo er frißt, scheißt, niest und eben – die Nase hoch, sich für den in diese Scheiße hineingeborenen Sohn Gottes haltend – atmet, also am Leben ist. Aber die Religion hat den Dichter in den Stunden des vorhersehbaren Absterbens, das er nicht selbsttätig in die Hand zu nehmen vermag, natürlich auch erwischt: »so fluch ich und möchte doch beten / daß an einem morgigen tag / die stinkende kunst der propheten / an mir noch ein wunder vermag.« Gott ist in der Höhe, er beflügelt das Gerede aller (so wie der Freitod das Gerede einzelner beseelt), der Mensch jedenfalls kriecht in den Niederungen herum, in die er endlich eingehen wird: »gott ist in aller munde / leckt alle lippen ab / und wir die frommen hunde / bepissen jedes grab.«
Der Körper ist aber auch lustig, nicht das Sexuelle an ihm, denn wenn dieses – irgendwie – vorübergegangen ist, machen sich die Geschlechtsteile als höhnische Karikaturen über ihren Inhaber lustig. Es ist die Architektur des Körpers, an der man noch im Alter ein kindliches, vielleicht auch erkenntnistheoretisches Vergnügen haben kann: »ich atme innerlich / aber die nasenlöcher / habe ich außen.« Ja, der Mensch hat eine Welt; er ist, wie sehr er auch mit Innerlichkeit begabt erscheint und wie sehr er damit zum Protzen neigt, immerzu auch schon »draußen«. Dort befindet sich nicht zuletzt das andere Geschlecht, mit ihm versucht man, vor allem als Mann, Einsicht zu haben, aber es ist gerade die Einsicht, also eine »Theorie«, die die glückliche Vereinigung unmöglich macht: »unterleib o unterleib / immer seh ich dich als weib /

denn ich bin zum mann erkoren / nämlich männlich eingeboren / doch die spalte und die falten / kann ich nicht in ehren halten / sie sind nichts verglichen mit / penis der die jungfrau schnitt / doch da ich ein weib nicht bin / hab ich penis nicht im sinn.«

Das Eigene und das andere sind (wie das Innere und das Äußere: die Spalte und der Penis) miteinander ungünstig verwickelt. Der Mann führt in die Ordnung der Geschlechter eine Hierarchie ein, das Sexuelle wird dem sozialen Vergleich geöffnet: Der Penis ist besser als die Spalte und die Falte, aber da der, der diese Überlegenheit einführt, ja selber ein heterosexueller Mann ist, kann er das Höherstehende nicht begehren, es also auch nicht wirklich in Ehren halten. Er müßte selbst das andere, ein Weib sein, um das wirklich Ehrenwerte begehren zu können. Er ist aber kein Weib, und so läuft er herum, Spalte und Falte im Sinn, von denen er, der einen Penis besitzt, wenig hält. Damit führt er einen wesentlichen Teil der Lebenslust, die Begierde, ad absurdum. Das Begehren des eingefleischten Mannes ist vom Objekt seiner Begierde, vom weiblichen Unterleib, immer schon stigmatisiert. So läuft er begehrlich und unerfüllt in der Weltgeschichte herum und kotzt über seine Geilheit.

Jandl konfrontiert das eigene Leben unmittelbar mit Worten: Er bestreitet es verbal. Diese unmittelbare Konfrontation bedingt aber nicht die Wiedergabe des Lebens im Maßstab eins zu eins; sie ist ein Gestaltungsprinzip, mit dem das Dichterleben zugleich kenntlich und unkenntlich gemacht wird. Die Worte machen es – und so war es beispielhaft im Stück »Aus der Fremde« –, daß niemand glauben kann, hier referiert einer nichts als sein nacktes eigenes Leben. In »Aus der Fremde« zitiert sich die Hauptperson, ein Dichter, mit einer Notiz selber: »er impotentes schwein / trete jetzt wieder ein / in

die vor-onanistische phase.« Das wird, auf der Bühne, von der Lebensgefährtin des Dichters mit dem Kommentar qualifiziert, es sei zwar hart, passe aber vielleicht in sein Stück – und damit steht es schon im Stück »Aus der Fremde«, das von einem Dichter handelt, der ein Stück schreibt und der sich und seiner Lebensgefährtin eine Notiz über seine Impotenz zu Gehör bringt, die diese schnell ins Stück abschiebt, denn dort wäre die brutal destruktive Härte der Selbstanklage (die die Frau »an seiner Seite« unterschwellig in die Aggression miteinbezieht) vielleicht von Nutzen.
Die Weisheit, daß der Mensch in seiner Leiblichkeit hoffnungslos gefangen bleibt, wird durch die poetische Sprache, mit der sie vorgetragen wird, ständig Lügen gestraft. Man kann versuchen, diese Lüge aus der Welt zu schaffen, indem man die Sprache regelrecht totsagt: »der buchstabe ist tot / auch der buchstabe ist tot / das buch ist tot / auch das buch ist tot / alle bücher sind tot / alle buchstaben sind tot / das wort ist tot / auch das wort ist tot.« Damit aber ein Wort lebt, braucht man es nur zu sagen. Ob es gut lebt oder schlecht, hängt davon ab, wie man es sagt. Aber das Wort lebt, auch wenn es sagt, daß alle Buchstaben tot sind. Daher muß ich jetzt vorsichtig sein, um nicht den Eindruck zu erwecken, ich würde einem Dichter »Widersprüche« nachweisen. Jandl ist Dialektiker genug, als daß er nicht mit einem Spruch in die eigene Manier dreinfahren könnte: »o ihr gottverfluchten alten / löset eure kummerfalten.« Dieses sich ständig in die Sprache retten, die sagt, daß es keine Rettung gibt, ist in erster Linie kein zu entlarvender Widerspruch, sondern der Widerspruch ist eine Aussage, die zum Gedicht gehört, die in meiner Lesart dem Gedicht den (willkürlich oder unwillkürlich) gewollten zusätzlichen Sinn abpreßt: Der Dichter kann nicht einmal sagen, daß alles keinen Sinn hat; er ist auf den

Sinn angewiesen, den er mit aller Kraft und Schwäche negieren möchte. Er kann über Leben und Tod nicht klar genug werden, und das ist ein Teil der Verzweiflung, die die Gedichte auf der Inhaltsebene, also gleichsam vordergründig erzählen. Der Dichter hört nicht auf, einen Halt zu suchen, während er seine Überzeugung vertritt, daß es für ihn keinen gibt. Er hört aber auch nicht mit dem Versuch auf, mit sich, das heißt, mit dem Widerspruch von wegzuwerfendem Leben und anhaltendem Schreiben ins Reine zu kommen.

Widersprüche dieser Art sind nicht Lügen – sie entstehen unter anderem dadurch, daß das Schreiben nicht zur selben Zeit stattfindet wie das Erleiden des unerträglichen Zustands, den man niederschreibt. Das Leben hat es mit einer Dauer zu tun, die abbricht und von der man im Leben weiß, daß sie eines Tages abbrechen wird. Im Schreiben hat der Sterbliche, falls er ein Dichter ist, einen unbestreitbaren Moment. Diesen Moment, in dem der poetische Mensch absolut, also relativ losgelöst von allem, da ist, präsent ist (also seine Art von Gegenwart hat), kann einem Dichter niemand und kann ihm nicht einmal seine eigene Vergänglichkeit nehmen. Diese nämlich findet gleichsam auf einer anderen Ebene, in einer anderen Dimension statt. »leben und schreiben« heißt eines der letzten Gedichte: »was ich schreibe / ist nicht mein schicksal / was ich schreibe / liegt außerhalb meiner kreatürlichen existenz / mein schicksal kann davon zehren / was ich schreibe / und es kann ebenso daran zerren / aber keine zeile wird am humbug meines lebens verrotten / kein werk mein leben krönen.«

Die Gedichte aus Jandls letzter Sammlung, die mir in die Augen stachen, haben ihren unübertrefflich irren Glanz nicht zuletzt aus einem ungeklärten, problematischen Verhältnis von Leben und Schreiben. Die problematische Vermischung (oder vielleicht besser: die aggressive Konfrontation) von Leben und Schreiben wird im gleichnamigen Gedicht aufgehoben (oder vielleicht besser: zurückgenommen?). »leben und schreiben« stellt eine poetisch korrekte Rechnung auf: Das Schreiben ist, wie man im Seminar lernt, autonom, es ist unabhängig vom Subjekt einer Biographie, geschweige denn von der Kreatürlichkeit eines schreibenden Menschen; gewiß ist auch die Autonomie – wie alles im Leben – relativ: Der Autor kann zum Beispiel vom Schreiben leben, auf welchen Umwegen auch immer, also kann das Schicksal durchaus vom Schreiben zehren. Auch nimmt das Schicksal Einfluß auf das Schreiben, aber es bleibt Raum genug, auf dem sich das Schreiben eigenständig entfalten kann. Das Schreiben ist vor dem Leben geschützt. Das Leben kann ihm am Ende nichts anhaben. Das hat seinen Preis, den aber derjenige, der auf sein Leben scheißt, triumphierend bezahlt: Kein Werk wird so ein Leben krönen, Ende der Kunstperiode, von Goethes Leben bis heute fällt ein jedes Jahr schwer ins Gewicht! Jandls »Letzte Gedichte« hat mir die Polizei, als sich in diesem Leben einmal mehr meine Unschuld erwies, zurückerstattet. Ich habe noch deutlich im Ohr, wie die von Jagdleidenschaft gepackte Polizistin ihren Kollegen zurief: »Das ist er.« Es war mir klar, sie hielten mich für einen sehr gefährlichen Menschen, denn ihre lauten Rufe ließen mich ahnen, daß sie die Angst, die sie vor mir hatten, erst einmal überwinden mußten. Sie teilten mir nicht mit, wessen ich verdächtigt wurde. So blieb ich mit der Monstrosität einer mir angedichteten Tat im Ungewissen. Ich blieb bescheiden und ungerührt, fragte aber einmal vergeblich: »Darf ich bitte meinen Namen sagen?« Der Beamte, der mich untersuchte, wurde zunehmend mutloser, er fand nichts, und immer noch mit dem Gesicht zur Wand, vernahm ich plötzlich die Stimme eines Dichters: Stephan Eibel Erzberg war zufällig auf dem Schauplatz erschienen und klärte einerseits die Staatsmacht dahingehend auf, daß ich, Franz Schuh, ein preisgekrönter Essayist sei. Andererseits versuchte er mich zu beruhigen: »Sie haben die Waffe nicht mehr auf dich gerichtet, Franz!« Dann durfte ich mich wieder umdrehen. Am Gehsteigrand standen zwei Funkstreifen; per Funk war eine Personenbeschreibung zu hören, die tatsächlich meinem Bilde entsprach: ein Mann in den Fünfzigern, gut gekleidet und mit Brille. Sonst sehe ich immer aus wie Rotz am Ärmel, aber an diesem Tag, am 1. Mai, dem Tag der Arbeit, war ich festlich gekleidet. Die Arbeiterbewegung wurde mir zum Verhängnis. Ich, der ich einst einen Essay über die Kunst des Porträtierens geschrieben habe, lernte in der Praxis, daß man niemals mit identifizierbaren Merkmalen aus dem Haus gehen darf: keine Brille, nicht elegant und stets alterslos.

Um die Akteure der Polizei und um mich herum hatte sich in einem Respektabstand ein Ring von Wiener Menschen gebildet. Der entmutigte Polizist – Gott sei Dank nun auch selber angstfrei – teilte mir mit, ich hätte bloß eine »Gegenüberstellung« abzuwarten, und siehe da, jetzt erschien schon wieder eine Funkstreife. Auf dem Rücksitz saß eine Dame, und ich konnte an den Menschen vorbeiblickend – so wie an den Stämmen eines Waldes – erkennen, daß die Dame, die man in weiter, sicherer Entfernung mir gegenüberstellte, den Kopf schüttelte: »Das ist er nicht!« Die Polizei entließ mich mit Bedauern.

Vor langer Zeit habe ich mit Ernst Jandl in einem Schriftstellerverband eng zusammengearbeitet. Ich habe damals sehr unter ihm gelitten und bin heute froh, daß es nicht umgekehrt war: daß er unter mir hätte leiden müssen. Jandl war, falls es das überhaupt geben kann, ein begnadeter Bürokrat.

Ich zuckte zusammen, als ich in dem von der Polizei zurückerstatteten Band das Gedicht »ejakuliertes werk« las: »die wände hoch regale königlich / darin LEITZ-ordner gefüllt mit blättern DIN A 4 / jedes datiert, an jedem festgetrocknet / je ein ejakulat, seit pubertät / bis dato, da er dem himmel nahesteht. / ein spermawerk äußerster konsequenz / zeugnis poetischer integrität.« Das war der Dichter Jandl auch, ein König der Regale, und ich kann beschwören, daß er ebenso über LEITZ-Ordner herrschte, die keine poetischen Ergüsse enthielten, die nicht Zeugnis einer poetischen Integrität, sondern einer bürokratischen Potenz waren. Das Schicksal, das sein Buch aus meiner Tasche in die Hände der Polizei spielte, nehme ich als Gruß von Ernst, der sich in dem Gedicht »letzte worte« ja auch überlegt hat, was er denen sagen könnte, die nach ihm noch auf der Welt sein würden: »und was wirst du dann sagen? / lebt wohl ihr weiterlebenden … / das heißt, wenn jemand bei mir ist / werde ich das vielleicht sagen.«

Graz, die Stadt der Gegensätze. Die Stadt bin ich, aber die Stadt wird sein, wenn ich einmal nicht mehr bin. Was kümmern mich also eure Städte, in denen ihr eure Hanswurstiaden aufführen werdet, wenn ich, der Hanswurst, der mir am nächsten steht, nicht mehr sein werde?
Die Kette der Generationen, in denen ein Kasperl, um Bedeutung ringend, auf den Schultern des andern steht. Das bildet dann am Schluß die Kulturhauptstadt, in der die bekannte Wichtigkeit der eingebürgerten Gesichter mit den ihnen wohltuenden Brandzeichen (SPÖ, FPÖ, ÖVP, ORF …) über alle Grenzen hinausstrahlen. Seid mir gegrüßt, Städte, die ihr sein werdet, wenn ich nicht mehr bin. Ich hatte das Glück, eure Häuser verschont zu sehen und eure Straßen im Aufbau. Die Erinnerungen an einen Krieg blieben mir erspart, und von der Stadt der Bewegung kenne ich nur das Gerücht. Daß in euren Mauern und auf euren Plätzen die Massen und die Individuen, die sich danach fast unisono als verhetzt ausgaben, sich selbst aufhetzten, davon ist in meinem Gedächtnis keine Spur. Spurlos baut ihr heute auf, und von den Neubauten, die die Stadt als Hauptstadt unserer Kultur signieren werden, habe ich die Fundamente gesehen, und als die ersten Wände standen, dachte ich, mein Gott, das sieht ja aus wie Ruinen. Aber es wird schon werden, und die Baukunst macht vor den Ruinen des Beginnens nicht halt; sie macht Gebäude draus.
Ich hatte angesichts eurer Stadt nicht nur das Glück keiner Erinnerung, ich sah ihre glänzende Zukunft vor mir. Welch ein Glück, daß die Stadt Graz sein wird, wenn ich nicht mehr bin: All die Mühen, all die Vergeblichkeiten, das millionenfache Verschwinden, die Stadt bleibt; es war alles und doch nicht alles ganz umsonst. Menschen werden in Frieden leben, und ich, der selber im Frieden leben wollte, werde in diesem

Frieden der Stadt Graz die nächsten hunderttausend Jahre weiterleben. Schalom! Diese österreichischen Landeshauptstädte, mein Herz wird eng, wenn ich ihre Räume betrete, außer bei Salzburg, da beginnt es zu rasen, und regelmäßig bringt mich die Rettung in die Landesnervenklinik, obwohl die Rettung mich doch nur vor die Stadt hätte bringen müssen, dorthin, wo kein Haus mehr sichtbar ist und keiner der Salzburger, die es beleben.
Vor dreißig Jahren habe ich den Sohn des damaligen Leiters der Grazer Nervenklinik Feldhof kennengelernt; er war auch nicht gut beisammen. Ich staunte aber nicht schlecht, als eines Tages herauskam, daß er gar nicht der Sohn, sondern der Leiter selber war. Ich war ihm nicht böse, ich weiß ja oft selbst nicht, ob ich der Sohn bin oder mein Vater. Es war einer der Sommer vor Jahren, da saß ich mit Peter Strasser in einem der Cafés des Grazer Stadtparks. Es kommt mir heute vor, als wäre es damals heiß gewesen, und der Schatten der Bäume hatte uns freundlich umhüllt. Wir teilten uns verschiedene Meinungen mit: Er, ein Familienvater, sprach freundlich über die Familie, nicht allein über die seine, grundsätzlich. Ich hingegen sprach über die meine und nicht freundlich über die Familie schlechthin. Wir verallgemeinerten beide, und meine kindischen Allgemeinheiten gingen ihm schließlich so sehr auf die Nerven, daß er ausrief: »Na, was, na was hat er dir denn getan, dein Vater?«
Diese österreichischen Landeshauptstädte, vor allem Salzburg liebe ich. Im Alter von 22 Jahren lernte ich in Salzburg die Autonomie des weiblichen Begehrens kennen, und ich war das Objekt. Wir lagen am Ufer der Salzach, sie lag auf mir und hatte das, was man in Wien Kombineige nennt, ein klein wenig über ihren Hintern hinaufgeschoben. Unter ihr öffnete ich einmal die Augen und blickte unverwandt über

den Fluß hinweg auf das andere Ufer: Dort gingen Menschen und dort saßen Menschen wie in einem Spiel. Das alles hätte auch in Graz passieren können, an der Mur, aber es ist mir dort nie passiert, und ich danke hiermit schriftlich und herzlich der Dame aus Graz, die, nachdem sie diese Stelle von mir vorgelesen hörte, zu mir kam, um zu sagen: »Es tut mir leid, aber wäre ich jünger, ich würde mit Ihnen sofort oder gleich morgen an die Mur gehen, und Graz wäre dann durch ein Erlebnis von Ihnen genauso ausgezeichnet wie Salzburg.«
In Graz hatte ich den größten Furchtanfall meines Lebens: Ich war der Sekretär einer Dichtervereinigung, und die erste von mir zu leitende Tagung fand in Graz statt. Zwei namhafte Dichter saßen im Foyer des Hotels »Erzherzog Johann« und krakeelten. Müde wie ich war, wollte ich schlafen gehen, aber ich wagte mich an den beiden nicht vorbei. So wurde es für mich eine lange Nacht, in der ich Graz kennenlernte. Durch und durch eine unerträgliche Stadt, wunderschön! Die Vororttristesse – dagegen ist Simmering eine Parklandschaft. Wie schön ist doch dieses Graz bei Tag und bei Nacht. Hat es nicht etwas Südliches und einen hervorragenden Platz, der voll und ganz mit Würstelbuden ausstaffiert ist? Am Bahnhof wurden eines Tages – es war der Tag, an dem ich ankam – alle Toiletten gesperrt. Ich traf den Fahrdienstleiter, und er geleitete mich höchstpersönlich ins Klo der Bediensteten. Auch der Bahnhof wird für die Kulturhauptstadt umgebaut, vorübergehend werden die Toiletten gesperrt, darüber gibt es nichts zu lachen, ein durchgreifendes Event muß sein, damit in einer Stadt kein Stein auf dem anderen bleibt und immer dieselben Gesichter mit den einschlägigen Punzierungen (SPÖ bis ORF) vorgezeigt werden können. Da kann man sich was anschauen, da wird Geld geschaufelt in das bekannte nimmersatte Biotop.

Als Graz eine österreichische Kulturhauptstadt war, sah ich in dieser Stadt die Uraufführung eines Stückes von Ernst Jandl: »Aus der Fremde«. Das war ein Stück meines Lebens, denn im Verein der furchterregenden Dichter, in der Grazer Autorenversammlung, arbeitete ich als Sekretär unter dem geschäftsführenden Vizepräsidenten Ernst Jandl. Er hat mich in die Geheimnisse der Sekretärswelt, in ein weites Land eingeführt. Ich komme zwar im Stück nicht vor, aber das Stück kommt in mir vor: eine Grazer Uraufführung! Schöne Zeit damals, als an jeder Ecke eine mürrische Größe saß. Aha, dachte ich, als ich wieder einmal am »Erzherzog Johann« vorüberging und mein Blick in die Auslage fiel, aha, dieser Block an Sensibilität, das ist der Dichter Handke. Und jedesmal, wenn ich Alfred Kolleritsch in Graz sehe, immer nur zufällig, immer auf meinem Weg zum Stadtpark, hat er sofort ein messerscharfes Wort der Entschuldigung für sich parat: Dort sei er nicht hingekommen, obwohl ich dort einen Auftritt gehabt hätte, auch andernorts sei er nicht gewesen, obwohl ich doch gewiß Wert darauf gelegt hätte – er hat es noch nicht begriffen: Mir genügt es vollkommen, daß er überhaupt auf der Welt ist, meinetwegen soll er nirgendwo hinfahren, ich schätze ihn überall sehr.
Ich bin ein Grazer, und Graz war die erste Landeshauptstadt, die ich, ein Wiener, gesehen habe. Ich war damals zehn Jahre alt und wußte etwas von »Pensionistenstadt« – bis heute, da ich selbst pensionsreif bin, sind mir die Pensionisten die einzigen Freigelassenen der Schöpfung in Österreich. Die Freistadt Graz hat mir einen bleibenden Eindruck hinterlassen: den grünen Batzen in ihrer Mitte, den Stadtpark. Es war damals, als ich zehn Jahre alt war, für mich, den kindlichen Bundeshauptstädter, keine Kleinigkeit, eine Landeshauptstadt zu besuchen. Innsbruck hätte mich vernichtet, Eisen-

stadt hätte mich triumphieren lassen, Graz war richtig. Ich bin nicht zerschmettert, und ich bin nicht verdorben, das verdanke ich einzig und allein Graz. Aber meine Dankbarkeit hält sich in Grenzen. Zerschmettert hätte ich bereits alles hinter mir, und verdorben wäre ich weiter gekommen. In Klagenfurt wäre ich abgestumpft. Auch in Graz blieb ich nicht hellwach. Dieses Moderate der großen Kleinstädte, es ringt den außergewöhnlichen ihrer Einwohner die lächerlichsten Exzesse ab. In den außergewöhnlichen Einwohnern kulminiert ja bloß der Durchschnitt, und so kann der Durchschnittsbürger in den Spiegel blicken, und er erblickt einen außergewöhnlichen Einwohner, während der außergewöhnliche Einwohner im Spiegel sich als Durchschnittsbürger erblickt. Das ist das Zusammenwirken der Spiegelbilder, die das Zusammenleben aller Menschen in den österreichischen Kulturhauptstädten gedeihlich macht. Hier, in den Hauptstädten unserer Kultur, der Weltkultur, sind die Menschen einander noch nahe und können aus reiner Introspektion die guten Gründe schöpfen, einander nicht zu mögen: Ach, diese Grazer mit ihren grün-kernigen Uniformen, auch heute abend werden sie ihre Trachten ausführen, nachdem sie ihr Fichtennadelbad genommen haben, damit sie riechen wie Oberförster.

Doch halt, was ist das? Ich sitze im Taxi, um ins Hotel Gollner zu fahren, und zu meiner Linken (oder war es zur Rechten?) dehnte sich vielversprechend ein Lokal aus. Da ich selbst Trinker bin, mußte ich sofort wissen, was für ein Lokal das war, um bei Gelegenheit einkehren zu können. Der von mir befragte Chauffeur sagte nicht ohne Stolz: »Dies ist die Gösser.« Da ich dachte, neutralisierend intervenieren zu müssen, stellte ich den Einwohner von Graz richtig: »Bräu heißt das wohl und das heißt wohl das, heißt also das Gösserbräu«, und ich strahlte im Rücksitz. Gleich aber verfinsterte sich meine Miene, denn der Chauffeur widersprach: »Die Gösser heißt das, denn wir sagen die Gösser.« Ich kuschte, und als ich endlich wieder Graz verlassen durfte, war ich umerzogen. Im Taxi zum Bahnhof erkannte ich das Lokal wieder, in das ich selbstverständlich nicht eingekehrt war, und ich sagte zum Taxler: »Aha, die Gösser.« Er aber widersprach: »Das heißt der Gösser«, und ich, auf eine Korrektur verzichtend, begnügte mich mit der Überzeugung, Graz sei eine sehr widersprüchliche Stadt.

Bei meinem letzten Aufenthalt in Graz – es war ein paar Tage nach dem Tod meines Vaters – ging ich zur Mittagszeit in den Stadtpark; ich setzte mich auf eine Bank vor dem Teich. Es war einer der ersten, an den Sommer schon erinnernden Frühlingstage. Auf meiner Haut spürte ich die Wärme, und meine Seele war frei, denn in Graz hatte ich schon gestern meine Arbeit erledigt. Heute wollte ich nur noch, wie immer in Graz, ins Museum der Wahrnehmung gehen – erstens, weil es im Gebäude eines ehemaligen Tröpferlbades untergebracht ist, also in einer städtischen Badeanstalt, in die früher Menschen gingen, die wie meine Eltern und ich zu Hause keine Dusche hatten. Ich habe von damals noch ein ganzes Glücksgefühl des Geduschtseins an mir, aber ich weiß nicht, ob es stimmt, daß das Wasser erst dann floß, wenn man auf ein Brett trat, das in der Mitte der Duschkabine angebracht war. Ich habe jedenfalls keine Armaturen in Erinnerung. Und zweitens gehe ich in Graz immer auch ins Museum der Wahrnehmung, weil mich ein Text darüber anspricht: »Wenn Sie im klangerfüllten Raum verblüffende Inseln der Stille entdecken, wenn vor Ihren Augen Personen und Gegenstände unsichtbar werden und Sie lernen, mit der Oberfläche Ihrer Haut zu sehen, dann haben Sie den Schritt in eines der außergewöhnlichsten Museen des Landes gewagt.« Das ist fein, und wenn ich nicht mit dem Bus der Linien 30 bis 34 beziehungsweise 40 fahre, gehe ich in aller Ruhe vom Jakominiplatz über die Radetzkystraße in Richtung Mur-Fluß, biege dann links ab in die Friedrichgasse und stehe bei Nr. 41 vor meinem Museum und denke, eine liebe Gewohnheit, daran, was aus einem Tröpferlbad und einem seiner ehemaligen Besucher werden kann.

Nutzlose Gefühle überfielen mich auf der Parkbank. Plötzlich fiel mir ein, daß in den letzten Jahren bei Beginn der warmen Jahreszeit der Vater jeden Tag meine geistig kranke Mutter auf den Rücksitz des alten VW packte, um mit ihr in seinen Schrebergarten zu fahren. »Ich bin ein Gürtelfahrer«, pflegte er zu sagen, und er meinte damit, daß ein Mensch, gleichgültig wie alt er wäre, solange er sein Auto noch über den Gürtel lenken konnte, mit Recht seinen Führerschein besaß. So fuhr er bei Beginn der warmen Jahreszeit täglich über den Gürtel nach Strebersdorf. »Der Garten«, sagte er, »ist mein Paradies.«

Auf meiner Grazer Stadtparkbank kam ich zu dem Schluß, daß zwischen dem Nicht-Sein meines Vaters, seinem Niemals-Wieder-Sein, und der Wärme auf meiner Haut, die einer Jahreszeit entsprach, die ihn seinerzeit bis ins hohe Alter belebt hatte, etwas oszillierte, das ich »das Nichts« zu nennen bereit war. Diesen Gedanken, dachte ich, sollte ich in meinen Text »Lob der Nutzlosigkeit« – neben einigen Bemerkungen zu Kafkas »Odradek« – doch noch einarbeiten.

Gedankenvoll stand ich auf und spazierte durch den sonnenbeschienenen Park. Viele Studenten, die sich von einer Hörermasse zu Liebespärchen umgruppiert hatten, saßen da. Kaum ein Mensch eilte hastig irgendwohin, und wenn, dann bestätigte er als Ausnahme bloß die Regel der Verlangsamung des Lebens. Schön, daß Graz eine Stadt ist, die solche Illusionen noch ermöglicht und sie nicht – wie viele andere Weltstädte – an allen Ecken und Enden bekämpft. Das war der Friede, durch den ich weiterleben werde, seine passive Seite, die Mittagspause. Momentan hegte ich keinen Zweifel daran, daß alle in diesem paradiesischen Park zusammengekommenen Einwohner (und erst recht Fremde wie ich) einer friedlichen Beschäftigung nachgingen: nach der Mittagspause.

Eine junge Frau kam mir entgegen. Sie rief mir zu: »Wos schaust'n so deppert, du schiaches Oaschloch.« Ich schwöre, sie hatte ich gar nicht angeschaut, die Frau hatte schlechthin meinen Blick gemeint und war objektiv, weil er ihr ja gar nicht galt. Ohne weiteres teilte ich ihre Meinung und sagte freundlich zu ihr: »Danke schön. Es hat mich sehr gefreut.«

Im Museum der Wahrnehmung. Ein Sprachphilosoph bin ich nicht; ich halte aber so etwas wie den Sprachphilosophen in Ehren – es ist nur, daß die Faszination, die von Sprachphilosophen, im besten Fall von der Sprachphilosophie, auf manche Menschen ausgeht, sich mir nicht mitteilt. Der linguistic turn könnte, könnte auch nur eine der Verrenkungen sein, an denen die Philosophie, sonst eher eine arme Wissenschaft, nicht arm ist. Die Philosophie versteht es – zum Glück – aus ihrer Armut (arm zum Beispiel gegenüber der Biologie und ihren vielversprechenden Aussagekräften) eine Tugend, ihre Tugend zu machen, und wenn sie reich daherkommt – zum Beispiel wie die ehemalige Geschichtsphilosophie (die Gegenwart und Zukunft, ganz zu schweigen von der Vergangenheit, auf den Begriff, in den Griff gebracht hat) –, dann darf sie, die Philosophie, mit einer Skepsis rechnen, die ganz von ihrer Art, die also philosophische Skepsis ist. Der Kyniker im Philosophen baut die Paläste der Philosophie um in die Hütten, wo wir einfachen Menschen sitzen, unter uns deutsche Professoren, amerikanische Künstler, Literaten, die ihre Literaturzeitschriften verteilen, Museumsdirektoren, Museumsdiener, Liebhaber, Ungeliebte – also irgendwie doch wiederum alle. Fast-überhaupt alle.
Peinlicherweise bin ich fast-überhaupt kein Philosoph – und ich wurde, jetzt folgt eine Anspielung auf Sein und Werden, im Laufe des Lebens und des Arbeitens kein Philosoph, nachdem ich, weil ich so staunen konnte, einer gewesen bin (denn alle Menschen, auch die dummen, sind ja zuerst und zunächst Philosophen – was sind sie, nachdem sie geworden sind, am Ende?). Auch auf dem Wege schriftstellerischer Arbeiten, die es mit Wahrnehmungen aufnahmen, stellte sich bei mir Philosophisches nicht endgültig ein; es gibt nämlich eine Grundwahrnehmung, durch die ich nicht zum Philosophen wurde,

weil ich mich an sie klammerte, mein Leben lang; keine Proustsche Madeleine, von der in unserer Kultur das lebenslange Anklammern an eine Empfindung stammt (lebenslang heißt: einen ganzen Roman hindurch, der allerdings die Grenzen von Romanen sprengt und in diesem Sprengen auch noch die Philosophie im Ganzen verschluckt hat) – keine Madeleine, auch kein privater Einfall, keine Idee, sondern ein Lichteinfall, von dem ich weiß, daß er zum ersten Mal in Bad Gleichenberg stattfand und später dann in Rabenstein an der Pielach oder umgekehrt. Natürlich war ich ein Kind (Kind, das ist ein Status, dem die Wahrnehmungen bekanntlich ihre besondere Einbildungskraft verdanken), und was an der Wahrnehmung dieses Lichteinfalls dran ist, ist schnell gesagt: In erster Linie bedeutet dieser Lichteinfall nur sich selbst – der Philosoph in mir, ein kleines, manchmal sympathisches, manchmal widerwärtiges, mir beim Schreiben unaufhörlich über die Schulter blickendes Männchen –, der Philosoph in mir sagt: Der Lichteinfall hat keine Bedeutung – es ist die Reflexion, seine Brechung in mir, die ihm eine Bedeutung gibt. Die Sonne lacht – aber sie, die Sonne, lacht doch nicht. Wer lacht da?
Bevor ich den im fortlaufenden Text folgenden Satz schreibe und er hier zu lesen sein wird, will ich über ein Wort etwas sagen, das, wie ich es schon weiß, in dem kommenden Satz des fortlaufenden Textes vorkommen wird. Es ist das Wort Nachdenklichkeit. Ich weiß, als Wort genügt nachdenken und ist auch schon zuviel: Denken genügt. Wieso denn nachdenken, vielleicht um damit das Geständnis abzulegen, so ein Nachdenken wäre gar kein Denken? Aber mir ist so ernst damit, daß das Denken immer danach kommt. Im Danach hat es seine Frische; es kann dem Momentanen, der Plötzlichkeit hinterherlaufen, und seine Begierde nach dem Moment, dem

unverwechselbaren Augenblick, ist der Selbstverrat des Denkens, das es mit sich und seinem vermeintlichen »Zu spät« nicht aushält. Spät ist mir rechtzeitig – Geistesgegenwart, an dem das Denken doch Anteil hat (indem es sich plötzlich dispensiert, sich also klug aus dem angestammten Danach entläßt), erscheint mir als eine Zeitverschwendung, als das Hier & Jetzt, zu dem einen Psychologen und andere Lebensberater aufmuntern möchten, damit man durch Nachdenken keinen Schaden erleidet. Hörst, sagt mir eine meiner inneren Stimmen, willst du mit deinem Danach die Wirklichkeit historisieren: Wirklich sei danach nur, was vorüber ist? Nö, sage ich, bloß wirklich gedacht, erst, wenn es vorüber ist, ist es wirklich zu denken. Mariechen saß auf einem Stein, sagt die innere Stimme, und wartet darauf, bis die Eulen der Minerva am Horizont erscheinen. Ich fühle mich als Mariechen, fühle den Stein, auf dem ich sitze; er läßt sich, sage ich triumphierend zu meiner inneren Stimme, nicht absägen wie jeder beliebige Ast, auf dem die anderen sitzen. Die Eulen der Minerva haben mir in der Dämmerung gesagt: Ein denklich gibt es nicht, nachdenklich ja. Da es denklich nicht gibt, wird sich der Sprachgeist dabei doch etwas gedacht haben, der sich jede Denklichkeit verbittet, vielleicht auch die Nachdenklichkeit …

Ich möchte (und dies ist der im fortlaufenden Text folgende Satz) die Reflexion, also meine Nachdenklichkeit einerseits anstellen und andererseits blockieren, damit das Heroische des besagten Lichteinfalls zum Vorschein kommt: Es besteht darin, daß der Lichteinfall nur für sich selber da ist und daher für mich. Es läßt sich über den Lichteinfall nicht viel sagen, und wenn es einem nicht gelingt, etwas daraus zu machen, daß sich nicht viel über ihn sagen läßt, dann hat man, wie es in der Schule heißt, sein Thema verfehlt: Das Licht kam durch die Bäume hindurch, es war Sommer, es fiel auf Blätter einer Staude (botanisch würde ich für die Bezeichnung Staude meine Hand nicht ins Feuer legen), und diese Blätter ermöglichten im Licht und im Schatten ein Farbenspiel. Das Lichtspiel hatte einen Makrokosmos: den Wald, er war dunkel, aber freundlich. Das Lichtspiel hatte einen Mikrokosmos: die Blätter, sie waren heiter, und grün war die Grundfarbe.

Es ist wahrscheinlich, sagt die Reflexion (die sogar meine inneren Stimmen domptiert), daß ein solcher Anblick eine Sehnsucht erfüllt – eine Sehnsucht, die in ihrem romantischen Formenkreis nicht an erster Stelle, vielleicht in diesem Kreis gar nicht vorkommt oder gar nicht bewußt ist. Mein Auge bekam in diesem Licht etwas zu sehen, wonach es aus war. Diesen Satz kann man auch so lesen: Danach war es aus, denn: Man verliert seine Sehnsüchte, und ich habe Beklemmungen angesichts der Versuche, die Sehnsüchte zu organisieren und sie durch Organisation aufrechtzuerhalten. Kein Plädoyer für die Spontaneität – Plädoyers für die Spontaneität soll man den ganz und gar unspontanen Leuten, zum Beispiel den schon zitierten Hier-&-Jetzt-Psychologen überlassen, sie können es am besten. Von meiner Seite kommt hier nur die mich aufregende Feststellung: Das, wonach mein Auge aus war, habe ich nie wieder gesehen, auch nicht angesichts unzähliger Waldspaziergänge – es war halt (halt!) der einzigartige, der auratische Augenblick – ihn kann ich nicht vergessen, ich kann ihn nur aufschreiben, mit der gewissen unverschämten Sicherheit, damit rechnen zu können, daß ein Publikum weiß, wovon ich rede. Ja, mich erfaßte, als ich begann, über Verschriftlichung von Wahrnehmungen nachzudenken, ein zwingendes Gefühl, darüber nicht zu schreiben, sondern frei sprechen zu müssen. Das kam wohl nicht daher,

weil ich von dieser Freiheit, die mit unvorhergesehenen Einfällen im Hier & Jetzt arbeiten kann, mehr Spontaneität erwartete. Das Gefühl kam von dem Wunsch nach einer spiegelnden Differenz (und ihrer Inszenierung): In der freien Rede sollte sich das Thema, die Verschriftlichung, widerspiegeln, also das andere sollte sich im Selben spiegeln: das Schriftliche im Mündlichen; alles in der Sprache. Und die Metapher vom Spiegel versinnlicht einen im Entscheidenden doch abstrakten Vorgang, den ich Reflexion oder fragwürdig Nachdenklichkeit genannt habe.
Von Verschriftlichung (ein Wort wie Verfilmung) weiß ich in erster Linie nur die Selbstverständlichkeit, daß sie eine andere Art der Nachdenklichkeit als die freie Rede darstellt. Verschriftlichung bedeutet Festlegung (wenigstens grundsätzlich – ich kann ja umschreiben, darum herumschreiben, aber so ein Umschreiben bedeutet doch auch nichts anderes als auf eine neue Festlegung aus sein oder, falls man sie unbedingt vermeiden möchte, damit, als Vermeider, doch festgelegt sein). Da ich seit 1974 schreibe, fühle ich mich seit 1974 festgelegt, und an den Polemiken, die schon 1974 (ich bin 1947 geboren) einsetzten und mit denen Kollegen ihr erfreulich frisches Mütchen an mir kühlten, fand ich in meinem Fall immer eines zutreffend, was ich in allen anderen Fällen ablehnte: Die Polemik muß sich ihre Gegner immer so zurichten, als könnten sich diese niemals ändern, als wären sie ein für alle Mal festgelegt. Die Behauptung der Unverbesserlichkeit halte ich in allen Fällen, außer eben in meinem, für inhuman. Mich legt die Schreiberei fest; deshalb spreche ich so gerne, und niemand kann nachlesen, nachschlagen, was ich eigentlich gesagt habe. Das eventuell mitlaufende Band darf man sich von mir aus vorspielen: Es beweist gar nichts, es ist vor Gericht nicht zugelassen. Beim Sprechen, in der

freien Rede, verkörpert man als leibhaftig anwesende Person sein Nachdenken, und auch dieses kommt einem freier vor, weil in der gelungenen Rede die Gedanken nicht vorgetragen, geschweige denn vorgelesen, sondern, kaum erhebt sich die Stimme, erst gesucht werden. Diese Sucherei ist mein Glück.

Festlegung ist das Resultat einer anderen Art von Konzentration, als die an Zerstreuung anstreifende Rede es sich träumen läßt. Die freie Rede ist (wie man selbst, auf dieselbe lebendige Art) verletzlich. Zum Beispiel kann man sie durch Widerrede sofort stören, sie am Ende zerstören; sie existiert dann nicht. An der festgelegten Rede (hinter der das Schreiben, das Geschriebenhaben steht) kann man bloß verhindern, daß sie gehalten wird; sie ist aber da, auch wenn man ihren Redner gestört hat, ihn vielleicht verstört hat. In der Computerwelt hat sie die Möglichkeit, auch als Ausdruck zu existieren. Der Redetext steht dann auf einem Blatt. Von der nicht gehaltenen, von der verhinderten freien Rede gibt es gar nichts. Das Verschwinden gerade dessen, worauf man sich festgelegt hat, ist jedoch durch die modernen Speicherungsmedien ein peinigendes Motiv geworden. Ein Fachmann sagte mir: »Bitte, wer nicht damit rechnet, daß ihm die Texte im Computer verschwinden können, der ist so eine Maschine gar nicht wert.« Für mich ein falscher Trost; jede Erleichterung durch ein neues Instrument bringt auch Prediger neuer, bisher ungekannter Härten hervor. Aber es ist nur logisch: Je mehr funktioniert, desto mehr muß man damit rechnen, daß es nicht funktioniert. Das Verschwinden: Früher verschwanden Schriften auf der Flucht des Autors, in dramatischen Lebensaugenblicken oder durch Schlampereien, wie sie nicht zuletzt in solchen dramatischen Lebensaugenblicken passieren können. Jetzt können Schriften verschwinden, gerade da-

durch, daß man sie sorgfältig gespeichert hat. Einer der, wie man mir sagt, hervorragenden Intellektuellen der Computerkultur hat in einem Interview das Rätsel der durch Speicherung im Computer verschwundenen Schrift angesprochen. Ich zitiere Neal Stephenson: »Beim sogenannten Speichern ist mir einmal – kein Experte wird mir je erklären können, warum – die Arbeit von Wochen abhanden gekommen. Seitdem schreibe ich nur mit diesem Füller hier.«
Na ja, es wäre falsch, das Verschwinden ins Zentrum der Virtualität zu stellen, da ja mehr die Vermehrung, die übermäßige Präsenz dessen, was eigentlich verschwinden sollte, durch den Computer verursacht wird. Aber wer eben ein Schreiber ist (und bleibt), der ist einer, der auf seine Schrift Wert legt – und wenn auch nur eine Zeile für immer verschwunden ist, kann es sein, daß er ein für alle Mal zum Füller greift. Ich beobachte die Virenwarnungen, die über meine E-Mails an mich gelangen. Absender sind Menschen, die ich schon Jahre nicht gesehen habe und die mich automatisch vor Viren warnen, die mein Computer ohne ihre Warnungen gar nicht bekommen könnte. Eine Art von Warnung fesselt mich: Da kommt zuerst Post mit der Aufforderung, das Attachment zu löschen, um den Virus zu ruinieren. Dann kommt die Warnung vor der Warnung: Nicht löschen!, denn erst das Löschen aktiviert den Virus, vor dem gewarnt wurde. Die Einkleidung eines destruktiven Potentials in das Versprechen einer Hilfeleistung. Das ist wie im wirklichen Leben (wie sollte es sonst sein?) – wie im wirklichen Leben, wo es kommunikative Fallen gibt, die dem gleichen Modell folgen: Lösch mich bitte, und nach dem Löschen wird dir gesagt: Niemals hättest du löschen dürfen. Das wirkliche Leben ist für den Schreiber oft auch nichts, weil er doch so viel Wert, auch übertriebenen, auf seine Schriften legt. Wer aber mit

dem Absturz seiner Schriften, so der Fachmann für Computer, nicht leben kann, der ist wiederum den Computer nicht wert. Zum Schreiben im emphatischen Sinne hingegen, so der Fachmann für Schreiben, gehört das Festhalten des Geschriebenen, im schlimmsten Fall das Festhalten am längst schon Geschriebenen. Daß der originäre Sokrates nichts geschrieben hat, ist ein einleuchtendes Beispiel für jene Freiheit, deren Mangel die Schreiber stigmatisiert, entstellt (aber der sie auch zur Instanz macht, die man zur Rede stellen kann, indem man in ihrer Schrift nachliest, was sie gesagt haben will).

Ein Füller ist ein Instrument. Ein Mittelding von relativ geringer Eigenmacht; er folgt, wenn er was zu folgen hat – zum Beispiel einem Verstand, der sich über die Hand mitteilt. Das Mittelding, der Füller, profitiert vom Wert, den das Schreiben für den Besitzer hat – *die Fetischisierung der Schreibgeräte!* Der zitierte Stephenson sagte nicht, er schreibe, seitdem ihm ein Text abhanden gekommen war, mit einem Füller. Er sagte: »Seitdem schreibe ich nur mit diesem Füller hier« – also er konkretisiert sein Verhältnis zum Schreibmittel; er zeigt auf diesen seinen Füller hier. Ich habe mich immer für den gleichsam mechanischen Aspekt des Schreibens interessiert, also dafür, wie man mit einem Schreibgerät Druck macht, Druck zum Beispiel auf Papier ausübt. Das Papier saugt die Tinte an, und die so entstandene Schrift hat Bestand. Auch eine Tastatur bearbeitet man nachdrücklich – und diese gleichsam mechanisch-sinnliche Erfahrung ergibt eine Art Wahrnehmungspotential der eigenen Schreibweisen. Wer auf das Schreiben Wert legt, der wird von einem Gefühl geleitet (stärker, als er denkt), das er nicht zuletzt durch die mechanischen Schreibvorgänge erworben hat – und in diesem Rahmen eben, also nicht zuletzt dadurch, wie sehr diese

Schreibvorgänge den Bestand seiner Schriften garantieren (oder ruinieren). Am Ende zückt man den Füller.
Ich kultiviere seit langem das Erstaunen darüber, daß man, sagen wir, (sich) etwas denkt, und das Gedachte kann dann über die Hand hingeschrieben werden. Das Schlichteste, das mir angesichts des gewiß hohen Anspruchs der Erörterung der Kulturtechnik Schreiben einfällt, ist erstens schon wiederum eine Kinderei: Zum Schreiben kommt man durch das Lesen; die einzige Sache, die wohl alle Schreibenden gemeinsam haben: Sie waren einmal lesende Kinder: Zehnjährige, denen Bücher wichtiger waren und wirklicher als alles andere. Im übrigen habe ich von »Zum Schreiben« bis »alles andere« nichts selber geschrieben; ich habe es nur eigens abgeschrieben, aber es stimmt so sehr, daß es auch gar keinen bestimmten Autor benötigt. Den Autor zu zitieren, hieße, ihn zu kritisieren, hieße, ihn auf seinem Gemeinplatz aufzustellen. Da stelle ich mich lieber selber hin und spreche vom Kind, das ich war; was ich las, war wirklicher als alles andere. Später, wenn man zum Beispiel schon seit 1974 schreibt, befällt einen der Defätismus, vielleicht wäre doch alles andere wichtiger als das, was es zu lesen gibt.
Beides gehört zum Leser, der schreibt: der Triumph und der Zweifel, die Intensität seiner Illusionen und die Depression über ihren prekären Daseinsmodus. Ich war schon ein Zwölfjähriger, als die Geschichte mit dem Lichteinfall meine Wahrnehmung par excellence passierte. Das war wirklicher als alles andere, und bis heute mühe ich mich ab, eine Definition für das Resultat von Schreiben & Lesen, also für Literatur zu finden, die meine Wahrnehmung eines Lichteinfalls in Bad Gleichenberg berücksichtigt: Literatur sei ein sprachlicher Vorgang, der ein Jenseits der Sprache evoziert – so wie die eine Geschichte von Patricia Highsmith, in der ein Kunststu-

dent wegen unglücklicher Liebe nach Mexiko abhaut, dort in einer Kleinstadt ein bißchen herummalt und eines Tages in der entsetzlichen Mittagshitze durch sein Hotelfenster wahrnimmt, wie ein Katzen quälender Junge erschossen wird. Der Kunststudent bringt – gegen jede Warnung, es nicht zu tun – den Mord zur Anzeige und wird selber unter dem Verdacht, der Mörder zu sein, eingesperrt. Aber das Unglück vergeht, wie es gekommen ist: Es löst sich im Nichts auf, der Student wird freigelassen und fährt, als wäre nichts geschehen, zu seiner Schwester nach Kalifornien. Das las ich in einer weißen Nacht – so nennt man eine Nacht ohne Schlaf. Die unglückliche Liebe, die Kunst der Malerei, die in einem Kunststudenten ihren Anfang nimmt, der aber schon das Ende sein könnte; die Hitze und die Tierquälerei; der Mord und die Strafe für Unschuld; das Auflösen der Spannung im Nichts – es endet alles gut, man weiß nur nicht warum: eine einzige Fiktion aus Sprache, die aber aus diesem Rahmen ausbricht und in der Nacht meine Seele bloßlegte.

Einfacher oder besser einfach komplizierter ist mein zweiter, schon angedeuteter Einfall zur Kulturtechnik Schreiben, nämlich die Tatsache, daß man üblicherweise mit der Hand schreibt. Schreiben als Handwerk meint daher nicht, daß irgendeine, im emphatischen Sinne Schreiben genannte Tätigkeit, also eine Kunst, handwerkliche Voraussetzungen hätte oder gar sie zu beachten hätte. Ich versuche unter diesem Titel »Schreiben als Handwerk« nur herauszufinden, was – in Umrissen – geschieht, wenn man die klassische Frage »Wer schreibt?« mit »In erster Linie die Hand« beantwortet. Es ist klar, daß sich in der Literatur, die zunehmend auch eine über das Schreiben geworden ist, viele Beispiele zu einer, hochtrabend gesagt, »Metaphorologie des Schreibens mit der Hand« finden lassen müßten. Ich habe im Fernsehen ein Beispiel dafür gehört: Ingeborg Bachmann hätte in ihrem Roman »Malina« sogar mehrere Male von einem Satz Flauberts Gebrauch gemacht. Der Satz – und dem Fernsehen glaube ich es fürs erste aufs Wort – lautet: »Mit meiner verbrannten Hand beschreibe ich die Natur des Feuers.«

Aus Peter Handkes »Mein Jahr in der Niemandsbucht« – aus dessen erstem Teil, der da heißt »Wer nicht? Wer?« – entnehme ich taxfrei und zur Einstimmung ein außerordentliches Bild, das mein Thema ebenfalls von einem wichtigen Moment der Gefahr her zeigt und obendrein noch von einer charakteristischen Ganzheit: »Nachdem die zurückspringende Messerklinge, in einem tiefen Schnitt, der mich kurz alle Fleischschichten bis auf die Knochen sehen ließ, mir fast den Schreibfinger abgetrennt hatte, putzte ich, während ich die Hand, auf das Blut wartend, in den Wasserstrahl hielt, mit der anderen sorgsam die Zähne.«

Fleisch, Knochen, Blut und Zähne – das ist der Mensch im Ganzen, gleichsam en gros, und wenn der Finger, der daran hängt und der abgeschnitten zu werden droht, der Schreibfinger genannt wird, dann ist es wohl ein ganzer Schriftsteller, der da spricht.

Die Paradoxie, daß auf das inflationäre Anwachsen der Schriften mit Schriften über das Schreiben reagiert wurde, die nun ihrerseits inflationär anwachsen, hat einen Germanisten, Jochen Hörisch, zu Recht schon einmal dekorativ amüsiert, das aber heißt: zu einem Aufsatz darüber motiviert. Wenn es nun wahr ist, was Canetti schrieb, daß nämlich Spuren (im Sand oder sonstwo) die erste Schrift gewesen sind, die Menschen lesen konnten, dann kann ich daraus schließen, daß die derzeitige Masse an Schriftlichem vor allem den Sinn hat, unsere Spuren zu verwischen. Es wird soviel wie nur möglich in Zeichen, und sei es in Schriftzeichen, verwandelt, und diese coo-

len Killer bilden ihre eigene Welt, die alles, worauf sie sich vorgeblich beziehen, und die alles, was sie angeblich bezeichnen, so gut wie nur ihnen möglich unzugänglich machen. Aus der Masse höre man kein Wort mehr heraus, und ob unser Sprechen noch Sinn habe, sei zumindest zweifelhaft. Dieser chaotischen Unzugänglichkeit der wirklichen Dinge wegen kann man leicht das Gefühl haben, daß die einzige Ordnung in den Medien liegt, die wenigstens ihre eigenen, nämlich die medialen Ordnungen verbreiten. »Das Mediensystem«, schrieb Norbert Bolz, »ersetzt das transzendentale Subjekt«, und der Computer als historisch-technisches Apriori unserer Kultur, als deren Leitmedium, schicke sich bereits an, »alle Medien als Verbund zu organisieren.«
In dieser Lage ist es verständlich, daß man für einfache Medien, für simpel Wahrnehmbares, ins Schwärmen kommen kann. So gibt es zum Beispiel ein bezeichnendes symmetrisches Amusement zu dem des oben zitierten Jochen Hörisch, besser, es gibt die Schrift gewordene Begeisterung eines anderen Germanisten, Peter von Matts, für eine Handschrift, für die Handschrift Franz Kafkas, dessen Werk als einzigartig feststeht, und dessen Schrift dies den Augen des kundigen Lesers beglückend schwarz auf weiß verrät: »Und wie die Zeichen im Raum leben!« schreibt von Matt angesichts der neuen Kafka-Faksimile-Ausgabe, und weiter: »Wie das K, die Schicksalsletter des Autors, bald als starres kleines Gebilde dasteht, bald mit einem ungeheuren Abschwung in die Tiefe fährt, weit in die untere Zeile hinein, als müßte einem Ertrinkenden ein Seil ausgeworfen werden ... Und wie die Querstriche der A und F, insbesondere aber immer wieder der t mit freier Gewalt in das feine Schriftbild gehauen sind, ein Gestus, der sich zu verselbständigen scheint, der das einzelne Blatt graphisch prägt wie ein Wurf von Wunden ...«

Daher – wegen solcher Wunden und der Chance ihrer Verheilung – schätze ich besonders ein Beispiel aus Gottfried Benns »Weinhaus Wolf«: Da wird jemand, der Erzähler, dadurch charakterisiert, daß er Schriftsteller werden wollte – es aber nicht geworden ist, weil er einfach seine Handschrift nicht lesen konnte. Das lese ich wie einen lakonischen Kommentar zu einem Beruf, der angeblich in hohem Ansehen steht, der aber gewiß zur Selbstsakralisierung neigt, den man aber ohne weiteres sein lassen kann, falls einige sonst selbstverständliche Bedingungen nicht gegeben sind. (Ein Rätsel übrigens, was eine eigene Handschrift soll, die einem selber unleserlich bleibt. Die Errungenschaft der Avantgarde, die Schreibbarkeit von der Lesbarkeit getrennt zu haben, ist für eine eigene Handschrift vollkommen sinnlos.)
Die Vermeidung der Handschrift kann eine schriftstellerische Strategie sein, die bis zur Ausschaltung der Hand beim Schreibvorgang führt, bis zum Überlisten der für einen künstlerischen Beruf doch allzu schlichten Gegebenheit, daß man üblicherweise (und auch am Computer) mit der Hand schreibt. In Nabokovs Roman »Die Gabe« finde ich den ironischen Hinweis auf das Streben eines Schriftstellers nach ewiger Gültigkeit, ein Streben, das sich im Grübeln ausdrückt: »Was geschieht, grübelte er im Jahre 1848, wenn man einen Bleistift an einem Quecksilberthermometer befestigt, sodaß er sich mit den wechselnden Temperaturen bewegt. Von der Voraussetzung ausgehend, daß Temperatur etwas Ewiges ist …«
Franz Mon hat über österreichische Schriftsteller in den fünfziger und den sechziger Jahren, über die Wiener Gruppe geschrieben, man habe damals zwischen Schrift und Hand strategisch etwas anderes, etwas Drittes eingesetzt, eine »Schreibmaschine«, und zwar deshalb, weil man der Vertraulichkeit,

die zwischen Kopf und Hand unmittelbar besteht, mißtraute. Konrad Bayers »sechster sinn« baut das Bewußtsein, ein eigenes und überhaupt »das Bewußtsein«, ironisch aus der Wechselbezüglichkeit zweier unbeantwortbarer Fragen auf: Erstens, was will mein Körper von mir? Und zweitens, was will meine Seele von mir? In diesem Rahmen kommt es an vielen Stellen zur Entfremdung mit dem Vertrauten, zum Beispiel:
»er hob einen fusz wie so oft zuvor und begriff nicht, was ihn zusammenhalte, was ihn nicht einstürzen liesz, die hand neben den fusz, der schädel neben dem wangenfleisch, ja so könnte es sein, so wird es daliegen, wozu die schwerkraft, wenn sie mich nicht in die knie zwingt, festhält, ein dünner fladen auf der oberfläche des magnetbergs? alles lüge, niemand hält mich, schrie goldenberg in gedanken und stiesz sich von dem planeten erde ab.«
Goldenberg kam dabei in die Höhe von 35 Zentimetern, nicht hoch genug, um die Anziehungskraft des Mondes für sich nützen zu können. So trat Goldenbergs Raumfahrt in die zweite Phase:
»das schiff goldenberg sank unaufhaltsam der asfaltierten erdkruste zu, landete sicher auf einem bein, das zweite folgte sekunden später. heimat, dachte goldenberg mit tränen der rührung.«
Ich habe es schon gestanden, daß bei meinem Nachdenken über das Schreiben als Handwerk eine vorwissenschaftliche, vielleicht auch unwissenschaftliche Faszination die Hauptrolle spielt: nämlich das Erstaunen darüber, daß ein Gedanke vermittels der Hand hingeschrieben werden kann. Es ist, um es mit einem Wort von Franz Mon zu sagen, dieser »Kurzschluß der schreibenden Hand mit der Innenwelt«, der mein Interesse weckt. Was für Abmachungen wirken sich, die Hand betreffend, in der Selbstverständlichkeit händischer

Vermittlung aus, welche Koordinationen finden statt, damit dieser Körper auf Erden samt seiner Seele als Heimat erscheinen kann und will?
Selbstverständlich wäre es klüger, nicht der Rührung des Erstaunens nachzugeben, sondern einen Chirurgen, einen Prothesenspezialisten zu fragen – er wüßte aus der Reparatur, also von einer Praxis her, worauf es ankommt. Aber ich glaube, daß ich wenigstens den theoretischen Schlüsselsatz gefunden habe; er steht in Wittgensteins »Bemerkungen über die Philosophie der Psychologie« und lautet:
»Beobachte dich beim Schreiben, und wie die Hand die Buchstaben formt, ohne daß du es eigentlich veranlaßt. Du fühlst wohl etwas in deiner Hand, allerlei Spannungen und Drücke, aber daß d i e dazu nötig sind, diese Buchstaben zu erzeugen, davon weißt du nichts.«
Der Schreibvorgang funktioniert also über ein Ignotum, und das heißt (und deshalb kann ich's auch nur so umständlich sagen), es wird beim Schreiben nicht einfach etwas nicht gewußt, sondern dadurch, daß es nicht gewußt, bewußt wird, funktioniert das Schreiben überhaupt. Es funktioniert unmittelbar, und Unmittelbarkeit ist ein altes philosophisches Wort, in dem mitgesagt sein soll, daß die Vermittlungen, aufgrund derer etwas unmittelbar funktioniert, aufgrund derer die Unmittelbarkeit funktioniert, einerseits nicht gewußt werden, aber andererseits wirkungsvoll am Werk sind. Stört man die Unmittelbarkeit, dann funktionieren auch die Vermittlungen nicht mehr: Man kann dann einfach nicht mehr schreiben.
Beim Schreiben, dem bekannten geistigen, also jetzt nicht handwerklichen Vorgang, gilt zum Beispiel: Koppelt man in Gedanken sein Schreiben direkt mit der Wirkung, die es haben soll, also mit dem sogenannten Erfolg, dann kommt man

aus dem Schreiben heraus, verliert seine Unmittelbarkeit, und wenn man Pech hat, führt das in eine neurotische Schreibhemmung, in eine pathologische Sehnsucht danach, seine Unmittelbarkeit im Schreiben, die Unmittelbarkeit des Schreibens wiederzugewinnen, und weil man eben so bewußt danach sehnsüchtig wird, die Buchstaben zu formen, kommt man nicht mehr ins Schreiben zurück. Auch wenn die Schreibsucht das Übliche sein mag, auch wenn merkwürdige Kombinationen, Entsprechungen von Schreibsucht und Schreibhemmung den Markt bestimmen, es zeigt sich an der Schreibhemmung doch, was das Glück ist: Das Glück (jeweils für einen selber) ist das unmittelbare Funktionieren des Schreibens, das Unbehagen ist die Hemmung; die Hemmung resultiert nicht zuletzt aus einer »Theoretisierung der Unmittelbarkeit«, also daraus, daß ich von vornherein weiß, einen zwanghaften Begriff davon habe, wie man schreiben soll, zum Beispiel perfekt und großartig, alles bisher Geschriebene in den Sack steckend.

Reflexion ist eben eine Quelle des Unglücks, und man muß schon etwas erfinden, will man damit, will man mit Reflexion sein Glück machen. »Wo alles sich durch Glück beweist«, schrieb Gottfried Benn, »und tauscht den Blick und tauscht die Ringe / im Weingeruch im Rausch der Dinge –: / dienst du dem Gegenglück, dem Geist.« Norbert Bolz hat, wenn ich mich recht erinnere, nicht zuletzt diese Stelle aus dem Gedicht von Benn für den schlüssigen Beweis herangezogen, daß man – falls man der erschöpfenden Dichotomie von Glück und Unglück glücklich entrinnen will – Universitätsprofessor, Diener am Gegenglück werden muß. Im Gegenglück, in der geistigen Arbeit – wenn man unter geistiger Arbeit eine Faszination gewährende, eine Faszination produzierende Synthese von intellektueller und emotioneller Anstrengung versteht – ist das Glück nicht einfach mit einem glatten Funktionieren zu haben, geschweige denn gleichzusetzen.

Ich erinnere mich sehr vage an eine Anekdote, die von zwei surrealistischen Autoren erzählt: Der eine sagt dem anderen, daß er nun schon seit Monaten an einer Schreibhemmung laboriere. Der andere gratuliert ihm dazu neidlos, denn er weiß, je größer die zu überwindende Hemmung, desto bedeutender das daraus erfolgende Werk! Aber alle Spekulationen mit der Hemmung sind eine unsichere Geschichte; die Gewalten des Stagnierens im Gegenglück (»die Mitte allen Unglücks« nannte Kafka einmal das Nichtschreibenkönnen) entwickeln leicht eine Eigendynamik, einen eigenen Absolutismus; es kommt darauf an, ob man in der Lage bleibt, die Nachdenklichkeit auch aufzugeben, zum Beispiel, indem man sie durch Schreiben realisiert. In diesem Sinne verstehe ich auch Benjamins Definition von Geistesgegenwart; sie ist das Resultat einer genialen, sachgerechten Überspitzung des Problems und lautet: »Geistesgegenwart haben heißt: Im Augenblick der Gefahr sich gehen lassen.«

Aber auf dergleichen möchte ich gar nicht hinaus, sondern darauf, daß die Hemmung im intellektuellen Vorgang des Schreibens eine Entsprechung im manuellen Schreibvorgang, im Schreiben als Handwerk hat. Die Psychoanalyse war schon in ihrer Frühzeit damit befaßt. 1920 fand in der Wiener Psychoanalytischen Vereinigung ein Vortrag mit dem Titel »Zur Psychogenese des Schreibkrampfs« statt, und 1936 findet man, ebenfalls in der *Internationalen Zeitschrift für Psychoanalyse* abgedruckt, die Arbeit: »Zur Genese der Platzangst und des Schreibkrampfes.« Die Psychoanalytiker polemisieren gegen die Neurologen, die gelassen im Schreibkrampf nichts anders sehen können als eine »koordinato-

rische Beschäftigungsneurose«, die eine umgrenzte kleine Muskelgruppe befällt, falls diese zu einem bestimmten Zweck, zum Schreiben eben, eingesetzt werden soll.
In meiner Sprache ist im Schreibkrampf die Balance gestört, die, falls alles funktioniert, zwischen dem besteht, was mein Körper von mir will, und dem, was meine Seele von mir will; lästig, unbehaglich ist das recht bedacht schon, denn dauernd will wer was von mir, und wenn zum Beispiel ich etwas wollen muß, nämlich daß ich schreibe, dann kann es sein, daß die Hand nicht will. Der Schreibkrampf äußert sich in einem, wie es heißt, bezeichnenden Zustand der Hand, der in seiner Intensität schwankend, von leichter Unsicherheit, Ausfahren oder Zittern bis zu schmerzhafter Versteifung und gänzlicher Unfähigkeit zu schreiben führt. Wird aber das Schreibgerät beiseite gelegt, löst sich der Krampf sofort, und die Hand ist zu allen anderen Verrichtungen anstandslos zu gebrauchen. Der Krampf wird allerdings vorausgeahnt, antizipiert, er ist als ständige Utopie vorhanden: Die bloße Vorstellung, schreiben zu müssen, versetzt den Kranken in nervöse Erregung.
Es ist merkwürdig: Wenn H. C. Artmann glaubhaft berichtete, er habe als 15- oder 16jähriger die Tochter eines Müllers kennengelernt, in der Gegend von Hollabrunn, und sie habe ihm dermaßen gefallen, daß er sein erstes Gedicht für sie schrieb, was wiederum für ihn bedeutete, daß er von diesem Augenblick an Dichter war, dann ist doch die folgende Krankengeschichte eines anonym Gebliebenen eine Art Parallelpassion dazu: Dieser Mann litt am Schreibkrampf, und ein Element dieses Leidens war eine ganz bestimmte Gewissensqual. Er hatte nämlich eines Tages eine Geliebte, mit der Sexualität gemäß seiner harmlos perversen Penetrationsunwilligkeit glücklich gewesen war, verlassen, um eine Frau aus sei-

ner Gesellschaftsschicht im Ernst zu ehelichen. Die Geliebte hatte er ohne ein Wort verlassen; er kämpfte nun – so protokolliert es der Psychoanalytiker – mit dem Vorsatz, »ihr auf schriftlichem Wege Aufklärung zu geben, und noch später in der Ehe kam ihm zeitweilig der unmotivierte Gedanke, seiner Freundin zu schreiben, um über ihr Schicksal, von dem er nichts mehr erfahren hatte und für das er sich schuldig fühlte, Gewißheit zu erlangen«.
Das Dichtersein ist die höchste Lust am Wort, die höchste Lust daran, es hinzuschreiben – bei welchen Hindernissen und Verkrampfungen auch immer; der Schreibkrampf dagegen ist die höchste Unlust daran, und wahrscheinlich sind beides zwei Akzente ein und desselben Systems, das aufzuklären ungleich komplizierter ist, als darüber eine Collage von Beispielen vorzutragen. Den psychoanalytischen Erklärungsmustern kann ich nicht folgen, vor allem dann nicht, wenn sie das Resultat von Versuchen sind, Erzählungen, Lebensgeschichten derartig zu formalisieren, daß sie wie wissenschaftlich nachgewiesene Bedingungen für alle klingen. Aber es könnte sein, daß diese Erzählungen, diese aus den Lebensgeschichten herauskristallisierten banalen Bedeutungen noch das Beste sind, das man hat – wenigstens so lange, bis eine Sprache gefunden ist, mit der man Genaueres sagen kann über derartig erstaunliche Phänomene wie die – nach Lust und Unlust auseinanderstrebenden – Analogien von Dichtkunst und Schreibkrampf.
Und zu alledem bin ich gekommen, weil ein Computermensch behauptet hat, lieber nähme er den Füller in die Hand, als zu riskieren, daß ein Text wieder einmal verschwände. Ich unterstelle dieser Behauptung, daß sie verräterisch ist: Sie verrät, daß Schreiben mit dem Computer noch nicht kompatibel ist, weil das Schreiben seine exklusiv hän-

dische Vergangenheit nicht abgeschüttelt hat. In der Zeitung las ich von einem Ereignis, mit dem versucht wurde, die Exklusivität einer Füllfedermarke an das Schreiben mit der Hand rückzubinden: Eine Schauspielerin aus der Serie »Sex and the City« kritzelte mit dem Füller der glänzenden Marke eigenhändig ein paar Wörter aufs Papier. Der Schreibakt fand vor Publikum in New York statt; es war ein gesellschaftliches Ereignis, ein Fest im Gegensatz zum Alltag des Schreibsklaven, der vor seiner Maschine sitzt und nicht aufzuhören scheint, etwas hineinzutippen. Ohne das Schreibinstrument aus Gold wird man aus dem Schreiben mit der Hand keinen einmaligen Luxus machen. Aber daß die Handschrift etwas Besonderes ist, hat sich im korrupten alltäglichen Wortschatz erhalten: Lächerlich genug sagte ein Politiker, nachdem wieder einmal eine Koalition eingegangen wurde, der Koalitionspakt enhielte zu wenig von der »Handschrift« seiner Partei. Handschrift als Metapher für das unverwechselbar Eigene (das das Genormte ist) – so geht es ihr auf dem Weg im Ausgedinge.

In manchen Fällen ist die Sprache zugleich primitiv und intelligent – intelligent in dem Sinn, daß sie sich zu helfen weiß. Ich nehme, weil ich Ausdruck schon verwendet habe, ein Wort, das mir dazu antithetisch auf der Zunge liegt, nämlich Eindruck. Eindruck provoziert eine mechanische Vorstellung, dem Wort Eindruck liegt eine mechanische Vorstellung zugrunde: Es ist, folgt man diesem Wort, etwas da, was auf eine gleichsam leere Vorlage, wie auf ein weißes Blatt Papier, einen Druck ausübt, und die Abdrücke bleiben zurück und sie geben ein Bild von dem, was zu sehen ist oder was gesehen werden soll. Der Eindruck ist mit dem Ausdruck kombiniert: Ausdruck ist, was Eindruck schafft. Ich glaube, im Druckereiwesen ist dieses mechanische Verständnis durch so-

genannte Klischees (Bezeichnung für sämtliche Arten von Hochdruckplatten und Druckstöcken) erfolgreich am Werk: Sie liefern den standardisierten Buchstabensatz, der für alles und jedes Einsatz finden kann. Schreiben als Kunst benützt diesen Satz, also Klischees, und versucht ihn, also die Klischees, zu überrumpeln: Etwas (ein Eindruck, ein Sinneseindruck zum Beispiel) steht dann in der Schrift glänzend, ergreifend da, und obwohl so ein Eindruck ohne den standardisierten Satz nicht auskommt, wirkt die Schrift so, als ob sie einzig und allein dafür, für diesen Eindruck, zum Einsatz gekommen wäre. Das Klischee wird durch Verfahren seiner Anwendung unsichtbar.
Das Wort Eindruck ist intelligent, weil es über eine Sachlage hinweghilft, die dermaßen kompliziert ist, daß es sich durchaus empfiehlt, mit ihr wie mit dem Gordischen Knoten zu verfahren. Der Wissenschaftsjournalismus, der naturgemäß noch viel intelligenter sein muß (und will) als die Alltagssprache, verrät etwas von dieser Kompliziertheit: In einem wissenschaftsjournalistischen Text zum Beispiel ist davon die Rede, daß das, was einem Menschen als Erinnerung bleibt, nicht identisch mit dem tatsächlich Vorgefallenen ist; etwas pfuscht da hinein, das weiß auch der Common sense. Der Journalist schafft sich dafür Ausdruck mit der Schlagzeile: »Das Gehirn zimmert sich das Sein zurecht.« Es pocht zwar manchmal in meinem Kopf, aber würde das Gehirn zimmern, dann wäre mein Dachschaden noch größer. Es ist mir dabei weniger ein Problem, daß man sich einer Metapher bedient, um Gehirnvorgänge, die per se nicht sprachlicher Art sind, zu beschreiben, sie also in die Sprache zu transponieren: Man muß sich verständigen, koste es, was es wolle. Das Problem ist diese Metapher: Für die Konstitution von Sein kann man nach diesem metaphorisierenden Modell auch Gott ein-

setzen – und war der Vater des Jesus Christus nicht Zimmermann? Man kann nach diesem metaphorisierenden Modell auch den geringsten Seiner Diener einsetzen: Franz Schuh zimmert sich das Sein zurecht. Aber wenn man schon das Gehirn als Demiurgen hat, warum entleert man dann diesen Demiurgen ausgerechnet von dem, was seine Entdeckung so aufregend macht: von den elektrischen, chemischen und was weiß denn ich Prozessen? Jemand sagte einmal, die sogenannte Aura läge nicht in den Dingen, sondern in uns. Dieser Ansicht schuf er mit den Worten Ausdruck: Das Gehirn dichtet den Dingen die Aura an. Das Gehirn fungiert in solchen Reden als Deus ex machina, der eben alles, von dem man keine Ahnung hat, wie's funktioniert, auf durchaus traditionelle Art – durch Zimmern und Dichten – regelt. So sind sie, die Metaphern, werden die einen sagen; aber auch Metaphern sollten stimmig sein, die anderen.

Daß man Prozesse, dynamische Vorgänge substantiviert, also mit mehr oder weniger monolithischen Hauptwörtern festschreibt, dafür bietet die Sprache einfache Beispiele; das berühmteste wohl: die Zeit – ein Wort, das nur als Zeitwort den gemeinten Sinn haben könnte. Die Zeit ist nicht etwas, kein Wer oder Was, sondern was durch die Zeit ist, ist dieses permanente Zeitigen, das uns sogar das Leben kosten wird; die Zeit verstreicht nicht, sondern das Verstreichen ist die Zeit; ein Sein, das ein Werden ist – was für ein Kunststück, so etwas wie der historische Roman, der mit dergleichen zu kämpfen hat. (Tricks: Die Zeit wird als Raum gedacht: Dann lebt man im Jahr 1823 auf die gleiche Art, wie man im Alpenvorland oder gar seinerzeit, 2003, in der Kulturhauptstadt Graz lebte.)

Ich glaube, das Wort Eindruck enthält, so praktisch es einerseits sein mag, andererseits die einfachste Form des vielfach variierbaren Grundfehlers beim Bemühen, unser Wahrnehmen zu verstehen: Das Wort verhindert zumindest den Glauben nicht, es gäbe – außen – etwas, das sich – innen – abbildet. Schön wär's, aber die Entsprechungen zwischen außen und innen sind so, daß man das Konzept dieser Antithese »innen-außen« relativieren oder vielleicht sogar fallenlassen muß: Damit etwas als Wahrnehmung wahrgenommen werden kann, dürfte dieses Etwas dafür schon präformiert sein: »Wär' nicht das Auge sonnenhaft, / die Sonne könnt' es nie erblicken«, sagt Goethe, also die (vorwissenschaftliche) Poesie, die die Entsprechung auf Plotins Wegen zur Identität harmonisiert – nicht zuletzt einer euphorisierenden, das Mutmachen zelebrierenden Pädagogik wegen, denn das schöne Gedicht geht ja wie folgt weiter: »Läg' in uns nicht des Gottes eigne Kraft, / wie könnt' uns Göttliches entzücken?«

Wahrnehmungen sind Deutungsakte: Man nimmt die Welt, von der man selbst ein Teil ist, nicht wahr, wie sie ist; sondern was man wahrnimmt, haben sich die Sinne zu eben diesem Zweck zurechtgemacht, interpretiert. Es ist nicht einfach die Sprache, die Sinneseindrücke beschreibt, sondern es sind bereits Sinneseindrücke, die allein jemand hat, der auch über Sprache verfügt. (Das führt zu einer banalen, gelegentlich amüsanten deformation professionelle, nämlich zum Schriftsteller, der hier & jetzt nur das wahrnimmt, was er später schreibt.)

Die Sprache, in der ich mich an dieser Stelle darüber ausdrücke, ist notgedrungen ungenau, eher metaphorisch; verglichen mit der Wissenschaft, die mathematisch-physikalisch-technische Modelle hat, um Wahrnehmungstheorien aufzustellen, ist sie arm. Diese Armut ist keine Tugend, hat aber eine Verwandtschaft mit der Anstrengung jener Literatur genannten Instanz, die unter anderem auch die Verschriftlichung von Wahrnehmungen professionell besorgt. Ich denke, diese Art der Verschriftlichung muß nicht fürchten, durch Wissenschaft, die Genaueres weiß, delegitimiert zu werden – wenngleich in den mit Macht und Geld verbundenen Anerkennungskämpfen der Status von Literatur oder Kunst unsicher ist und häufig mit einer aufgeblasenen Reklamerhetorik verteidigt wird, sodaß man gerne auf die Kunst verzichtet, wenn man damit nur ihre Reklame loswerden könnte.

Wahrnehmend nimmt man nicht zugleich die Vorgänge im Gehirn wahr, die eine Bedingung der Möglichkeit dieses Wahrnehmens sind; die Wissenschaft blendet diese Vorgänge ein, im Wahrnehmen selbst sind sie ausgeblendet. Das bedeutet aber, daß es eine gleichsam unabhängige Sphäre gibt, in der das Wahrnehmen sozusagen für sich ist. Immer noch ist das wahre Leben der Wissenschaft gegenüber laienhaft. Ich habe mich oft gefragt, was passiert denn mit all den Eindrücken, die im Laufe eines Lebens durch das Bewußtsein von Menschen, die gestorben sind, wie soll man sagen, gingen?, schossen?, was passiert damit? Ja, Sinneseindrücke, Wahrnehmungen sind flüchtig. Man hinterläßt sie nicht wie Tische, Stühle, Bankomatkarten und Schulden. Ich behaupte, so etwas wie die Literatur – man lese in dieser Hinsicht vor allem Proust! – ist eine eindrucksvolle Wahrnehmungskonserve. Das größte Museum der Wahrnehmung, behaupte ich, ist die Sprache selbst. Ihre Stärke als Museum gewinnt die Sprache dadurch, daß sie keineswegs nur museale Funktionen hat; sie hat eine eigene Vitalität, die jedoch auch vergangenen Sinneseindrücken beisteht, wenn ein Mensch sie schriftlich in seiner Erinnerung festhalten möchte.

Melancholie im September. Als Winter war, schrieb ich über den Sommer; es ist mir unvergeßlich, wie ich damals, von der Kälte ernüchtert, mich in Gedanken dem Sommer widmete, und jetzt ist wieder ein Sommer vorüber, und wieder beginnen Zeitungsartikel mit der Meldung: »Dieser Sommer, der heuer keiner war ...«, und auch ich kann es sagen, ein für alle Mal, denn ein jeder weiß es: Der Sommer dieser Klimazone ist ein Phantom, ein Gespenst, das im Juni vorbeizuhuschen beginnt und das in unseren Breiten noch kein Mensch jemals wirklich erlebt hat, es sei denn in Ausnahmejahren, die durch die darauffolgenden Jahre zu vergessen sind. Natürlich, für die Sterblichen ist alles in der Welt flüchtig, aber sie haben wenigstens dafür vorgesorgt, daß die Jahreszeiten im Leben keine einschneidende Rolle mehr spielen; das ganze Jahr über kann man, muß man dasselbe tun, nur einige Berufe machen die Ausnahme, und die Mode ändert sich anscheinend: die Frühjahrsmode, die Sommermode, die Herbstmode, die Wintermode. Im Gleichmaß der Wiederholungen erschöpft sich zum Glück das jeweils andere: Es ist immer dasselbe, als ginge es in einem fort so weiter. Und doch ist das Ablaufen der Lebensuhr im Wechsel der Jahreszeiten immer noch mit inbegriffen. Ich habe ein Dichterwort im Ohr, es liegt mir am Herzen. Ein Dichter sagte von sich (seinen Namen habe ich vergessen): Ich habe keine Angst vor dem Sterben, aber daß ein Sommer vergehen wird, und dann wieder einer und schließlich wieder einer, aber der letzte schon nicht mehr für mich – davor habe ich Angst!

Melancholie im September – so hieß einst ein Schlager. Die Traurigkeit des jahreszeitlichen Schlagers ergreift leicht unsere Seelen. Der Mensch (ich rede von mir, gerade jetzt bedarf ich einer Sammelbezeichnung) nimmt seine Schocks,

sprich: die Auslöser seiner Stimmungen, von woher er sie kriegen kann, und eine Stimmung ist nötig, ohne Stimmung geht es nicht.
Oft sitze ich im Sommer da, mißgestimmt, und denke, das ist ja kein Sommer, und wenn es doch so scheint, als wäre gerade Sommer, dann denke ich: Dieser Sommer ist wie jeder Sommer bald vorbei. Ich bin ein Sommer-Hypochonder, und dem gewöhnlichen Hypochonder gleich, der sich darüber freut, wenn er endlich wirklich krank ist, bin auch ich froh, wenn der gefürchtete Herbst schließlich da ist. Der Herbst ist die Erlösung, er ist noch warm, aber schon ohne Hoffnung: Ich achte nicht mehr darauf, ob die Sonne scheint, und wenn sie's tut, ist es mir auch recht. Heute ist ein 17. September, und bald wird dieser Tag schon lange her gewesen sein. Aber ich verdanke ihm ein bleibendes Haßobjekt, das sich in der Morgenzeitung zu Wort gemeldet hat. Es ist der Satz: »Amüsiert hänge ich diesem Gedanken nach und blinzle in die Frühherbstsonne ...« Welchem Gedanken auch immer der blinzelnde Denker nachhängt, was für ein schlechter Auftritt meiner eigenen Motive in einer fremden Biographie.
Im Herbst kann man das Gefühl haben, daß alles aus ist, ein Gefühl, das täuscht, denn in Wahrheit fängt alles an. Das Fernsehen fängt mit dem neuen Programm an, die Vorlesungen auf der Universität fangen an, vor allem aber kehren die Patienten zu ihren Ärzten zurück. Waren die Warteräume im Sommer paradiesisch leer und die praktizierenden Ärzte gelassen, herrscht jetzt die alte Hektik medizinischer Versorgung. Ich muß wieder einmal zur Wiener Krankenkassa hinaufschauen, ins Hauptgebäude bei der Spinnerin am Kreuz, um zu sehen, was sich da tut: Dort sind nämlich meine liebsten Warteräume. Leise Kaufhausmusik beruhigt den aufge-

regten Kranken, der noch nicht wissen kann, woran genau er leidet. Automatische Ziffernblätter mit Buchstaben und Zahlen rufen diskret den Wartenden in die Ordination, wo ein sozial ganz abgesicherter Arzt sorgenfrei den Patienten in Empfang nehmen kann. Es ist eine Idylle, eine Wiener Idylle aus Krankheit, Heilung und moderner Welt: »Sozialversicherung« ist ein wunderschönes Wort, ist Poesie. Was sie verspricht, hält sie hoffentlich, und zwar bis zur Rente und dann vielleicht einen Tag über sie hinaus. Zu den Rentnern kam früher noch der Geldbriefträger, und ich habe es als Kind erlebt, wie er vor einer Türe stand, die ihm nicht mehr geöffnet wurde.

Die Schulpflicht. Alles kommt davon, daß im Herbst die Schule anfing und daß die Septembermelancholie nicht nur einen sentimentalen, sondern auch einen realen Hintergrund hat. Das Drücken der Schulbank bringt kein Mensch mehr aus seinem Leib, geschweige denn aus seinem Gemüt heraus. Davon bleibt ein Leben lang etwas zurück, und ich habe manchmal keinen anderen Wunsch, als zu beschreiben, was davon geblieben ist: Ich sehe mich als Kind eilen, durch eine windgepeitschte Allee laufen, um in der Papierhandlung Schulutensilien zu erwerben. Schule, das war die Einmischung des Staates in die Privatheit des Kindlichen, ein schmerzhafter Eingriff, der so lange wiederholt wurde, bis man aufgehört hatte, ein Kind zu sein, und dem Staat schließlich andere Angriffsflächen bot, hinter denen aber die alten Wunden bluteten. Der Schulbeginn, dieser sich viele Jahre wiederholende Einschnitt ins Kinderleben, hat Kerben hinterlassen, und wenn man sie studiert, kommt man vielleicht dahinter, was das überhaupt ist: die Melancholie im September. Fürs erste ist die Melancholie eine Art Freiheitsberaubung, für die ein Kind noch zu klein ist, für die es noch zu wenig Freiheit gehabt hat, um in dieser Lage auch aufatmen zu können. Die Seufzer des Kindes, das ich war, spendeten keinen Atem; sie nahmen mir zusätzlich die Luft, und so habe ich mich atemlos an den Schulbeginn gewöhnt. Draußen verdüsterte sich Mitteleuropa, Wind und Wetter verlangten schwere Kleidung. Die Melancholie ist stimmig, und der Schlagersänger gibt ihr seine Stimme, die wie ein gellender, im Aufschrei schon gebrochener Ruf klingt, wie ein weiches Krächzen aus vollem Hals. Die Melancholie kann man auch genießen, ihr amüsiert nachhängen und sie unbesorgt besingen. Habe ich nicht gelernt, nach Atem zu ringen? Außerdem soll man sich, so habe ich es gehört, nicht der Dekadenz hingeben, und auch, daß es am Schluß vielleicht gar nichts Besseres zu wünschen gibt als einen schönen Herbst.

Schreiben. Vicky Wilmore war zehn Jahre alt. Eines Morgens wachte sie mit Kopfschmerzen auf und konnte von da an nur noch in Spiegelschrift schreiben. Die Ärzte standen vor einem Rätsel. Ihre Untersuchungen blieben ergebnislos. Aber ungefähr ein Jahr später stieß Vicky mit dem Kopf fest an einen Türstock – und schrieb von dem Moment an wieder »völlig normal«.

Der Stoff, aus dem Schiller ist

Schiller habe während eines Beischlafs, bei dem er unfreiwillig beobachtet wurde, ganze 25 Prisen Schnupftabak konsumiert, »wobei er brauste und stampfte«.

Schillers Vorfahren waren Winzer, und auch er liebte den Wein. Ich leide unter einem Desinteresse an Biographien. Gewiß, wenn ich erfahre, Schiller habe während eines Beischlafs, bei dem er unfreiwillig beobachtet wurde, ganze 25 Prisen Schnupftabak konsumiert, »wobei er brauste und stampfte«.

Schillers Vorfahren waren Winzer, und auch er liebte den Wein. Schiller habe während eines Beischlafs, bei dem er unfreiwillig beobachtet wurde, ganze 25 Prisen Schnupftabak konsumiert, »wobei er brauste und stampfte«.

Schillers Vorfahren waren Winzer, und auch er liebte den Wein. Schiller habe während eines Beischlafs, bei dem er unfreiwillig beobachtet wurde, ganze 25 Prisen Schnupftabak konsumiert, »wobei er brauste und stampfte«.

Schillers Vorfahren waren Winzer, und auch er liebte den Wein. Schiller habe während eines Beischlafs, bei dem er unfreiwillig beobachtet wurde, ganze 25 Prisen Schnupftabak konsumiert, »wobei er brauste und stampfte«.

Schillers Vorfahren waren Winzer, und auch er liebte den Wein. Schiller habe während eines Beischlafs, bei dem er unfreiwillig beobachtet wurde, ganze 25 Prisen Schnupftabak konsumiert, »wobei er brauste und stampfte«.

Schillers Vorfahren waren Winzer, und auch er liebte den Wein.

Italienisch. Den italienischen Schlager sehe ich (so was kann ich sehen, da kann ich mir nicht helfen) zum ersten Mal in einer Bar. Es ist sonntags, schon nachts, die zweite Garnitur bedient, die Eltern nämlich, die als Besitzer schon zurückgetreten waren, und die jetzt nur noch manchmal wiederkehren, wenn die Kinder, die wirklichen Inhaber, in irgendeiner anderen Bar sitzen, deren Besitzer wiederum, weil der Kreislauf des Lebens es nicht anders zuläßt, in der Bar anderer sitzen usf. usw.

Der Schlager ist italienisch, denn bestimmte, zumeist Gemütswaren oder Eßwaren, dürfen nicht nur, sondern müssen auch in der Weltgesellschaft von der sonst abgewrackten nationalen Identität geprägt sein; ich sitze in dem grell erleuchteten Lokal, das Licht hier übt gegen alles seine bleichende Wirkung aus, auf einem der fünf roten Plastiksessel, die so tun, als bildeten sie eine Reihe vor dem Fernseher, die aber nur lieblos stehengelassen worden sind von Leuten, die sich die Laune am Programm bereits verdorben haben. Mein Blickwinkel ist mit Absicht so gewählt, daß ich nur mit Mühe, ja geradezu qualvoll die Ereignisse auf dem Bildschirm erkenne. Von meiner Ecke aus sehe ich nur Bildschnitte, kantige Details der Routinen, der Winkelzüge fremder Menschen, die wie ich, aber nur anders und anderswo ihr Geld verdienen müssen.

Die Kunst der Sänger auf dem Bildschirm verblaßt im Verkaufslärm des Lokals, Punks betreten die Provinzbar, schlecht gekleidet, wäre der Maßstab ein städtischer, aber doch sehr stolz auf ihre Uniform. Draußen an der Straße sitzen die jungen einverstandenen Männer des Dorfes trinkend und schwätzend. Ihre Zusammengehörigkeit ist selbstverständlich, kein Zusammenschluß deutscher Bierseelen, sondern ein gemeinsames Spiel, alle Fremden ausschließend, die nicht

auf die Idee kommen mitzuspielen, alle einbeziehend, die dazu in der Lage wären.
Ihre fremde Sprache ist ein Schutzschild, er behütet davor, in die Fallen des Verstehens zu laufen, man wird, ohne daran jemanden zu hindern, sich mit seinen Redensarten wichtig zu machen, in Ruhe gelassen. Es ist zu Recht, nämlich im Interesse des Unkundigen, mühsam, eine Sprache zu lernen, denn wer kann schon auf irgendeinen Schutz verzichten, und hat die Vorstellung, alle Sprachen zu sprechen, nicht auch die Bedeutung, von keiner mehr geschont zu werden, von keiner mehr verschont zu sein? Aber man versteht immer noch genug von dem, was einen nichts angeht, die Sprechakte sind, wie die anderen Akte, normiert, und da man sich immer in einem Zusammenhang befindet, dessen man sich gewiß sein darf, erklärt sich aus ihm der nötige Rest. Das Schweigen der fremden Sprache, während sie ihre Zeichen akustisch darbietet und gesellig ihre Tonarten entfaltet, ist nicht unheimlich, sondern es ist ein Trost für den Fremden, der zu Hause alles versteht und nicht nur einmal vor dem Gehörten hatte die Flucht ergreifen müssen.
Es ist warm, oder besser: Die Luft ist warm, so als hätte man sie über einem Kessel abgekocht, damit sie guttut. Hier ist sie wirklich ein Element, man durchteilt es im Gefühl, von ihm getragen zu werden. Die jungen Männer sind sehr wohlerzogen. Sie haben nichts mit den beeindruckenden, groben Jungen zu tun, die man gelegentlich aus italienischen Eisenbahnfenstern heraustoben hört, oder die vorbeigehenden Offizieren Schimpfwörter nachrufen und Frauen vor sexuelle Anforderungen stellen; Frauen, die vor Desinteresse an der Verführung strotzen. Das sind Soldaten, Jungmänner, zumeist aus dem Süden, sie raufen, greifen einander zwischen die Beine, versuchen ihre Raufhändel auf die Umgebung aus-

zudehnen. Einmal haben sie mir einen der Ihren gegen meinen Koffer geworfen. Er erholte sich dann in gespielter Erschöpfung an meiner Brust, bis sein Spielgefährte zu mir kam, um mitzuteilen, ich sei ein starker Mann und müsse nun gegen seinen Freund kämpfen. Aus Angst hatte ich jedes Wort verstanden, die Angst ist ein gutes Mittel der Verständigung, vielleicht sollte man die Dolmetscher in ihren Tonkabinen auch ängstigen, um ihnen die Arbeit zu erleichtern. Aber daß die Italiener ein Volk schlechter Soldaten sind, kann ich nicht mehr glauben, nichts eignet sich besser für militärische Disziplinierung als diese natürlich wirkende Rohheit. Sie läßt sich allerdings leicht ablenken und widmet sich, wie Gott sei Dank auch in meinem Falle, bald einem anderen Opfer ihrer Reizbarkeit.

Die Nacht, kein gewöhnlich dunkel gewordener Tag, nicht diese nach schon langweilig gewordenen Regeln verstummten Farben, sondern eine tiefe strenge Stille. Weil sich die Natur der Tageszeiten bedient, haben diese hier noch Würde, dafür sind sie unerbittlich, von schärfstem Licht am Tage, von großartiger Finsternis bei Nacht. Auf dem Bildschirm tanzen die Figuren, es geht um ihren Lebensunterhalt, mein Gedächtnis stampft einen Satz heraus, den ersten eines Romans, der daraufhin sofort weggelegt wurde: »Der dunkle Himmel war von so viel Sternen übersät, daß er wie die Decke eines Ballsaals funkelte und leuchtete.« Es ist schwer, den richtigen Satz zu finden, schon allein die Suche hat etwas herausfordernd Groß-Eitles, sie verspricht zuviel, eine Wörterwelt fügt sich, ein Satz gibt den anderen, und am Ende war der dunkle Himmel mit so vielen Sternen übersät, daß er wie die Decke eines Ballsaals funkelte und leuchtete.

Die italienischen Sänger bewegen sich funkelnd und leuchtend im Ballsaal; es ist ihre Künstlichkeit, die sich so gut fasziniert verachten läßt. Sie wäre ein meisterliches Artefakt, ginge es ihr nicht ausgerechnet und unausgesetzt darum, den anstrengenden Eindruck der Echtheit, der Wirklichkeit zu erwecken. Ja, zu erwecken, denn für die gemeinte Authentizität hatte kein Mensch jemals noch einen angeborenen Sinn oder vernünftig erworbenen Sinn.

Lob der Nutzlosigkeit. Auf der Suche nach dem Nutzlosen begegnete mir ein Idol meiner Jugend: Freddy Quinn, der Sänger von »Junge, komm bald wieder«. Freddy faßte in seine Sakkotasche und zog ein paar Werbegeschenke hervor, darunter einen Kugelschreiber, auf dem in Schönschrift »Freddy Quinn« stand. Ich starrte verständnislos auf das Zeug. So was nützt ihm? So was nützt mir nicht. Dann aber legte er ein kleines rechteckiges Ding auf den Tisch. Ich wußte sofort, dies ist das nutzlose Ding par excellence. Gefunden, das nützt mir!

Es war eine Streichholzschachtel mit der dementierenden Inschrift: »Streichhölzer für Nichtraucher.« Ich wollte Freddy, den Herrn über das Nutzlose, sofort feiern. Da aber sagte er, jedesmal, wenn er in einem Restaurant jemanden beim Rauchen sähe, stünde er auf, ginge zum Raucher hin und lege ihm demonstrativ die »Streichhölzer für Nichtraucher« auf den Tisch. Also nutzte ihm das Nutzlose, er hatte es geradezu zu seinem Nutzen vorgelegt, den Rauchern auf den Tisch hingelegt – und ich mußte wieder auf die Suche. Aber es war mir klar geworden, mit dem Suchen nach dem Nutzlosen gibt es ein Problem.

Das Unnütze brauchte ich jüngst nicht lange zu suchen. Es war an dem Tag, an dem ich eine Glosse schrieb, die mit den Worten begann: Über das Glück weiß ich Bescheid; ich habe keines, aber zum Glück brauche ich auch keines. Auch glücklos lebt es sich lustig: Auf den Abgründen der Bitterkeit, den Jagdgründen der Unglücklichen, blüht ein eigenes Leben! Es war der Tenor der Glosse, daß ich mich gegen das Skript, gegen die Vorschrift wandte, man müsse, um vom Leben etwas zu haben, unbedingt glücklich sein. Man kann es auch von der anderen Seite her auskosten, wenngleich klar sein muß, daß im Politischen die Aufgabe der Glücksansprüche, der

Verzicht auf sie, reaktionäre Züge hat. Man kann weder die anderen, die in seltsamen, bienenfleißigen, dafür aber mächtigen Organisationen zusammengefaßt sind, noch sich selbst davon entlasten, daß mehr Glück auf der Welt sein soll. Aber was nützt es, und ich schwöre, ich habe vom folgenden nichts erfunden: Als ich am Abend dieses glücklichen Tages von Elfriede Jelineks Homepage ihren Aufsatz gegen die unerhörten Anmaßungen der *Kronen Zeitung* auf meine Festplatte speichern wollte, da klopfte die Festplatte ab und die Dateien sagten leise Servus. Abklopfen ist wortwörtlich zu verstehen; irgend etwas, was der Fachmann Kopf nennt, klopft plötzlich funktionslos auf den Rest der Platte. Das hört sich, nachdem man einige Male neu gestartet hat, an, als teilte einem die Maschine mit: Dir Idiot nütze ich nicht mehr.

An diesem Punkt will ich ausholen, und zwar hin zur äußersten Fragwürdigkeit einer Selbstbeschreibung: Mir ekelt – wie vielen – nicht bloß vor Leuten, die stets ihren Nutzen aus allem und jedem ziehen. Dieser Ekel ist verbreitet, zumal in unserem Land, wo die Gier ebenso deutlich erscheint, wie sie zumeist verkappt auftritt; die verkappt Gierigen ekeln sich vor denen, die sich ganz auf Nutzenziehen geschaltet haben; ihr Ekel ist der von Konkurrenten. Ja, da bin ich anders: Ich sehe die Fratzen der Nutzenzieher und auch die schwitzenden Gesichter derer, die im Eigeninteresse den Nutzen verdammen – den Nutzen, den andere und nicht sie ziehen. Besser als von Fratzen oder von Gesichtern spricht man natürlich – mit Gombrowicz – von Fressen. Das Wort Fresse betont die Zähne, das Gebiß, welches zerreißt, was einer oder eine zu sich nimmt, sich einverleibt, und die Formen des Einverleibens, die Formen dieser ursprünglichen Art totaler Besitzergreifung, haben keine Grenzen: Die einen stürzen sich auf das Schöne, reißen es von dort weg, wo es Leben hat, und füllen sich damit voll. Sie sind zum Beispiel Museumsdirektoren oder Kunsthistoriker oder beides in einer Person. Da können sie das Schöne auffressen und über ihre Verdauung kurzfristig wieder hergeben, ausstellen, aber eben nur so lange, bis jeder begriffen hat, sie haben es, das Schöne. Der Mensch ist ein Vielfraß, er frißt Bücher, Liebe, Wissen, Preise, Schweinsstelzen, aber er verbeißt sich auch in seinesgleichen. Jeder, der einen metaphysischen Blick für den eigenen Körper hat, wird im Spiegel sehen, was ihm alles abgebissen worden ist. Am eigenen Fett wiederum, welches weiß Gott auch unkörperlich sein kann, kann er selber sehen und fühlen, womit er sich angefressen hat. Die Posten Direktor, Professor, Dichter, Richter oder Polizist gibt es ja nur, daß richtig geschmatzt werden kann, und die Kultur bedeutet vor allem – ich lobe sie dafür –, daß die Akteure sich hin und wieder ein Serviettchen vorgebunden haben, daß ihr Trenzen nicht allzu laut wird und daß sie manchmal aus Erschöpfung innehalten, nur kurz, aber sie brauchen die Erholung, um kräftig weiter einverleiben zu können.

Die Kultur ist lobenswert, weil sie einerseits die Unappetitlichkeit der Zähnefletscher dämpft, verschleiert – dieses Dämpfen, Verschleiern kann man getrost Kultivieren nennen. Andererseits haftet ihr, die man bekanntlich nicht leicht definieren kann, die Reminiszenz an eine Fähigkeit an, die der Kulturbetrieb nolens volens täglich aufs Spiel setzt, was manchmal ein Gewinn ist, manchmal der Verlust schlechthin. Was ich hier Kultur nenne, ist so etwas wie die einer Gesellschaft eingeschriebene Erlaubnis, überleben, besser: leben zu können, ohne zum (wirtschaftlichen) Nutzen beitragen zu müssen. Die Duldung, ja die Förderung der Kunst und ihrer vielfältigen Werke hat daher mit der Fähigkeit einer Gesellschaft zu tun, Menschen, die keine Arbeit (mehr) leisten, dennoch leben zu lassen. Auch Kunst ist ein Luxus (sie bringt »nichts«), und eine Gesellschaft, die mit ihrem ökonomischen Überfluß richtig umgeht, steht den Arbeitslosen, den Armen, den Kranken, den Flüchtlingen zur Seite. Das ist um so mehr eine fromme Utopie, als umgekehrt die Kunst vielen vieles bringt: »Die Sänger singen sich ihre Noten auf ihr Bankkonto / und die Instrumentalisten genauso.« So heißt es in Thomas Bernhards »Die Berühmten«, wo auch von der Angst die Rede ist, die Gesellschaft könnte eines Tages »dieser perversen Vermögensbildung auf dem Konzertpodium / und auf dem Theater« ein Ende machen. Es ist bei Bernhard die eitle Rede eines Bassisten, der sich noch im eigenen Untergang (»Aber ein ungeheuerlicher Bankkrach, / also ein ungeheurer Opernhäuserkrach und Theaterkrach / steht unmittelbar bevor.«) bespiegelt. Er trinkt einen Schluck und stellt in Gesellschaft von seinesgleichen fest: »Die Kunst insgesamt ist heute / nichts anderes / als eine gigantische Gesellschaftsausbeutung, / und sie hat mit Kunst so wenig zu tun / wie die Musiknoten mit den Banknoten. / Die großen Opernhäuser wie die großen Theater / sind heute nur Bankhäuser, / auf welchen die sogenannten Künstler tagtäglich / gigantische Vermögen anhäufen.«

Von mir selbst will ich hier unbedingt sagen, daß ich stets streng nach dem Prinzip der Nutzensbegrenzung gelebt habe. Meine wenigen Gaben würden mir nicht das geringste bedeuten, hätte ich mit ihnen nicht so oft einen Potlatsch veranstaltet. Ich hintergehe die, die für mich Reklame machen wollen, ich nehme, sooft es nur möglich ist, kein Geld. Die Romantik des Taugenichts kann ich mir nicht erfüllen, nicht leisten, aber für alles, von dem man glaubt, ich könnte taugen, verlange ich am liebsten nichts. Ich schicke kaum jemals Honorarnoten ab und reagiere verschwiegen, wenn ich

freundlich dazu ermahnt werde. So lebt man in unserer Gesellschaft am Rande der Verwahrlosung, und es ist natürlich ein Akt derselben, daß ich von meinen Dateien, in denen mein Computer dieses Buch bereithalten sollte, kein Backup, keine Kopien angelegt hatte. Auf einmal waren sie nicht mehr zugänglich, nur ein seltsames Klopfen in der Hardware war von dem Gerät übriggeblieben, das mir so lange von Nutzen gewesen war. War das jetzt endlich das nutzlose Ding, die glänzende Apple-Maschine, die keinen kleinen Teil meines Lebensinhalts gespeichert hatte und der jetzt nichts mehr davon anzumerken war?
Auf meinen ersten Blick schien es mir so, und ich war – wenigstens damit – zufrieden. Durch ein unfreiwilliges Experiment hatte ich selbst das nutzlose Ding hergestellt. Der Grad der Nutzlosigkeit ließ sich durch den Grad des einstigen Nutzens beschreiben, und der Vorfall war schmerzhaft, also einprägsam. Bald aber durfte ich erkennen, daß der Apple G4 nicht Kafkas Odradek war, kein unfaßbares, bindungsloses Ding. Es gibt nämlich in Hamburg eine Firma, die heißt IBAS; sie ist bezeichnenderweise am Albert-Einstein-Ring untergebracht. Diese Firma macht die Sünden auch verwahrloster User wieder gut – und was mir nutzlos erschien, daraus zieht sie ihren Nutzen. Es kostet, wenn IBAS einem nutzen will, und nicht ohne euphorische Selbstverachtung mußte ich darüber lachen: Ich bekomme doch selber so wenig für das, was ich schreibe, und muß, wenn ich es wiederhaben will, jetzt so viel dafür zahlen! Aber die eigentliche Lehre ist der Gemeinplatz, daß die Nutzlosigkeit immer nur relativ vorzukommen scheint. Der Nutzen von IBAS ist auf der Nutzlosigkeit meines Gerätes erbaut. Ich habe hier keine Lust, die relative Nutzlosigkeit abzufeiern, ich bleibe bei der Nutzlosigkeit als einer Metapher des Absoluten, und die

kann man eben nicht finden, denn Suchen und Finden ist ein Zweckbündnis: Gesucht wird, um zu finden. Das Finden ist der Zweck des Suchens, und was einen Zweck hat, und sei es der allgemeinste, etwa dem Leben zu nützen, kann nicht mehr nutzlos sein. Den Zweck so zu verallgemeinern, daß man die konkrete Absicht, die simple Zweckrelation, dahinter nicht mehr erkennt – dem Leben schlechthin gegenüber ist alles eins –, das kommt mir als Versuch vor, die Paradoxie auszublenden und mit ihr gleichzeitig zu arbeiten; das erzeugt dann auch die etwas kokette Lustigkeit, mit der wir dem Nutzlosen einen Nutzen fürs Leben zuschreiben. Ich zum Beispiel antwortete auf die Einladung, bei einem Symposion eine Laudatio auf die Nutzlosigkeit zu halten, abschlägig: »Liebe Frau Pölzl, ich würde mich gerne bei Ihrer Veranstaltung unnütz machen, habe aber keine Zeit.«

Allzu offensichtlich besteht die besagte Paradoxie darin, daß ich auf der Suche nach dem Nutzlosen mir selbst in den Rücken falle, und zwar ganz vehement dann, wenn ich mit dem Zweck des Lobes das Nutzlose suche. Dann will ich es, um zu loben, und schon allein aus diesem Grund habe ich mir selbst das Nutzlose vermasselt; es ist destruiert und nicht aufgehoben, in der von mir selbst verordneten Zweckgebundenheit. Die Gesellschaft hat die klassischen Zweckfreiheiten eingeholt und erfolgreich gegen sie Zwecke gesetzt. »Alle Kunst ist nutzlos« und »Kein Künstler hat ethische Sympathien«, sagte zum Beispiel Oscar Wilde – und plädierte damit für die grenzenlos gefährliche und gefährdende Freiheit des ästhetischen Ausdrucks – jenseits aller Moral, aller ethischen Begrifflichkeit, aller zweckrationalen Erwägungen. Und wie sich das ausnimmt, wenn dieser Kunstbegriff radikal auf die menschliche Existenz selbst angewandt wird, demonstrierte Wilde eben in seinem »Bildnis des Dorian Gray«. Es ist die

Geschichte eines jungen schönen Mannes, der Verewigung seiner Schönheit durch ein Kunstwerk – und der Amoralität einer Kunst, die als Lebensentwurf begriffen wird.
Aber dieser Ästhetizismus ist, wie ich vorhin herauszuarbeiten versuchte, selbst schon verzweckt. Die Amoralität der Kunst ist eine Moral (in die gesellschaftlichen Moralen integriert) – und ich sage das keineswegs, um an einer Disziplin wie der Kunst eine Doppelmoral zu enthüllen. Ich analysiere bloß die Schwierigkeit, etwas Nutzloses zu finden, das nicht bloß relativ nutzlos ist. Selbst die anerkannten Selbstzwecke wie Kunst oder gar der Mensch selbst sind – das beweist mir die Praxis – bloß als relative Selbstzwecke anerkannt. Die Würde des Menschen ist antastbar, und selbst in dem zivilen Spiel von Zweckbegriff und Systemrationalität bleibt kein Zweck und kein Selbstzweck prinzipiell ungenützt. Selbst unsere Toten werden zum Glück noch verwaltet, zumindest so lange, bis sie endgültig im Grab ruhen, also allmählich verwesen, zur Natur werden, über die Goethe gesagt hat: »In der Natur ist nichts tot.« Selbst das Überflüssige, der Luxus, hat den Kapitalismus mit hervorgebracht, und was ist aus dem Dekorativen geworden, wenn nicht eine Designerindustrie, die uns hilft, das Ambiente mit schöner Nutzlosigkeit einzudecken. Es könnte sein, daß wir in unserer Kultur das Nutzlose gar nicht nutzlos denken können – die größten Modernitätstraditionalisten, die für Fleiß und Industrie alles geben, könnte man leicht für den Tenor auf das Lob des Lobs der Nutzlosigkeit gewinnen. In der Tat, würden sie sagen, dient das Unnütze dem Leben, denn die Lasten, die anfallen, wenn man in der verzweckten Welt den Zwecken nachgeht, sollen kompensiert werden. Die Antithesen machen die Thesen erträglich, vor allem wenn die Antithesen das Stadium der Imagination nicht verlassen. Aber es ist schon schwierig genug,

das Nutzlose nutzlos zu imaginieren, und das hat in meinen Augen einen Grund; er liegt in dieser – der westlichen Welt – eingefleischten Zweckstruktur, in der ein merkwürdiges Verhältnis von Erbaulichkeit und Zerstörung herrscht.

Ja, das Aufbauen und das Abreißen, die konstruktiven Kräfte und das Destruktive – sie gehen merkwürdige Verbindungen ein, die zu Paradoxien führen; daß solche Paradoxien möglich sind, besagt schlicht: Konstruktion und Destruktion sind nicht im Prinzip, nicht unbedingt und zu allen Zeiten Gegensätze; sie können einander zuarbeiten, haben jeweils ihr eigenes Positives (und Negatives) – in einem Dokumentarfilm sagt jemand angesichts einer professionell zerstörerischen Baufirma: »Alles bricht zusammen, nur das Einreißen der Häuser funktioniert perfekt.«

Diese eine Betrachtungsweise bleibt immer offen, ist immer eine Möglichkeit, eine Chance – man kann immer selbst den totalen Zusammenbruch, falls er ungestört, ungebrochen funktioniert, das einzig und allein Funktionierende nennen; wer für ein Abbruchunternehmen arbeitet, leistet gute Arbeit, wenn er ein paar Häuser in die Luft sprengt; die Sprengung ist zumindest eins mit dem Unternehmenszweck, liegt im Sinne der Verursacher …

Ach, es gibt ein sogenanntes, ein fälschlich sogenanntes »Handwerk«, das Kriegshandwerk, das in der Destruktion, in der Zerstörung seine wesentliche Funktion sieht, das eine seiner wesentlichen konstruktiven, also nützlichen Kräfte im Zerstören sehen muß. Ohne Zweifel, es steht nicht außer Streit, was als konstruktiv, als aufbauend, und was als destruktiv, als zerstörerisch betrachtet wird – oder besser umgekehrt gesagt: Genau das ist es, worum im Extremfall der Streit ja geht, nämlich: Was muß ich auf der einen Seite als rein destruktiv betrachten, auffassen, um denjenigen, der es mir zugefügt hat, auf der anderen Seite mit meinen destruktiven, vernichtenden Kräften guten Gewissens drohen zu können. Hilft die Drohung nichts, muß ich mein destruktives Potential an ihm ausprobieren, bis alles – in meinen Augen – wieder gut ist, sprich: bis wieder alles konstruktiv, also in meinem Sinne weitergehen kann. Das Problem dabei ist nur, daß der andere, der ja deshalb »Feind« genannt wird, sich an der Destruktion, die er mir zugefügt hat, aufbaut, erbaut. Für ihn ist das, was ich als Destruktion erlebe, höchst konstruktiv und begeisternd.

Manche konstruieren, konstituieren sich selbst aus der Destruktion, die sie ausgeübt haben oder die sie auszuüben in der Lage sind. Solche Leute kann man einerseits »die Mächtigen« nennen – aber sind sie nicht andererseits auch die Ohnmächtigen, also Menschen, die dadurch definiert sind, oder besser: deren Selbstbestimmung in erster Linie davon motiviert ist, daß sie keine Macht haben, sind also nicht auch die Ohnmächtigen auf ein – wenngleich nur ersehntes – destruktives Potential beschränkt, fixiert: Ach hätten sie, die Ohnmächtigen, die Macht, alles würde gut, jedem würde es gut gehen, eine konstruktive Epoche bräche heran.

Aus diesen Beispielen lerne ich erstens: Bis zum Kriegsfall ist die Frage, was denn konstruktiv und was denn destruktiv sei, auch eine Frage der Parteilichkeit. Denn – intellektuell gesehen sehr banal, aber auf der Welt sehr folgenreich – es lautet die Maxime: Was dem einen nützt, kann dem anderen leicht schaden. Das führt zum Beispiel zu einer gesellschaftlichen Utopie, nennen wir sie die der institutionalisierten Schadensbegrenzung. Dem von dieser Idee erfaßten Utopisten schwebt vor, eine Gesellschaft so einzurichten, daß der Profit der einen nicht auf Kosten der anderen geht. Soziale Gerechtigkeit. Man könnte auch sagen, diese Utopie stellt sich eine Balance,

eine ausgeglichene Bilanz von konstruktiven und destruktiven Kräften vor. Man braucht aber nicht zu glauben, daß die so verstandene Idee der sozialen Gerechtigkeit Konsens ist. Es gibt zum Beispiel Jack Welch – der war unter anderem einmal Big Boß von General Electric; und er versteht unter »sozialer Gerechtigkeit« eher so eine Art von sozialdarwinistischem Ausleseverfahren: Die Leute sollen sich ruhig fürchten, ihren Job zu verlieren – diese Furcht macht sie heiß, alles zu tun, um ihn zu behalten. Es ist nur gerecht, wenn der, der nicht alles dafür tut, rausfliegt. Und die Angst davor nützt ihm schließlich selber: Da er Angst hat, kommt er am seltensten in die Lage, erleben zu müssen, wovor er Angst hat.
Success and failure – und das Unternehmen ist dafür da, keinen Angestellten darüber im unklaren zu lassen, wie er jetzt gerade in der Firmenhierarchie dasteht. Ein Teil der sozialen Gerechtigkeit besteht danach darin, daß niemand unerwartet rausfliegt. Alle sind, wenn's soweit ist, immer darauf vorbereitet gewesen. Aber diese Art der Vorbereitung – über genaue Beobachtung und Notieren der Position im Rahmen der Hierarchie – trimmt die Menschen dazu, ihre Nächsten zwar als Kollegen (gemeinsames gefährliches Schicksal, gemeinsame Bindung an das Firmenziel) zu sehen, aber man sieht die Kollegen zugleich auch als Gegner, von denen man sich höchstperönlich absetzen muß. Fliegt einer raus, dann kann man es sich als Sieg zuschreiben, daß man selbst nicht derjenige ist, der fliegt – und so arbeitet und so lebt man all the time.
Welch ist deshalb interessant, weil er sein Ausleseverfahren mit asketisch-priesterlicher Attitüde vertritt, als wär's eine segenbringende Religion zum Nutzen aller. Und wesentlicher Inhalt dieser Religion ist die Konkurrenz: Indem die Arbeitnehmer untereinander konkurrieren, leisten sie für die Firma

ihr Bestes, und ihr Bestes darf nur eines sein: nämlich das Beste überhaupt. Aber die Apotheose der Konkurrenz in Theorie und Praxis muß von den Abhängigen wohl oder übel auch verstanden werden als eine Anleitung dazu, nicht zuletzt destruktive Kräfte einzusetzen, um konstruktiv einen Beitrag zu leisten. Sie machen sich nützlich, nicht zuletzt, indem sie zerstören. Und dies ist eben das zweite, was mich meine Beispiele lehren: Man kann das Negative positiv besetzen, man kann mit der Destruktion konstruktiv arbeiten – oder es zumindest glauben.

Das Destruktive einem guten Zweck zuführen, es richtig und für das Richtige einsetzen, das ist doch ebenfalls eine uralte Utopie. Jenem Modell der sozialen Gerechtigkeit, das auf das Gute im Menschen anspielt, also auf ein gemildertes, ausgeglichenes Verhältnis von Konkurrenz und Solidarität, diesem Modell kann man – als Advocatus Diaboli – durchaus am Zeug flicken: Organisiert man ein Arbeitssystem, in dem die destruktiven Kräfte für die erwünschte Leistung überflüssig werden, ja, wo bleiben sie dann, diese destruktiven Kräfte?

Man wird doch nicht annehmen, daß sie verschwinden und daß alle Menschen neben ihrer Arbeit, die sie brav tun, einander sonst nur mehr alles Gute wünschen. Betrachtet aus der Perspektive der zu erbringenden Leistung, verpuffen die destruktiven Kräfte in einem Arbeitssystem, in dem man (Utopie!) mit nix Bösem Erfolg haben kann. Ist es da nicht besser, das System gleich so einzurichten, daß die unvermeidliche Destruktion von vornherein in den Arbeitserfolg investierbar wird?

An dieser Stelle müßte ich fortfahren mit einer Umkehrung: Nicht nur das Negative kann positiv besetzt werden; es kann auch an und für sich Positives eine destruktive Rolle spielen. Mein Lieblingsbeispiel dafür ist die komplizierte Problematik der Hilfe: Im existentiellen Ernst helfen kann man nur jemandem, der die Hilfe nötig hat – wenn aber einer etwas unbedingt nötig hat, was der andere geben kann (oder im sanften Zwang eines Arbeitsvertrags etwa als Angestellter der Caritas geben muß), dann besteht ein Machtgefälle. Überall wo ein Machtgefälle besteht, eine Abhängigkeit, und sei es nur von einer Hilfe, ist Destruktion eine mögliche Folge. So gibt es destruktive Hilfe und im übrigen jede Menge Zauberformeln wie »Ermächtigung durch Hilfe« oder »Hilfe zur Selbsthilfe«. Damit ist Gutes, Dienliches gemeint. Als Zauberformel jedoch enthalten die Slogans nicht zuletzt ein Verdacht erregendes Beruhigungsmittel, ein anästhesierendes Tonikum gegen das destruktive Potential von Hilfeleistungen.

Aber ich lasse diese Seite der Sache außer acht und bleibe einfach bei der positiven Besetzung des Negativen. Einst las ich einen Kriminalroman, in dem der Held seinen Selbstmord beschließt, der aber von einem bezahlten Killer durchgeführt werden soll. So sagt dieser Held von sich: »Die Offensichtlichkeit meines Nichtgebrauchtwerdens auf dieser Welt brachte mich auf positivere Gedanken, nämlich zu dem, daß der Entschluß, mich umbringen zu lassen, der einzig wahre war.« Ein solcher Mensch, der – wenngleich in seiner Vernichtung – immer noch das Positive sieht, ist weit entfernt von einem wahrhaftig destruktiven Charakter. Einen solchen hat nach Walter Benjamin derjenige, dem klar geworden ist, daß auch der Selbstmord sich nicht lohnt. Der destruktive Charakter ist frei; er ist emanzipiert von diesen in die Pflicht nehmenden Unterscheidungen zwischen destruktiv und konstruktiv. Er lebt nicht aus dem Gefühl heraus, daß das Leben lebenswert sei, sondern weil der Selbstmord sich nicht lohnt. Er negiert die schlichte Lebensbejahung, ohne sich aber das Leben in einer läppischen Inszenierung zu nehmen, die die

Negation am Ende als das einzig Positive herausstellen möchte. Und Benjamin hat sein Lob des destruktiven Charakters angesichts einer Zeit geschrieben, in der das Positive unbedingt verlangtes Gemeingut war: Die Nationalsozialisten verlangten Zustimmung, Jasagen war ein Fundament ihres Vernichtens, und die Trennung der sowieso brauchbaren Menschen von denen, die man erst einer Brauchbarkeit zuführen mußte, war Methode.

In einem Film baut Buster Keaton ein Haus für sich und die frisch Angetraute. Die Komik beim Hausbauen mag daran erinnern, daß es nicht immer leicht ist, ein Heim zu errichten, in dem man – auf der Grundlage des einander gegebenen Ja-Wortes – bis auf weiteres geborgen west. Man macht einen Plan, und für den Zuschauer ist es lustig, wenn er auf spektakuläre Art nicht funktioniert – auch weil in Keatons Film ein Feind dazwischengefunkt hat. Der Feind trägt den schönen Namen: Rivale. Der Rivale hat die Bestandteile des Hauses umnumeriert – Keaton wird zum freien Architekten jenseits seiner eigenen Pläne. Er baut ein in alle Richtungen hin windschiefes Haus. Wie viele Pläne des Zuschauers haben Bestand? Wie viele halten, was sie gegen die Pläne der Rivalen versprechen? Aber nicht alles muß auf die kalkulierte Art glücken. Auch im Mißglücken steckt das Glück. In einem klugen Text zu Keatons Film heißt es daher: »Wenn Keaton trotz dem dekonstruktivistisch anmutenden Haus nicht zu den großen Architekten gezählt werden muß, so könnten diese gleichwohl in einem gewissen Sinne von ihm lernen. Indem er sich über die konventionellen Regeln des Bauens hinwegsetzt, nimmt er seinem Haus den Schrecken. Wir lachen weniger aus Schadenfreude über die ungewollte Mißgeburt von einem Haus denn aus Erleichterung darüber, daß wegen der unsachgemäßen Ausführung auch die inneren

Zwangsmechanismen nicht funktionieren.« Ja, es gibt in der Tat ein berechtigtes Lob der Panne, die uns über die Störung der vorgesehenen Abläufe unerwartet weiterbringt.
Die Dialektik von Sein und Nichts produziert das Werden: Ohne Nichts, ohne Negation bliebe alles, wie es eh schon ist. Und wer könnte es sich leisten, das andauernd zu wollen? Aber was immer auch wird, es gibt Zeiten (und zu allen Zeiten Konstellationen), für die es nützlich ist, die eingebürgerten Unterscheidungen von konstruktiv und destruktiv – wie einst Walter Benjamin und Buster Keaton – zu *dekonstruieren*. In diesen Dekonstruktionen, behaupte ich, herrscht eine Ahnung von dem, was auch der Grund dafür ist, warum sich die Nutzlosigkeit so schwer nutzlos denken läßt: Die sogenannte »abendländische Spiritualität« reicht nicht dazu aus, um das Nichts zu meditieren – Fleiß, Industrie, aber auch Philosophie haben das Nichts zu unser aller Nutzen instrumentalisiert.

Mein Feind. In unserer Gesellschaft, ganz unter uns, empfiehlt sich die Unerbittlichkeit eines Blicks, mit dem man sieht, wie sehr alles aus Widerwärtigem gemacht wird: Mein Feind ist faul, krokodilartig, planscht in seinem Sumpf, frißt alles auf, frißt sich in alles ein. Über ihn wird gesagt, er würde jedermann neben sich verhungern lassen, ja, er würde überhaupt erst munter werden, wenn er dem Verhungernden die volle Schüssel leerfrißt. In meinem Feind ist eine Gier, alles durch den Mund einzuschleusen und nachzuholen. Die Freßsucht meines Feindes, dessen Sinne sich ganz im Schmatzen von Lippen und Zunge konzentrieren, dessen Lüste sich im Verschlingen von Speisetrümmern steigern und sich im Nachspülen von Flüssigem erholen, diese Freßsucht, sie ist mein lyrisches Thema. Es ist die Lyrik von einem Körper und von seiner Verwandlung in eine Maschine: Das Leben hat meinem Feind die Natur ausgetrieben, und doch ist es bloß eine Äußerlichkeit, daß er sich die Hosen überzieht. In Wahrheit ist der Feind nur der bloße Automat seiner Gier.

Es ist ihm nichts geblieben außer Fraß. Aber das Schlimmste: die Unschuld, die Vertrauensseligkeit, mit der er seine widerliche Gegenwart entfaltet. Mein Feind geht seinem Laster öffentlich nach, mit einer Selbstverständlichkeit, als hätte er das Einverständnis aller anderen eingeholt. Durch diese vermeintliche Anerkennung gelingt es ihm, den Rest eines menschlichen Gesichts zu wahren. Inmitten seiner Freunde sitzt mein Feind und öffnet die Schleusen, um den Krampf zu lösen, den sein so gefüllter Körper dem Kopf bereitet. Er faßt nach dem Getränk, spült sich, füllt sich den Bauch. Es ist schwer, bei diesem Schauspiel nüchtern zu bleiben, es ist schwer, sich nicht in seine Erniedrigung zu verlieben, zumal ja mein Haß nicht unerwidert bleibt, sondern erwidert wird: Ich bin, seit ich ihn, meinen Feind, habe, nicht mehr allein.

Heimat. »Das Spiel mit dem Feuer brauchen wir hier in Österreich nicht!« Ein brandneuer Satz.

Haß. »Er haßt mich abgöttisch.«

Zur Metaphysik der Feindschaft. Eines der schönsten Wörter, die es gibt, heißt *Endlichkeit.* Überhaupt endlich – so ein Wort kommt daher, daß man nicht aufhört, an Ziele zu glauben, um sich dann, wenn man endlich am Ziel ist, darüber freuen zu können. Die erreichbare Grenze, hinter der Anstrengung und Hoffnung (vielleicht auch nur Glück) liegen und vor der kommt, was man, falls man eine hat, mit Recht Zukunft nennt. Aber hat das Rotieren in diesem zum Schein unaufhörlichen, gewiß anregenden Modell am Ende einen Sinn? Endlichkeit heißt auch, daß – wie der Wiener sagt – *ollas amoi aus wird sein.* Am Ziel – den Tod herbeiwünschen, sich darüber freuen, wenn er endlich da ist, die Pointe als Rettung der Lebensgeschichte? Selig sein. Es scheint, als ob die Religionen das Wort Endlichkeit dringend benötigen. Sie können damit ihr eigenes Reich, das überirdische, das durch sie als Versprechen existiert, begründen: Jeder Mensch stößt an die Grenzen seiner Endlichkeit, und wo es Grenzen gibt, da gibt es auch Wege, sie endlich zu überschreiten. Glaubt man. So ist die Transzendenz entstanden.

Den Tod kann man auch anderen wünschen, denn andere Leute sind im irdischen Leben ein Grund der eigenen Endlichkeit. Man würde ins Riesenhafte wachsen – ein Wuchs, den die meisten entweder in Form eines Triumphes oder umgekehrt in Form der Gekränktheit erleben: Der Triumph (über die anderen) will sich nicht einstellen, man ist gekränkt, weil man ihn nicht hat, und ist deshalb ex negativo von ihm definiert. Aber Triumph und Kränkung bleiben in den Grenzen der Imagination, der Einbildung, die bei dem einen weniger und bei dem anderen mehr zu Folgen führt, die auch andere stark beeinflussen können. Aber total ausleben kann sich kaum ein Mensch, wenngleich ein jeder mehr oder weniger die Utopie davon in sich trägt. Die, die sich im Laufe der

Geschichte diese Utopie erfüllen wollten und die auch die Mittel dafür hatten und einsetzten, stehen in der Ahnengalerie des Terrors, in der man oft genug das Flüstern hört, ob der Typus am Ende nicht doch Zukunft hat …

Die anderen setzen einem Grenzen, allerdings auch solche, in denen man sich wohlfühlen kann, in denen man sich geborgen fühlt, denn irgendwelcher Grenzen bedürfen die meisten. Sonst würde alles auf sie einstürzen – wer könnte es schon aushalten, die Existenz im menschenleeren Grenzenlosen, ganz allein mit seinen natürlichen Grenzen, dem Alter, der Sterblichkeit et cetera. Der Gesellschaftsvertrag gibt mir Halt und Hilfe und sagt mir, wer ich wenigstens zum Teil bin. In diesem Rahmen wächst aber auch der Wunsch nach Souveränität, der Wunsch danach, sich dem Vertrag zu entziehen. Die anderen setzen einem ja auch solche Grenzen, die man überschreiten möchte, und je heftiger – gegen die anderen – das Bedürfnis nach Überschreitung ist, desto mehr nähert sich der Zustand des Überschreitungsbedürftigen der Feindschaft.

Ohne Staunen sollte man die Banalität nicht zur Kenntnis nehmen, daß Menschen einander benötigen, und die Klugheit, mit der sie im Laufe der Zeit an manchen Orten bürgerliches Recht, also Gesellschaft durchgesetzt haben, nötigt Respekt ab. Der Eremit, von dem ungewiß ist, was von ihm zu halten sei, auch wenn ihn die Legenden ganz groß machen, verzichtet demonstrativ auf etwas, das ebenso der Größe und der menschlichen Schwäche zugrunde liegt: auf das Spiegelungsbedürfnis in einem Wesen gleicher Art. Wenn du mir nicht sagst, wer ich bin, werde ich es nicht wirklich wissen. Das gilt im Guten wie im Bösen: Nicht zuletzt im Feind spiegle ich mich selbst wider, er ist – peinlich genug – ein Teil meiner sogenannten Identität. Für die bürgerlichen Karrie-

ren benötigt man nicht nur Freunde, sondern auch die richtigen Feinde; nicht zuletzt sind sie es, deren Agitation einen in die höchsten Stellen hineinpropagiert, deren Widerspruch allen klarlegt, wohin man gehört. Aber dennoch ist es schwierig, besonders in den nicht-bürgerlichen Momenten der Existenz, hinzunehmen, daß man (ein wie auch immer verzerrtes) Abbild seines Feindes ist. Daraus kann man den Trost schöpfen, daß es dem Feind auch nicht anders geht, aber diese Art von Humor wäre in Feindesbeziehungen die reinste Abrüstung. In der Praxis gilt: Der Feind ist der ganz andere, am besten überhaupt kein Mensch, oder philosophisch gesprochen: Er ist das andere der Menschheit.
Die Beschwörungsformel von den Feinden der Menschheit unterstellt der Unvermeidlichkeit des Kampfes gegen sie einen (unbedingten) Sinn: Wir, die anderen, werden es auf Dauer keinesfalls zulassen, daß solche Menschen, die sich außerhalb der Menschheit positionieren, in den Himmel wachsen; wir werden unsere Kräfte sammeln, damit wir den Feind, der der Feind schlechthin ist, beseitigen. Das ist eine Ausnahmesituation, denn gewöhnlich ist der Feind bloß mein Feind, aber merkwürdigerweise habe ich den Drang, meinen Feind, so gut es geht, als Feind schlechthin darzustellen. Da hilft keine Moral, in authentischen Feindschaftsverhältnissen agiert man mit Totalisierungen, und da Feindschaften etwas Mitreißendes haben, also eine emotionelle Gewalt, von der man beherrscht wird, hilft auch keine Aufklärung. Wo man diese Gewalt distanzieren kann, wo man sich selbst beherrscht, dort herrscht nicht mehr die ursprüngliche Feindschaft, nicht mehr Feindschaft im eigentlichen Sinn, sondern eine sublimierte Form, eine konfliktbereite Gegnerschaft, die die Bedingung der Möglichkeit von Gesellschaft ist oder zumindest von einem gesellschaftlichen

Verhalten, in dem man davon absehen kann, dem Feind in Worten und Taten das Lebensrecht abzusprechen.
Die Unterscheidung von »Feinden« und »Gegnern« ist zugegeben eine intellektuelle Bequemlichkeit, nicht nur wegen der fließenden Grenzen; sie hat auch einen billigen pädagogischen Unterton. Der Begriff des Feindes verflüchtigt sich, wenn man ihn nicht auf die gesunde Basis des Entweder-er-oder-ich stellt. Unter Gegnern herrscht weniger die Feindschaft, sondern eine gehemmte Feindschaft: das Ressentiment. Es kann zu furchtbaren Ausbrüchen führen, aber vorerst hält es den Tötungswunsch, der in der Feindschaft enthalten ist, zurück. Die Feindschaft als Gegnerschaft ist ein amüsantes Phänomen: Als Gegner legen die Menschen Wert darauf, daß man ihnen ihre feindschaftlichen Gefühle, von denen sie beherrscht werden, nicht anmerkt. Sie geben sich souverän, unbeeindruckt und sagen, daß sie auch ihren Gegner gelten lassen. Das ist strategisch intelligent, denn am besten operiert man gegen seine Feinde im verborgenen. Offene Feindschaften bringen viele Nachteile: Das Überraschungsmoment, in dem man den Gegner erfolgreich angreifen kann, existiert nicht mehr. Die Offenheit begrenzt das Gebiet, auf dem man sich schlägt, und die Falschheit ist eines der wesentlichen Mittel, mit seiner Feindschaft ans Ziel, nämlich zur Niederlage des lieben Feindes, sprich: des Gegners zu kommen. Auch bei offen ausgebrochenen Feindschaften spielen die Falschheiten (zum Beispiel geheimdienstliche) eine große Rolle. Aber Gegnerschaft ist durch das Verborgene der Feindschaft definiert. Die Feindschaft flackert in Gegnerschaften höchstens auf. Darunter leiden die Gegner, und viele von ihnen entwickeln das Syndrom der Feindseligkeit: In der Feindseligkeit ist die Sehnsucht nach wirklichen Feinden und die Angst vor ihnen sentimental geworden. Der

Wunsch nach erhabener Feindschaft läßt sich in einem postheroischen Zeitalter schwer erfüllen, und deshalb haben auch die Helden, die sich mit so vielen, wie sie nur können, anlegen, etwas sympathisch Unerfülltes.

Der Feind ist die Radikalisierung des Skandals des Alter ego, des Schreckens darüber, daß nicht nur ich, sondern auch ein anderer existiert, der selber wiederum ein Ich zu sein beansprucht: Er will (wie) ich sein! Einen Feind möchte man töten – und es gibt, neben dem physischen, viele Tode, die einer sterben kann, aber der physische Tod ist im authentischen Feindschaftsverhältnis, wenn nicht überhaupt das Ziel, so doch das unübertreffliche Vorbild. Den Feind muß man in die endgültigen Grenzen seiner Endlichkeit weisen! Die Frohbotschaft, daß das Politische im Privaten einen seiner Rohstoffe hat (»alles Private ist politisch«), spendet viel weniger Freude, wenn man bedenkt, daß die Politisierung, ja die Verstaatlichung großer Gefühle in das Planungsspektrum mehr oder minder souveräner Mächte fällt. Das Gefühl, das Feinde verbindet, heißt Haß, und die Strategien, ihn zu schüren, sind von historischen Fällen bis zu den gegenwärtigen im einzelnen zu studieren. Generell gilt, daß der Haß der Macht Gelegenheit bietet, die Hassenden zu lenken, während paradoxerweise die Hassenden durch ihren Haß das Gefühl haben, an der Macht teilzuhaben.

Deutscher Gründlichkeit verdankt man die Überlieferung, wie sich auf staatlicher Ebene ein solches Gefühlsleben ausnimmt. Der Begriff »Haß« wurde nämlich für die »politisch-operative Arbeit« des Ministeriums für Staatssicherheit (MfS) der DDR wie folgt definiert: »Intensives und tiefes Gefühl, das wesentlich das Handeln von Menschen mitbestimmen kann. Er widerspiegelt immer gegensätzliche zwischenmenschliche Beziehungen und ist im gesellschaftlichen Leben der emotionale Ausdruck der unversöhnlichen Klassen- und Interessengegensätze zwischen der Arbeiterklasse und der Bourgeoisie (Klassenhaß). Der moralische Inhalt des H ist abhängig vom Gegenstand, auf den er gerichtet ist, und kann von daher wertvoll und erhaben oder kleinlich und niedrig sein. H zielt immer auf die aktive Auseinandersetzung mit dem gehaßten Gegner, begnügt sich nicht mit Abscheu und Meidung, sondern ist oft mit dem Bedürfnis verbunden, ihn zu vernichten oder zu schädigen. H ist ein wesentlicher bestimmender Bestandteil der tschekistischen Gefühle, eine der entscheidenden Grundlagen für den leidenschaftlichen und unversöhnlichen Kampf gegen den Feind.«

Mit der beflissenen Verschlagenheit der Institution tritt auch eine »Ehrlichkeit« in Erscheinung, ein Klartext, den man in jenen Redaktionen von Presse, Funk und Fernsehen, die zum Beispiel heutzutage auf ihre Art ebenfalls hetzen, lieber verschleiert. Es ist eine Schwäche, sich einen solchen Text aufschreiben und vorsagen zu müssen, gerade weil er Wahrheiten enthält, mit denen man sich aufputschen möchte. Einerseits kultiviert so ein Text durch Reflexion den Haß, von dem er andererseits wünscht, daß er archaisch, nämlich leidenschaftlich und unversöhnlich ausbricht. Haß, der nicht aktiv wird, wird zum Ressentiment. Mit deutschem philosophischen Sinn durchschaut das der Staatstext, der Text eines untergegangenen Staates, den aber – da kann man beruhigt sein – die »tschekistischen Gefühle« überlebt haben werden. Solche Gefühle bedürfen keines politischen Unterbaus, sie sind in feindbewußten, oft paranoiden Charakteren und ihren Interessengegensätzen fest verankert. Es kommt nicht nur darauf an, richtig zu hassen, man muß auch das Richtige hassen. Bloße Gesten der Verachtung reichen nicht, Verachten ist im besten Fall graue Theorie, meditatives Verhalten, im lächerlichsten Fall Snobismus – ein Feind, den man nicht leidenschaftlich und unversöhnlich bekämpft, von dem ist man schon im vorhinein geschlagen. Feindschaft kommt im Aktionismus zu sich. All das stimmt, weil es schlicht aus dem Begriff des Feindes resultiert, und der Staatstext hat recht, auch weil er sich als Teil des Problems präsentiert: Was nämlich das Richtige zum Hassen, das richtig Hassenswerte ist, darüber geht ja der Streit, in dem der Text durch seine Signalworte (»Klassengegensatz«, »Klassenhaß«) eindeutig Partei nimmt. Die Lösung des Problems der Feindschaft liegt ausschließlich im Untergang des Feindes, in seiner Vernichtung oder vorläufig in dem Schaden, den er im Kampf erleidet.

Notizen zur Dumpfheit. Die Bedeutung des Wortes dumpf, hinter ihr steckt eine synästhetische Operation: Verschiedene Wahrnehmungsweisen, verschiedene Arten, etwas zu fühlen, werden zusammengezogen, zusammengedacht. Dumpf ist ein Klang, etwas klingt dumpf, und dieser Klang, die Dumpfheit, benennt auch einen inneren Zustand. Den Zustand fühlt man anders, als man einen Ton hört, obwohl auch gesagt wird: Man hört in sich hinein. Einer hört in sich hinein und entdeckt, es klingt in ihm dumpf, oder er hört schon ganz dumpf in sich hinein und entdeckt, er selbst ist die Art, auf die er hört: Er ist ganz dumpf. Wie meine Dummheit hat auch meine Dumpfheit etwas Ozeanisches, das heißt: Ich ertrinke in ihr, werde von ihr überschwemmt, eingenommen, umgeben, bin in ihr untergegangen; das ist das Tranceartige der Dumpfheit. Dumpfheit ist ein Element, wirkt elementar. Dumpfsein ist alles. Man hat in ihrem umfassenden Zustand wahrscheinlich nicht die Wahl, in sich hineinzuhören, denn dazu gehört ein Wille, ein Entschluß, eine Absicht; der Dumpfe ist von seinen Absichten erlöst, man könnte auch sagen: Er ist von seiner Absichtslosigkeit gequält. Der Dumpfe braucht nicht in sich hineinzuhören; die Dumpfheit macht sich von selber hörbar, verschafft sich Gehör, erfüllt den Dumpfen ganz und gar; es ist die Tonart, unter der er antritt, die Un-Melodie seines Seins, die jede Melodie im Keim erstickt.

Wie klingt dumpf? Dumpf, dumpf, dumpf – das Wort klingt ganz schön lautmalerisch, als hätte man das Halsloch einer leeren Flasche geküßt und den Kuß plötzlich unterbrochen; eine Woche der Dumpfheit, ein Festival der Dumpfbacken, die sich in dieser einen Woche auf ihr Eigenes konzentrieren können, was sie indirekt auch tun, wenn für sie, für sie allein, alle Mozart-Opern gezeigt werden. In diesem Alle liegt die

Verwandtschaft zum Ozeanischen der Dumpfheit, die alle und alles umfließt. Das Fest der Vollständigkeit ist gemeint, aber klammheimlich heißt »alle Mozart-Opern« nur: »Wir sind bereit abzustumpfen. Danke, Mozart.« Gleich direkt ein Abstumpfungsfest veranstalten, bei dem die Dumpfbacken ihr Ureigenes feiern, das wäre eine kulturpolitische Großtat – ohne Umwege, ihnen alles geben, was von außen zum Dumpfsein nötig und günstig ist. Sie bringen so viel Inneres dafür mit, es wäre schade, es verkümmern zu lassen.

Ich lege ein Wort ein für das Dumpfe: Gegen die Geräusche hilft meine Dumpfheit. Die Geräusche sind nicht zu ertragen, man muß gegen sie abstumpfen, um sie nicht wahrzunehmen. Jemand, der nach langer Krankheit wiederum zum Leben erwacht, hat geschärfte Sinne, nimmt alles wahr, ist der Deutlichkeit von allem ausgeliefert; der Kampf um die Deutlichkeit der Sinne: sich eben nicht wegschleifen lassen von den gleichgültigen akustischen und optischen Eindrücken. Da kämpft man ums Leben: Jeder Sinneseindruck soll schmerzen. Die Schmerzen sollen uns nicht dumpf machen; gegen die gleichförmige Existenz des Leidenden. Dagegen ein vertrackter Hedonismus, der mit seiner Dumpfheit kokettiert: Der Genußmensch dieser Art hat die Sehnsucht, nicht zu leben, um zum Beispiel fernzusehen – die Masse der Wochenendprogramme sind Verlegenheitslösungen der Programmacher, sind aber meine freiwillige Regression gegenüber den Anforderungen des Daseins: Was ich fernsehe, also, Bilder kann ich im Kopf beliebig verschieben, oder ich habe zumindest das Pseudoallmachtsgefühl, ich könnte es. Das Leben ist kein Spiel, aber es ist verspielt; das Leben im Unernst betäuben, und bei Kritik daran, etwas, ein klein wenig, wach werden und sich munter so stellen, als wäre der Kritiker ein verknöcherter Moralist, der einem die Dumpfheit

nehmen will, zu der ich als Staatsbürger alle Rechte habe. Dumpf bin ich im Recht.
Dumpfheit als Vorwurf, um das eigene Licht nicht unter den Scheffel zu stellen. Von Woyzek verlautet aus besseren Kreisen im Stück, es sei kein Menschenleben in ihm, ein Tier, interessant sei er deshalb für die Humanmedizin; Woyzek habe keine Moral, keine Tugend. »Sehen Sie«, sagt Woyzek seinerseits zum Hauptmann, »wir gemeine Leut, das hat keine Tugend, es kommt einem nur so die Natur, aber wenn ich ein Herr wär und hätt ein Hut und eine Uhr ... und könnt vornehm reden, ich wollt schon tugendhaft sein. Es muß was Schöns sein um die Tugend, Herr Hauptmann. Aber ich bin ein armer Kerl.« Woyzek relativiert also – wohl in Büchners Namen – die Tugend: Die Tugend wird von Accessoires konstituiert, von Hut und Uhr; das entspricht im übrigen haargenau der Äußerung von Büchners Hauptmann aus demselben Stück über das Wesen der Moral: »Moral, das ist, wenn man moralisch ist, versteht Er. Es ist ein gutes Wort.« Das Gute steckt schon im Wort (dort soll es ja auch steckenbleiben), die Moral ist dem Hauptmann nichts als eine Konvention, aus der ein dumpfer Kerl wie Woyzek ausgeschlossen ist, denn Woyzek kann eben nicht vornehm reden; das heißt, er hat keine Moral. Was ihm bleibt, ist Natur, also das, wovon ein Doktor und ein Hauptmann sich zu ihren Gunsten penibel unterscheiden und diese Unterscheidung auch durchzusetzen wissen; ein Woyzek lebt für die Leute gar nicht, denn Leben heißt Doktor-und-Hauptmann-Spielen: Vielleicht gibt es auch, der Mensch nähert sich ihm asymptotisch, ein Sein – vielleicht sogar ein Doktor- und ein Hauptmann-Sein. Erst im Unendlichen angekommen ist man vielleicht ein Doktor oder ein Hauptmann. Bis dahin ist alles nur Spiel; allerdings nicht bei Woyzek. Auch Woyzek hat das

Gefühl, daß das, was er da lebt, nicht das Leben ist – er hat nur Marie, die Mutter seines Kindes; sie ist ihm Quelle seines Lebens, ist sein Leben, und die tötet er, als er erfährt, daß sie ein anderer auch »gehabt« hat. So ernst ist es ihm mit seinem Leben, daß er es sogar umbringt, wenn er es nicht mehr für sich allein hat. Aus Dumpfheit zur grellen, jedes Spiel in den Schatten stellenden Tat …

Dumpfheit als Vorwurf, also die Fragwürdigkeit, wer wen warum für dumpf hält: Dumpfheit ist eines dieser Konzepte, mit denen man selber außer Obligo bleibt, während es auf einen selber zutrifft: Der Doktor und der Hauptmann sind selber dumpf. Das Dumpfe im Visuellen, also dumpf für den Gesichtssinn, ist das Fahle, die Nacht, die man schlaflos verbringt; das Morgengrauen, ein ungesundes, unentschiedenes Licht, dumpfes Unbehagen, unbehagliche Dumpfheit. Das fühlt sich an, als wäre man vom Tod, der einen in der Zeit ereilen wird, schon infiziert; man liegt da, als wäre man seine eigene Leiche, und starrt dumpf aus der Bettwäsche; der Geringste erlebt in solchen Zeiten seine Götterdämmerung – es ist unfreiwillige Dumpfheit, die einem passiert, die man sich nicht aussucht; die einen überfällt; ich kenne Dumpfheit auch als mißglückte Müdigkeit – gesetzt den Fall, es gibt, wie behauptet wird, eine geglückte Müdigkeit; sie müßte der Einklang sein von redlich erschöpftem Organismus und der Tageszeit, also einfach: müde sein pünktlich zum Feierabend; bereit, auszuruhen für den nächsten Tag, für den Sonnenaufgang. Wenn das nicht glückt, dann arbeitet es in einem weiter, falls man Pech hat, bis zur Dumpfheit, in der der Organismus erschöpft ist, man irgendwie wach bleibt und im Morgengrauen dann vielleicht krankhaft, krampfhaft hellwach wird.

Das Therapeutische, das Heilende und das Destruktive, das

Zerstörerische des Dumpfen – wenigstens partielle Dumpfheit ist, wie gesagt, nötig, um die Fülle der Eindrücke auszuhalten, abzuwehren; wäre man ständig hellwach, man käme ins Glühen, würde schließlich durchbrennen, müßte andauernd verarbeiten, reagieren, kämpfen; ständig auf Touren, könnte man sich auf nichts konzentrieren, und auch die Dumpfheit als Resultat der Zerstreuung ist, sozial gesehen, fast so etwas wie unverzichtbar; eine schwache Droge, ein mildes Narkotikum, inszeniert scheinbar, um Aufmerksamkeit zu erregen – die Droge scheinbar erregter Aufmerksamkeiten, Unterhaltung: das Erholungsmittel per se in dieser Gesellschaft, die für jeden harten Eingriff hundert Weichspüler hat, um in der Vorstellung, im Bewußtsein die Härte wegzuspülen, den Kopf auszuschwemmen, ihn leerzumachen.
Therapeutisch, heilsam ist Dumpfheit nicht nur als Alltagsphänomen, sondern auch als Reaktion auf dramatische, auf traumatische Verletzungen: die Verdumpfung der Schmerzen. Ein Zustand der Dumpfheit, der Gefühllosigkeit wirkt wie eine Brücke zwischen den unerträglichen Schmerzen und dem Wiedererwachen, nachdem man endlich etwas anderes als Schmerzen empfinden wird. Im Übergang sind Schmerzen von Dumpfheit eingehüllt, gedämpft. »A little bit of awareness« heißt es in einem Gedicht von Allen Ginsberg; es ist ein Gedicht, um über den Mord an John Lennon zu trauern. A little bit of awareness, also nur eine Spur von Geistesgegenwart – schlicht, um zu sehen, was los ist, was geschieht und wer tötet. Das Gegengewicht zur Dumpfheit ist dieses Hängen am Leben, die Wertschätzung des Lebendigen in seinen verschiedenen Ausprägungen, für die man sich interessiert, Sensibilität bewahrt. Der Dumpfe ist gleichgültig, und daraus resultiert, im verwandten Gegensatz zu den harmlosen Formen des Dumpfseins, die Zerstörungskraft der Dumpf-

heit: Die Welt will der Dumpfe der eigenen inneren Dumpfheit gleichmachen, sie einebnen, also sie zerstören; und hier springt einem zum Schluß eine Übereinstimmung der Gegensätze, eine Solidargemeinschaft ins Auge: Der aufgeladene, hochemotionalisierte Fanatiker und der dumpfe, gefühllose Schläger – sie stehen seit eh und je auf demselben Programm.

Palermo unter Professoren. Zu Hause, mitten im Jänner. Vom November, als ich in Palermo war, habe ich nichts – außer einige einschneidende Erinnerungen und immerhin ein Blatt bedrucktes Papier. Auf dem steht in einladendem Layout (und auf der ganzen Welt kann nur ein einziger Mensch diese Wörterfolge angemessen zu Gehör bringen, nämlich ein Italienischlehrer des Schulfunks, dessen manierierte Radiostimme mit jedem Wort, mit jedem Zungenschlag den gesamten Sprachkörper »Italienisch« abschleckte): *Societa Italiana di Endocrinologia e Diabetologia Pediatrica. Corsi di Aggiornamenta 1995. Mondello, Palermo. Hotel Splendid La Torre.* Ja, diesen Versammlungsprospekt italienischer Kinderärzte habe ich aus dem Hotel Splendid La Torre in Mondello/Palermo mitgenommen. Draußen, und das im November, schien die Sonne aufs Meer – es spiegelte die Lichtstrahlen wider –, und drinnen im Hotel besprachen elegante Ärztinnen und Ärzte die Zuckerkrankheit von Kindern.

Nach Mondello, dem mondänen Vorort, war ich ausgewichen, Palermo, die Stadt, fliehend. Ich gebe zu, ich bin nicht der geborene Reisende, ich bin ein furchtsamer Mensch, und konsequent fürchte ich mich am meisten dort, wo es auch was zu fürchten gibt. Palermo ist eine schöne Stadt, *Palermo sehen und sterben*, aber die Schönheit der Stadt ist krank, und die Krankheit ist die Armut der Mehrheit ihrer Einwohner und der in Massen Zugereisten, der Illegalen, die in Palermo sind, ohne aber Einwohner zu sein; sie sind bloß Fluchtunterbrecher, und ich bin bloß einer, der sein Zuhausesein unterbrochen hat. Es ist die Sensibilität dessen, der ein Zuhause hat, die den Blick auf die Fremde verstellt: In dieser Stadt ist so viel Wahrheit, die man von Haus aus nicht anerkennen kann, also greift man zur Furcht, die einen durch ihre Deutlichkeit beschützt.

In meinen Augen war Palermo von einer Düsternis befallen; die abgetakelte Großmannssucht ehemaliger Herrscher und Kirchenfürsten, großartige historische Bauten, aber das alles steht inmitten einer gigantischen sozialen Auflösung, und vor Auflösung fürchte ich mich sehr. Schnell verliert man überall auf der Erde den Boden und auch den Grund. Alle Orte der Welt sind – aus meiner Sicht (aus dieser lebensnostalgischen Angst vor dem Tod, aus einer Schwäche also, die ich für die Verachtung Stärkerer bereitstelle) – gleich weit vom Abgrund entfernt, und mit äußerster Verachtung gedenke ich des Fußballobermanagers aus dem italienischen Norden, der gesagt hatte (aus einem der üblichen idiotischen Anlässe), ja, die Deutschen, die wagen es, uns schlecht zu behandeln, weil sie glauben, alle Italiener wären Sizilianer. Aber ist es nicht der Norden gewesen, der den Süden ausgebeutet hat, und der diesen jetzt nicht mehr sympathisch findet, weil der von den Folgen der Ausbeutung so entstellt wirkt?
Die Himmelsrichtungen. Merkwürdig (oder von mir aus: unvergeßlich), da spazierte ich mit einem deutschen Professor, einem namhaften Germanisten, durch eine schmale palermische Gasse. Ich erklärte ihm gerade die Welt, selbstverständlich in lauter, unüberhörbar deutscher Sprache, und plötzlich ging der Professor neben mir zu Boden; ein junger Einwohner war aus einer Ecke hervorgezischt, hatte blitzschnell die Herrenhandtasche des Professors gefaßt, der Professor ließ die Tasche nicht los, Dieb und Beraubter stürzten gemeinsam zu Boden. Die Bodentechnik des Diebes war allerdings unschlagbar, am Boden kennt sich so einer aus, und wieder einmal war ein deutscher Professor seiner Kreditkarten verlustig gegangen.
Was für eine Bilderbuchgeschichte, diese Geschichte von der direkten Einhebung der Fremdensverkehrsabgabe, direkt von

der Bevölkerung eingehoben, ohne bürokratische Umwege – inklusive Solidaritätszuschlag. Und es war meine Welterklärung gewesen, die den Menschen angelockt hatte, der sich als Dieb entpuppte. Der Dieb hatte von meiner Welterklärung nichts verstanden, aber das Wichtigste eben schon, nämlich daß es für ihn etwas zu holen gab. Die Laute meiner Muttersprache hatten ihn angelockt. Auf den Professor wartete ich später mehrere Stunden; ich stand vor einer Polizeikaserne in Palermo und verkürzte mir die Zeit unter anderem mit der Erinnerung, daß mein Vater auch Polizist gewesen war und daß mir das Warten vor Häusern nicht fremd war, in die Polizei hinein- und herausgeht. Überall auf der Welt findet man in Gedanken Anschluß. Der lange Aufenthalt des Professors im Gebäude galt nicht dem Dieb, sondern der geraubten Herrenhandtasche. Diese hatte nämlich alles enthalten, was ein Mensch auf Reisen benötigt, sogar den Paß, vor allem aber eine kleine Armee von Kreditkarten, die sich der Professor bei seinen Gastprofessuren zugelegt hatte und die er jetzt – mit Hilfe der Polizei – zurückrufen mußte. Der Professor hatte gegen jede Touristeninformation geglaubt, je näher er etwas am Körper trage, desto sicherer würde es sein. Beisichsein und Beisichhaben.
Eine Woche noch blieb der Professor in Palermo. Aber seine Verstörung wegen des Vorfalls, wegen seines Sturzes und wegen des kurzen und aussichtslosen Kampfes am Rande des Rinnsteins, wurde nicht schwächer. Im Gegenteil, ich mußte an dem Professor sogar eine moralische Verwahrlosung, eine Zerrüttung wahrnehmen: Er hatte sich von mir Geld geliehen, eine für mich beträchtliche Summe, und es kam allmählich heraus, daß er nicht im geringsten geneigt war, sie mir zurückzuzahlen. Er schien zu meinen (und er machte es mir in Anspielungen deutlich), daß er ohnedies überfallen

worden wäre und daß ihm daher alles gebührte, was er nur kriegen konnte. Da ich zu selbstzerstörerischer Großzügigkeit neige und diese Neigung wie ein Laster genieße, schenkte ich ihm das Geld und verlor kein Wort mehr darüber. Jetzt ist es das erste Mal, daß ich der Wahrheit wegen darüber spreche. Wahr ist leider auch, daß ich bei aller Großzügigkeit – man merkt es bis heute – mit einem niederträchtigen Gefühl zu kämpfen hatte, mit einer Verachtung für den Professor, der in dem ihm angestammten Rahmen großtat, während er die Konfrontation mit einer anderen, mehr körperbetonten Wirklichkeit kaum verkraftete.
Wäre ich zu Boden gerissen worden, wie hätte ich es überstanden? Auch um mich über die Niederträchtigkeit meiner Verachtung eines Opfers, eines beraubten Menschen, zu trösten, behaupte ich, daß meine Professorenverachtung auch etwas von Selbstverachtung hat. Der Professor hatte doch den Verdacht bestätigt, der auch über mich verhängt ist, daß nämlich ein Mensch, der die Welt erklärt und Bücher liest, es mit Erklärungen zu tun hat und mit Büchern, aber es mit der Welt kaum aufnehmen kann. Kaum zeigt sich diese von ihrer nicht kooperativen Seite, ist der Mensch als Professor (und auch schon als nicht habilitierter Welterklärer) in einer unwürdigen Art und Weise hilflos. Ich schämte mich für diesen Gedanken, der obendrein noch ein weitverbreitetes Vorurteil bestärkt. Aber könnte man in meiner Verachtung etwas Positives finden, so wäre es doch der Glaube, daß »die Literatur« denen, die zu ihr Zugang haben (oft so sehr, daß sie die Zugänge verstopfen), einen Sinn für die Anarchie gibt, die der »außerliterarischen Wirklichkeit« manchmal auch zum Glück nicht auszutreiben ist.
In meine Knochen, ja, in die Knochen, ist mir etwas anderes von Palermo gefahren, und zwar während einer Nachtfahrt.

Daß Dunkelheiten sich im Inneren eines Menschen manchmal wie eine Erleuchtung ausnehmen, darüber muß ich verlegen (wenn auch nicht um eine Erklärung verlegen) behaupten, daß solche Eindrücke wohl urtümlichen Ursprungs sind: als der Mensch noch in Höhlen lebte und zwischen Licht und Dunkel Welten lagen. Das Taxi fuhr langsam durch die Stadt, und auf einmal lag ein großer Platz vor uns, dessen genaue Ausmaße wegen der Sichtverhältnisse nicht einzuschätzen waren. Dem Platz gegenüber bestand in diesen Augenblicken alles aus Ahnungen, aber sie ersetzten bestimmt, was den Wahrnehmungen entzogen war, und den Rest an Einsicht besorgte der im Fond des Taxis nachdenklich gewordene Kopf. So entstand in jener Nacht ein ganzes, ein integres Bild, schon bereit für die spätere Erinnerung. Die an Ort und Stelle fehlenden Details konnte man ruhig übersehen, ein Ganzes heißt nicht alles, dachte ich, ein noch unbekanntes Gesetz des Wahrnehmungstotalitarismus aufstellend. Es war ein Moment, in dem das Abgründige des Daseins eine Kulisse gefunden hat. Aber genau so darf ich es nicht sagen: Ironie ist nicht am Platz, also keine Kulissen.
Der Platz war für sich in Dunkelheit getaucht; das Licht des Taxis zerteilte sie zuerst allmählich, dann plötzlich schneidend, und es verlor sich am Ende im Nichts. Das Taxi fuhr wie im Triumphzug in den Platz ein, aber da das Licht am Ende nicht hielt, was es versprach, war der Triumph auch schnell vorüber. Es gab – neben den Scheinwerfern – nur noch einzelne, verwischte Lichtfetzen am Horizont. Hätte ich die Lage aufgrund meiner Eindrücke beurteilen müssen, dann hätte ich gesagt, diese Stadtlandschaft ist eine Vorkriegs- oder eine Nachkriegslandschaft: Die große Erschöpfung steht entweder bevor oder sie ging gerade vorüber. Vorübergehend herrschte auf dem Platz Friede. Die Vorstel-

lung dieser Übergangszeit, dieser Unentschiedenheit, verlieh meiner Taxifahrt etwas Schwebendes. Mir fiel der Grund ein, aus dem ich vor vielen Jahren meinen ersten Videorekorder gekauft hatte: Ich hatte einen Film gesehen, in dem die Menschen nicht auf Straßen fuhren, sondern sich durch die Häuserschluchten in kleinen, in der Luft schwebenden Raumschiffen bewegten. Diese Bewegung wollte ich mir unbedingt nach Belieben vorspielen, und so trug ich eines Tages einen Fernseher mit einem Rekorder nach Hause. Den Rest des Films, ein Heldengewirks, haßte ich, aber die Leichtigkeit, mit der sich die luftgeeichten Raumschiffe in der Höhe bewegten, habe ich den angenehmen Seiten meines Lebensgefühls hinzufügen können.

Auf dem Platz, der gewiß vor Hunderten von Jahren erbaut worden war, ergriff mich schlagartig eine Feierlichkeit, ein Gefühl, das die Unschuld erst in seiner Beschreibung verliert, während es doch im Taxi noch ganz echt war. Der Platz war ein Fest aus Architektur; seinen Namen und seine Geschichte wollte ich nicht wissen, um das Allgemeine seiner Schönheit, die sich mir in Augenblicken bot, auch in der Erinnerung feiern zu können. Ich wollte es bei der Flüchtigkeit der Durchfahrt belassen, wollte nicht bei einem anderen Licht wiederkommen. Obwohl der Platz, sieht man eben von den Scheinwerfern des Taxis ab, fast vollständig im dunkeln lag, erschien er mir in diesem Moment als die einzig mögliche Verkörperung von Öffentlichkeit, gemacht für Ansammlungen von Menschen, die entschlossen waren, »die Wahrheit«, also das, was sie ehrlich dafür hielten, auch zu sagen. Eine Öffentlichkeit, in der Menschen stolz sind, keine Geheimnisse zu haben, und die in der architektonischen Schönheit ein Äquivalent für diesen Stolz findet; in der Schönheit ist das Geheimnis bewahrt, das die Offenheit des Platzes und seine allgemeine

Zugänglichkeit nicht zuläßt. Egal, ob der Bauherr Aristokrat war und er den Ausdruck des Platzes in diesem Sinne haben wollte, offene Plätze sind immer auch im Gegensinn da; sie sind anfällig fürs Bürgerliche und für die Plebs, die anerkannt sein will.

Die erstaunliche Schönheit, wie man bei uns sagt, des Südens, der zu dieser Jahreszeit gar nicht bei sich war, und der Platz als Erinnerung an eine Zivilisation, die wenigstens an manchen Stellen würdevoll erscheinen wollte (auch um ihre Würde weiterzugeben) – wenn von diesem Willen, so dachte ich, etwas geblieben ist, und sei es ein Platz in der Stadt, dann ist damit auch ein Motiv überliefert, aus der Erscheinung, aus dem schönen Schein, Schlüsse für den Lebensernst zu ziehen. Das ist das utopische Moment, das selbst nur scheinbar gelungenen Vergangenheiten innewohnt. Dieser idealistische Gedanke war das Resultat einer Ergriffenheit, derer ich mich nicht erwehren konnte. Der Stolz, den ich in die Architektur des Platzes hineinprojizierte, galt heute wie damals, ungeachtet der Barbarei, die schon um die Ecke spürbar war. So idealistisch war ich also nicht, um das zu übersehen. Die Menschenleere des Platzes verstärkte seine ästhetische Eindringlichkeit, und durch die Lichtfetzen und Schattenrisse hindurch fuhren wir endlich an ihm vorbei.

Ich war eingeladen bei einem anderen Germanisten, bei einem Deutschen, der viele Jahre schon in Palermo lebte und der eine vornehme Frau aus dieser Stadt geheiratet hatte. Sie war von einer seltenen Grazie, von einer nicht arroganten Herausgehobenheit aus dem Rest von uns – im Vergleich mit ihr erschienen viele gewöhnlich, jedenfalls kam ich mir selbst so vor. Ich muß ihr danken, daß sie mir niemals das Gefühl gegeben hat, gegen meine in ihrer Gegenwart unvermeidlich auftretende Gewöhnlichkeit angehen zu müssen. Dem beraubten Professor, dem ich weiterhin die Welt zu erklären pflegte, gab ich allerdings den Hinweis, man könne manchmal schon sehen, daß der aufrechte, gattungsübliche Gang zu etwas gut sei. Ihr Mann, der aus Deutschland eingewanderte Germanist, trug den wunderschönen Nordlichtnamen Brodersen, durch den ich mir Schiffahrt und Fischfang und eine kalte Brise von der See her vorstellte. Die Wohnung des Ehepaares lag in meiner Erinnerung nahe der Oper, und als ich das herrschaftlich wirkende Haus betrat, fiel mir die große, durch ihre luxuriöse Ausstattung hervorragende Portiersloge auf. Sie stand leer, und ich dachte mit der typischen Häme eines Eingeladenen aus den unteren Schichten: Dazu hat es also nicht gereicht, einen echten Portier können sie nicht bezahlen. Ein echter Portier hätte mich gewiß von seiner Loge aus gestellt, und ich hätte als Losungswort den Namen sagen müssen: Brodersen.

In der Wohnung war ich dann schon beruhigt und konnte mich vorbehaltlos über den maßvollen Prunk freuen. Seltsam war nur, daß die meisten Einrichtungsgegenstände mit großen Tüchern zugedeckt blieben. Ich dachte für einen Moment, diesen Menschen wäre ich nicht wert genug, für mich würden die nie ihre Bezüge von den Möbeln entfernen. Die Hausfrau, die perfekt Deutsch sprach, wie eine echte Brodersen, erklärte mir, man würde erst zu Weihnachten »die Tradition der Gastlichkeit« wieder aufnehmen und dann auch die Hüllen von den Möbeln wegnehmen. Bis dahin existiere die Wohnung gar nicht wirklich; sie diene für das Ehepaar nur als Unterkunft. Aber wenn die Saison der Gastlichkeit wieder anfinge, dann würde auch wieder Leben in ihre Wohnung kommen. Bis dahin waren sie also mit dem Unbelebten in ihrer nächsten Umgebung zufrieden, und ich weiß bis heute nicht, ob es mißverständlich war oder taktlos, daß ich, einmal ins Reden gekommen, erzählte, was von Palermo mir in die Knochen gefahren war, nämlich die Auflösung. »Es ist dieser Verfall«, sagte ich, »aber es ist der Verfall einer Schönheit, die heute dem Betrachter so viel Trauer zur Wegzehrung mitgibt, daß er sicher nicht lustig nach Hause kommen wird. Aber man kann sehen, wie im Verfall die Schönheit bewahrt ist; im Verfall ist sie viel stärker noch bewahrt, als wäre sie ganz intakt. Die Schönheit, wenn sie im Glanz dasteht, gibt einem genug Grund, fürchten zu müssen, daß sie vergeht. Im Verfall jedoch ist das letzte Urteil über sie gefällt, und man braucht sich nicht mehr zu sorgen.« Schweigend nahmen die Frau und der Mann meine Ansichten zu Kenntnis.

Eines Tages kam der Wettersturz. Ich war aus Palermo, der Stadt, nach Mondello, der Vorstadt mit Strand, zurückgekommen. Im Unwetter hatte sich alles verwandelt: Der Wind peitschte das Meer, welches seinerseits gewalttätig wurde und sich mit einer schrecklichen Wucht gegen die Mauern an der Uferstraße aufbäumte. Dem Wind ausgesetzt, ging ich diese Straße entlang; sie diente auch jetzt – wie bei jedem Wetter – ihrem Zweck, nämlich in geparkten Autos Zärtlichkeiten auszutauschen, vielleicht auch den Geschlechtsakt zu vollziehen, aber wenn ich mir auch stets mein Teil denke, so genau schaue ich niemals hin. Es war nur Privatleben, das im Auto stattfand, keine Prostitution, Geld war nicht im Spiel, zumindest wollte ich es so, um Sympathie empfinden zu können. Die Schlange der Autos war an diesem Abend klein, verletzlich und verlassen. Ich bekam es mit der Angst; das Unwetter tobte, sodaß ich mir nicht mehr zutraute, zu meinem Hotel hinauf zu gelangen. Auf der Uferstraße lagen einige Restaurants, es war mir gleichgütig, welches mir Unterschlupf bot, und so stolperte ich in das einzig richtige hinein. Das

Licht im Lokal schien mir, gemessen an der Finsternis, aus der ich kam, grell. Es tat aber meinen Augen gut, nicht zuletzt deshalb, weil es mithalf, mir das Gefühl der Ungeborgenheit allmählich zu nehmen. An meinem Radebrechen merkte der Kellner mir meine Herkunft an; er sprach perfekt Deutsch, und ich dachte, vielleicht ist auch er ein Germanist, aber es stellte sich heraus, daß dieser große hagere Mann viele Jahre in Innsbruck gearbeitet hatte. »In Innsbruck«, sagte er, »fühlte ich mich zu Hause«, und er ließ keinen Zweifel daran, daß er mir von diesem Innsbrucker Heimatgefühl einiges in Mondello zurückgeben, sozusagen heimzahlen wollte.
Eine Zeitlang bildeten wir in dem Lokal eine Kolonie, aber dann sprach mich ein älterer Herr an, der mit einer jungen Dame an einem der Tische saß. Schlecht ist, wer schlecht denkt, und so dachte ich rigoros in diesem Sinne, daß der Herr sehr verheiratet war, aber nicht mit der jungen Dame. Es stellte sich heraus, daß dieser Ehemann ein Soziologieprofessor aus Rom war, der mit einer Studentin ein paar Tage in Mondello verbrachte. Ich kannte seinen Namen von meinem Freund Leo, der in Italien studiert hatte und Italienisch sprach, und wenn ich mich nicht irre, hatte auch ich aus den übersetzten Schriften des Professors schon eitel zitiert. Deutsch wollten er und seine Studentin mit mir sprechen, immerhin die Sprache von Max Weber und Karl Marx. Der Kellner tischte auf, ein fürchterliches Essen und Trinken begann. Ich schlürfte eine nicht endende Reihe von frischen, ungekochten Muscheln, der Meeresspezialität in dieser Gegend. Eine Woche später soll die italienische Regierung das Servieren genau dieser Muscheln verboten haben; sie seien lebensgefährlich, wegen der Meeresverschmutzung, und ich kann dazu nur sagen, den erinnerten Muschelschleim am Gaumen, daß ich wieder einmal davongekommen bin.

Mein Lieblingspils

Das Böse kommt in leisen Tropfen,
Am Anfang war der gute Hopfen.
Am Ende ist's mein letzter Schluck gewesen,
Der Durst gelöscht, im Grab gibt's nur Verwesen.

Jever Pils, Gott will's!

In der Bahnhofshalle, an einem Ort, von dem aus man fortfährt, gedankenverloren. Da, plötzlich, ein Stoß, ich war in etwas Unbeachtetes hineingelaufen, es leistete mir einen blockartigen Widerstand, so gewaltig, daß es sehr unaufmerksam gewesen sein mußte, darauf zu stoßen. Dann aber, vorwärtsstolpernd, am Widerstand vorbei, aufblitzende Goldzähne, ein Gaunergesicht, gewiß immer verkniffen, jetzt aber hämisch, und ich begriff, hier hatte ich den Komplizen meines Widerstandes vor mir, war also keineswegs in etwas hineingerannt, sondern umgekehrt, jemand hatte mich mit Absicht konfrontiert, mir zu seinem Vergnügen meine Grenzen gezeigt. Der stand nun da mit der überdrehten, schäbigen Heiterkeit des im Angriff Erfolgreichen, und ich sagte zu ihm: »Verzeihen Sie.«

Aber das stachelte nur seinen Haß an, denn er glaubte, daß die absurde Höflichkeit in einer Bahnhofshalle nicht seiner allgemein menschlichen Würde, sondern bloß ihm, dem Stärkeren, galt und daß ich mich mit einer Formel über die schon eingeplanten Folgen seiner Stärke hinwegschwindeln wollte. Er spuckte das Wort »Verzeihen«, die Höflichkeit aus. Ich hatte, ohne ihn wirklich zu sehen, das Gefühl, vor mir stand ein ungefähr Vierzigjähriger, der einen glückhaften Moment aus seiner Volksschulzeit (so lange lagen die wirklich glückhaften zurück) wiederholen mußte. Er wollte heute jemanden niederschlagen, und da er betrunken war, ihn vielleicht auch töten. Der Tötungswille stand ihm gut und archaisch zu Gesicht, als er mich umschlich und sagte: »A Verzeihen gibt's net. Amoi no und i hau die in de Goschn«, und er wiederholte noch einige Male, daß er mich bei einem erneuten Zusammentreffen niederschlagen würde, es aber durchaus offenließ, ob er sich vielleicht nicht doch noch dazu entschließen könnte, es jetzt schon durchzuführen.

Aber er sprach den Dialekt der Geschlagenen, er hatte keine Chance, auch gegen mich nicht. Er und sein von mir bis jetzt übersehener Kumpan, an diesem erhitzten, vertrunkenen Samstagnachmittag, kokettierten sie bloß mit der Gewalt. Sie war ihnen zwar lustig, aber doch zu gefährlich, und außerdem, wozu hatte Gewalt sie schon geführt? So zogen sie, während die Wintersonne kraftlos durch die schmutzigen Bahnhofsscheiben schien, ebenso unerwartet wieder ab, wie sie gekommen waren. Als ich dann allein dastand, fiel mir sofort ein, wie ich wenige Minuten zuvor, am Höhepunkt der Krise, etwas Befremdliches, das mir aber vertraut war, empfunden hatte: Ich hatte mich in mich zurückgezogen, verängstigt, aber es war nur eine gelangweilte Angst, eine Routine hunderttausend anderer, bedrückender Gelegenheiten, dieses unsichere Blinzeln, und dann die mühselige, wenngleich automatische Annahme einer Kampfhaltung, als glaubte der Körper noch, er könnte sich wehren, aber schließlich, eines Besseren belehrt, fiel auch der wiederum in sich zusammen, die alte Müdigkeit, seine Bewegungsarmut ertragend, bis dann auch ihn das wirklich Befremdliche überkam: eine Art Jubel, eine freudige Erwartung, die Langeweile zersetzend, die Hoffnung auf den Niederschlag, auf die körperliche Lösung und blitzartig die Gewißheit, die sich freilich bald darauf verflüchtigte, als ich mit meinem Koffer zum Bahnsteig weiterging, daß wir in dieser Welt nichts anderes zu suchen haben als die entscheidende Verletzung.

Sterben und Hinterbleiben

Sterben kann man überall
mein Mann
starb in der Firma
meine Eltern plötzlich
ein Onkel
auf der Küchenbank
ein anderer auf dem Küchenboden
ein dritter
nachdem er mit den Kindern
gespielt hatte

Ein vierter
nachts allein
im Bett
der fünfte
bei einer Milchsammelstelle

Ein Cousin
ging vormittags zum Arzt
starb nachmittags
im Krankenhaus
meine Schwiegermutter
zwei Tage
nach einem Schlaganfall
mein Lebensgefährte
sogar beim Mittagsschlaf

Nichts
konnte ich dagegen tun
nur
mein Mitgefühl jenen widmen
die hinterblieben sind

Menschen im Hotel. Diesen Abend hatte ich mich ausgesprochen; nein, ich bin nicht einer, der sich ausspricht, am Katheder oder im Veranstaltungsraum ohne Katheder, und der dann das Aussprechen verächtlich macht, der dann mit seiner Geringschätzung des Aussprechens an die Öffentlichkeit, wie es heißt, tritt.

Solche Leute sprechen stundenlang vor Publikum, lassen auch danach keinen mehr reden, und wenn sie dann zu Hause sind und die Stille sie überfällt, verfassen sie voller Ekel ein Gedicht, in dem vorkommen könnte: »Und das Wort ist Fleisch geworden, aber es hat nicht unter uns gewohnt.«

Nein, einer von denen bin ich nicht, aber in dieser Nacht, nachdem ich ausgesprochen hatte und ins Hotel zurückkehrte, spürte ich doch ein Gefühl der Scham, daß ich mich so ausgesprochen hatte, und ich empfand die Aussprache vom Katheder herunter, also den gehaltenen Literaturvortrag, vor allem als eine körperliche Leistung, als Überwindung eines Redestaus, als eine dieser grauenhaften Intimitäten, denen man nur in der Öffentlichkeit nachgehen kann.

Der ganze ausgesprochene Körper hätte sich jetzt einfach ins Hotelbett zur Ruhe legen und im Schlaf jedes Schamgefühl überwinden können. Aber es gibt in meinem Alter nichts Einfaches mehr, und ich muß mich immer verständlich machen: Überall, wo ich bin, war ich schon, und woanders fahre ich nicht mehr hin.

Ich hasse *fahren* ebenso wie ich die Orte hasse, an denen ich schon einmal gewesen bin; an jedem Ort gibt es eine Erinnerung, die mich in die Knie zwingt. Es gibt keinen Ausweg, auf keinen Fall einen Ausweg in dieser Stadt, in der mich heute nachmittag der Veranstalter der literaturwissenschaftlichen Vortragsreihe am Bahnhof abgeholt und ins Hotel »Markus Sittikus« gebracht hatte.

Markus Sittikus, das ist ein historischer Name, irgendwer, der die Existenzberechtigung dieser Stadt unter Beweis gestellt hatte, hieß so. Das Hotel, das jetzt so hieß, war auch historisch, aber es waren andere Zeiten, in denen das Hotel, wie es jetzt aussah, wurzelte, nicht die Zeiten des Markus Sittikus, sondern die einer vergessenen ÖVP-Alleinregierung.
Unter so einer Regierung war ich seinerzeit in der Nähe dieser Stadt Soldat gewesen, »eingerückt«, und einmal – bei einer Nachtübung – war ich vom Weg abgekommen und stand plötzlich allein inmitten der Alpen.
Ich war von Kopf bis Fuß hervorragend getarnt, auch das Tarnnetz des Stahlhelms war mit originellen Utensilien des Tarnens ausgezeichnet bestückt. Aber es war ohnedies niemand in der Gegend, der mich hätte sehen können. Ich hingegen sah aus der Ferne Licht aus dieser Stadt, die ich schon damals haßte, und weil es das einzige Orientierungszeichen war, machte ich mich auf zum Abstieg.
Nach stundenlangem Marsch erschien ich in der Stadt: ein abgekämpfter Soldat im Kampfanzug, ein Absteiger mit einem Maschinengewehr und dem dazugehörigen Munitionskoffer, eine Erscheinung, die sich selbst zum Verschwinden bringen wollte – *Phenomenon – das Unheimliche wird wahr.*
Dieser ganze idiotische Gestus, dieses Sichaussprechen mit Sätzen wie: Ich hasse diese oder jene Stadt. Das ist doch epigonal! Aber was soll man machen. Bei allem, was man haßt, war schon vorher einer da, der es auch haßte.
Ich »hasse« die Hauptstadt dieser österreichischen Nobelprovinz, in der jeder bessere Cafetier landjunkerhafte Attitüden, Geschichtskenntnisse oder Theaterkarten hat. Gewiß, es ist etwas anderes, ob man in der Nacht im Kampfanzug vom Berg herabsteigt und in der Stadt keine Unterkunft hat, oder ob man einer Einladung zu einem literaturwissenschaftlichen

Vortrag folgend sich seines Hotels schon am Nachmittag sicher sein kann.
Ich hatte schon am Nachmittag bemerkt, daß dieses Hotel, in das ich jetzt nach meinem Aussprechen zurückkehrte, typisch war; es war typisch für Familienbesitz, und zwar nicht für den stolzen, sondern für den unter allen Umständen zu bewahrenden, für den, den man hegte wie eine letzte Chance.
Das bringt den Gast in eine zwiespältige Lage: Einerseits wird er wie kein anderer benötigt und hofiert (bedrängt), aber andererseits ist er doch der, der die letzte Chance der Inhaber abnützt. Die Rezeption, der Empfang, also der Altar, über den so viele Schlüssel schon gereicht wurden, ist in solchen Hotels die erste Station einer euphorischen Beargwöhnung des Gastes; er wird abweisend willkommen geheißen, und in einer Atmosphäre des zutraulichen Mißtrauens schreibt er seinen Namen auf den Meldezettel.
Das Ausfüllen des Meldezettels dient hier weniger der verordneten Meldepflicht, sondern mehr dem privaten Interesse der Inhaber: Wenn der Gast ein Zerstörungswerk verübt, dann hat man gegen ihn den Zettel, der besagt, wo er dingfest zu machen ist, in der Hand!
So hatte ich, als ich nach dem Vortrag in das Hotel zurückkehrte, nicht nur dieses leichte Schamgefühl wegen meines Aussprechens und nicht nur den Haß auf die Stadt, in der ich eines Nachts zwar schwer bewaffnet, aber unbehaust erschienen war, sondern ich fühlte mich auch als eine Art unliebsamer Verwandter, der jetzt ins Familienquartier einkehrte, um dort, wie man ihn verdächtigte, Schaden anzurichten. Es war eine gefühlvolle Angelegenheit. »Eingriffe, Nebengriffe, Danebengriffe und Übergriffe«, pflegte mein Vater zu sagen, »kommen in jeder Familie vor.«
Die Tür war verschlossen, alle Anzeichen der Ausgestorben-

heit herrschten, ich mußte dem Nachtportier klingeln; er war ein alter Mann, grauhaarig und hager, er wirkte aufgescheucht und war in der Familienhierarchie gewiß der Onkel. Seltsam war, daß er in einem perfekten Konfektionsanzug steckte, einem weißgrauen Modell von Kleiderbauer oder Tlapa, Marken, die der Volkskostümierung gewidmet sind, deren Träger höchsten Wert auf das gleichgeschaltet Adrette legen und die daher die Reinlichkeit als erstes Gebot einhalten.
Der Onkel aber stank; ein solcher Gestank verträgt sich mit solcher Einkleidung nicht. Etwas Stechendes hatte er nicht bloß in seinem Geruch, sondern auch in seinem Wesen. Er dienerte ein wenig, aber sehr unwirsch. Ich fragte ihn – nach einem Vortrag ist der Hals trocken: »Is'n Bier da?«
Der Mann verschwand unangenehm berührt in einer kleinen Küche für Frühstück und Snacks. Währenddessen machte ich, der späte Gast (und je später die Gäste …), eine Wahrnehmung: Es gab einen Aufenthaltsraum mit einem Fernsehgerät. Dort wollte ich das Bier trinken, und als der Mann zurückkam, sagte ich in sanfter, der Unnötigkeit unserer Begegnung entsprechender Manier: »Servieren Sie mir doch hier im Aufenthaltsraum, ich wünsche fernzusehen.«
»Es ist aber Fußball«, sagte der Mann. Nun war auch sein Blick stechend geworden. Spielt die ARD, dachte ich vor seinen Augen, nicht oft »Menschen im Hotel«, immer wieder »Menschen im Hotel«?
Auf einem der Tische lag, zum Stilleben hingelegt, eine Zigarettenpackung und ein Feuerzeug. Die Tische glänzten in einem freundlich gemeinten Gelb, aber die Farbe erinnerte mich an die Büromöbel jener Polizeistation, von der aus man mich, nachdem ich im Morgengrauen aufgegriffen worden war, in die Kaserne zurückgebracht hatte. Unbehagen!
»Hören Sie«, sagte ich, dem Fernseher schon zum Einschal-

ten nahe, »es ist nicht Fußball auf allen Ihren vier, fünf Programmen.« Diese Stadt empfängt die öffentlich-rechtlichen Programme der Bundesrepublik Deutschland terrestrisch!
Der Mann erwiderte, während mir sein Geruch durch den Tlapa- oder Kleiderbaueranzug in die Nase stach: »ICH sehe aber Fußball.«
Der Mann hatte also seine Entscheidung getroffen. Ich maß ihn mit keinem Blick, nahm die Flasche an mich, balancierte das Glas elegant und stülpte es dann über den Flaschenhals. Schweigend ging ich zum Aufzug, auf einmal stand er wieder vor mir und erklärte, wie man Flasche und Glas zu halten habe. Im Aufzug käme es nämlich oft zu Erschütterungen. Ich fragte: »Geht der Aufzug auf Markus Sittikus zurück?«
»Nein, er reißt sich nur los von der Erdenschwere«, sagte der Mann zu meinem Erstaunen verträumt, »und er tut sich schwer dabei. Beim Stillstand rumpelt er manchmal überraschend, daß man als Fahrgast leicht Flasche und Glas fallen läßt. Der Fahrgast kauft sich ein neues Bier, und ich muß sein altes aufwischen.«
Plötzlich fühlte ich mich sehr einsam. Das Hotel vibrierte vor Stille. Ich war allein im Kosmos aller Hotelhallen. Heute war Fußball. Jetzt fragte ich den Nachtportier: »Sind Sie der Inhaber?« Damit hatte ich in irgendein Schwarzes getroffen. »Würde mir das alles gehören«, sagte er, »dann würde ich nicht arbeiten.« Er war der Onkel und verbittert. Das ist Höflingseleganz. Eine Freundlichkeit dient der Verhöhnung. »Aber!« sagte ich zu dem Mann in der Nacht, »Sie sind doch ein Mensch, der immer arbeiten würde, auch wenn ihm alles gehörte.«
Der Mann war müde. Er stank, er war mit mir einverstanden; er sah es auch so. Sicher dachte er: »So steht es mit mir tatsächlich!«

Ich fuhr in den ersten Stock. Als der Aufzug zum Stillstand kam, rumpelte er derartig, daß ich überrascht Flasche und Glas fallen ließ. Im Zimmer standen ein Kasten, ein Tisch und ein Bett. Die vorherrschende Farbe: das Polizeibüromöbelgelb. So ein wesenloser Raum, und ausgerechnet ich das einzige Wesen darin. Es war mir klar, ich würde von meinem Abstieg träumen und von meiner bewaffneten Erscheinung in der Stadt. Aber morgen ist auch ein Tag, sagte ich mir laut vor, und zwar der Tag der Abreise.

In der Buchhandlung, affenartig Regale absuchend, so viele Bücher, ein Gefühl, als lösten sie in mir ein Sekret los, das wiederum einen Hunger verursacht, eine Gier, die sich auf nichts Wirkliches richtet, die ich aber gewohnheitsmäßig durch den Kauf von sechs oder sieben Büchern beseitige. Die Unruhe gibt sich jedoch erst, wenn ich das Geschäft verlassen habe, wenn die Bücher, die Auslöser der Erregung, nicht mehr zu sehen sind. Welche der eingekauften werde ich wirklich lesen? Das erledigt mir der Zufall, denn sicher ist nur eine Art von Interesse, die ich an mir kenne, ein Interesse, altgewohnt und fast schon abgelebt, über das ich mir dafür vollkommen im klaren bin. Nur ist dieses Interesse hundertfach durch die Buchhandlung, tausendfach durch die anderen Buchhandlungen, millionenfach durch die Bibliotheken, durch die Bestände der Welt abgedeckt, ja erschlagen.

Ein einziges Buch in der Auslage, ein einziges ausgelegtes Buch kann dieses Interesse aufstacheln, zu blinder Lesewut anfachen. In diesem Zustand bin ich zu lesen nicht imstande; er ist wie ein Appetit, der Essen nicht zuläßt, nur ein Verschlingen und, darauf folgend, ein Erbrechen. Aber etwas von Überfülle und Vergiftung hat jede Lektüre. Wenn alle Bücher zusammen das Gedächtnis der Menschheit darstellen, dann kann es doch nicht sein, daß man ein jedes erinnern muß. Auch das Vergessen ist eine Gedächtnisleistung. Die Kunst, das Richtige zu vergessen, fiel mir eine Zeitlang leicht, ich habe Philosophie gelesen. Ich schwankte angenehm zwischen jenen Philosophien, die von Herzen sprechen, und denen, die die Grenzen ziehen. Es war eine schöne Zeit, immer war ich auf die richtigen Gefühle und Gedanken konzentriert. Jetzt aber, als ich dahinterkam, aus welchen Gründen mir die Philosophien entsprachen, habe ich die

Bücher mit Ekel weggelegt. Hinter meiner Lektüre steckte nichts als ein Bedürfnis nach Reinheit, und zwar nach einer Reinheit, die es im Leben nicht gibt, und von diesem Bedürfnis ist mir ganz schlecht geworden.

Beim Abstauben eines heroischen Gedichts

Linkte die Bucht ins Unüberlieferte hinein
Scheiterte an der Asymmetrie einer Losung
Truppen vorgefilzt, vorgeführt ins Speer-Angel-Weite
Aufgespießt und speiend, bis die Klappe fiel
Ein Schrei über der Schlacht, tanzende Peitschen
Prisen verstopfter Pässe hindurchdrängend ganze Busse
Die Wasserscheide drängte die Durstigen
Beim Einmarsch nach vorn. Rüstung, Federbusch
Und ein Morgengrauen, das nach den Taten roch,
Die erst kommen werden.

Elegie vom Großvater

Huat am Schädl
Kletzenschnaps im Hirn
Koan Oasch
Aber a Riesenlederhosen
Da Opa!

Im Salzkammergut, da kann ma gut ... Die eigene Fremde läßt sich in der Heimat nicht abschütteln. Seit vielen Jahren versuche ich, dem (N)Irgendwo, in dem ich lebe, Ausdruck zu verleihen; einer dieser Ausdrücke lautet »eigene Fremde«. Darunter stelle ich mir vor, daß diese Fremde, in der ich zu Hause bin, ganz fest zu mir gehört. Ich halte mich auch für einen typischen Österreicher, ich versuche nicht, jemanden darüber zu täuschen, zumal mich ja die Fremde, kaum fühle ich mich hier irgendwo heimisch, sofort wieder einholt.

Stellen Sie sich vor, ich weilte zum Beispiel sogar am Grundlsee. Es war am Vortag der Verurteilung von Udo Proksch (dieser 2001 mit 67 Jahren verstorbene, tief im Staatswesen verankert gewesene Mensch, der die halbe Führung, die ein Stück des Weges mit ihm gegangen war, entlarvt hatte, ein Versicherungsbetrüger und verurteilter Mörder, ein Brandzeichen, ein Wahrzeichen). Mit einer Freundin betrat ich dieses Grundlseer Lokal. Es hieß »Der flotte Anker« oder »Der rostige Anker« oder »Der rostbraune Anker« (oder hieß es »Der rotbraune Anker«?). Als wir das Lokal betraten, war die Hölle los oder besser: Ein Frühschoppen befand sich gerade in Auflösung, das heißt, eigentlich befanden sich die Mitglieder einer »volkstümlichen« Musikkapelle in Auflösung. Ich dachte, das muß die besondere Art einer allein hier vorkommenden Seekrankheit sein. Die Musikanten spielten einander von verschiedenen Seiten des Lokals zu, nur die Klarinetten bildeten eine geschlossene Phalanx, die niemanden mehr aus dem Lokal herausließ und die jeden, der eintrat, mit schrillen volkstümlichen Weisen begrüßte. Die Trompeter lagen auf dem Tisch, die Beine weit von sich gestreckt, und sie bliesen zum Herzzerreißen in ihr Instrument. Der Mann mit der Posaune stand unauffällig beim Telefon an der Schank. Er riß aber sofort die Posaune hoch und blies dem, der für einen Hilferuf gerade Anschluß gefunden hatte, ins Ohr und in den Hörer. Ein Trommler fragte meine Begleiterin (sie war eine Fremde hier und trug langes schwarzes Haar), mit verständnisinniger Gehässigkeit, ob sie eine Araberin wäre.

Ihr räumten sie wenigstens die Fremde ein, mich faßten sie härter an: Der Ziehharmonikaspieler sagte mir auf den Kopf zu, daß ich Udo Proksch wäre, und er fragte, ob ich mich schuldig fühlte. Drohend schlossen sie mit mir Bekanntschaft, indem sie mich zum Spaß (aus dem sie Ernst machen wollten) mit einem zu dieser Zeit landesweit Bekannten (mit Udo Proksch) identifizierten. Da wußte ich, hier gibt es kein Entkommen, und wieder einmal war ich in der Heimat gefangen.

Aber wie kam ich letztlich doch heraus? Ließ jemand Gnade vor Unrecht ergehen? Fiel mir eine List ein? Ich gehöre zu jenen unglücklichen Menschen, die in gefährlichen Augenblicken erstarren, und die Differenz zwischen meiner inneren Erstarrung und dem wogenden Scheinleben um mich herum bedrückte mich damals im »Rostigen Anker« extra. Gefahr entwaffnet mich, deshalb bin ich auch so friedliebend. Die Meute rief laut: Proksch, Proksch, Proksch.

Proksch war in diesen Tagen ein dicker, müder Mann geworden; je länger man ihn einsperrte, desto mehr ging sein Körper auseinander. Der Mann geriet außer Form, er wurde formlos. Ihm ähnelte ich. »Wia mei Ahnl zwanzig Jahr wor«, sang der Posaunist plötzlich. Ihm war die Posaune entfallen (er hatte den Mund frei). Den Vogelhändler, das dachte ich mir einfach aus, hatte er viertausendmal in Ischl gespielt, so oft, daß er, wenn er sang, es selbst nicht mehr hören mußte, er war vogelhändlertaub geworden. Er konnte gesanglich

auffällig werden, ohne es zu bemerken, ohne sich damit zu konfrontieren. Die volkstümliche Musik, so dachte ich einfach, war sein Hobby, die Operette sein Beruf; er war sogar in der Volksoper aufgetreten. Dort hatte er gesungen: »Wia mei Ahnl zwanzig Jahr wor«, aber dann war Harald Serafin, der Star vieler folgender Jahre, gekommen, und der volkstümliche Gewaltmensch mußte nach Ischl, ins künstlerische Ausgedinge, wo er Posaune lernte, das heißt, er lernte dort, wie man einen Ton bläst, den einem kein Mensch mehr streitig machen kann. Diese Biographie gab ich ihm auf die Schnelle, um durch eine einfache, glaubwürdige Erzählung meine Angst zu beruhigen.
Seltsam, gerade hatten die Klarinettisten zwei Herrschaften hereingelassen; diese waren in Freizeitanzügen, schleppten aber schweres technisches Gerät: Der eine trug eine Fotoausrüstung, der andere hatte ein kleines Tonstudio auf dem Rücken, und er winkte mir scheinfreundlich mit seinem riesigen Mikrophon. Er sagte gravitätisch, während sich die Bänder am Rücken drehten: »Wir sind verständigt worden«, und dann deckte er mit seinem Biergesicht mein ganzes Blickfeld ab. (Ein Biergesicht leuchtet unter blondem Haarschopf in allen Farben von hell bis dunkelrot; es ist die auf dem Land übliche Leuchtreklame, die die Sehnsucht nach dem Trafalgar oder Times Square niemals aufkommen läßt, auch wenn es gerade dort Drogen gibt, die ihrerseits *alles* versprechen.) Das Biergesicht flüsterte direkt in mein Ohr, es fühlte sich an, als kaute jemand meine Ohrläppchen. Währenddessen schleuderte ein Fotograf ohne Unterbrechung seine Blitze, das Blitzlicht (den Bannstrahl der modernen Informationsgesellschaft) gegen mich; er umtanzte mich in seiner rituellen Handlung wie ein Derwisch, rasend, um ein Bild nach dem anderen, wie er wahrscheinlich gesagt hätte,

»zu schießen«. Ich fühlte mich ohnmächtig abgebildet, »wie erschossen«. Hier entstand ohne meine Einwilligung ein Negativ von mir und dann vielleicht ein Positiv? Das Biergesicht flüsterte: »Natürlich wissen wir, Sie sind gar nicht der, für den wir Sie zum Scherz halten. Aber auf dem Land müssen sich die Menschen mit Ähnlichkeiten zufrieden geben. Sie sind doch ein Mann, der Spaß versteht, man merkt es Ihnen an …« Man merkte es mir an! Das Biergesicht sagte (auf seinen stets aufnahmebereiten und schon aufnehmenden Rücken weisend), es sei von Radio Quattro, von einem weit ins Land hinausstrahlenden Sender, und nun wünschte es von mir nichts als ein Interview. Ich sollte einfach sagen, ich wäre Udo Proksch, den Rest würde er schon von mir erfragen! Radio Quattro – nie gehört, das Biergesicht erlaubte sich auf meine Kosten einen elektronischen Scherz. Sie waren Amateure, die die Lächerlichkeit eines Fremden mit modernen Mitteln festhalten wollten – eine kleine Rache für diese Gegend, die schon lange an die Fremden verkauft ist.

Nun war ich dran – aber mit einem Schachzug, mit einer List. Ich hörte, wie meine Freundin, die aus dem Burgenland stammt, gerade zugab, eine Ägypterin zu sein und daß sie im heimatlichen Kairo auf der »deutschen Schule« perfekt Deutsch gelernt habe. Sie behielt ihren Stolz, indem sie den stürmischen Volkstümlichen nachgab. Diese lachten und lachten, es war ein Vergnügen, sie kamen aus dem Lachen nicht heraus, während ich mich zum Interview bereit erklärte. Ich stellte nur eine Bedingung: »Selbstverständlich bin ich gerne bereit«, sagte ich, »Ihnen Rede und Antwort zu stehen, und zwar ganz genau als derjenige, den Sie mich zu sein wünschen: Udo Proksch, gut – Udo Proksch. Aber ich möchte für diese Dame und mich die Freiheit, das Lokal verlassen zu können. Draußen vor der Tür gebe ich Ihnen gerne jedes Interview, posiere ich gerne für jedes Foto, das Sie« (ich konnte es einfach nicht lassen, doch als klug zu erscheinen), »das Sie durch Ihren Sender zu Gehör bringen werden.« Biergesicht und Blitzlicht-Mann nickten einander zögernd zu. Als ich aufstand, um nach draußen zu streben, rief die Meute lachend, vor Lachen erstickend: »Mörder! Mörder! Mörder!« So geht es auch im großen, en gros, zu: In einprägsamen Abständen, in peristaltischen Wellenbewegungen (Konjunktur!) erschallt durch das Land der Ruf Mörder, und es scheint zu den größten Vergnügungen der Einheimischen und ihrer Medien, also ihrer rechtmäßigen spirituellen Vertreter zu gehören, daß sie schrill über Morde frohlocken. »Er würgte sie im Wald«, heißt es dann triumphierend in der Zeitung, oder »Vier Frauenmorde in Italien« oder voller Glück: »Jack the …«, und in den drei Punkten waltet die ganze Seligkeit des Mordevangeliums: the Ripper. Wir gingen langsam und vorsichtig hinter den Freizeitjournalisten her. Unsere Blicke waren starr auf ihre abwaschbaren Freizeitanzüge gerichtet; so mußten wir den Schrekken, der sich um uns entspann, nicht mehr deutlich wahrnehmen. Ich hörte nur den Posaunisten, der mir seinen Gesang ins Ohr schrie: »Schenkt man sich Rosen in Tirol …«, und dann standen wir im Freien. Die Landschaft war schön, die Luft war scharf und belebend. Unsere Lungen atmeten durch, ein selbstverständlicher Reflex des Lebens, Vitalität gegen die Dekadenz des Volkstümlichen oder was … Beruhigend wiegten sich die Tannenwälder in der Brise vom See her. Die Gipfel ragten, wie es sich gehört, majestätisch empor. Der Nachmittag war halbverdunkelt, und die erste Frage des Mannes gellte in meinem Ohr: »Sind Sie schuldig?«

Australien. Es gibt diese Geschichten, die damit anfangen, daß einem ein Taxifahrer etwas erzählt. Dahinter steckt die Auffassung, Taxifahrer wären die Personalisierung des repräsentativen Querschnitts einer alteingesessenen Bevölkerung, und andererseits wären sie – in ihrer Durchschnittsverkörperung! – besonders originell, witzig, vorwitzig – ganz im Stil von »kein Blatt vor dem Munde«.
Nein, solche Geschichten mag ich nicht, und weil ich sie so überhaupt nicht mag, revanchiere ich mich jetzt an allen, die solche Geschichten erzählen. Ich erzähle selber eine: Jüngst sitze ich also im Taxi und komme – wohin sonst? – ins Reden. Im Zuge dessen spricht der Taxifahrer das für ihn biographisch bedeutsame Wort Australien aus.
Da frage ich sofort nach, denn in Australien wäre ich immer schon gern gewesen, und der lenkende Mann, hinter dem ich im Auto sitze, erzählt mir von seiner Frau, einer Engländerin; er hat sie in Australien kennengelernt und ist mit ihr zurück nach England gefahren – per Autostopp.
Die Reise der beiden dauerte sieben Monate, und sie führte durch viele Länder mit exotischen Namen, die einem chronisch Daheimbleibenden nichts als Ferne, als abstrakte Ferne signalisieren. Überall dort war mein Taxifahrer gewesen, und weil er mir so imponierte und aus Furcht vor einer ernüchternden Antwort, stellte ich ihm nicht die Frage, die auf der Hand liegt, nämlich: Wie kommt so ein Weitgereister, so ein Globetrotter wieder hierher zurück, und wie kommt er, wenn er schon einmal da ist, ausgerechnet in ein Wiener Funktaxi?
Übrigens ist für Geldgesellschaften, das heißt für unsere Gesellschaften, in denen vor allem Geld zählt, Taxifahren die am meisten legitime Form des Autostopp. Von dieser Legitimität profitiert man jedoch nur in größeren Städten. Dort,

nur dort, zischen die Taxis durch die Gassen und Straßen, und an den Gehsteigen stehen entschiedene Menschen, die mit mehr oder weniger rührenden Handbewegungen vorbeifahrende Fahrzeuge auf sich aufmerksam machen.
Dazu gibt es ein bekanntes Gesetz: In New York beispielsweise – das weiß ich aus dem Fernsehen vom Nachmittagsprogramm – steht Doris Day Tag und Nacht (Day and Night) auf der Straße und winkt Taxis. Aber keines bleibt stehen, woraus ich entnehme, Taxis sind, wenn man eines braucht, eine Mangelerscheinung. Und fuhr nicht Armin Müller-Stahl mit einer Russenmütze, deren Ohren heruntergeklappt waren, als Taxler durchs winterliche New York, ohne daß er auch nur einen einzigen Weg gekannt, geschweige denn gefunden hätte. Aber dieser Müller-Stahl und der schwarze Bursche, der ihn schließlich durch die New Yorker Nacht zu steuern versuchte, waren ja in Wahrheit nicht Taxler und Fahrgast – sie waren Metaphern fürs Leben –, so wie eben alles, auf das man genau hinschaut, zu einer Metapher des Lebens wird.
Aber das Geld – ja, Geld – ist wenigstens eine sichere Anlage, hat einen einfachen Schlüssel zum Verständnis, einen klaren Code, nämlich Haben oder Nichthaben oder etwas differenzierter: Viel haben oder wenig haben. Daraus kann man schon ein ganzes Weltbild bilden, und während, wie es heißt, der Zähler lief, fragte ich den Taxifahrer: »Wann, oh, wann sind Sie per Autostopp von Australien nach England gereist?« Ich kannte natürlich die Antwort. In meinem Alter wechselt man weder die Religion, noch stellt man Fragen, deren Antworten man nicht kennt. Prompt sagt der Chauffeur: »Das war Ende der Sechziger, Anfang der Siebziger.«
Ja, damals war auch ich Autostopp unterwegs. Alle (alle, das sind immer wenige, einige, die den Eindruck erwecken kön-

nen, alle zu sein), alle fuhren wir damals Autostopp, Reiseziel: nach der Reifeprüfung die ganze Welt. Wer will noch mal, wer hat noch nicht – uns mitgenommen? An den Kreuzwegen der großen Weltstraßen meißelten wir, die Autostopper, in die Ortstafeln ein: *Hier verbrachten wir unsere Ferien!* Warten, warten, warten, und die großen Fragen: Wohin fährt der Mensch? Warum fährt der Mensch? Und wer um Gottes willen hat uns verdammt, noch einmal zu diesem gottverlassenen Platz zu fahren?

Mit dem Abenteuer im Leib hält man den vorgezeichneten Lebenslauf besser aus, und heute – mitten im Lebenslauf – behaupte ich, das war eine schöne Zeit, sie war gut auszuhalten. Im Rückblick erweist sich das Autostoppfahren als eine massenhafte Erscheinung, als Ausbruchsversuch und Aufbruchsversuch der mittelständischen, der kleinbürgerlichen Jugend der Welt.

Manche aus meiner Generation warten ja noch bis heute aufs Mitgenommenwerden, und Mitgenommenwerden ist ohne Zweifel auch eine Metapher; sie läßt sich zum Beispiel auf das Pädagogische, auf das Erzieherische des Autostoppfahrens beziehen: Wer Autostopp fährt, liefert sich an die jeweiligen Bevölkerungen aus, und wer ausgeliefert ist, lernt die nicht schlecht kennen, deren Hilfe er benötigt. Autostopp als Schule der Nation – insofern man eben die Nationen erfährt, an deren Straßen man hoffnungsvoll wartet; es ist ein Exhibitionismus der Bedürftigkeit: Man plaziert sich so, daß alle, die nur vorbeifahren wollen, einen sehen, und man zeigt durch sein Winken, daß einem etwas fehlt und daß man darum bittet.

Es gibt stolze Nationen, die der Anhalter gar nicht kennenlernen kann. Spanier zum Beispiel verachten Menschen, die ihre Bedürftigkeit öffentlich ausstellen. In Spanien – so war es jedenfalls zu meiner Zeit – scheinen nur Einheimische zu halten, die gerade auf Heimaturlaub sind, Fremdarbeiter, die den Status der Fremdheit, den sie in den Ländern ihrer Arbeitgeber genießen, nicht ungern an armseligen Touristen wiedererkennen.

Jedenfalls ist die Reiseweise ein Austricksen der Geldgesellschaft: Autostoppen kostet nichts, und man kommt dennoch weiter. Oft hatte ich den Traum, daß es ein Taxi ist, das anhält. In der Betriebsblindheit des Autostoppers enthält dieser Traum die ultimative Vision der Vergeblichkeit. Das Kleinbürgerliche: ängstlicher Aufstand und am Ende doch Unterwerfung; die meisten hatten ihr Zuhause gar nicht aufgegeben, sie hatten es als Stützpunkt, der einem überall auf der Welt genug Sicherheit gibt, bloß hinter sich gelassen.

Kontrollierte Sehnsucht: Die Straßen, wenn man keine Termine und kein unbedingtes Ziel hat, suggerieren eine Weite, das ist die Antithese zur Enge der Familie, in deren Schoß man ohne Dramen wieder zurückkehren kann. Verdammt, sage ich heute, ich bin nie irgendwo gewesen, keiner von uns ist irgendwo gewesen. Wir waren nur in einem Kuddelmuddel von Ländern, genannt: die Ferne.

Außerdem muß ich zugeben, mit Autostopp kommt man weniger wohin, als daß man viel mehr unter sich bleibt. Das ist im Prinzip das Geschick aller Touristen, sie können die Welt nur nach einem festgeschriebenen Skript erkunden. »So wie es dem Führer gelingt«, schrieb der Soziologe Anselm Strauss, »seine Touristen auf einen bestimmten Weg zu schikken, lenkt auch das antizipierende Traumbild, mit dem der Tourist die Stadt betritt, seine Schritte.«

Man geht auf Reisen im Kreis. Die Autostopper freilich – und das macht nicht wenig von ihrer Kleinbürgerlichkeit aus – hielten sich für was Besseres, bloß weil sie ärmer dran waren. Sie neigten auch dazu, mit den Armen eines Landes zu fraternisieren, aber im Rückblick muß man vielleicht sagen, daß der verachtete Tourist überall, wo er hinkommt, wenigstens Geld läßt, während der Autostopper nicht zuletzt die Hilfe der Ärmsten seiner Brüder in Anspruch nimmt. Die Autostopper haben ihre eigene Kultur – mit eigenen Ritualen, eigenen Redeweisen, spezifischen Treffpunkten, und sie bilden sich – wie alle anderen Touristengruppen – ihr Vorurteil. Dann sagen sie zum Beispiel »die Spanier« und drücken damit bloß ein Problem aus, das sie in Spanien hatten. Überall auf der Welt haben sie gemeinsame Probleme. Sie sind, wenngleich Konkurrenten, relativ solidarisch.

On the road. Um in den Genuß dieser Solidarität zu gelangen, ist das Beherrschen der Weltsprache Englisch fast eine Bedingung. Englisch kann man sich auch durch Australien schwätzen. Australien, dieses Land ist in einem Buch von Wolf Haas zur pädagogischen Maxime aufgestiegen. »Man sagt ja heute«, sagt Haas, »man soll ein Kind nicht zuviel einsperren … ein Kind muß die Welt sehen, Autostopp durch Australien, sobald man den Daumen selber halten kann, da entwickelt sich der freie Geist.« Na ja, sagte ich mir, mein Taxifahrer ist mit einer Engländerin verheiratet, da kann er ausgiebig die Weltsprache üben. Als ich bezahlte, bedankte er sich sehr herzlich, und das mit Recht – denn Taxifahren ist ja hier ziemlich teuer geworden.

Altösterreichische Leitkultur. Ein Wort tut seine Pflicht, manchmal ist es in aller Munde. Das Wort »Leitkultur« ist einerseits leicht, andererseits schwer zu verstehen; leicht versteht es sich, wenn man es als Signal nimmt, um damit eine Position in der Einwanderungsfrage zu markieren. Wer das schönsprechen will, kann es auch so sagen: Der Begriff Leitkultur dient als Vehikel zur internen Überzeugungsarbeit im Streit um die Einwanderung. Die schöne Sprache stilisiert das Wort schnell zum Begriff. Die Marke, von der man sich einen Begriff macht, soll – wie jede Marke, ob es sich dabei um Pullover oder Meinungen handelt – Aufmerksamkeit erregen, und siehe da, viele sind erregt. Schwer zu sagen ist nur, was sich einer denkt, der an »die deutsche Leitkultur« glaubt, was für ein Weltbild hat er?

Das Wort Kultur sagt alles und nichts zugleich; es läßt sich strategisch in jenen Situationen einsetzen, in denen man Politik meint, aber damit noch nicht herausrücken möchte. In Deutschland gab es einmal einen Staatsminister für Kultur. Auch er hat eines Tages Amt und Würden sein lassen und ist in den Journalismus abgewandert oder genauer, er ist wiederum zu ihm zurückgekehrt. Vielleicht aber gilt die Regel, daß ein deutscher Minister mehr über die Leitkultur weiß als ein Wiener Zaungast, und in der Tat, der damalige Kulturminister hatte einer österreichischen Zeitung ein Interview gegeben, in dem er dezidiert nicht abstritt, daß es eine definierte »Nationalkultur« gibt: »Das definiert sich ganz einfach durch die Sprache«, sagte der Kulturminister.

Aber einem Österreicher wie mir erscheint das nicht ganz so einfach. Sind wir Österreicher Deutsche? frage ich taxfrei in unserer Muttersprache. Auf Nachfrage präzisierte der deutsche Kulturminister; das heißt, er wurde noch vager und räumte damit den erfreulichen und nötigen Spielraum ein:

»Sicher ist die Sprache ein stark verbindender Faktor, aber jedes Land kann sich eine eigene Nationalkultur definieren.« Das wird ein munteres Definieren, wobei man mit dem Minister von damals gewiß eines gemein haben wird. Der Minister sagte: »Das im Begriff des Leitens angelegte Gefühl der kulturellen Überlegenheit stört mich.«
Ich glaube, mit dem Definieren kommt man nicht weit. Man verstrickt sich leicht in die Fallen, die Wörter einem stellen, wenn man sie, und sei es nur strategisch, ernst nimmt. Es gibt historische Beispiele, zum Beispiel diese lehrreiche Satire gegen eine ehemals verbindliche Leitkultur, nämlich Jaroslav Hašeks »Die Abenteuer des braven Soldaten Schwejk«. Mit Entsetzen habe ich im deutschen Fernsehen den Nachruf auf einen Komiker gesehen, der erklärt hatte, er würde gerne »den Schwejk, den Österreicher« spielen. Schwejk ist nicht Österreicher, im Gegenteil, er ist Tscheche, und das ist – neben dem Ersten Weltkrieg – fast schon sein ganzes Abenteuer.
Das abenteuerliche Buch ist seinerzeit in einem authentisch literarischen, dem Literaturbetrieb daher fernen Zusammenhang entstanden: Der Autor begann mit dem »Schwejk« 1921, und als der erste Teil fertig war, begab er sich von Prag in das ostböhmische Lipnice, wo er zumeist im Wirtshaus, während er sich mit den Gästen unterhielt, einem Schreiber diktierte. Ins Diktat floß ein, was ihm die Leute gerade über die große Zeit erzählt hatten. Das letzte Kapitel des »Schwejk« heißt »Fortsetzung des glorreichen Debakels«, und es wird mit dem Hinweis unterbrochen: »Hier endet das Manuskript Hašeks (gestorben am 3. Januar 1923 im Alter von vierzig Jahren).« Den Satz der biographischen Sätze, die Essenz aus allem Biographismus, las ich in einer Notiz über Hašeks zeitgemäß verrücktes Leben. In seinem Leben, hieß es, wurde er viermal tot geglaubt.

Schwejk, der Überlebende, hat schon früh die Bekanntschaft der altösterreichischen Leitkultur gemacht: Die kaiserlichen Spitzel sitzen in den Wirtshäusern und ringen dem Volk Äußerungen gegen das Herrscherhaus ab. Ein vertrotteltes Regime verfügt über Ärzte, die die geistige Gesundheit politisch Verdächtiger überprüft, und für nicht wenige Militärrichter sind Tschechen keine Menschen, sondern Viecher. Aber auch Oberleutnant Lukasch, »der Typus eines aktiven Offiziers in der morschen österreichischen Monarchie«, hat, wie Hašek schreibt, seine Schwierigkeiten, ein Mensch zu sein: »Die Kadettenschule hatte ihn zu einer Amphibie erzogen. Er sprach in Gesellschaft Deutsch, schrieb Deutsch, las tschechische Bücher«, und seinen tschechischen Einjährigfreiwilligen sagt er im Vertrauen: »Seien wir Tschechen, aber es muß niemand davon wissen. Ich bin auch Tscheche.« So wurde ihm das Tschechentum »eine Art Geheimorganisation, der man besser von weitem ausweicht«.
Es ist nicht ohne bösen Witz, daß auch heutzutage, wenn sich die Gelegenheit bietet, die Tschechen und die Österreicher wieder miteinander streiten. Das Klima zwischen den Nachbarvölkern ist nicht selten, wie das journalistisch heißt, vergiftet! Unser Zeitungsdeutsch, mit dem wir unsere eigene Nationalkultur definieren, macht die Fronten auf. Wenn man liest, wie sich ein besorgter Leitartikler angesichts eines Atomkraftwerkes für die starken Metaphern »einer Art psychologischer Kettenreaktion, aus der sich ein veritabler zwischenstaatlicher Gau entwickeln kann« entscheidet, dann möchte man lieber zwischenstaatlich als in den Grenzen unserer Nationalkultur sein. Gestritten wird um das Atomkraftwerk Temelin, ein wahrhaft guter Grund, aber dahinter blitzen auf beiden Seiten die alten Ressentiments wieder auf. Der Leitartikler versucht sich diesbezüglich auszudrücken:

»Daß sich die oberösterreichischen Parteispitzen derartig massiv engagieren, hat unübersehbar auch damit zu tun, daß es in dieser Region einen überdimensionalen Anteil ehemaliger Volksdeutscher gibt, die sich nach den Vertreibungen von 1945 dort angesiedelt haben. Auch entlang der südmährischen Grenze Niederösterreichs brechen da alte Wunden wieder auf.«

Das ist der Aufbruch, den wir kennen: das Aufbrechen der alten Wunden. Aber die anderen? Sie ergänzen uns spiegelverkehrt. »Spiegelverkehrt«, schreibt der Redakteur, »erwachen auf tschechischer Seite wieder die alten antideutschen und antiösterreichischen Reflexe und schlagen sich in Gehässigkeiten und Boykottaktionen nieder. Auch hier durchaus ermutigt von gewissen Politikern. Die einzelnen Schritte der Inbetriebsetzung Temelins erfolgten jeweils nicht nur unbeeindruckt von den Blockade-Demonstrationen, sondern als gezielte Provokation mit entsprechender Begleitrethorik. Dabei hat sich Ministerpräsident Zeman besonders hervorgetan.«

Erfolgten jeweils nicht nur unbeeindruckt ... Ach, Zeman ist auch nicht mehr Ministerpräsident. Wie die Zeit vergeht, und wie im Nu die Aktualisierung von gestern die Reminiszenzen von heute sind. Eine Art von Länderdreieck, bevölkert von Österreichern, Deutschen und Tschechen, nicht unproblematisch. Die Präsenz des Gewesenen – sie ist stärker in den schlampigen Gefühlen und in den Artikulationsschwierigkeiten der Gegenwärtigen als in den Akten und Werken der Historiker. Von den Tschechen weiß man hier im allgemeinen wenig, ein bißchen Vaclav Havel; eine nicht wortkarge Fraktion der Deutschen schmeckt das Wort »Leitkultur« ab, möchte entweder, daß es sich durchsetzt, auf Kosten derer, die man dafür extra im Auge hat; oder sie möchte, daß alle Deutschen Deutschland, wie sie sagen, »toll« finden, sodaß sie – endlich von souveränem Nationalstolz beherrscht – das Wort »Leitkultur« nicht mehr benötigen, das ohnedies nur negativ funktioniert. »Leitkultur« heißt ja: nicht Kopftuch, nicht Islam, nicht ... Die österreichische Leitartikelkultur ist, was sie immer schon war, nämlich die entsprechende Begleitrhetorik, selbst dann, wenn sie – wie im Fall von Temelin – recht haben sollte. Inmitten der Erläuterungen, was denn ein zwischenstaatlicher Gau, dieser größte anzunehmende Unfall, sei, ragt der historische Satz hervor: »In früheren Zeiten hätte dieser sogar durchaus in einen Krieg münden können.«

Ja, so eine Leitkultur tut ihre Wirkung nachhaltig. Sogar und durchaus. Aber dennoch bin ich außerstande zu glauben, was tatsächlich geschehen ist und wovon ich selbst am 30. August 2001 kurz nach zwölf Uhr Mittag Ohrenzeuge, das heißt Zeitzeuge gewesen bin: Die Nachrichtensprecherin der Sendung »Mittagsjournal« berichtete von einem Antrag, Temelin betreffend. Dieser Antrag sei bei einem Prager Kreisgericht eingebracht worden. Aber die Sprecherin mußte sich verbessern, sie hatte nicht Kreisgericht gesagt, sondern »Kriegsgericht«.

Geld oder Leben! Gertrude Stein, die amerikanische Dichterin, hat die lange Tradition der europäischen Frage nach der Selbstkonstitution, nach der Konstitution des Selbst (»Wer bin ich, wo bin ich wer?«), deren Spitzensatz lautet, Ich denke, also bin ich, mit einem sehr eigenen Satz für sich beendet; ihr Satz lautet: »Ich bin ich, weil mein kleiner Hund mich kennt.«

Und Gertrude Stein verdankt man auch die Einsicht, daß der Mensch sich vom Tier unterscheidet, und zwar durch eine ganz besondere Sache. »Die Sache«, sagt sie, »die Menschen von Tieren unterscheidet, ist Geld.« Und dann behauptet sie weiter: »Alle Tiere haben die gleichen Gefühle und dasselbe Verhalten wie Menschen. Jeder, der Tiere um sich hat, weiß das. Aber was kein Tier kann, ist zählen. Menschen können zählen, und sie tun es, und deshalb haben sie Geld. Daher werden, solange die Erde sich dreht, Menschen auf ihr sein, und solange Menschen auf ihr sind, werden sie zählen, und sie werden Geld zählen.«

Der Unterschied zwischen Mensch und Tier ist nicht zuletzt ein Topos, ein Motiv der humanen Eitelkeit, für die im übrigen viele Tiere büßen müssen – das steht anscheinend auf dem Programm der Schöpfung, und der Mensch, der es von Brot allein nicht tut, lebt auch vom Einverleiben der Tiere. So ein Mensch hat Zähne und beißt zu, wenn ihm erstens danach ist und wenn zweitens etwas für ihn da ist zum Hineinbeißen; wenn er nichts zum Beißen hat, wird sein Leben elend, und der Philosoph Hegel hat uns gelehrt, daß die »Phänomenologie des Geistes« anhebt mit diesem Innen- und Außenunterschied, daß also draußen – in der Welt – etwas ist, was – im Innen – ich benötige. Ja, in diesem Draußen und Drinnen, so die philosophische Erzählung, in der Überbrückung dieser Differenz durch die Begierde (und durch das

Gewahrwerden der Begierde, in dem die Differenz von Ich und Welt erscheint), erwacht überhaupt erst das Bewußtsein; es ist der fundamentale Mangel gleichsam auf niederster Stufe, der die ganze prunkvolle Erscheinungsgeschichte des Geistes auf der Welt einläutet.

So will der Unterschied zum Tier gewahrt bleiben, ein Tier wird schon nicht wissen, wie ihm wird, und die Skepsis der Negativisten, er nennt's Vernunft und braucht's allein, um tierischer als jedes Tier zu sein, ist ja, sieht man vom darüber erfreuten Teufel ab, im menschlichen Zusammenhang doch nur eine Koketterie. Wir sind alle so außerordentlich vernunftbegabt, daß wir, die zählen, gar nicht anders können, als dieser Begabung anheimzufallen, denn siehe da, bei uns hat sogar der Wahn Methode. Die Vorstellung von Tieren, die bezahlen, mag wahnhaft sein, aber vielleicht lohnt sie sich, wenigstens dieses eine Mal. Man stelle sich ein Tierleben vor, in dem die animalischen Bedürfnisse pekuniär abgegolten werden. Im Fell klappern die Münzen, in den Hautfalten stecken die Scheine, und das Geld liegt auf der freien Wildbahn. Haustiere jedoch – wie der zitierte kleine Hund – erhalten ein Taschengeld. Wieviel und was kaufen sie sich drum? Der kleine Hund, dessen Kenntnis von mir mich selbst konstituiert, der Agent meiner Selbstkonstitution – was ist sein Service wert, ist es nichts wert oder übersteigt es meine Zahlungskraft, sodaß ich mit ihm moralisch verfahren muß, also ihm erklären muß, er sei mit mir im selben Boot, und wenn wir nicht kentern wollen, müsse er sich eben bei seinen Forderungen zurückhalten? Ich fürchte, angesichts solch möglicher Konflikte würde die Tierliebe rasch abnehmen, und es stellt sich vielleicht heraus, daß diese Liebe nicht zuletzt darauf beruht, daß Tiere nicht zählen. In der Literatur, in der schönen, gibt es übrigens ein Beispiel, in dem ein

Tier zahlen möchte. Im Beispiel verfolgt ein gewisser Iwan – wir befinden uns in Moskau – seltsame Gestalten, unter anderem einen seltsamen Kater: »Dieser Kater erstieg das Trittbrett eines Triebwagens der Linie A an der Haltestelle, schob frech eine aufquietschende Frau weg, hielt sich an der Griffstange fest und versuchte sogar der Schaffnerin durch das wegen der drückenden Hitze offenstehende Fenster zehn Kopecken zuzustecken.
Das Verhalten des Katers verdatterte Iwan so sehr, daß er neben einem Lebensmittelgeschäft an der Ecke starr stehenblieb, wo er ein zweites Mal, aber noch weit mehr, verdattert wurde durch das Verhalten der Schaffnerin. Diese hatte nämlich kaum den einsteigenden Kater entdeckt, als sie wutzitternd loszeterte: Kater dürfen nicht mitfahren! Sie haben keinen Zutritt! Husch! Steig ab, sonst ruf ich die Miliz!
Weder die Schaffnerin noch die Fahrgäste waren vom Wesentlichen befremdet: Daß ein Kater in die Straßenbahn stieg, war ja halb so schlimm, aber daß er bezahlen wollte. Der Kater war nicht nur zahlungsfähig, sondern auch diszipliniert. Beim ersten Schrei der Schaffnerin stellte er den Angriff ein, stieg vom Trittbrett, hockte sich an der Haltestelle hin und strich mit dem Zehnkopeckenstück den Schnurrbart. Kaum aber hatte die Schaffnerin die Leine gezogen und die Straßenbahn sich in Bewegung gesetzt, da tat der Kater das, was jeder tut, der aus der Straßenbahn gejagt wird und doch mitfahren muß. Er ließ die beiden Anhänger an sich vorbeirollen, sprang hinten auf, krallte sich mit der Pfote an einem Schlauch fest, der aus der Rückwand kam, und fuhr – den Zehner sparend – davon.«
Es gibt die Geldkatze und das Hundeleben. Aber ein Tier, das zahlen möchte, das im Notfall sogar Geld spart, kann es nicht geben. Da müßte es schon mit dem Teufel zugehen, und das

tut es ja auch, denn das Zitat stammt aus Michail Bulgakows »Der Meister und Margarita«, aus einem Roman, in dem der Teufel selbst den Auftakt zu höchst phantastischen Ereignissen gibt: Tod und Zerstörung, Hypnose und Spuk als Heimsuchungen für Heuchelei und Korruption im Moskau der dreißiger Jahre; also: Der Teufel erschien dort jenen, die es sich zugute hielten, ihm ins Angesicht zu leugnen, daß er existiert.

Die Maxime, daß man das Tier gerade in einem selber, dieses Tier, an dem einen wahrscheinlich der eigene kleine Hund erkennt, daß man dieses Tier in einem selbst bekämpfen soll, könnte ja doch auch nur eine Übertreibung sein, eine Äußerung der schon zitierten Eitelkeit, denn: Der von seinem natürlichen Milieu sich unterscheidende Mensch will vielleicht beides sein und darin ein Drittes: nämlich zuerst Tier im Wuchern seiner Begehrlichkeiten, seiner ungeheuren Leidenschaften und dann ein Vernunftwesen, wenn es gilt, mit Technik und Wissenschaft sich die Erde oder sonstwas untertan zu machen. Euphorische Anthropologie (der Mensch als Held im Ausgeliefertsein an seine interessanten Leidenschaften, aber auch ein Held im Herrschen und im Sich-Beherrschen) ist alltäglich, ist im Grunde der selbstverständliche, eingebürgerte Gemeinsinn, der Common sense – erkennbar unter anderem an der Verabsolutierung jeweiliger Lebensformen, die fast alle zu ihrer Zeit mitbetreiben müssen, weil ja das Leben – mit oder ohne Geld –, weil ja das Leben unerträglich wäre, ein Hohn, wenn die Lebensumstände nicht absolut, nicht ein Schicksal, sondern bloßer Zufall, also kontingent wären. Gegen die euphorische Anthropologie vermögen die Bände der pessimistischen Anthropologie in den Bibliotheken nichts, denn erstens nimmt der Pessimismus als Anthropologie seinen Gegenstand ohnedies zu wichtig, und zweitens glaubt's im Grund sowieso kein Mensch, daß er nicht wichtig sein soll: Das kann man doch nicht glauben! Der Mensch will nämlich zum Dritten – das weiß man aus vielen Predigten – Gott sein, und vielleicht ist Gott zum Teil auch eine menschliche Erfindung, die ihrerseits wiederum aus einer Ambivalenz stammt, nämlich: Dieser Gott ist erstens jemand, der im weitesten Sinne einen andauernd retten soll, und zweitens jemand, den man in Gedanken fein ausgearbeitet hat – durch Investition der eigenen Größenphantasien, die man ihm dann abliest –, um eben sein zu können wie Er. Vielleicht ist Gott eine menschliche Erfindung, durch die der erfinderische Mensch sich dann stolz Abbild nennen kann.

Alle kluge Theologie hat die Gefahren der Gottgleichheit thematisiert, einer Gottgleichheit, auf deren Idee man ohne Theologie allerdings nur schwer käme, und ich halte es für das Äußerste an theologischer Klugheit, wenn man verbietet, von Gott sich ein Bild zu machen, weil ein Bild nur zum Schein festlegen kann: So und nicht anders sieht Er aus; ein Bild ermöglicht viel eher, daß man sich aus einem Bild ein anderes macht, denn was man sieht, kann man auch anders sehen, das Bild lädt zur Substititution durch ein anderes Bild ein, es relativiert sogar das Absolute, das Bild von Gott, und da man schon das Absolute kommunizieren muß, die Nachricht von Gott verbreiten muß, ist es klüger, dies schriftlich zu tun; die Schrift zu interpretieren, läßt sich schwerer bewerkstelligen, aber leichter verbieten. Einen Geldschein übrigens – den der eigenen Währung – versteht man im eigenen Land und in diesem Jahrhundert relativ leicht: Alle halbwegs Erwachsenen sind eingeweiht, und das Bild am Schein oder besser: der Schein als Bild sagt jedem mehr als tausend Worte. Es ist ein schwieriges theoretisches Konstrukt, sowohl gegen Max Weber gerichtet, nach dem der Kapitalismus vom Protestantismus inspiriert, mit bedingt ist, als auch gegen Marx gerichtet, bei dem ja das Sein das Bewußtsein bestimmt und daher eine Religion kein Sein und schon gar keine Wirtschaftsordnung begründen kann. Es ist ein schwieriges theoretisches Konstrukt, nämlich die These Walter Benjamins vom Kapitalismus als einer Religion, als einem Kult, in dem sich das Christentum nach einem mehr oder minder friendly take-over von einem Neuheidentum abgelöst findet. Der Kapitalismus ist danach Parasit des Christentums, Parasit nicht allein des Calvinismus, sondern aller übrigen orthodoxen christlichen Richtungen, und Walter Benjamin interpretiert den Geldschein als Heiligenbild des Kapitalismus; er notiert als Forschungsprogramm: »Vergleich zwischen den Heiligenbildern verschiedener Religionen einerseits und den Banknoten verschiedener Staaten andererseits. Der Geist, der aus der Ornamentik der Banknoten spricht.«

Nun gilt bekanntlich: Der Mensch ist nicht einfach ein Tier, er ist auch nicht unbedingt (also wenn es nicht unbedingt sein muß) ein Teufel, und Gott ist er schon gar nicht; er ist höchstens jener von Freud mit dem unbezahlbaren Schlagwort sogenannte Prothesen-Gott. Mit »Prothesen-Gott« ist gemeint, daß der Mensch im Grunde ziemlich hilflos ist, daß er aber aus eigener Kraft seine Daseinsmisere relativieren kann, unter anderem, indem er sich Prothesen baut, das heißt: Er baut sich künstliche, in der ersten Stufe seinem Körper angepaßte und dessen Kräfte verstärkende Ersatzgliedmaßen, die eben das, was von Natur aus fehlt, oder die eben einen Mangel, der von Natur aus gegeben ist, ausgleichen, vielleicht sogar überkompensieren, also eine Übermacht aus einer Grundschwäche herausholen. Ich glaube, es ist sehr schwierig und kann hier gar nicht die Aufgabe sein, auch nur den historischen Teil einer Geldtheorie zu konstruieren. Die Fragestellung einer solchen Theorie müßte wohl lauten: Welche Erfahrungen aus der Praxis, aus der wirtschaftlichen, psychologischen und sozialen, auch aus der begrifflichen, setzten jenes Abstraktionsvermögen in Gang, das wohl mit im Spiel sein muß, will man den Wert nicht zuletzt von schwer Erarbeitetem durch ein später Geld genanntes, an Zahlen (ans Zählen) gebundenes Medium ausdrücken? Ich behaupte als Laie, daß das Geld, das uns heute selbstverständlich erscheint und mit dem wir so unendlich viel auszudrücken vermögen, daß dieses Geld seinerzeit einen außerordentlichen Einschnitt in der Kultur bedeutete. Aus der Ethnologie weiß man, wie dieser Einschnitt – vor allem, wenn er von außen vorgenommen wird – nicht nur schmerzlich, sondern auch im wahrsten Sinne des Wortes kontraproduktiv sein kann: Es hat nämlich sogenannte primitive Gesellschaften gegeben, deren Mitglieder alles Nötige für sich produzieren, für sich selber herstellen konnten; als dann Vertreter der Zivilisation ihnen Waren brachten, und als diese Vertreter dann ganz im Sinne ihrer eigentlichen Religion, ihres zivilisierten Kultes den Primitiven vorführten, was für Geld auf der Welt alles zu haben sei, geschah allmählich dieses: Die Wilden kamen keineswegs zu Geld, aber sie verlernten, das für sie Nötige selber zu produzieren.

Versteht man unter den Prothesen des Prothesen-Gottes alles, was dessen relative Allmacht auf Erden ermöglicht, dann kann man das Geld zu den Prothesen zählen. Geld ist ein Medium, mit dessen Hilfe sich die naturgegebene menschliche Grundschwäche in gesellschaftliche Macht ummünzen läßt, und zwar zunächst einmal in einem durchaus neutralen Sinn: Geld ist eines der Fundamente, auf die der Zusammenhalt einer Gesellschaft gründet; die gemeinsame Währung

schließlich ist das unverzichtbare Glück der Staaten, ist ein Nationalheiligtum. Umgekehrt ist aber auch das Individuum durch Geld selbstbewußt: Aus Zeiten der Inflation weiß man, daß die einzelnen in Massen erniedrigt, ja vernichtet werden, wenn sich ihr Geld entwertet. Elias Canetti hat das in »Masse und Macht« beschrieben: »Was früher eine Mark war, heißt jetzt 10 000, dann 100 000, dann eine Million. Die Gleichsetzung des einzelnen Menschen mit seiner Mark ist dadurch unterbunden ... Der Mensch, der ihr früher vertraut hat, kann nicht umhin, ihre Erniedrigung als seine eigene zu empfinden. Zu lange hat er sich mit ihr gleichgesetzt, das Vertrauen in sie war wie das Vertrauen in sich selbst ... – durch die Inflation wird er selber, der Mann, g e r i n g e r. Er selbst oder was er immer war, ist nichts, die Million, die er sich immer gewünscht hat, ist nichts. J e d e r hat sie. Aber jeder ist nichts.«
Daß die Einheit der Person an die Einheit der Währung gebunden sei, ist wohl eine radikale Formulierung des Zusammenhangs von Geld und persönlichem Leben. Wie soll man leben, wie kann man leben? Soll man leben wie der Teufel (in Italien sagt man angeblich: Der Teufel ist nicht so schlecht, wie er gemacht wird), soll man leben wie Gott, vielleicht sogar wie Gott in Frankreich, soll man leben wie ein Vieh oder – mit aller eitlen Schlichtheit – gar wie ein Mensch? Was sagt uns das Geld darüber? Nun gilt bekanntlich: Der Mensch als solcher existiert überhaupt nicht; wovon immer der Mensch sich unterscheiden mag, und ob ihn nun das Geld vom Tier unterscheidet, die Menschen selber sind voneinander unterschieden, sie existieren sehr unterschiedlich. Nicht zuletzt das Geld, das einerseits ein vereinheitlichendes, integrierendes, inkludierendes Fundament bildet, macht andererseits den Unterschied. Wer Geld hat und wer nicht, das ist der Unter-

schied. Die Gesellschaften unterscheiden sich voneinander, durch das Ausmaß, in dem die Unterschiede zwischen den haves und den have-nots ins soziale, ins politische Gewicht fallen. Der sogenannte »Wohlfahrtsstaat«, der sich jetzt allmählich zu verabschieden scheint, ist die Utopie einer Ordnung, die den einen ihren Reichtum nicht vergällt und die den anderen ihre Armut nur als relative spüren läßt. So wie seinerzeit die einfachen Wörter Freiheit, Gleichheit und Brüderlichkeit – als Programm – eine spannungsgeladene Konstellation darstellten – wer die Gleichheit will, wird die Freiheit nicht sehr mögen –, so ergibt sich für eine heutige »Sozialökonomie«, wie das Ralf Dahrendorf nennt, eine ebenfalls sehr schwierige, sich nicht ganz ausgehende Konstellation: Finanziert man in einem Land bedenkenlos großzügig, »idealistisch« den Wohlfahrtsstaat, dann wird die Wirtschaft auf dem Weltmarkt nicht konkurrenzfähig bleiben, baut man die Wohlfahrt in einem Land rücksichtslos ab, um auf dem Weltmarkt zu reüssieren, dann zerbricht der Zusammenhalt der eigenen Gesellschaft, große Gruppen verarmen und brechen sozusagen aus der Gemeinschaft, aus der Bürgergemeinschaft weg. Es liegt daher nahe, Formen zu finden, in denen die Wettbewerbsfähigkeit nicht auf Kosten des sozialen Zusammenhalts geht – das aber sind dann bestimmte Formen des Zusammenhalts, die diktatorisch der Bevölkerung verordnet werden, die man also auf Kosten der politischen Freiheit durchsetzt.

Der langen Rede kurzer Sinn: Wettbewerbsfähigkeit (von der die Wohlfahrt schließlich abhängt), sozialer Zusammenhalt und politische Freiheit sind bei der derzeitigen Weltlage Ziele, die sich niemals zu dritt, niemals gemeinsam, ganz und harmonisch realisieren lassen; man kann auch sagen: Die Welt ist nicht heil, und dieser Trivialität kann man hinzufügen: Damit sie nicht in die Heillosigkeit abstürzt und Ort einer globalen Apokalypse wird (regionale Apokalypsen gibt es schon), muß man – ähnlich wie in komplizierten privaten Beziehungen – Widersprüche so ausbalancieren, daß an ihnen nicht das ganze System zerbricht; man muß also mehrere Ziele im Auge behalten, auch wenn deren Unvereinbarkeit ins Auge sticht.

Der Ausflug ins große Ganze, in einige Schematismen des Großen und Ganzen, sollte veranschaulichen, daß die moralisierende, kulturkritische Reserve dem Geld gegenüber wenig bringt: Die allgemeine Lage hat etwas von einem Zwang, demgegenüber reservierte Gesten eitel sind. Dennoch kriegt man die Frage schwer los, wie weit so etwas wie Politik heute noch möglich sein kann oder ob die Politik nicht längst schon eine Magd der Ökonomie geworden ist, in der das Geld seine Rolle spielt. Mit den gesetzten Unterschieden zwischen Menschen wird das Problem der Gerechtigkeit akut, Politik hieße da nicht zuletzt, selbstbewußt eingreifen, wo die Lage sich als Konsequenz wirtschaftlicher Sachzwänge darstellt (oder verschleiert). Die herrschende Religion versucht dagegen glaubhaft zu machen, Glück gäbe es nur dort, wo man diesen Zwängen gehorcht, wo man sich von ihnen geradezu stromlinienförmig modellieren läßt. Wie leben? Ein Soziologe, Niklas Luhmann, hat klargestellt, daß diejenigen Menschen, die in dem System von Geld, von Massenmedien, von Kreditkarten und Ausbildungschancen, von Regierung und Opposition usw. nicht inkludiert sind, keineswegs als stolze Außenseiter existieren. »Während«, schreibt Luhmann, »im Inklusionsbereich Menschen als Personen zählen, scheint es im Exklusionsbereich fast nur auf ihre Körper anzukommen ... Physische Gewalt, Sexualität und elementare, triebhafte Bedürfnisbefriedigung werden freigesetzt und unmittelbar relevant, ohne durch symbolische Rekursionen zivilisiert zu sein.« Und das heißt: Solche Menschen müssen tierisch leben, dürfen allein auf ihren Körper hoffen und im Notfall vielleicht auf die von Gott inspirierte Hilfe einer Mutter Theresa. Sie lebe in unserem Angedenken, auch wenn das Almosen nur den erhöht, der es gibt …!

In unseren Breiten hingegen hat – ich gebe es zu, ohne daß ich mich für etwas Besseres halte – die Antithese Geld oder Leben etwas Kleinbürgerliches. Der Kleinbürger muß von seinem Geld leben, das leider nur sehr flüchtig hereinkommt, und er hat daher notorisch das Gefühl, ständig beraubt zu werden. Ständig reibt er sich in existentiellen Antithesen auf, und wo ist am Schluß das Leben, sein Leben geblieben? Aber die Antithese Geld oder Leben verrät auch ein gutes Stück Marxismus, das in unserem Alltagswissen steckt. Die Wissenschaft der reichen Kaufleute, die Nationalökonomie, hat der junge Marx als eine Wissenschaft des Darbens, der Ersparung charakterisiert; das Ideal der Reichen sei einerseits der asketische, aber wuchernde Geizhals und andererseits der asketische, aber produzierende Sklave. »Ihr moralisches Ideal«, sagt Marx über die Reichen, »ist der Arbeiter, der in die Sparkasse einen Teil seines Salairs bringt …« Was für ein seltsamer Text aus den »Frühschriften« des Karl Marx, ein Text, der heute – nach einer Phase des Konsumerismus, in der die Leute durch Konsum bei der Stange bleiben – zum Teil wie eine chorische Widerrede zu den Versuchen »Besserverdienender« klingt, die die Nichtshabenden mit ökonomischer Logik niederreden, »ansprechen«, um sie lustvoll auszupressen. »Je weniger«, sagt Marx, »du ißt, trinkst, Bücher kaufst, in das Theater, auf den Ball, zum Wirtshaus gehst, denkst, liebst, theoretisierst, singst, machst, fühlst etc., um so mehr *sparst* du, um so *größer* wird dein Schatz, den weder Motten noch Staub fressen, dein *Kapital.* Je weniger du *bist*, je weniger du dein Leben äußerst, um so mehr *hast* du, um so größer dein *entäußertes* Leben, um so mehr speicherst du auf von deinem entfremdeten Wesen.«

Jetzt aber tritt der Nationalökonom auf und mit ihm das Geld, das sich ein Eigenleben erwirkt hat: »Alles, was dir der Nationalökonom an Leben nimmt und an Menschheit, das alles ersetzt er dir in Geld und Reichtum, und alles, was du nicht kannst, das kann dein Geld: Es kann essen, trinken, auf den Ball, ins Theater gehen, es macht sich die Kunst, die Gelehrsamkeit, die historischen Seltenheiten, die politische Macht, es kann reisen, es kann dir das alles aneignen: Es kann das alles kaufen; es ist das wahre Vermögen. Aber es, was all dies ist, es *mag* nichts als sich selbst schaffen, sich selbst kaufen, denn alles andere ist ja sein Knecht, und wenn ich den Herrn habe, habe ich den Knecht und brauche ich seinen Knecht nicht. Alle Leidenschaft und alle Tätigkeit muß also untergehen in der *Habsucht*. Der Arbeiter darf nur so viel haben, daß er leben will, und darf nur leben wollen, um zu haben.«

Und wenn der Arbeitslose heute »mehr Geld« haben will, wirft man ihm »Habsucht«, vornehm »eine Anspruchshaltung« vor. Unterschwellig und oft auch offen wird ihm eine abgewertete, biologisch zweifelhafte Lebensform auf den Kopf zugesagt: die des Schmarotzers, des Sozialschmarotzers. Er hat kein Geld, aber er ist am Leben. Wer soll sein Leben bezahlen? In Marxens Deutung schlägt die Antithese von Geld oder Leben in eine perverse Synthese um: Es ist jetzt das Geld, das lebt. Marx als junger Mann ist ein Tragiker des Geldes, und er hat seine Gründe. Um es mit einem der vorigen Bilder zu sagen: Der Prothesen-Gott neigt dazu, seine Prothesen zu verabsolutieren, ja zu vergöttlichen. Sie wachsen ihm dann über den Kopf, sie machen sich selbständig, und er hängt dann dran als … ich weiß nicht was. Der Mensch ist jedenfalls ein Lebewesen, das sehr von sich abstrahieren kann und das über diese Abstraktionen schließlich Einfluß über seinesgleichen erringt. Ungern wirft er seine Prothesen weg, um dann als sein gleichsam reiner Körper dazustehen, lieber verfeinert er sie so sehr, daß sie, wenngleich ein künstliches, aber doch ein unbesorgtes Eigenleben führen dürfen. Als Laie in der Finanzwelt denke ich am Schluß an die schicksalsgestaltenden Geldflüsse, die sich auf den Bildschirmen sogenannter Rechner nur in Zahlen abbilden, denen also gar keine wirklichen Scheine mehr entsprechen, die aber ins tatsächliche Leben von vielen Menschen eingreifen. Mit dieser Digitalisierung ist die Verabsolutierung, die Loslösung ins rettende Künstliche endlich eine virtuelle Ehe eingegangen mit dem, was nach Gertrude Stein die Ursache allen Geldes ist. Ursache ist eben die den Menschen vom Tier unterscheidende Fähigkeit zu zählen. Gertrude Steins Erwähnung dieser Sache begann übrigens mit dem schönen Satz: »Geld ist sehr komisch.«

Sinn und Zeit

Ich hatte eine kleine Sinnkrise
Mitte der achtziger Jahre, die hat sich
Gelegt …

Mitte der achtziger Jahre
Hatte der kleine Sinn eine Krise
Also die Krise einen Sinn,
Der sich gelegt hat
Und ich auch …

Der gelegte Sinn
Mitte der achtziger Jahre
Muß neu besetzt werden,
Was zur Krise des Sinns
Mitte der achtziger Jahre
Klein, klein führte …

Beinahe am Ende
Des vorigen Jahrhunderts,
Ein paar Jahrzehnte vor Schluß,
Kreiste ich in Berlin Mitte
Den Sinn der achtziger Jahre ein.

Im Namen
Der Krise
Und des Jahrhunderts
Wurde der Sinn
In der Mitte
Beigelegt.

Ganz groß
War ich Mitte der achtziger Jahre,

Bevor es kriselte
Und der neu besetzte Sinn
Sich gelegt hatte.

Mitte der achtziger Jahre
Spielten wir sin & win
Die Nächte lang,
Und in der Neubesetzung
Legte sich das Kriseln
Am heimischen Herd
Klein hin.

Was war da noch
Klein im Sinn,
Und ich in der Mitte
Der achtziger Jahre
Die sich gelegt hatten
Für die Krise im Rückspiegel.

Was war da noch
Kein Sinn und ein Spiegel?
Die Krise Mitte der achtziger Jahre.

Der kleine Sinn
Mitte der achtziger Jahre
Hat mich in der Krise
Gelegt.

Ich hatte
Eine kleine Sinnkrise
Mitte der achtziger Jahre
Die legte sich aber / hat,
Die hat sich gelegt.

Im Autodrom des Lebens. Was ist das für ein Mensch, dem bei Auto als erstes Verkehrsunfall einfällt und dann vielleicht *gnothi seauton*, zu deutsch: Erkenne dich selbst? Es ist auffällig, wie viele Dichter es gibt, also gab, die einem Verkehrsunfall zum Opfer gefallen sind. Der Dichter Rolf Dieter Brinkmann war einer davon; als er in London bei einem Symposion über Lyrik weilte, trat er auf die Straße hinaus und sah nach links. Das war Brinkmanns Todesursache. Wer seine Schriften gelesen hatte, wußte, daß dieser Dichter Rolf Dieter Brinkmann einen Kampf führte, auf dessen einer Front auch die Autos aufgefahren waren. Autos, häßliche, mechanische Insekten, die die Geräusche der Zivilisation miterzeugen, und zwar nach Belieben der verlotterten Individuen, die mit dem Auto ihre Nichtswürdigkeit von irgendwo nach irgendwohin transportieren. Auge, Ohr, Nase, überhaupt die Sinne werden vom Lärm, nicht zuletzt vom Straßenlärm, diesem vorzüglichen, allem zugänglichen Ausschuß der Industriegesellschaft, zugeschüttet. Alles vom Schutt belegt, von der Zunge bis zum Gehör, vom Gesichtssinn bis in die Ganglien. Masse mal Geschwindigkeit, das bedeutet immer auch Macht, Gewalt. Wer vom Kraftwagen erfaßt wird, stirbt oder wird tödlich verletzt, wird leicht verletzt, bleibt unverletzt, kommt zum Glück davon, kann genesen, kommt aus dem Spital hinaus, wird wieder Verkehrsteilnehmer. Wie kommt einer dazu, daß er Verkehrsteilnehmer ist? Es ist eine übergreifende Pflichtmitgliedschaft. Der Verkehr nimmt uns alle auf; im Kopf sind die Menschen für den Verkehr präpariert, der unpräparierte Dichterkopf versäumt den einen Augenblick seiner lebensnotwendigen Aufmerksamkeit, und schon ist es aus. Der Mensch darf das Wesen sein, das Maschinen baut, von denen er sich als gebrechlich abhebt. Aber die Gebrechen werden von der Statistik erfaßt und als ihr Element ruhiggestellt. Das Risiko lastet für den, für den es sich eines Tages erfüllen wird, nicht schwer. Die Unfälle werden sich gewiß im Rahmen der Statistik halten.

Das Risiko läßt gleichgültig, es ist nicht abenteuerlich. Um abenteuerlich zu sein, muß man das Risiko selbst in die Hand nehmen und es steigernd steuern. In den Dörfern soll es junge Menschen geben, denen die Langeweile in alle Glieder gefahren ist. Sie setzen Leben aufs Spiel, indem sie mit Absicht Autobahnstücke in verkehrter Richtung befahren. Einer kommt durch, das alte Spiel, die Lebensfreude der Lebensmüden!

Die rollenden Räder, die fahrenden Triumphbögen, in denen die gelackmeierten Individualisten sitzen; die unerträglichen Wortarien, die auf sie einstürzen, weil sie ja die wichtigsten Menschen von der Welt sind, die Fahrer, die vielleicht morgen schon ihren alten Zweitürer abstellen, um sich einen Viertürigen zu besorgen. Da muß dauernd auf sie eingeredet sein. Eine heiße Dauerrede ist in der Gesellschaft angefacht, täglich überzeugt sie Millionen von Fahrern in dieser und in jener Fahrerangelegenheit. »Seid gut zueinander«, sagen die Sprecher, und wie eine gereizte Riesenkatze läuft der Verkehr die Straßen hinauf und hinunter, kleine Autos, große Autos, Frauenfahrer, Männerfahrer, die Großgemeinde der Lenker; sie zischen dahin, unter Zuspruch und unter Absprachen, sie parken, sie schließen ihre Autos ab, sie befrachten ihre Kofferräume, sie fahren wieder los, sie sind unterwegs, sie bleiben auf der Strecke, sie haben die Kinder am Rücksitz untergebracht, sie sind angekommen, sie scherzen, sie sagen: »Fahrender Untersatz«. Naturschützer treten plötzlich in diesem Theater auf, sie stellen die Autofahrer zur Rede, verlangen Abgaben. Der Benzinpreis wird auf einmal höher, es hängt mit dem Öl zusammen; wer bezahlt dem Studenten die Versicherung? Wer das Innerzeitliche segnet, hinterläßt einen Haufen Wagenpapiere. Der Polizist fragt nach dem Ausweis, der Führerschein steckt in einer hinteren Hosentasche, er ist schon zersessen, ist er überhaupt noch gültig? So einen Schein wagen sie zu zeigen? Im Stau hat dann keiner eine Macht, alle blockieren einander, wie im Leben so auch im Auto. Die Radarkontrollen waren unsichtbar aufgestellt, eine Funkstreife überführt gerade einen Gesetzesverletzer, einen Verkehrssünder.

Ein Hausmeister zeigt einen Einreisenden an, der ein Jahr lang mit einer schwedischen Nummer fuhr, obwohl es, wenn er bleibt und nicht wieder ausreist, verboten ist. Der Österreicher hat ein A am Wagen. Es sind Berufe da, die die Ausübenden zum Fahren zwingen, immer noch gibt es Orte, zu denen kein öffentlicher Verkehr führt, man kann sie nur mit dem Wagen erfahren, und im Ausland existieren Städte, die keine öffentlichen Verkehrsmittel haben, weil die Reichen es verhindern; sie verhindern, daß die Armen, die sich kein Auto leisten, aus den Ghettos in die Zentren vorpreschen oder gar die Wohnviertel der Reichen umlagern.

Wer hat dem Volk den Volkswagen gegeben? War es Adolf Hitler, Ferdinand Porsche oder Dieter Borsche, oder war es überhaupt ganz wer anderer?

Es muß was Wunderbares sein, dieses Ding, mit dem man auf die Schnelle von dem Ort wegkommt, an dem man gerade festsitzt. Die dauernde Flucht ist einem von der Zivilisation verschrieben, sie ist auch das einzige, das sie erträglich macht. Hinfahren, herfahren, hin- und herfahren, die große abendländische Synthese. Ohne Unfälle geht dergleichen nie ab, und selbst der liebe Gott könnte dazu von oben, also von weit, weit über den Polizeihubschraubern her, nichts. Der

Motorsportjournalist überlegt sich den Motorsport. Die Resultate wird er noch mitteilen. Der Motorsportler denkt: »Mit Wut bin ich schneller!« So sind Assistenten angestellt, um ihn wütend zu machen. Gereizt wie ein Stier wird er eines Tages gewonnen haben: den Grand Prix.

Ein Abend ist kühl. Die Sommerhitze hat sich aus den Gemütern und von den Außenhäuten der Leute entfernt. »Kommt gut heim!« wird gesagt. Sie steigen ins Auto. Alles fühlt sich federleicht an. Die Freiheit der Fahrt im Dunklen, die Dynamik des Schwebezustandes; durch die Dörfer, an den Feldern vorbei, die Häuser und die Ortsnamen, die nicht im Gedächtnis haften. Keine Frage: Was bleibt, als zu rasen, wenn man hierzulande das Glück sucht? Da passiert ein Unglück. Plötzlich rast eine Mauer gegen das Schwebende, der absolute Widerstand, das Absolute als Widerstand, schließlich der Todessprung.

An den Straßenrändern liegen ein paar Tote. Um sie fürs erste zu bedecken, wirft die Polizei schmutziges Packpapier über sie. Frau von Zaunlatte geköpft, der Unfallhergang? Der Regen prasselte aufs Stoffdach des Cabrios. Marod on the road. Die Blaulichter in der Dunkelheit verfärben die Umgebung psychodelisch. Frau von Zaunlatte. In die Träume eines Schlafenden bohren sich die Geräusche von Automotoren ein. Auch im Schlaf hat er den Sekundenschlaf. Schlafen, Sterben, und am Morgen wird der Träumer wiederum seine Straße bewußt wahrnehmen. In voller Fahrt wird er ins Diktaphon einen Artikel gegen den Autohaß diktieren. Mit Wohlgefallen wird er, der Vortragsreisende, die Stauräume seines Wagens mustern. »Ich kann zwar«, wird er sagen, »mit Overheadprojektor, Beamer, Flipchart, zusätzlicher Abendkleidung und Wanderkleidung auch in Bahn und Bus reisen, aber nur einmal, dann bin ich mausetot.« Unaufgefordert,

ganz aus sich heraus, wird er tatsächlich »mausetot« gesagt haben.
Ein paar Hauptschüler stehen auf einer Autobahnbrücke. Sie werfen Pflastersteine auf den Durchzugsverkehr. Kein Stein bleibt auf dem anderen. Ein Stein trifft. Die Betroffene hat ihr Gesicht verloren. Von heute an lebt sie ohne Gesicht weiter. Auch wenn alles darauf hindeutet, daß sie früher einmal ein Gesicht gehabt hat, ist jetzt nichts mehr davon da. Die Hauptschüler beantworten vor Gericht die Frage, warum sie denn so gerne Steine auf den Durchzugsverkehr werfen, ganz klar: »Weiß nicht!«
Weiß nicht, weiß nicht: Das ist die Ausnahme, aber der Unfall ist die Regel; er geschieht im Rahmen der Statistik, unmöglich, aus diesem Rahmen zu fallen. Mit jedem Unfall wird gerechnet, wie im Leben so auch nach dem Tode. Der Unfall ist ein Opfer, das der Lebensweise gebracht wird, aber es ist kein archaisches Opfer. Zwar ist es berechenbar, als wäre es gewollt gewesen. Es ist auch ein Opfer, auf das man zählen kann, aber es wird ja nur gebracht, weil der, den es trifft, nicht damit rechnete. Es besteht gar kein Opferwille. Jeder hofft, daß es den anderen treffen wird. Der Unfall verkörpert die Metaphysik der Konkurrenz auf der Straße; der Unfall zerstört und beschädigt gleich die Körper. Zerquetschte Weichteile und die Festkörperphysik.

Das Beisl im Eck. Als ich damals den berühmten französischen Philosophen und Psychoanalytiker Jacques Lacan durch Wien führte (ich zeigte ihm alle wichtigen Freud-Gedenkstätten, einschließlich des Wohnhauses von Leupold-Löwenthal und etwas vom Rest, den es darüber hinaus in Wien noch zu sehen gibt), da ereignete sich Seltsames mit dem berühmten Mann aus Frankreich. Kurz vor seinem Abflug – Kapitäne exotischer Linien, heimisches Bodenpersonal, Passagiere aus aller Herren Länder eilten an uns vorüber – nahmen wir im Flughafenrestaurant einen heißen Tee. Der Beutel schwabbelte übel in der braunen Brühe. War ein Teebeutel das Motiv der Inspiration? Jedenfalls schnellte der Analytiker plötzlich hoch und rief, wie vom Schicksal gebeutelt oder vom Schlag getroffen: »Le Beisl n'existe pas!«

Ich war peinlich berührt, wie ich es immer bin, wenn jemand aus sich herausgeht. Ich achte darauf, daß die Menschen bei sich bleiben und mich vor ihrem wahren Wesen, vor ihren Einfällen und Eruptionen beschützen. Aber wenn ein geistiger Mensch, ein Psychiater, sich so weit vergißt, daß er einen Satz unvermutet herausbrüllt, dann ist es unmöglich, diesem Satz gegenüber Widerstand zu leisten. Er blieb mir im Gedächtnis, und noch im Flughafenschallplattengeschäft erstand ich eine Kassette, auf der Peter Alexander sang: »Das kleine Beisl in unserer Straße«, ein Chanson, das es auch in gesamtdeutscher Sprache gibt: »Die kleine Kneipe in unserer Straße«.

Die Kassette schickte ich gleich vom Flughafenpostamt an Jacques Lacan, und ich gebe zu, daß ich damit dem großen Mann, wie man bei uns sagt, »eins auswischen« wollte. Ich stellte mir Lacan, dem wir immerhin eine neue Grundlegung der Psychoanalyse zu verdanken haben, vor, wie er in seinem Pariser Domizil diese zutiefst deutsch-österreichischen Klänge

eines Peter Alexander auf sich einwirken ließ. Das konnte ihm, auch wenn ihm die schreckliche Rhetorik des Unbewußten kein Geheimnis mehr bot, nicht gut tun. Diese ungesund triefenden Töne, dieses schmierige Schmalz, mit dem sich Peter der Große, wie er hier genannt wird, die Butter aufs Brot verdient, mußte sogar einen Lacan entsetzen.
Aber ich hatte gleichsam die Rechnung ohne den Wirt gemacht. Lacans Antwort erfolgte postwendend. An einem dieser strahlenden Morgen, an denen die Sonne den Flur meines Gemeindebaus paradiesisch erhellt, zog ich aus meinem Postkasten eine Pariser Ansichtskarte. Darauf war der Eiffelturm in voller, glänzender Banalität zu erkennen, auch wenn ihn der Absender mit zwei einander überkreuzenden Filzstiftstrichen unsichtbar machen wollte. Am Textteil der Karte stand in der mir gut bekannten Schrift: »Le Beisl n'existe pas. Jacques Lacan.«
Also sollte ich selber darauf kommen, der Mann gab den Schwarzen Peter an mich weiter. Es ist aber unerträglich, wenn jemand, den man für überlegen hält, sich weigert, Aufschluß zu geben. Ich gestehe, darunter hat mein gutes Verhältnis zu dem mittlerweile schon Seligen sehr gelitten. Es kam zum Bruch. Nur schwer kann ich heute ohne Verachtung Sätze wie »Je pense où je ne suis pas, donc je suis où je ne pense pas« lesen, obwohl es mir, und das ist doch merkwürdig, tatsächlich so geht: »Ich denke da, wo ich nicht bin, also bin ich da, wo ich nicht denke.«
Mein Vater war Ringer, das heißt, er ging am Sonntag immer ringen, und zwar ins Gasthaus Maderl. Mein Vater hielt mich an der Hand, stellte sich an die Theke, trank ein wenig vom Seidel, während Maderl, der Wirt, bereits unruhig wurde; er wußte ja von vielen Sonntagen her, was kommen mußte. Da ich noch klein war, hatte ich nicht den Überblick, aber wenn

mein Vater meine Hand losließ, war es wieder soweit. Gleich rang er irgendeinen Gast nieder, der frech geworden war. »Soll ich mir ein altes Gwand anziehen«, hatte zum Beispiel einer einmal gesagt, nachdem ihn mein Vater eindringlich gemustert, also auf seine Eignung für den Kampf geprüft hatte. Der Mann hatte danach immer noch sein neues Gewand an, das aber so gut war wie ein altes, wie ein sehr altes, in Fetzen hängendes. »Soll ich mir ein altes Gewand anziehen«, bedeutet nämlich, daß einer sich erst umziehen muß, bevor er einen anderen anrührt und sich an ihm dreckig macht. So dialektisch formulierte man damals, als ich noch klein war.

Ich bin im Beisl aufgewachsen. Allmählich, mit den Jahren, wuchs ich dort zur nötigen Größe heran, um alles zu durchschauen: den abgetretenen, ölig schwarzen Fußboden, die dunkelgelben Tische, die verchromten Wasserhähne, den großen Kasten hinter dem Rücken des Wirtes. In solchen Kästen, stelle ich mir vor, lagen früher vom Eismann gebrachte Eisstücke, die die besten Waren des Hauses kühl hielten. Die Weinflaschen hatte der Wirt ins Wasser gestellt, und mit der unnachahmlichen Eleganz einer zur Gewohnheit gewordenen Pflicht schenkte er aus: Er faßte dabei die schweren Flaschen am Hals und schwenkte sie mit einem gemessenen Ruck zu dem wartenden Glas hin. In der Luft lag vor allem ein matter Biergeruch, vermischt mit dem Dunst servierter Speisen. Das setzt sich gut in den Kleidern fest. Ich höre noch genau dieses leicht in Kreischen ausartende Gemurmel der Angetrunkenen, das Schnalzen triumphierend ausgespielter Karten und ein immer wiederkehrendes »Wos-liegt-des-pickt«-Rufen.

Seit Lacans Ausspruch habe ich viele Monate in Beisln verbracht, forschend, ob sie nun existieren oder nicht. Ich finde schwer eine Antwort. Oft muß ich an den unglücklichsten

Wirt denken, den ich jemals sah: Er war ein kleiner Mann mit einem großen Kopf, der ihm wie von fremden Mächten aufgesetzt schien. Wenn er an den Tisch trat, um eine Bestellung aufzunehmen, trug er steif seinen Kopf auf den hängendsten Schultern der Welt. Bevor er Wirt wurde, war er Computertechniker gewesen, perfekt in der Hard- und in der Software. Über all die Jahre sah er aber als Wirt kaum Kundschaft; es war ungerecht, denn er führte beste Speisen, mundende Weine und Schnäpse. Manchmal blieb der Briefträger, der ihm Rechnungen und Mahnungen gebracht hatte, auf ein Stehachterl, und manchmal kamen, in alphabetischer Reihenfolge angeführt, die beiden Autoren Gustav Ernst und Karin Fleischanderl.

Mir kochte die Frau des Wirts, die Köchin, sogar am Ruhetag auf: Als ich klopfte, öffnete er, ließ mich herein und sagte dialektisch: »Is eh Wurscht; es kommt ja auch sonst keiner.« Das bedeutet, er hatte eigentlich immer Ruhetag und konnte daher ruhig an seinem Ruhetag aufmachen. Gustav Ernst stellte einmal fest: »Das ist ja kein Beisl, es ist ein Wohnzimmer mit Wirt.« Heute ist es überhaupt nicht mehr, das Beisl ist zugrunde gegangen; an seiner Stelle hat man ein gut besuchtes China-Restaurant errichtet.

Was es noch gibt, ist das andere Extrem: das überbordende Beisl. Knapp nach elf dringen dort die Massen ein. Es ist eine Springflut aus Gästen. Immer neue kommen und besetzen die Plätze der Gesättigten. Aber Platz ist keiner, es ist gesteckt voll. Die Kellner bahnen sich ihren Weg mit Ellenbogentechnik, sie praktizieren eine, in Großbritannien wegen ihrer Brutalität ausdrücklich verbotene Form von Rugby: Gepunktet wird, wenn es gelingt, ein paar Teller und Gläser den eingezwängten Gästen vorzuwerfen. Wer am Tisch nach einer Semmel greift, stößt das Glas des einen Nachbarn um und

faßt in den Zwiebelrostbraten des anderen. Das wichtigste Hilfsmittel ist daher die Serviette; alle sind in der kürzesten Zeit bekleckert. Die Kellner rufen die Bestellungen dem Schankburschen in Abkürzungen zu, es herrscht die Stimmung einer Börse: »Ein Bier klein / klein Braun / groß Weiß / Manner Schnitten.«
Wer zu spät kommt, den bestraft die Küche: Kältliches Zeug schwimmt dann auf gelblichem Saft. Dafür wird Bier immer zu schnell gezapft: »Schnell gezapft, ist halb gesoffen«, denkt der fixe Bursche hinter der Schank und mustert zufrieden die dünne Schaumsuppe an der Oberfläche des Krügels. Gäste stürzen vorbei, Gäste fallen herein. Der Wein ist echt vom Hauer, aber zufällig besitzt der Hauer eine kleine chemische Fabrik, die sein Sohn führt. Alles muß schnell gehen, die Gäste haben schließlich auch keine Zeit. Sie eilen zur Arbeit oder zu dem, was sie für ihr Vergnügen halten. Wer Zeit hat, der kann hinter den Kellnerrufen, hinter dem Klirren der Teller und Bestecke ein sich näherndes Donnergrollen, ein Aufstoßen der Scheißer und dann plötzlich die Explosionen einer kollektiven Verdauung heraushören.
Lacan hat also recht. Zwischen den geschilderten Extremen reibt sich das Beisl auf. Aber was macht es, was geht dadurch schon verloren? Im Wort Beisl steckt das hebräische Wort für Haus, und die Sehnsucht nach dem Beisl ist die Sehnsucht nach garantierter Häuslichkeit. Im wahren Beisl verschwimmt die Grenze zwischen Gast und Familienmitglied, man sieht es heute noch jenen Gästen an, die sich wie zu Hause gehen lassen wollen. Der moderne Trinker ist jedoch unbehaust, und hinter dem Wirt sind die Steuerbehörden her. Die Sehnsucht, wenigstens im Beisl daheim zu sein, stößt auf diese nüchternen Tatsachen, die der große Peter Alexander wie im Rausch verklärt: »Wer Hunger hat, der be-

stellt Würstchen mit Kraut, weil es andere Speisen nicht gibt, die Rechnung, die steht auf dem Bierdeckel drauf, doch beim Wirt hier hat jeder Kredit.«

Das klassische Wiener Beisl war eine proletarische Variante des Clubs, eine Geborgenheit für Leute, die leicht auf der Straße sitzen. Die kleine Kneipe in unserer Straße? Aber »uns« gehört doch die Straße nicht. Der öffentliche Charakter des Beisls, in dem Leute sich miteinander verständigen, ist ebenfalls dahin, denn im Stammtischgequatsche ist das Fernsehen maßgeblich. Aber überhaupt ist diese Sehnsucht nach dem guten Essen und Trinken, nach der sogenannten Gemütlichkeit und diesem ewigen Daheimsein, widerwärtig. »Die Postkarten dort an der Wand in der Ecke, das Foto vom Fußballverein, das Stimmengewirr, die Musik aus der Jukebox, all das ist ein Stückchen daheim.«

Es gibt kein richtiges Leben im falschen, sagt Adorno. Das ist zum Glück ein so allgemeiner Satz, daß er keinen Ausweg läßt, nicht einmal den in die Askese. Daher kann man umgekehrt sagen: »Auch das schlechte Leben ist kein gutes«, und sich fragen, warum dann nicht gleich gut leben? Ach, auf der Welt gibt es ja überhaupt kein richtiges Leben. Das Falsche, die Fälschungen sind unserer allerrichtigsten Vitalität eingeboren. Dennoch ist die Suche nach den Orten, wo man am besten lebt, am besten ißt und trinkt, heutzutage so schäbig und unwahr wie das alte Lied: »Die kleine Kneipe in unserer Straße, da, wo das Leben noch lebenswert ist, dort in der Kneipe in unserer Straße, da fragt dich keiner, was du hast oder bist.«

»Arschloch!« sagte der Hausmeister, dem ich, weil er ein kämpferischer Anhänger Lacans ist, diesen Text über das Beisl vorgelegt hatte. »Für so etwas leg' ich doch meinen Besen nicht weg«, und er lief hinaus aus meiner Wohnung, in den Hof hinunter, wo er mit zärtlichen Strichen die von den Bäumen gefallenen, herbstlich-goldenen Blätter auf seine Schaufel kehrte. Er sprach nicht mehr mit mir, nie wieder, und ich mußte aus dem im Haus kursierenden Tratsch rekonstruieren, was sich hinter »Arschloch« verbarg. Nein, keine Eifersucht auf meine persönliche Nähe zu Lacan – der Hausmeister hätte so eine Nähe für sich ja leicht herstellen können, denn er kannte Gerald Fürstfeld sehr gut, der der erste Österreicher war, der jemals in die Nähe von Lacan kam. Fürstfeld hatte einige Schriften des großen Franzosen nicht nur übersetzt, sondern er führte auch eine Ordination, in der er Patienten ganz im Lacanschen Sinne, also wortgetreu, heilte. Ich sah Fürstfeld, wenn er aus Paris gekommen war, manchmal in einem Wiener Beisl, das für die Intelligenz seiner Besucher notorisch war. Fürstfeld betrank sich dort auf eine so rohe und physisch peinliche Art, wie ihm das in Paris, einer Stadt mit Stil, niemals möglich gewesen wäre. »Ich brauche Wien für meinen Primitivismus«, soll er gesagt haben. Das Trinken erlaubte es ihm, so denke ich, die Knoten aus Sprache und Seele, die er beruflich zu knüpfen (und zu entflechten, wenn nicht zu zerschlagen) hatte, mit Flüssigkeit zu überschwemmen, damit sie endlich auf den Grund, also untergingen.

Als junger Mann hatte Fürstfeld mit dem Hausmeister in der Hausmeisterwohnung bis zum Morgengrauen schwerwiegende Fragen erörtert. Sie hatten einander in einem Beisl kennengelernt. Die Beisln waren damals, und vielleicht sind sie's heute noch, die wirklichen Universitäten der Stadt – hätte es im Beisl nicht weniger Scharlatane gegeben als in der Alma Mater Rudolfina, dann hätte man die beiden Institutionen glatt miteinander verwechseln können. In den Beisln saßen die Leute, denen was Neues einfiel und die nach Paris

oder London gingen, manche, um niemals wiederzukehren. Die meisten sind auch in Paris und London (oder gar in New York), wie man sagt, »gar nichts geworden«. Aus Wien (oft auch aus Graz) hatten sie mit sich selbst die Kunst des Sich-selbst-im-Wege-Stehens exportiert, aber weil sie die so gut beherrschten, fanden sie wenigstens den Weg zurück nicht. Ich habe immer die Rückkehrer verachtet, weil ich sie zuerst um ihren Aufbruchsgeist beneiden und dann erkennen mußte, daß mein Neidaufwand umsonst war. Der Hausmeister hatte sein Studium im Beisl absolviert, Fürstfeld hatte ihn in der Hausmeisterwohnung spät nachts promoviert, und der frisch Promovierte hatte zuvor und danach nichts anderes als einen Hausmeisterposten im Sinn. Er füllte seinen Beruf von ganzem Herzen aus, nicht zuletzt, weil er ihm die Möglichkeit gab, sich für Studien in die Hausmeisterwohnung zurückzuziehen. So wurde er gescheiter und gescheiter, ohne daß er es jemals beweisen mußte, jedenfalls nicht nach den dafür in der Gesellschaft zuständigen Regeln: keine öffentlichen Streitereien und keine gut abgestimmten Lobgesänge, keine Intrigen, nichts von dem, was man so leicht verachten kann, auch weil es ins Auge sticht, wie verächtlich es ist. So blieb der Hausmeister konkurrenzlos. »Ich publiziere nicht«, sagte er, »wie Sokrates.«
Es gelang ihm, das Resignative seiner Arroganz nicht zu bemerken. Aber gescheit war er, und ich rekonstruierte aus dem Tratsch im Haus, was er mit »Arschloch« eigentlich sagen wollte; es ging also gar nicht um Lacan, sondern um den deutschen Schlager. Im Flur hatte der Hausmeister diejenigen, die es in seinen Augen verdienten, darüber belehrt, daß die Menschen im ganzen Land vor allem von der deutschen Unterhaltungsmusik nichts begriffen. »Nehmen Sie nur«, soll er gesagt haben, »›Die kleine Kneipe in unserer Straße‹.«

Zu einem Schlager wie diesem bekenne sich hierzulande keiner, und wenn, dann nur aus der dummen Begründung: »Das ist so doof, daß es fast schon wieder gut ist.« Im Flur sprach sich der Hausmeister, so hat man es mir erzählt, für »die Breitenwirkung« aus, gegen jede abwegige »Tüftelei«, und er fügte ihr, der Tüftelei, um sie einzugrenzen, hinzu, »die kaum einer versteht«. Er schrie, so habe ich es erfahren, den Seinen ins Gesicht: »Auch die weniger anspruchsvollen Geschmacksempfindungen«, schrie er, »die oft schon mit Rührseligkeiten zufriedenzustellen sind, wollen berücksichtigt sein!« Daraufhin hätte er ein glänzendes Plädoyer für den »Ohrwurm« gehalten. Keine Geringeren als die Größten der Musik hätten stets bestätigt, daß die »einfach-eingängigen Melodien mit Breitenwirkung«, die Ohrwürmer eben, die weitaus größeren Herausforderungen wären als irgendein ausgetüfteltes Musikstück. Und dann soll der Hausmeister so eindrucksvolle Sätze gesprochen haben, daß mein Informant sie nicht vergessen konnte: »Wer nie sein Brot mit Tränen aß«, soll der Hausmeister im Flur gesagt haben, »wer niemals einsam auf seinem Hotelbett saß, der wird vielleicht auch nie begreifen, daß Melodien wie ›Die kleine Kneipe‹, ›Griechischer Wein‹, ›Du kannst nicht immer 17 sein‹ tatsächlich etwas Tröstendes, ja geradezu Humanes haben.«
Ja, so ist es: Der Mensch, einen guten deutschen Schlager im Ohr (im schlimmsten Fall schon auf den Lippen), sucht, um sich zu trösten, das Humane. Auf dem Weg dorthin liegt zum Glück das Beisl.

Sprache. Die ganz und gar außereheliche Tochter eines katholischen Priesters wird mit der Frage konfrontiert: »Na, Ihr Herr Vater, der war wohl kein Kostverächter?« Sie antwortet passend: »Nein, der war kreuzfidel.«

Tod eines Schauspielers. Weitra ist eine Stadt in der Nähe von Gmünd, während Gmünd eine Stadt in der Nähe von Weitra ist. Städte gibt es! Und mir fällt der Satz einer Dame aus dem Kurhaus ein, die beim Anblick eines Fotos, das Hunderte, Aberhunderte Afrikaner auf der Flucht zeigte, ausrief: »Menschen gibt es – so viele und auf einen Schlag.« Es ist dieser eine Schlag, den ich erwarte, und die Zeit bis dahin verbringe ich zum Beispiel in Weitra, wo ich beim Waschke im Gasthausgarten sitze. Mit mir ist zum Beispiel der Journalist Claus Philipp, und wir beide, jeder strikt auf seinen Part beschränkt, spielen glaubwürdig Claus Philipp und Franz Schuh, wie diese beiden im Gasthausgarten beim Waschke sitzen. Weil die Wirklichkeit an diesem Spätsommernachmittag Züge einer Tautologie angenommen hat, in der wir im Kreis gehen müssen, nehmen wir uns die Freiheit und wenden uns den Fiktionen zu. Claus Philipp lobt mich für ein Wort; ich hatte es auf George Simenon gemünzt, und es lautet: Metaphysik-Kolportage. In der Wirklichkeit servierte Waschke der Wirt unaufhörlich; die Bestellungen türmten sich, und die Türme wurden abgetragen, und sie türmten sich wieder. Waschke läuft unter dem Motto »Sisyphos wird reich«. Im Geist, wo die Metaphysik zu Hause ist, macht sich ein Frauenschicksal breit: Simenons »Betty«. Ja, Claus, dieses Buch ist in meinen Augen weniger ein Roman als die Skizze eines Gemütszustandes und eines moralischen Problems, das der Autor im Sinne einer »Männerphantasie« löst: Wenn eine Frau amoralisch ist, dann kostet das sicher einen anderen Menschen das Leben! Die Amoralität der Männer hat aus einer solchen Sicht eine höhere Plausibilität, und die Leichen, über die »der Mann« geht, liegen auf seinem unvermeidlichen Weg.

Aber nein, so einfach ist es nicht. Simenon ist in der Tradition Flauberts auch ein Kritiker der bürgerlichen Gesellschaft, der »grenzdebilen Restbourgeoisie«, wie ich in der Wirklichkeit oft scherzhaft sage. Von den Bürgerlichen gibt es heute nur mehr Restbestände, mit denen man freilich rechnen muß. Die Frau, die im Roman »Betty« stirbt, ist das Opfer eines Verdrängungswettbewerbs. Die Konkurrenz ist auch ein Prinzip des Privatlebens; der Kampf ums Glück zerstört die einen und läßt die anderen überleben. Alles ist eine Frage der Ökonomie, der Ressourcen und der Fähigkeit, unvermeidliche Niederlagen, wenn schon nicht in Siege, so doch in neue Anfänge investieren zu können. Es ist, oh Simenon, so schwer, an dieser Art von Kritik festzustellen, ob sie den Sozialdarwinismus einer Gesellschaft beschreibt oder ob sie ihm selber verfallen ist.

Betty beginnt in dem Buch mit einem doppelten Ende: Einerseits ist ihre sehr bürgerliche Ehe zerbrochen. Sie hat den Geliebten in die familiäre Wohnung gebeten, während der Gatte die Mama ins Theater begleitete. Naturgemäß wird einer solchen Mama leicht schlecht, und sie muß heimkehren, um die nicht einsame Schwiegertochter auf dem Sofa zu erwischen. Simenon streicht das Bürgerliche des Milieus schwarzweiß-malerisch heraus. Der Gatte zum Beispiel investiert einen Nerz in die Frau und doziert darüber: »Dies ist weniger ein Geschenk als eine Kapitalanlage. Bei unserer gesellschaftlichen Stellung bräuchtest du früher oder später ohnedies einen Nerz. Je länger ich mit dem Kauf warte, um so teurer wird er. Und da das ja eine Anschaffung für das Leben ist …«

In der Wirklichkeit muß ich immer den Übersetzer nennen, denn auf deutsch sind Simenons Sätze Übersetzereigentum – keinesfalls metaphysisch, nur juristisch, aber juristisch kostet es etwas, wenn man den Autor, also den Übersetzer zu nennen vergißt. Metaphysik hingegen ist aufs erste gratis und kann so abgerichtet werden, daß sie sich auszahlt. Simenons Pelzmantelsatz, übersetzt von Raymond Regh, macht winke, winke mit dem Zaunpfahl. Ich glaube, das nachlässig Plakative kommt davon, daß das Interesse des Schriftstellers dem anderen Endzustand Bettys gilt: Es ist eine physische Erschöpfung und eine vollkommene geistige Zerrüttung. Betty, so würde es der moderne Psychologe, aber vielleicht auch der scharfsinnige Kulturkritiker sagen, »dekompensiert«: Des Bürgers liebstes Kind, »die Persönlichkeit«, löst sich in ihrem Falle auf. Simenon schildert den Sog, in den ein Mensch geraten kann, wenn ein rasender sozialer Abstieg ihn mit verkappter Lust erfüllt. Es ist ein Geschwindigkeitsrausch, für den Betty extra noch Alkohol tankt. Bettys Lust am Untergang rührt von einer Ambivalenz her: »Es war richtig und es war falsch, daß sie aus einer mystischen Protesthaltung heraus schmutzig sein wollte. Sie wäre aber auch gerne sauber gewesen.«

Metaphysik, die rastlose, sich in ihrer Unbeantwortbarkeit spiegelnde, »reflektierende« Frage, wie man denn leben soll: Es ist nicht nur die Lust, im Schmutz zu wühlen, die uns in den Abgrund führt, auch die Reinheitsgebote weisen uns einen Weg dorthin. Wie soll denn das alles gehen? Der Sprachschatz, den Simenon für den voraussichtlichen Schlußakt eines Menschen aufwendet, ist lehrreich: Da gibt es die Nacht, in der sie nicht wußten, zu welchem Heiligen sie beten sollten. Am Ende verwirrt auch die Transzendenz, die man doch bloß zu glauben braucht. Betty versucht einmal, nachdem sie ein Glas vom Tisch gestoßen hat, aufzustehen, fällt aber zu Boden, »ohne indessen zu zerspringen wie das Glas«. Eine andere Wendung lautet: »Sie hatte Schmerzen! Überall und nirgends!« Im Rausch fällt Betty vom Stuhl. Überhaupt liegt sie oft, am Boden, im Bett – das ist die angemessene Haltung für eine unwiderrufliche Niederlage. Sie lebt in einer Welt der Alpträume, »wo sich die Bewegungen wie in Zeitlupe dehnten und wo tonlose Stimmen wie ein Echo widerhallten«.

Bei Simenon sammle ich (ich weiß, ich bin nicht der einzige) Regentropfen, denn er ist unter den Schriftstellern der beste Regenmacher. In »Betty« finde ich schon auf der dritten Seite das tropfenförmige Weltbild: »Sie dachte an den Wagen, an die weichen kühlen Ledersitze, an die Regentropfen auf der Windschutzscheibe, die sie unwillkürlich mit den Fingerspitzen bekritzelte. Sie hatte noch vor Augen, wie sich die Lichter der Stadt in jedem einzelnen Wassertropfen widerspiegelten …« So ein Regen macht Stimmung. Große Schriftsteller, und Simenon ist für mich einer der größten, haben nicht selten einfache Motive, von denen sie zum Wiederholen gezwungen werden: Immer wieder vom Regen schreiben; so kann man niemals mit dem Schreiben aufhören, und jedes Wetter ist ja nichts als die condition humaine, die sich auch in den Regentropfen spiegelt. Betty selbst ist ein komplizierteres, aber auch ein typisches Motiv des Autors, der unaufhörlich, bei jedem Wetter, untersucht, wie das Leben so spielt: Einmal, beim Einschlafen, sackt Betty »mit rasender Geschwindigkeit in die Tiefe, wie ein Aufzug, dessen Seil gerissen ist«. Wach geworden, steigt sie schließlich aus diesem Aufzug aus, und das ist die von Simenon kolportierte Aufzugsparabel – komme mir jetzt keiner mit Kafka (Türhüterparabel oder so), aber irgendwie, einfach aussteigen wie aus einem Traum, in dem alle Seiten, ach, nein: alle Seile gerissen sind …

In Wirklichkeit bin ich schwergewichtig; kann kaum irgendwo aussteigen, was mir auch den Vorteil bietet, daß ich kaum irgendwo einsteigen kann. Wenn irgend etwas reißt, an dem ich hänge, dann bin ich selber schuld. Gestern hat mir Waschke, der Wirt, ungefragt mitgeteilt, daß er ebenfalls ein 140-Kilo-Mann sei. Der Wirt und ich, wir zogen einander ins Vertrauen und nannten ohne Punkt und Komma die Zahlen, die den Bluthochdruck versinnbildlichen, die also Physik und Metaphysik in einem sind. Todesnähe umhüllte uns für Augenblicke, und dann sagte Waschke etwas Entsetzliches: »Ich habe mir alles ausräumen lassen«, sagte er, auf sein Gesicht zeigend, »jetzt schlafe ich mit einer Maske, und es ist alles gut.« Ich verstand nicht, wollte aber auch nicht verstehen, was das ihm Ausgeräumte mit meinem Blutdruck zu tun haben könnte. Unmaskiert gehe ich schlafen, vielleicht ist das nicht gut?

Es geschieht in derselben Wirklichkeit, in der Claus Philipp mit Recht hätte sagen können, niemals den Ausdruck »Metaphysik-Kolportage«, gemünzt auf Georges Simenon, gelobt zu haben. »Die grünen Fensterläden«, sagt Claus Philipp vielmehr, »Die grünen Fensterläden« – es sei sein Lieblingsbuch. Ich stimme zu, ihn darüber täuschend, daß »mein liebster Simenon« »Die Glocken von Bicetre« ist. Aber was macht es? Sterblichkeit ist Sterblichkeit, und nur der Tod ist umsonst, nein auch er kostet was, nämlich das Leben, und da muß ein jeder durch: Der Roman »Die grünen Fensterläden« erzählt davon, wie einer mit seinem Leben fertig wird. Fertig werden heißt: wie er es zu Ende bringt. Das Buch hat ein Vorwort von beklemmender Allgemeingültigkeit: Freunde, so Simenon, hätten ihn nach der Lektüre des Manuskripts gewarnt, man würde glauben, er erzähle die Geschichte der großen Schauspieler Raimu, Michel Simon, W. C. Fields oder Charlie Chaplin. Die Hauptfigur des Romans ist nämlich der »große Maugin«, ein Schauspieler, der dem Alkohol bis zum bitteren Ende zuspricht. Im Vorwort sagt Simenon, niemand der zitierten Künstler sei gemeint, aber »gerade wegen der Größe dieser Schauspieler ist es nicht möglich, eine Romanfigur ihres Berufes und ihrer Größe zu schaffen, die nicht gewisse Züge des einen oder Eigentümlichkeiten des anderen trüge«.

So ist das Buch ein Schlüsselroman über Schauspieler schlechthin, auch über solche, die Simenon gar nicht hatte kennen können. Nach der Lektüre des Vorworts stellte ich mich darauf ein, hier würde ich wieder etwas über die Anthropologie des Schauspielers zu lesen bekommen. Aber es kam anders, denn die Schauspielerei spielt zwar eine wesentliche Rolle, weil sie das einzige ist, was dieser Maugin kann. Durch die Schauspielerei ist er als hervorragender Mensch im Leben verankert; er hat den Status des Prominenten, des auf widerwärtigste Weise allgemein Bekannten, aber weil das Buch vor allem davon erzählt, wie dieser prominente Mensch im Leben keineswegs verankert ist, steht die Schauspielerei im Hintergrund. Wie Simenon diese Konstellation erzeugt, wie er an einer Stelle andeutet, verwischt und an einer anderen präzisiert und klarlegt, wie er die Scheinwerfer auf seiner Szene einsetzt, das ist von einer rühmenswerten Kunstfertigkeit.

Während die Schauspielerei also dem Helden selbstverständlich ist, ist ihm alles andere ein Problem, auch eines, das vom Herzen kommt: Er ist sechzig und hat das Herz eines 75jährigen: einen schlaffen, birnenförmigen Beutel anstatt einer linken Herzkammer. Für die Charakteristik arbeitet Simenon mit der Abneigung Maugins gegen alles Fleischliche: »Sein Leben lang hatte sich in ihm alles gesträubt, sobald jemand auf gewisse, chirurgische Eingriffe, gewisse, vor allem, weibliche Organe zu sprechen kam. Alles, was mit Entbindung zusammenhing, widerte ihn an.«

Dennoch hat er einen Sohn, aber das Verhältnis zu ihm ist genau nach dieser Abwehr des Kreatürlichen konstruiert: Der Sohn nämlich ist eine Art keimfreier Schleimer, der dem Bühnenkünstler mit Schilderungen seines umfassenden Lebensunglücks Geldspenden entlockt. Dieser gibt nicht aus Güte, schon gar nicht aus Liebe, auch nicht bloß, um seine Ruhe zu haben. Er zahlt mehr aus Verachtung, vor allem aber aus einer Routine heraus, die das merkwürdig Klinische im Verhältnis zum Sohn aufrechterhält: Das sterile, pedantische Betteln ist dem Künstler lieber, als es Ausbrüche, Streitigkeiten, also überhaupt Lebensäußerungen wären. Daran ändert sich nichts, wenn Maugin in der Bar auch einmal ein sadistisches Spiel mit seinem eigen Fleisch und Blut treibt.
Aber das sind alles äußerliche Geschichten. Maugin ist ein Mensch, der in seinem Inneren nicht zu Hause ist; er will da nicht sein, wo er sein muß. Bei sich hat er nichts zu suchen, und die Versuche, außer sich zu geraten, bringen nicht viel. Auf dieser Flucht kann man ja immer nur mehr oder weniger trinken. Im Zweifelsfall trinkt man weniger, aber immer weniger kommt der Zweifelsfall vor; er existiert schließlich kaum. Die Drinks räumen kurzfristig die Schmerzen weg, die man deshalb hat, weil man da ist, und zwar als dieser besondere Mensch, der sich einen Namen gemacht hat und der dennoch nichts heißt. Jemand, der nirgendwo existiert, weil er gegen jeden Ort einen unwiderlegbaren Einwand hat, dessen einzige Utopie kann am Ende nur das Nicht-Sein sein.
Es ist notorisch, daß die Suche zur Sucht wird, und die Kunst, mit der Simenon seinen Protagonisten ins Rampenlicht stellt, zeigt einen Menschen, der sich vergessen möchte, der aber stets daran erinnern muß, daß er da ist: Auf der Bühne ändert Maugin die Stichworte, er bringt seine Mitspieler in Verlegenheit und löst rücksichtslos den Applaus

aus, der ihm nicht mehr weiterhilft. Die unbewußt befolgte Regel lautet: Kann man sich selbst nicht mehr helfen, dann kann man wenigstens den anderen noch schaden. Daß Maugins Vater ein idiotischer Säufer in der Provinz war, der die rohen Burschen, die ihm einschenkten, halbwegs gut unterhielt; daß die Mutter dort eine Hure war, die billiger kam als ein Bordellbesuch, verwindet man auch nicht im Alter. Die Schmerzen tun selten direkt ihre Wirkung, aber sie sammeln sich im Laufe der Zeiten und gehen mit den Versuchen, sie zu betäuben, eine Symbiose ein. Das ist sehr ungesund an Maugins Leben, und er lebt seine Krankengeschichte, die viele Stationen hat, zu denen zuletzt (und doch nicht zuletzt) auch das Berühmtwerden und das Berühmtsein gehört.

Auf seinem Weg gibt es eine kriminelle Episode; ja, Maugin hat es auch als Krimineller versucht, wenngleich selbst das nur halbherzig, dabei jene auf seinem Weg zurücklassend, die ganz bei der strafbaren Sache waren. Aber wenn er eines alten, todkranken Kameraden ansichtig wird, ist es für ihn wie eine Lektion darüber, wer er, Maugin, selber war, also ist – und doch nicht mehr ist. Er ist fort von alledem und dennoch daran gebunden. Eine Entwurzelung ohne Befreiung: »Wenn er auch dick und schwer war und das Bett mit seiner Masse ausfüllte, Wein und Schnaps schwitzte, fühlte er sich doch an jenem Nachmittag in der Tiefe seines Herzens, dort, wo Vernunft und Selbstachtung ihre Rechte verlieren, wie ein schwaches, wehrloses Kind.«

Maugins Glück ist schal, und er, der nicht lieben kann, bemüht sich wenigstens, eifersüchtig zu sein. Das gelingt ihm besser, aber am Schluß ist auch dieses Gefühl ausgehöhlt, abgestanden. Routiniert täuscht er normale Beziehungen zu seinen Nächsten vor: Zuneigung, Liebe, sexuelle Lust, aber er lügt nicht bloß, denn er möchte ja selber daran glauben. Er hält sich ein Dienstmädchen warm, zu seiner jungen Frau hält er einen Respektabstand. Sie hat ein Kind, nicht von ihm, und er, der große Maugin, läßt von einem Privatdetektiv ermitteln, wer der Vater ist: Name, Adresse und so weiter. Ach, Hunderte Male hat er den Hahnrei gespielt, aber jetzt genießt er geradezu die Differenz zwischen Fiktion und Realität: In seiner Phantasie stellt er sich selbst als den Gehörnten hin, der er auf der Bühne zur Genüge war. Ein Königreich für ein Gefühl! Balzac, Proust und viele andere sind an dem kammerspielartigen Spektakel beteiligt, als Maugin, begleitet von seiner Gattin, im Café de Paris begreift, der dort drüben, das ist der Vater. Es gab keine Lüge zwischen den Eheleuten, er wußte, der Vater ist ein anderer, aber den anderen sehen und die Befangenheit der Frau spüren!

Lesend spürte ich leibhaftig, wie dieser unsympathische Mensch auch nur einer ist, der versucht, mit dem Leben fertig zu werden. Durch Simenon widerfährt ihm diese Gerechtigkeit, der Romancier hat – aus welchen eigennützigen Motiven auch immer – die Sozialisierung des Soziopathen durch Literatur auf seine Fahnen geschrieben: Kann man auch den »großen Maugin« nicht ins Herz schließen, so kann man sich doch in ihm wiedererkennen. Die Art, wie die Erinnerungen durch seinen Kopf gehen, wie er für sich allein wahrhaftig ist und verlogen in Gesellschaft, wie er allmählich von der Aura abgelebten Lebens erdrückt wird: No future!, das ist allzumenschlich. Es ist eine Art Trancezustand, in der so einer, also unsereiner lebt: Ständig erhält er Flaschenpost aus der Vergangenheit, und der längst schon zurückgelassen geglaubte Ekel ist der Anstoß (oft der einzige), auf eine gegenwärtige Herausforderung zu reagieren. Die Flaschen, Rotwein oder Cognac, regieren Maugin. Es ist nicht so, daß er es nicht wüßte, und dennoch ist er nur auf verstohlene Art be-

sessen vom Trinken; oft verlangt er beiläufig nach der Hauptsache, nach dem nächsten Glas. Er verheimlicht es gelegentlich vor den anderen, meint aber meistens, daß er selber genau darüber Bescheid weiß. Aber immer wenn er auf das Glas schaut, sieht er zugleich davon weg. Trinkend kommt er in einen Zustand, der ihn fortträgt, der es ihm, dem Ehegatten einer jungen Frau, ermöglicht, die Hure an der nächsten Straßenecke zu begehren.
Da sitzt man also herum, hat sich die Freiheit zu denken genommen, oft geraubt, und läßt sie sich sogleich mit Vorstellungen über das Leben besetzen, die in der Buchhandlung zu haben sind. Ich bin zu gerne Feuilletonist, um es am Ende nicht so zu sagen: »Die grünen Fensterläden« sind die blaue Blume des Spießers. Maugin, im Grunde seiner Seele ewig ein Spießer, hat ein weißes Haus mit einem Schieferdach und den grünen Fensterläden niemals vergessen. So sieht eine Bleibe aus, aber c'est la vie, es ist schwer unterzukommen, wenn man sich an die Vergeblichkeit seiner Sehnsüchte gewöhnen mußte. Das Buch beginnt mit einer Untersuchung beim Arzt, und es fährt im Grunde mit einer Erzählung davon fort, wie eine unausgesprochene Todesahnung Schritt für Schritt vom Todeskanditaten in eine Selffulfilling Prophecy verwandelt wird. In der Tiefe des Herzens, dort, wo Vernunft und Selbstachtung ihre Rechte verlieren. Das ist der Ort, von dem Simenon erzählt. Ich will von einem anderen Ort etwas sagen: Gelegentlich plakatiert man in Wien, der Kulturstadt, Gedichte. Von einem dieser Gedichte weiß ich noch, den Autor habe ich vergessen, ich glaube, es war ein Däne, und mehr Form als seinen Inhalt hatte das Gedicht nicht, sodaß ich es nacherzählen kann: Das Gedicht aus Dänemark enthielt die Aufforderung, ein Dichter möge nicht hochtrabend herumfaseln; er möge lieber sagen, wie er das Leben meistert. Diese

Meisterschaft hat Simenon, er übt sie aus anhand seiner Figuren: Der »große Maugin« ist eine Chiffre dafür, wie aus Zufällen, Unfällen, aus eigener Schuld und Unschuld, aus Kraft und Schwäche ein Leben entsteht, gegen das derjenige, der es führt, sich nicht wehren kann. Sicher ist dabei nur, daß er am Ende auf der Strecke bleibt. Das Schlußwort wird den Zeitungen überlassen oder besser der jungen Frau, die den Schauspieler liebte und die der Leser dabei beobachten kann, wie sie die Schlagzeile auf der ersten Seite aller Zeitungen von Paris lesen muß: MAUGIN IST TOT.

Sein und Schein. Manchmal sind Schauspieler in der Stadt, und sie benützen die Gelegenheit, sich auszusprechen. Oft darf ich mich dann wundern, was für dummes Zeug sie daherreden. Man wird einwenden, auch ich rede dummes Zeug daher. Dagegen muß ich leider vorbringen: Mein dummes Zeug nimmt mir keiner ab. Den Schauspielern jedoch, ausgerechnet ihnen, schenkt man Glauben, wenn sie zum Beispiel über Beckett und die Welt schwadronieren. Schlimmer noch: Ich erinnere mich an eine Truppe, die ein Stück von Robert Musil auf die Bühne gebracht hatte. Die Protagonisten der Aufführung ließen es sich nicht nehmen, über den komplizierten Dichter einfache Ansichten zu äußern, was selbstverständlich jedem Menschen erlaubt ist. Das Problem war nur, daß die Simplizität dogmatisch wurde: Die Bühnenkünstler ließen keine Einwände zu, und schon gar nicht solche, die bloß Zitate aus dem Werk des Dichters waren.

So habe ich Gründe anzunehmen, daß es Schauspieler gibt, die – von ihrer Arbeit ermutigt – meinen, in besonderer Weise in die jeweiligen Materien eingeweiht zu sein. Ich gebe zu, ich schaue den Schauspielern gerne dabei zu, wie sie von ihren höheren Standpunkten aus ein paar Flachheiten mitteilen. Damit dies regelmäßig passieren kann, wurde eine besondere Form der Inszenierung erfunden: das sogenannte Interview, ein ziemlich ausdehnbares Minidrama, bestehend aus Fragen und einem inneren Monolog, der die Antworten darstellt. Im Interview tritt der Schauspieler als echter Mensch auf – so wie er jenseits der Rollen ist und mit beiden Beinen auf der Erde steht. Er sagt dann Sätze wie: »Frauen, die mir wichtig waren, haben mich immer verlassen. Ich habe jedesmal zwei Jahre lang gelitten wie eine Sau. Also bin auch ich immer nur von Frauen ausgebeutet und zerstört worden.

Aber nach der Zerstörung war ich jedesmal stärker. Ich habe keinen Verlust gehabt.« Darüber bin ich froh, zumal der hier zur Rede stehende Künstler – ich verschweige seinen Namen, denn er tut nichts zur Sache – auch die Sentenz zusammengebracht hat: »Je extremer ein Mensch veranlagt ist, je mehr Gefühle er zuläßt, desto unerträglicher wird er.«

Da ich es ohnedies nicht mehr verbergen kann, gebe ich es gleich zu: Es ist der pure Neid, solche Sätze kann ich auch, mich fragt aber keiner. Daß Schauspieler danach gefragt werden, rührt aus meiner Sicht von einem Paradox her: Schauspieler gehören in dieser Gesellschaft zu den letzten Menschen, die so etwas wie Charisma haben. Sie herrschen durch Ausstrahlung, sie wirken durch Ausstrahlung (glaubwürdig). Das ist deshalb ein Paradox, weil diese Ausstrahlung sich ja vor allem auf der Bühne, also in einer Scheinwelt, bewährt hat. Jetzt erscheint sie in der Welt als »authentisch«, als eine Begabung zur Wahrhaftigkeit, die man zum Interview bittet. Sogenannten seriösen Schauspielern glaubt man, denn man denkt, sie haben auf der Zunge ähnlich kostbare Worte liegen, wie sie die Literatur ihnen (oder besser: ihrem Beruf) in den Mund legt. Sie sind die ärgeren Betrüger als die Künstler der trivialen Scheinbarkeiten, die sich allein auf ihre Aura verlassen müssen. Aber auf die sogenannten Inhalte kommt es eben nicht an, und wer vieles spielt, kann vielen etwas bringen. Ich glaube jedoch, daß das Rollenspiel auf der Bühne es in der Tat ermöglicht, Scheinerfahrungen zu machen, die wie wirkliche mitteilbar sind. Der erfahrene Schauspieler ist am Ende tatsächlich ein Mann von Erfahrung!

Ich habe eine dunkle Ahnung, daß das am komplexen Verhältnis liegt, durch das Sein und Schein miteinander »die Wirklichkeit« begründen. Zum Glück sind das Leben und das Theater einander ähnlich: »Es gibt«, sagt mein Schauspieler im Interview, »diese Glücksmomente. Manche glauben ja, das Glück sei ein Zustand, weil die Konsumgesellschaft ihnen das vorgaukelt. Aber das Glück ist ein Moment, der aufblitzt und gleich wieder weg ist. Selbst beim Vögeln ist dieser Moment immer nur ganz kurz und immer egoistisch. Der Egoismus erzeugt die Glücksmomente. Wenn man sich dagegen einander zuwendet und sich Liebe vorspielt, dann macht man Political Correctness, dann ist es langweilig. Das ist im Theater ganz ähnlich: Glücksmomente gibt es, wenn ich merke, jetzt spielt es von selbst. Dann stimmt plötzlich alles. Aber wenn das zusammenfällt, und man stellt die Figur wieder her, dann ist das Glück vorbei.«

Jetzt frißt mich der Neid, denn das hätte ich niemals so gut sagen können. Gewiß, Egoismus ist etwas anderes als die Intensität der Selbstbezogenheit im Glück. Daß der Orgasmus ein Vorbild für jedes Glück ist, ist eine Wahrheit, über die man den Menschen nicht vergessen soll, mit dem man ihn sich gemeinsam, falls nicht einsam, verschafft hat. Nur der Spießer, der eigentliche Egoist, bindet das Glück an die Dauer, und dies ist eben eine großzügige Definition der Ähnlichkeit von Theater und Realität: Sowohl auf der Bühne als auch im Leben verschwindet das Glück.

Aber die Unterschiede bleiben naturgemäß, sie sind jedoch – das ist hier die These – für beide Seiten belebend. Ich kenne einen Schauspieler, der das Wort »spielen« für seine Tätigkeit nicht leiden kann. Es gibt eine klassische, begründbare Moral der Realisten gegen alles Theatralische: Ein Schuster kann Schuhe machen, er arbeitet sich an der Materie, sprich am Leder, ernsthaft ab, und da kommt einer und spielt einen Schuster, möglichst so gut, daß die Leute ihn wahrnehmen, als wäre er tatsächlich einer. Ich glaube, es hat auf der ganzen Welt nur einen einzigen Schauspieler gegeben, der im Interview mit seiner professionellen Daseinsschwäche virtuos kokettierte, sie also ernst nahm: Das war Marcello Mastroianni, der oft seinen Charakter als leer und seinen Beruf als unnütz ausstellte.

In dem Buch, das mich in der letzten Zeit am meisten erschüttert hat, tritt das (nicht unzutreffende) Klischee der Daseinsschwäche des Schauspielers im Dienste des Geschlechterkampfes an. Der Kampf, der da im Text ausgetragen wird, ist darüber hinaus kein fiktiver. Es ist ein realer Konflikt, den Philip Roth in »Mein Mann, der Kommunist« gleichsam behandelt: Die Schauspielerin Claire Bloom hatte ihren Ex-Mann, den Schriftsteller Roth, in einer Autobiographie geoutet. Roth ist danach ein Monster mit kaltem Herz, der aus Angst vor der Nähe einer, vor allem seiner Frau böse wird. Der Schriftsteller antwortet schriftlich, indem er diese Frau zeichnet: In seinem Roman wird sie, die Schauspielerin, zu einem Menschen, der im Leben ununterbrochen Rollen spielt – Rollen, die sie alle im Leben nicht verankern, weil die Frau in ihrer existentiellen Theatralik nur Scheinlösungen kennt und auch keine anderen möchte. Wenn die realen Umstände sie in die Zange nehmen, läuft sie – zur freilich schauspielerischen – Hochform auf. Sie ist »die Hysterikerin« par excellence, und ihr Ex-Mann, der Schriftsteller, bescheinigt der Figur, die er aus ihr gemacht hat: »Nicht sie hat die Rolle beherrscht. Die Rolle hat sie beherrscht. Auf der Bühne hätte sie eine solche Figur überzeugender spielen können. Freilich bewies sie auf der Bühne ein Maß von Bewußtheit, das sie im Leben nicht immer erkennen ließ.«

Roths Erfindungskraft verstärkt den Angriff auf die real-fiktive Person seiner Frau, indem er – in seinem Roman – ihren »Verrat«, also ihre Autobiographie, in einer Zeit erscheinen läßt, in der das Veröffentlichen von besser geheimbleibenden

Eigenschaften lebensgefährlich werden konnte: Er dramatisiert seinen realen Konflikt mit ihr dadurch, daß seine Phantasie den Verrat der Schauspielerin in der McCarthy-Ära ansiedelt. So spiegelt die Fiktion im Roman der realen Person Claire Bloom das Tödliche ihres Unterfangens wider! Die Bewußtheit dieses Schriftstellers von den Tricks seines Gewerbes, durch die der Schein die Seinserfahrung steigert, ist hoch. Bezeichnenderweise berichtet ein Buch mit dem Titel »Tatsachen« (in dem der reale Philip Roth sich mit einer seiner Figuren, mit Nathan Zuckerman, unterhält) vom Verrat seiner ersten Ehefrau: Die hatte »für ein paar Dollar« einer Schwangeren die Urinprobe abgekauft. Würde Roth die Scheinschwangere heiraten, wäre sie zur Abtreibung bereit. Er war bereit, und sie spielte ihm vor, wie sie ihre Abtreibung hatte »machen lassen«. Im Rückblick ist Roth – wie jeder gute Besucher einer Tragödie – von ihrer Performance zugleich entsetzt und begeistert: »Vielleicht hatte sie das alles getan und vielleicht auch nicht … aber wer kann schon unterscheiden zwischen dem, was ist, und dem, was nicht ist, wenn er sich einem Meister der Erdichtung gegenübersieht? Die mutwilligsten Szenen, die sie improvisierte! Die schiere Übertreibung dessen, was sie sich einbildete! Die Selbstgewißheit, die durch ihre eigene Täuschung entfesselt wurde! Die Überzeugungskraft hinter all diesen Karikaturen!«

Ja, sagt Roth, diese Frau war seine größte Feindin. Andererseits aber war sie es, die ihn von der Kraft der Imagination überzeugt hatte. Sie hatte all seine »konventionellen Universitätsvorstellungen von fiktionaler Wahrscheinlichkeit« zerstört; durch ihre radikale Lebensdichtung wurde er zum professionellen Dichter. Sie war nämlich »nichts Geringeres als der allergrößte Lehrer für schöpferische Prosa, Spezialist par excellence in der Ästhetik extremistischer Fiktion«.

Die Lehre, die ich daraus ziehe, ist erstens, daß Roth wahrscheinlich wirklich das Monster ist, als das er Claire Bloom erschien. Zweitens aber glaube ich, daß Sein und Schein einander so durchdringen, daß man nicht einfach durch Theaterbesuche, durch Universität und Bildung das Geschehen auf einer Bühne begreifen wird. Auch das Theater versteht man erst wirklich, wenn man von der Macht der Fiktion im Leben eine (schmerzhafte) Ahnung hat. Diese Macht der Fiktion kann die ernsthaftesten Seiten von der Welt haben, das heißt: Sie kann tödlich sein. Am 26. April 1937 wurde der baskische Ort Guernica bombardiert; Picasso hat das Bild »Guernica« gemalt. Eines Tages reichte ein deutscher Offizier dem Maler eine Postkarte von »Guernica« und fragte ihn: »Haben Sie das gemacht?« Picasso antwortete: »Nein, Sie.«
Zugegeben, die Trennung von Sein und Schein und das daraus folgende Spiel, diese Partner zusammenzubringen und sie dann wieder auseinanderzudividieren, ist nicht zuletzt ein intellektuelles »gadget«, ein zum Jonglieren anregender Trick – einer jener Tricks, die der altehrwürdigen Dialektik den letzten Sinn nehmen. Aber so ein Trick ist erstens eine der Möglichkeiten, mit einer Überlegung anzufangen, die am Ende vielleicht sogar ihre eigenen Prämissen durchschaut. Zweitens aber hat die Sein-und-Schein-Wechselwirkung durchaus realistische Züge, will sagen: Wie auch immer sie für eine Theorie unzureichend sein mag, es gibt reales Verhalten, das sich nach dieser unzureichenden Theorie abspielt. Die Picasso-Anekdote, in der die Abbildung, das Bild, auf den realen Täter zurückweist – er, der in Wirklichkeit Guernica verschuldet hat, hat »in Wirklichkeit« auch das Bild davon gemacht –, habe ich von Arthur C. Danto. Er verweist darauf, daß das Bild heute im Museum of Modern Art »einen netten Rahmen« abgibt, »um Bekanntschaften zu schließen, oder ei-

nen Treffpunkt für ein Rendezvous, wie die Uhr vor dem Biltmore Hotel«.

Das heißt in meiner Sprache, daß die Spannung von Sein und Schein (in einem Kunstwerk) mit der Zeit »entwirklicht« werden kann. Das ist deshalb möglich, weil in der Kunst »naturgemäß« auf das Tödliche nur angespielt wird. Deshalb kann ihr Ernst auch fadenscheinig werden. Daß Menschen spielen (zeichnen, malen), was andere sein müssen, ist eine ungeheure Machtdemonstration. Aber es demonstriert auch die Möglichkeit einer Distanz; die Möglichkeit, daß es eine Ebene gibt, eine Bühne, auf der zum Schein wird, was Zwang ist. Wenn aber umgekehrt jemand in seinem Leben tatsächlich einen Anschein realisiert, dann kann es für ihn im Ernst schlimm werden. Die Fiktion wird extremistisch, der Mensch kommt in die Lage, zwanghaft einen Anschein erwecken zu müssen. Er führt eine Scheinexistenz wie der arme Rex Gildo, jener geliftete deutsche Schlagersänger (»Fiesta Mexicana«), der nicht zuletzt aus Berufsgründen einem Menschenbild seiner Branche aus den fünfziger Jahren unbedingt entsprechen wollte. In diesem Bild wird man nicht alt, in diesem Bild ist man vieles nicht, schon gar nicht homosexuell. Gildo hat darüber geklagt, wie schwierig es für einen Schlagersänger sei, eine »ernste Theater- oder Fernsehrolle« zu bekommen. Deshalb – so schrieb ein Magazin mit der bekannten öden Häme – hätte Gildo sich damit begnügen müssen, »im richtigen Leben« mit Gitte das Traumpaar spielen zu müssen. Das richtige Leben ist bekanntlich das falsche, und so hat Gitte selber, das ist die Sängerin Gitte Haenning, auf die Frage, was denn ihre beste Leistung im Showgeschäft gewesen wäre, geantwortet: »Das war meine ›Liebesgeschichte‹ mit meinem Partner Gildo. Die hat aber kein Regisseur inszeniert, sondern ein Pressechef.«

Am Ende sprang Gildo, der zu dem Bild, das er von sich haben wollte, keine Distanz hatte, aus dem Fenster. Die Produktion von Schein ist eine lächerlich-ernste Profession geworden, und ein Schlagersänger kann mit Leib und Seele an seinem Beruf hängen. Ich wünsche diesen Künstlern, daß sie sich auch persönlich zu jenem Zynismus ermächtigen können, den ihre Branche objektiv vertritt. Aber dennoch gibt es Grenzfälle, in denen die Darstellung das Sein eines Mimen merkwürdig, fast unzynisch verletzt: Ich denke an jenen Schauspieler, der den Holocaust im Konzentrationslager überlebt hat und der in einem Film einen Menschen spielt, der im Konzentrationslager getötet wurde. In solchen Rollen wird das Widerspiel von Sein und Schein zu einer Identität zusammengezwungen. In einer Person, ausgerechnet in der eines Schauspielers, bricht das ethische Problem der Zeichen auf: Wie wirklich ist die Wirklichkeit, daß ich sie spielen, daß ich vielleicht sogar eines Tages, endlich, mit ihr spielen kann? Ich nehme zurück, was oben steht, daß die Konstitution von Wirklichkeit durch die Wechselwirkung von Schein und Sein komplex ist; sie erscheint komplex, ist aber wahrscheinlich simpel – gemessen an dem, was los ist, was unser Los ist. Aber sie hat realistische Züge: Ich habe von einem Unfallopfer gehört, das man erst an seiner Schminke – erst an seiner Schminke! – hat wieder erkennen können.

Man sucht den Ausweg zum Schein, und es wird ernst (oder es war ernst). Einer meiner magischen Selbstheilungsversuche beruht auf dem Distanzprinzip. Hätte ein Rex Gildo damit umgehen können, er hätte sich nicht aus dem Fenster stürzen müssen. Wenn es, denke ich, möglich ist, durch eine Scheinexistenz Distanz zur Existenz zu gewinnen, dann müßte sich die Distanz auch dann einstellen, wenn man spielt, was man tatsächlich ist. Ich spiele den Leuten vor, was ich sein muß, weil ich nicht anders sein kann, und verschaffe mir durch mein Publikum die Illusion, ich wäre anders. Man verwandelt spielerisch seine Realität in Schein, für den man Leute sucht, die ihn für die Wirklichkeit halten. Man ist krank und tut zugleich so, als ob man es wäre. Schließlich glaubt man selber zu spielen, was man ist. Aber auch dieses Als-ob kann einen einholen: Während man nämlich mit der Überzeugung ans Werk geht, eh nur Theater zu machen, steht die Distanz schon auf dem Spiel. In einer seiner romantischen Abrechnungen mit der Romantik – und es ist etwas Romantisches in allen Derealisierungsversuchen – kommt Heinrich Heine auf den Grund. Der Zyklus »Die Heimkehr« (1823–1824) enthält unter der Ziffer 44 die folgende lyrische Inszenierung:

»Nun ist es Zeit, daß ich mit Verstand
Mich aller Torheit entled'ge;
Ich hab so lange als ein Komödiant
Mit dir gespielt die Komödie.

Die prächt'gen Kulissen, sie waren bemalt
Im hochromantischen Stile,
Mein Rittermantel hat goldig gestrahlt,
Ich fühlte die feinsten Gefühle.

Und nun ich mich gar säuberlich
Des tollen Tands entled'ge,
Noch immer elend fühl ich mich,
Als spielt ich noch immer Komödie.

Ach Gott! Im Scherz und unbewußt
Sprach ich, was ich gefühlet;
Ich hab mit dem Tod in der eignen Brust
Den sterbenden Fechter gespielet.«

»Ich hab mit dem Tod in der eignen Brust / Den sterbenden Fechter gespielet.« Es war gar kein Spiel, den Aufwand hätte ich mir ersparen können. Vielleicht wäre weniger Tod in der eigenen Brust, hätte ich mich beim Spielen nicht so sehr überanstrengt. Im übrigen ist die letzte Frage, ob der Mensch am Sein oder am Schein zugrunde geht, unentscheidbar.

Mutter

Was für ein Leben.

Erst unterdrückt.
Dann verrückt.

Am Ende
von alledem
e r d r ü c k t .

Huach amoi zua! Hören Sie, oder wie mein Vater sagte: »Huach amoi zua!« Das sagte er nicht, weil er sich Gehorsam verschaffen wollte, nein: Daß man auf ihn, demgegenüber »die Welt da draußen« taub war, daß man auf ihn zu Hause – en famille – hörte, das war ihm klar. »Huach amoi zua!« war ein zur Floskel gewordenes Kommando, eine eingefleischte Aufforderung, bei der der Vater sich nichts zu denken brauchte, und bei der ich automatisch gehorcht habe. Also hören Sie jetzt: Ich war gestern bei besseren Leuten eingeladen. Bessere Leute stehen, das Glas in der Hand, bei ihren Einladungen. Nur einige von ihnen, das Glas in der Hand, setzen sich; es sind die, denen das Knie explizit schmerzt (oder sollte ich sagen: implizit schmerzt?), denen also das Knie weh tut, nur die setzen sich, das Glas in der Hand.

Die Sitzenden haben einen Vorteil; sie kommen mit den gereichten Nahrungsmitteln besser zu Rande. Mir jedenfalls fällt es schwer, im Stehen das Glas zu halten, es zu heben und zugleich ein Schnitzel zum Mund zu führen. Auf diese Weise werden Eßschwierigkeiten organisiert, und die können sich organisch auswirken. Zum Glück schmerzen mir die Knie, ich sitze überall, wo es geht. Das Stehen hat den Vorteil, daß man die sogenannten Gesprächspartner wechseln kann; sitzend bin ich hoffnungslos ansprechbar. Daher springe ich oft auf – trotz des Schmerzes in meinen Knien: der trotzige Knieschmerz! Sitzordnungen – slow food am round table – binden die Leute aneinander; den Nachbarn kann keiner entgehen. Aber im Stehen kann man sich mehr oder weniger elegant empfehlen: Servas de Madln, servas de Buam, gnädige Frau …

Im Stehen kann man nach Belieben jemanden ansprechen, was den Nachteil hat, daß man auch angesprochen werden kann; es kann sogar soweit kommen, daß ein von mir Angesprochener, das Glas in der Hand, zurückspricht. Passiert das oft an einem Abend, dann wechselt man ständig die Blickwinkel, weil man sich immer von neuem auf einen anderen Menschen einstellen muß, sich hinstellen muß, und keinem von ihnen hat man etwas zu sagen, und jeder von ihnen übertüncht diesen Tatbestand, indem er einem etwas zu sagen versucht, was man entweder selber besser weiß oder gar nicht wissen will. Oder man bekommt etwas gesagt, woran das Subjekt der Aussage selber gar nicht glaubt, womit das Subjekt aber glaubt, mir entgegenzukommen, und mir also eine Brücke baut, damit wir uns gut verstehen.

Also hören Sie, das ist das Rigorosum der Geselligkeit! Und während ich gestern so saß wegen der Schmerzen im Knie und während ich mit den Knieschmerzen hin und wieder aufsprang, sprach mich eine Dame an: »Hören Sie, wir kennen einander!« – »Ich höre, gnädige Frau.« Nein, ich kannte sie nicht, aber sie kam mir bekannt vor. »Aber natürlich«, sagte sie, »Sie waren oft bei Seipelt.« Seipelt war für mich nichts als ein Fragezeichen, und daher fragte ich, die Leere meiner Erinnerungen durchstöbernd: »Meinen Sie, liebe gnädige Frau, den Seipelt vom Stadtschulrat oder meinen Sie den Hautarzt?«

»Hören Sie«, sagte die Dame mit dem überlegenen Gedächtnis, »ich meine natürlich Dr. Seipelt, den Bankdirektor. Sie waren doch oft bei ihm oben.« Ich gab mich nicht geschlagen: »Niemals, ich war niemals bei Dr. Siebent!« Sie wies das zurück: »Aber natürlich: Dr. Seipelt, Filiale Kärntnerstraße!« »Ja«, sagte ich, klein beigebend, »in der Filiale Kärntnerstraße war ich«, und in diesem Moment erlebte ich einen inneren Sturm, ein aufgepeitschtes Gefühl angesichts der Vorstellung von Überweisungsscheinen und Kontonummern. »Aber bei Direktor Seipelt war ich nie.«

Die Dame dachte nach: »Sie waren nie bei Dr. Seipelt? Sollte ich Sie leicht verwechselt haben?« »Nun, gnädige Frau, bin ich leicht oder schwer zu verwechseln?« Gegenüber jeder Peinlichkeit flüchte ich gern ins Paradox, und daher sagte ich zur Dame: »Hören Sie, alle Österreicher sehen gleich aus. Wir haben einen jahrhundertelangen Annäherungsprozeß hinter uns, wir werden im zweiten Jahrtausend zu einem einzigen Block zusammengewachsen sein. Wir alle sind ein und dieselben.«

Die Dame erzählte dann noch, daß sie den Beruf in der Bank sehr liebte, denn sie hätte es dort mit Menschen zu tun. »Mit Dr. Seipelt«, sagte ich eingeweiht. »Und hinter jedem Geldproblem«, sagte die Dame von der Bank, »steht ein Mensch«, und ich sagte: »Ja, wer ein Familienleben hat, der hat auch ein Geldleben«, aber ich wollte nicht mehr zuhören, denn ich war stolz darauf, daß ich das Gleichnis von der Gleichheit aller Österreicher an der Schwelle zum nächsten Jahrtausend aufgestellt hatte: Anderswo, da mag man sich ausdifferenzieren, wir Österreicher sehen was gleich!, und hören Sie jetzt zu, wie recht ich habe, denn heute, als ich – mit wieder heilen Knien – über ein Herzstück Stadt eilte, über den Graben, sprach mich ein eleganter, jedoch etwas verschnudelter Herr in ungefähr meinem Alter an: »Servus«, und er murmelte dazu ein Wort, das ein Vorname hätte sein können. Ich gab mich sofort geschlagen und erwiderte fast in seinem Atemzug: »Grüß dich, wie geht's dir, du bist heute sehr elegant.« Ich sprach, so als ob ich ihn schon jemals anders gesehen hätte. Er antwortete: »Elegant bin ich immer, Eleganz ist meine Natur.« Ich konnte nicht umhin, ihm meinerseits mitzuteilen, daß ich, falls ich einmal elegant angetroffen werde, genau dasselbe sage, vielleicht mit der Variation: »Eleganz ist meine zweite Natur«, ein kleiner, aber feiner Unterschied.

Ich fragte den Mann, der mir vollkommen unbekannt war, der mir aber bekannt vorkam, den ich niemals gesehen hatte, ein zweites Mal: »Na, wie geht's denn?«, und er antwortete mit der gehetzten Traurigkeit des Zeitgenossen: »Es ist schwer, schwer ist es!«, und ich bemerkte, daß seine Augen gerötet waren. »Baust du wieder?« fragte er mich, und ich antwortete: »Mehr oder weniger!« »Aha«, sagte er, einen Einklang zwischen sich und mir herstellend, »also weniger!«
Ich habe mein Lebtag nie gebaut, weder privat noch im öffentlichen Raum. Aber er, der mich kennt, weil ich ihm bekannt vorkomme, obwohl er mich noch niemals gesehen hat, kann auf mich bauen. Einen Moment lang wollte ich mehr über ihn wissen, und außerdem hielt ich, weil er mir bekannt vorkam, es für möglich, daß er wirklich ein Bekannter sei. Man muß die Möglichkeit nützen, und ich riskierte eine Frage, von der ich nicht wissen konnte, ob die Art unserer Bekanntschaft sie überhaupt zuließ: »Na, was machst du jetzt beruflich? Baust du noch?« Er: »Ich bin immer noch dabei«, und ich gönnte ihm seinen Anflug von Überlegenheit, der mich ja nichts kostete. Er hatte seine Freude damit, daß schon lang nichts von mir Gebautes Furore gemacht hatte: kein Haus, keine Siedlung, keine Universität, keine Straße, keine Brücke, ich habe ja nicht einmal einen Bausparvertrag, und dann fügte er im selben Tonfall, mit dem er »Es ist schwer, schwer ist es!« gesagt hatte, hinzu: »Der Louis wohnt jetzt bei der Renate. Dort sitzt er oft und schaut drein wie früher.«
Dazu schnitt er ein Gesicht wie das von Louis – sein Gesicht von Louis sah aber genau so aus wie das Gesicht des Gesichtschneiders. »Ja«, sagte ich, ganz bei der Sache, »der Louis.«
Schon im Gehen wollte er dringend noch wissen, ob es mir wirklich schlechter ging als ihm oder mindestens ebenso

schlecht. Genugtuung nennt man das hierzulande. »Nein«, sagte ich, »ich bin über Renate nie hinweggekommen. Niemals!« – Und damit hatte ich einen Menschen, den ich nicht kannte, glücklich gemacht, weil ich niemals über Renate hinwegkommen werde, die jetzt bei Louis ist, der dreinschaut wie früher, und die ich niemals kennengelernt hatte.
Aber hören Sie, das ist nicht alles, die Wahrheit hat schließlich auch mich überrascht, ich bin auf sie gestoßen, als ich heute, noch heiter wegen der Freude, die ich einem Unbekannten bereiten durfte, zum Schwedenplatz kam. Dort faßte mich ein sozialer Aussteiger unter den Arm und bot mir mit Respekt einen Schluck von seinem Tetra-Pack-Wein an. »Herr Dr. Seipelt!« sagte er zu mir, »Herr Dr. Seipelt!«, und in dem Moment fiel es mir ein: Ich bin Dr. Seipelt, Direktor Dr. Seipelt von der Filiale Kärntnerstraße. Na ja, des is bei uns soo, huach amoi zua!, bei uns is des a so: Niemand weiß, wer er selber ist, geschweige denn, wer die anderen sind. UND – GEHT'S UNS SCHLECHT?

Berlin, Wilmersdorfer Straße oder Über den Nutzen der Heimat. Sie gehen in Berlin, Wilmersdorfer Straße, es ist schon spät, die Geschäfte sperren bald, Sie hungern ein klein wenig, und Sie wollen ein Brötchen mit Schinken. Schnell schneiden Sie einem Geschäftszuschließer, einem Rolladenhinunterlasser den Weg ins Geschäft zurück ab. Sie sagen, selber ins Geschäft hineinspringend, zur dort postierten Fleischerin: »Zwanzig Deka Schinken und zwei Brötchen, bitte!« Die Fleischerin holt mürrisch den schon weggesperrten Schinken hervor und sagt: »Zwanzig Deka, das sind wohl 250 Gramm.« Da antworten Sie in diesem echten »Ick-bin-ein-Berlina«-Ton: »Ne, das sind immer noch zweihundert Gramm, die zwanzig Deka. Aber«, fügen Sie hinzu, »ich werd's schon noch lernen.«

Jetzt sagt die Fleischerin: »Ne«, während sie am Schinken säbelt, »zu lernen brauchen Sie hier nix, wir haben ohnedies zuviel österreichischen Einfluß hier in Berlin«. – Sie sagte »Einfluß« … und da haben Sie, der Sie plötzlich in Berlin zu einem Tropfen im Zuviel eines Einflusses geworden sind, das Gefühl, von einem Preßschlegel aus Ihrem Selbstbewußtsein herausgeboxt worden zu sein, und, oh, jetzt wollen Sie sagen, daß Sie ohnedies nur auf Besuch hier sind, Nutznießer keiner Berliner Lebenserleichterung auf Dauer, aber Sie, politisch geschult, fragen: »Was meinen Sie denn – Einfluß?«, und Sie denken, was meint sie denn, diese Frau in der blutbefleckten Plastikschürze. Meint sie die verfallenden Denkmäler des österreichischen Kunstgewerbes, die sich in der Paris Bar auf der Kantstraße vom schlechten österreichischen Essen erholen, ohne daß sie in der Fremde auf die gewohnte schlechte Gesellschaft verzichten müssen?

Aber da sagt die Frau schon: »Über Einfluß möchte ich nicht diskutieren.« Sie denken, so viel Diplomatie in einem Fleischerladen, für zwanzig Deka Schinken, und Sie erwidern darauf ins Leere, aber doch sehr locker: »Na ja, von Einfluß habt ihr überhaupt zuviel«, und das war eine Anspielung, und was für eine!, auf die seinerzeitige geopolitische Lage Berlins. Brötchen und Schinken sind allmählich zum Mitnehmen fertig geworden – wie blutig muß ein Konflikt sein, daß keine Geschäfte mehr zustande kommen. Sie schleichen sich aus dem Geschäft, rufen aber noch, um ein letztes Mal das Steuer herumzureißen, der Frau zu: »Hüten Sie sich vor dem österreichischen Einfluß!« Aber da hat sie schon mit einer hühnerflügelartig flatternden Stimme Ihnen nachgerufen: »Wir hüten uns, wir hüten uns!«

Und weil der düstere Fleischer ein für alle Mal Tür und Tor für Sie zugesperrt hat, finden Sie nur mehr einen Spalt, durch den Sie hineinschreien können: »Den Hitler habt ihr ja auch erst gewählt, bevor er bei uns einmaschiert ist!«, und da wird Ihnen klar, was der Nutzen der Heimat ist: Zu Hause nämlich sind Sie in der Mehrheit – wenn Sie nicht das Pech haben, auch dort nur zur Minderheit zu zählen.

Déformation professionnelle. Drei Wochen lang war der pensionierte Briefträger unbemerkt in seiner Wohnung gelegen. Daß er verstorben war, entdeckte man erst, als sich vor seiner Wohnung die Post gestapelt und der Nachbar die Polizei alarmiert hatte.

Das Erdbeben von Wien. Das Wichtigste in meinem Leben ist Wien, ein kurzes und leichtes Erdbeben hat Wien erschüttert, man kann nicht sagen, ob weitere Erdstöße zu erwarten sind, es war am Tag nach dem Tag der Arbeit, als ich den Satz »Das Wichtigste in meinem Leben ist Wien« hinschreiben gehen wollte, um dann weiter fortzusetzen mit dem Satz: Wenn ich mir dabei zusehe, wie ich »Das Wichtigste in meinem Leben ist Wien« hinschreibe, dann, ja was dann: Ich weiß es nicht so genau: Dann habe ich das Gefühl, das heißt, welches Gefühl? Es war also nach dem Tag der Arbeit, es muß 12.15 gewesen sein, ich kam gerade vom Kaffeehaus, wo das matte Licht billigster Beleuchtungskörper durch das Tageslicht ins Zwielicht geriet: Da geschah es. Aber zuvor rief ich noch, das heißt, er rief mich an, ein Freund, den ich zuvor angerufen hatte, meine Stimme wurde erkannt: An der Stimme schon erkennt man mich am Telefon, und da rief er mich eben zurück: Wir sprachen über dieses und jenes, vor allem alles, jedes Wort, ohne Hintergedanken. Ich erinnere mich nicht mehr genau, worüber wir sprachen, alles ist hier so vage, so halb vergessen und doch unvergeßlich, im Zwielicht, stellten wir plötzlich fest, obwohl er ein Grazer ist, daß dieses eine in unserer Jugend als gemeinsam zu betrachten wäre: In Wien, wo ich wohnte, im Gemeindebau, gab es oben im letzten Stock die Waschküche; eine Wunderkammer, eine Küche, in der man nicht kocht, sondern wäscht, wo einstige Frische vermodert: Wir Kinder mußten der Mutter helfen und haßten die Arbeit. Die Mutter rumpelte Wäsche, heizte den Waschofen, wir Kinder schwitzten helfend in der Waschküche, es war Waschtag; die Erinnerung hat kein Detail mehr parat, nur dieses eine – die Farbe der Waschküche, die totale, alle Farben zerstörende Farbe: ein stechendes Grau, das Grau in Grau des desinfizierten Lebens; und dann ging es mit der Wäsche hinauf, hinauf auf den Dachboden. Der Dachboden war schwarz und dunkel, die Leintücher der Nachbarn, große weiße Fetzen, hingen in der Dunkelheit, es drang durch die Ritzen kaum Licht, die nassen Leintücher schlugen wie Urwaldpflanzen den von der Waschküche verschwitzten Kindern ins Gesicht, die Mutter kam und spannte die Schnüre zum Aufhängen der Wäsche. Wo war der Lichtschalter, gab es überhaupt einen, und was wäre gewesen wenn – und ich sage: Es ist dauernd geschehen – wenn man die fremden Leintücher beschmutzt hätte, mit Kinderhänden am Waschtag? Der Hausfrieden, der Hausfriedensbruch, man hört die Stimmen über Radio Wien: Das Wichtigste in meinem Leben ist Wien; ich höre immer mit: Melde Anruf einer Dame in der Sendung »Psychiatrie für alle«, es war gerade das Leib-Seelische dran, ob das körperlich Leiden seelisch bedingt, der Psychiater (»unser heutiger Life-Gast zum Thema«) akzentuierte ausgezeichnet das Wort Patient, als ob ihm der Speichel im Mund zusammenflösse bei dem harten Wort Patient, da rief eine Dame an und sagte: Hören Sie, Herr Doktor, mein Mann, der starb mir an Lungeninfarkt, neben mir im Bett, der röchelte zweimal, dreimal, und schon war er weg, und seitdem hab ich's im Darm, es reißt mich hin und her, mit diesem Darm, Herr Doktor, sagen Sie: Ist das psychosomatisch, und der Herr Doktor fand es »schön«, »ein schönes Beispiel«; und deshalb ist eben auch Wien das Wichtigste in meinem Leben: Nämlich psychosomatisch, also seelisch bedingt gibt es keinen Ausweg, no way out, »und wenn man Mozart nicht mag, dann bleibt immer noch Freud«, hätte ich etwa zu meinem Freund gesagt haben können, als es geschah: Ich saß in der Wohnzimmerecke, die lange Telefonschnur ringelte sich um den Vorzimmertürstock, der alte grüne Fauteuil, den ich wegen seiner Gebrechlichkeit haßte, knirschte unter meinem Gewicht, ich hatte, während ich telefonierte, meinen Lieblingsausblick, auf die Gegenfassade, in die Wohnung hinein, die ein alter Herr, ein ehemaliger Offizier der Royal Airforce bewohnt, falls er noch am Leben ist; ich hatte es an seinem Blazer erkannt, an seinem Airforce-Blazer, daß er in Wien, vis-à-vis von mir, seine Airforce-Pension genoß. Ein preußischer Kabarettist hatte es einmal so gesagt: Während andere, hatte der Preuße formuliert, in meinem Alter vor der Pension stehen, stehe ich, hatte der Kabarettist gesagt, stehe ich vor dem Nichts, und da geschah es. Yes, Sir: Ein Blumenstock begann vor meinen Augen zu wackeln, mir war der Hörer am Ohr verrutscht, das Haus schwankte in seinen Stützen, es hätte umfallen können, und es dauerte gerade so lange, daß das Gefühl »Es kann dir nichts geschehen« in ein »Jetzt ist 's passiert« umzukippen drohte; ich meldete meinem Freund am Telefon sofort: »Das ist das Erdbeben von Wien«, sagte ich, und da ich auf diesem Gebiet ein Fachmann bin, konnte ich gleich hinzufügen: »12.15 (mitteleuropäische Zeit), das Epizentrum liegt im burgenländisch-ungarischen Grenzgebiet, aber Wien kann nicht untergehen!« Mein Freund empfand dagegen nichts, kein Erdbeben. Er sagte: Das ist alles psychosomatisch. Im Haus war es still geworden. Die jugoslawischen Arbeiter (Jugoslawien, damals noch) hatten plötzlich ihre Arbeit eingestellt; seit Wochen arbeiteten sie schon in der Wohnung unter mir, neue Leute werden einziehen, und neue Leute brauchen neue Leitungen; ich setzte mich hin und begann zu schreiben: »Das Wichtigste in meinem Leben ist Wien.«

Gasthaus Ederl. Vorne, an den Mäandern der Hauptstraße, liegt ein riesiges Gasthaus, eine Gastwirtschaft, ausgedehnt liegt sie da, wie eine texanische Nobelranch, in der nur die Besten ein- und ausgehen, bedeutende Zusammenkünfte, leise Feiern und alles entscheidende Tragödien durchmachend. Hier, in meiner Gegend, ist alles erstklassig, auch die Gastwirtschaft; ich bekomme ohne weiteres Steak Hawaii oder, ohne viel Umweg, Hongkongreis, beides Essen, das keiner in Hongkong oder Hawaii je begreifen würde. Die Internationale ist eine Fiktion, ein Kunstwerk, zusammengesetzt aus allerhand Elementen der Unwahrhaftigkeit, eine fleischgewordene Lüge, wie das Leben selber, das Leute, die Hongkongreis oder Steak Hawaii bestellen, hervorgebracht hat. Seit Monaten esse ich fast ausschließlich Hongkongreis, eine gelbe Sache mit verkrüppelten Fleischstücken ungewisser Herkunft, mit eingegangenen Ananasscheiben und Dosenzwetschken, die so bläulich grinsen, als wären sie todkrank. Ich verschlinge diese Unnatur, zum Beispiel Samstag mittags, vom Einkauf kommend, bei dem ich, in Schwärmen von Frauen, die ihre Männer noch nicht verlassen haben, ein einzelner Mann, ein männlicher Einzeller bin.
Alles läuft, für mich wie blind, nach den Plänen der Wochenendgelage durcheinander. Die Frauen sind geschickt, sie haben (weil sie, wie ich gelesen habe, seit Jahrtausenden schon für das Alltägliche sorgen) auch an diesem Mittag nichts vergessen. Ich natürlich stehe da, wie von einem Schlag durch die plötzlich eingekehrte quallige Samstagsruhe, den Geschäftsschluß getroffen, und habe nichts oder nur einen gelben Sack aus Plastik, zehn Flaschen Bier darin, mit deren Etiketten ich mich ausführlich und mühsam unterhalten hatte, bis sie mich überzeugen konnten. Am liebsten habe ich, weil es in meiner Heimat kein Jever-Pils gibt, Egger-Bier: Es

kommt in kleinen, zierlichen Flaschen vor, mit silbrigen Hälsen (»Hälschen«), und die Etiketten sind vornehm, aber nicht patzig: ineinander verschlungene Ähren, in der Art aristokratischer Wappen; es ist ja auch eine Privatbrauerei.
Die Kellner in dem riesigen Gasthaus sind anders, unpersönlicher als in den Kaffeehäusern. Vor allem sind es viele und müssen es sein, denn will man zum Beispiel Steak Hawaii oder Hongkongreis auf dem schnellsten Weg zum entlegensten Tisch bringen, dann ist eine Vielzahl von Leuten nötig, die sich nicht nur den Raum untereinander aufteilen, sondern die sich auch in ihren Befugnissen vernünftig voneinander unterscheiden müssen. Es gibt in dem Gasthaus nicht nur Ober-, Unter- und dazwischen gewöhnliche Kellner, sondern eine Reihe von Menschen, die in verschiedenen, mir unvertrauten Abstufungen das Ihre beitragen. Wenn ich Samstag mittags mit dem Plastiksack voll Bierflaschen eintrete, was schwierig ist, weil die Bierflaschen gegen meinen Oberschenkel prallen und ich im Wechselschritt mit der Tür ins Haus falle, dann ist sofort jemand zur Stelle, der mich stützt. Ich sehe diesen Jemand dann nicht mehr und muß ihn nach der Mahlzeit suchen, um ihm das Trinkgeld auszuhändigen. Die Suche erschwert sich dadurch, daß die Beschäftigten der Gastwirtschaft ähnlich aussehen; ein jeder von ihnen steckt in einem schwarzen Frack, läuft umher wie ein Totenvogel. Dazu kommt, daß ich in der Gastwirtschaft nicht aufzuschauen wage, und zwar der anderen Gäste wegen.
Der Nebentisch ist besetzt von einer Gruppe, von einer Formation. Es sind Soldaten, freilich keiner militärischen Armee, sondern voll Vertragsabschlußkraft, *Männer der Wirtschaft*, einander belauernd, auf die freundlichste Art, sie sind höflich, die höfliche Lauer, Komplizen, erfahren in der gemeinsamen Routine des Bestellens, des In-Auftrag-Gebens.

Die Herren essen heute auswärts, ihnen gehört die Welt, sie sagen, wieviel kostet die Welt, aber sie würden sie nicht verkaufen, sie möchten sie behalten und am Eigentum verdienen. Sie sind jedoch nicht arrogant, nicht wirklich hochmütig, sie sind sachlich, auch im Emotionellen rationiert, *über die Sachzwänge der Menschen löst sich kaum etwas, erst der Mensch als Sachzwang ist die Erlösung*, ihre Schuhspitzen glänzen, aber nicht frech, sondern den Umständen angemessen. Sie haben sich ganz an die Schachzüge ihrer Aktionen delegiert, außerhalb davon gibt es sie nicht. Aber der Druck, den sie ausüben, ist sichtbar im Händedruck, den sie wechseln. *Ich wünsche guten Geschäftsgang. Die Geschäftsgang*. In den Gentlemen hat die Brutalität ein joviales Antlitz, ein rationelles Design angenommen, es ist – das Glück der Abgeschliffenheit, das unbestreitbare, unbesiegbare *Aber-ich-bitte Sie!* Sie verachten alle Hindernisse, deshalb auch den Prunk, er belastet beim Befehlen, beim Erteilen der Weisungen. Ihre Beweglichkeit konzentriert sich darauf, mit Hindernissen fertig zu werden. Sie essen jetzt die Suppe, food tends to come cold on the table. *Gibt es von einer Substanz verschiedene Produkte, dann entscheidet der persönliche Kontakt*. Keiner widerspricht, das ist ja schon entschieden, keinen Krampf, stets so wirken, als wäre man gerade massiert worden, saunieren, dinieren, jetzt kommt die Hauptspeise, zwei Ringe greifen nach dem Teller, der eine zum Schmuck, der andere vertritt hier die Gattin, sonntags, nach dem Tagtraum der Gartenarbeit ihre süße Wehrlosigkeit genossen, immer dieses sichere Gefühl im Körper, die Krawatte hält oben alles zusammen und der Hosenbund unten. Diese freudlose, eisige Zuversicht, was ist die Welt schon anderes als ein Großraumbüro, noch schlecht organisiert, aber da sind sie schon und greifen der Schöpfung unter die Arme.

Die anderen Essen, die keine Geschäftsessen sind, sind *Familienessen.* Die Ehemänner, mich einschüchternd, zumeist ältliche Beamte, Ministerialräte, Richter, Staatsanwälte oder gar Schulleiter, ganz ausgetrocknet von der Pflicht, zu deren Unerbittlichkeit auch das Mittagsmahl mit den Gattinnen gehört. Die Gattinnen mißmutig, den Gatten durch das eheliche Aneinanderreiben schon vollkommen ähnlich, den verkniffenen Zug um die Lippen, der präzise sagt, daß nichts im Leben verzeihlich ist und daß man sich selber, Gott weiß es, nichts zu verzeihen hat. Es ist schrecklich, aber manchmal sitzen unter diesen Menschen auch junge: die Männer am Beginn oder am Höhepunkt ihrer Karriere, Hampelmänner der Herrenmode, in der Familie außer Dienst, ihre Frauen, als ob sie an ihnen befestigt wären, die Damenmode als Fortsetzung der Herrenmode, und die Kinder, kleine modische Kunstmenschlein, die schweigen, die ganz stille sind. Einer, der wagte aufzuschauen, würde sehen, wie alles Jüngere hier nur ein Ziel hat, nämlich zu werden wie die Alten, aber ohne jemals gesehen zu haben, was die wirklich sind. Es sind diese Jüngeren, denen man nur auf einer vorläufigen Station ihres Lebens begegnen kann, weil alle ihre augenblicklichen Absichten darauf gerichtet sind, das Alte eines Tages zu ersetzen. Vor allen Familienmitgliedern habe ich Angst, sie sind hinter mir her, sie wollen mich bestrafen, weil ich auch da bin. Wenn ich, unvorsichtig, mit einem Gatten allein auf dem Pissoir stehe, entläßt meine Blase nichts, mag sie noch so gefüllt sein. Es ist ja überhaupt die schwierigste Routine im Männerleben, aufgestellt vor einem Porzellanbehälter, den Penis hervorzuholen und ihn und damit die Harnröhre so auszurichten, daß alles glatt verläuft und man, während dein Nebenmann ein Gleiches versucht, nichts davontropfen läßt. Dann, die Hände gewaschen, wieder zurück zum Tisch, durch die hohle Gasse der Stimmen, »Liebling, was ist denn das, eine Portugiesische Gans?«, und der Liebling, die Speisekarte nach dem irreführenden Wort abfingernd, zerschmettert aus Desinteresse: »Das heißt eine ›Portion‹ Gans, Schatz!«, und für mich ist das so, als hätte er von mir verlangt, dem Schatz eine »Port. Gans« auf den Teller zu kotzen. Jetzt, endlich am Tisch, wage ich es, aus der Sicherheit meines Abteils, und ich sehe mich verwegen um: Vis-à-vis bekannte Gesichter unter den Gesichtslosen, Völler-Schneckenbach mit Frau, ich kenne sie natürlich nicht persönlich, sie sind prominent, von allgemeiner Bekanntheit, irgendeinmal war etwas mit ihm, nämlich ein Schachzug in der Firma, ein plötzlicher Wechsel, eine Verschiebung, und Völler-Schneckenbach war draußen. Seitdem lebt er mit Frau das Leben des arbeitslosen Fabrikanten, es muß einen Augenblick gegeben haben, an dem die beiden Abgelegten beschlossen, gemeinsam zu verfaulen, sie tun nichts, als ihre Riesenrente verzehren, sie essen und trinken schweigend, sie wechseln nichts, kein Wort. Bevor das Essen kommt, kaut es in ihnen bereits, sie kauen vor, und sie halten sich noch an das Trinken. Dann trägt ihnen der Kellner die Speisen zu, aber für sie genügt nicht der eine Tisch, Völler-Schneckenbachs sind beim Mahl von Tischsatelliten umgeben, jeder Tisch biegt sich, keinem ist es erlaubt, weniger als das Äußerste beizutragen. Unter den Tellern und Töpfen verlieren sich die Flaschen und Gläser, Völler-Schneckenbachs müssen, um die Balance zu halten, nachbestellen, eine Flasche Chablis, eine Flasche Bordeaux, und, diese eigentümliche Lust auf Sonderwaren, zwei Flaschen Tuborg. Sie werden alles zu sich nehmen, das Universum ihrer erfüllbaren Wünsche, aber sie essen ohne Lust, ein kranker Hunger, eine entzündete Gier, doch andächtig, so, als gehorchten sie den feinen Regeln einer Liturgie. Dabei ereignet sich nichts Ekstatisches in den schwarzen Messen der Freßsucht, sie sind bloß ein gewürztes, ein süffiges Konzentrat der bürgerlichen Langeweile, die uns alle erfüllt. Die Völler-Schneckenbachs sind tot, sie verkörpern den abgestorbenen Zweig ihrer Firma.

Es ist etwas bedrohlich Kinderloses an ihrer Gemeinsamkeit – hinter ihnen im Gasthaus, die Wunderwelt der Kleinen, sie kokettieren aus einer Deckung heraus, sie glänzen, dem Vater zugewandt, mit ihren neuesten Errungenschaften, irgendwie aber richtet sich das gegen die Mama. »Willst du nicht auch Zwetschkenknödel«, sagt sie und fügt hinzu: »So wie die anderen!« Aber der Knabe weist das zurück, die saure Mama rüttelt und schüttelt an seinem Eisbecher. Sie deklariert unwiderruflich: »Es gibt kein Cola für dich, ißt du nicht wie die anderen!« Der Knabe nüchtern, geschäftsmäßig: »Ich lasse mich nicht erpressen!« Die Mama, beinahe ebenso nüchtern, geschäftsmäßig, schleudert das Eis aus dem Becher ins feixende, kaum ihrer Brust entzogene Sohnesgesicht, und dabei sieht Völler-Schneckenbach selber aus wie ein Kind, riesenhafter Babykopf dem Bauch aufgesetzt, direkt in ihn hineingedreht, eine Maßarbeit der Schöpfung, Fischaugen hinter Brillen, dicke Milchglasfenster, damit er nichts zu sehen hat, und sie, die Gattin, sie sieht, seitdem sie mit ihm zum gemeinsamen Verdauungsapparat zusammenwuchs, aus wie er, vielleicht nur, daß eine Spur von Güte mit ihr zugrunde ging, etwas, das durch Almosen, wenn Not am Mann ist, aushilft, Liebevolles, das sich in Scham zurückzog. Völler-Schneckenbach, während des Essens noch ganz darin versunken, erhebt sich, ein paar Kellner eilen ihm zu Hilfe, stützen den Gewichtigen, schaffen ihm eine Furt durch die Tischsatelliten, die Frau bleibt zurück, der Körper des Mannes bahnt sich einen Weg, im Anzug von damals, Bauch und Extremitäten fest eingesperrt, aber dennoch hervorquellend, alles ist zu kurz, besonders der Atem, er stöhnt sich zum Klo hinaus, eine gemeine Parodie auf ein Kind, das zur Kommunion schreitet, dieses Ungesunde der Völler-Schneckenbachs, es hat etwas Spirituelles, etwas Geisterhaftes, etwas religiös Furchteinflößendes. Eines Tages werden sie das Raum-Zeit-gefüge aufheben und endlich in allen Gasthäusern der Gegend gleichzeitig essen.

Vor den Kellnern empfinde ich ebenfalls Furcht. Sie sind in der Fremde, in der derzeit meine Ernährung stattfindet, zu Hause. Ich lasse mich gerne von der Moral der Kellner täuschen: »Ja bitte« und »Bitte gern«, vielleicht nur mir gegenüber, weil ich ausschließlich mit dem Areal meines Tisches befaßt bin und niemals aufschaue. Ich bin ein guter Gast und versuche das Gefühl zu erwecken, daß ich bereit bin, mir alles gefallen zu lassen. Das entspricht auch meiner sonstigen Art. Ich verfüge, neben meiner unberechenbaren Angriffslust, zugleich über eine gewisse, stets rege Bereitschaft, rücksichtslos behandelt zu werden. Es herrscht in mir eine selbstverständliche Gewißheit, daß andere, vor allem Vorgesetzte, Autoritäten, mit mir tun können, was sie wollen, und ich stelle fest, daß Vorgesetzte, Autoritäten immer die sind, die mit meiner Zeit, mit meiner Arbeit und mit mir tun, was sie wollen. Mit mir kann ein jeder tun, was er will, jeder darf sich in mir spiegeln, mir sein Spiegelbild einprägen, es mir aufzwingen. Ich mache auch gerne den Rahmen für alles, was ich fürchte, was ich hasse. Ich verlange nichts dafür, für eine ordentliche Qual gebe ich mich gerne hin. Ich frage nur, woher das kommt, diese Nachgiebigkeit, diese Niederlage schon vor dem Kampf.

Es ist dieses Scheitern im Trivialen: Meine Hosen sind beschmiert, meinen Paß habe ich vergessen, gegen meine

Schmerzen habe ich das Falsche getan, und einen Freund habe ich beleidigt. Das Scheitern im Trivialen ist ein großartiges, ein dramatisches Scheitern. Der Mensch, das Individuum, wurzelt im Gewöhnlichen, Selbstverständlichen, und wenn da gescheitert wird, ist er wurzellos, und all die eingefleischten Autoritäten, die einen ins Triviale einfügen, hineinpassen, bis man drinhängt, stehen auf und schlagen los. Das Scheitern im Trivialen schleudert einen zurück auf die Kinderstimmung, es allein nicht mehr zu schaffen. Es ist ein überwältigendes Gefühl, das man ohne die Autorität, die es verursachten, auch gar nicht aushalten könnte. Autoritäten, Vorgesetzte, Eltern sind Leute, die einem gerne dabei helfen, jene Probleme zu lösen, die man ohne sie nicht hätte.
Für mich sind Kellner Autoritäten: Sie sind geschickt, sie haben einen Beruf, und sie stehen mit beiden Beinen im Leben. So wie ich jetzt dastehe, ist es typisch, daß mich Menschen bedienen, die ich über mir empfinde. Ich gehöre nirgendwo hin, auch nicht zu denen, die nirgendwohin gehören, sonst säße ich ja nicht da, zwischen den Klassen und Kasten, zu denen ich im ganzen nicht passe, weil jeweils ein anderes Stück von mir in jeweils eine andere paßt. Gestern habe ich geträumt, ich müßte im Namen einer Autorität (welcher?) von allen (von wem?) Geld eintreiben. Ich durfte zwar eintreiben, tat es auch unnachgiebig, mußte aber feststellen, nachdem alles eingetrieben war, daß ich für mich selber das Geld, die Abgabe, den Tribut, die Existenzgrundlage nicht hatte. Es ist ja nur das Geld, das ich noch habe, das den Kellnern ihre Freundlichkeit zu mir ermöglicht. Etwas anderes würde der Besitzer der Wirtschaft, ihr Chef, auch nie erlauben. Er ist ein Teufel, ich habe ihn selbst gesehen: ein kleiner, noch junger Mann, einerseits aufdringlich muskulös, andererseits aber weichlich, zurückschreckend. Er zeigt sich selten, kriecht vor

den Gästen, beherrscht das Pathos der Erniedrigung ohne Akzent, schnellt aber sofort empor, kommt ihm ein Angestellter zu Gesicht. Gelegentlich zurrt er wie eine an- und abgespannte Feder im Raum umher, einen Schuldigen suchend, oder er fährt aus der Küche hervor, reißt dem Schankkellner ein Glas aus der Hand, brüllt ihn nieder, verschwindet, nicht ohne Lächeln für die Gäste, in die Küche zurück. Die Existenz dieses Teufels entschädigt mich dafür, daß ich die Kellner über mir empfinde. Es heißt, daß der Teufel besonders die Lehrlinge hervorragend quält, ausbildet. Die hartgesottensten Ausgelernten kommen von ihm: clevere Burschen, die den Schmerz des Dienens vergessen haben und vergessen machen, weil sie ihn durch ihre Freiwilligkeit parodieren. Sie haben, nachdem sie unterworfen wurden, gebändigt und in die Abläufe des Gewerbes eingepaßt, eine Kollektion von Gesten, von Worten, ein ganzes Theater übernommen, in dem sie spielen, daß ihnen alles recht ist. Jede Berufsausbildung muß, soll sie zum Ziel führen, auch eine Schauspielschule sein, sonst könnte man in dem Beruf, den man ergreift, leicht aus der Rolle fallen. Es ist Kontrolle nötig, um das zu verhindern, aber diese wiederum ruft besondere Listen, Schachzüge und Taktiken hervor, sodaß man befürchten muß, gerade dort, wo alles in Ordnung ist, wo am erfolgsreichsten kontrolliert wird, könnte der Betrug am schlimmsten sein!

Die Kontrolle in dem Gasthaus ist keineswegs auf die dämonische Lächerlichkeit, auf die panische Inhabereitelkeit des Besitzers beschränkt. Eine persönliche Kontrolle reicht nicht, der Chef weiß es, er kann nicht allein die Zufriedenheit der Gäste überprüfen. Sein Blickwinkel ist dafür nicht umfassend genug, er muß ihn erweitern, er kennt die Gefahren der Betriebsblindheit. Deshalb ist, rechts bei der Schank, gut eingesehen vom Schankkellner, ein Beschwerdebriefkasten an-

gebracht. Der Beschwerdebriefkasten nimmt die ersten, der Verdauung am nächsten stehenden Bedenken auf. Aber auch diese Methode allein ist nicht ratsam; sie öffnet Unüberlegtheiten Tür und Tor. Deshalb gibt es zur weiteren Kontrolle an jedem Tisch einen Fragebogen, der die Einstellungen der Gäste über »Ja«, »Nein« und »Keine Meinung« messen kann. Dabei wird die Zufriedenheit in die vielen Faktoren aufgespalten, aus denen sie besteht. Ist ein Bogen ausgefüllt, ist auch die Zufriedenheit wieder ganz. Der Kunde soll das Gefühl haben, nicht nur König, nicht bloß eine Repräsentativfigur zu sein, er soll wissen, daß er mitentscheidet, mittels Fragebogen, den ein Computer der Innung auswertet, damit der Chef genau weiß, wie er am besten dienstbar sein kann:
»Recht herzlich begrüßen wir Sie in unserem Restaurant. Wir haben uns bemüht, für Sie eine kulinarische Auswahl zusammenzustellen, und hoffen, daß Sie die gewünschten Anregungen zur Auswahl ihrer Speisen finden. Ihren Aufenthalt angenehm zu gestalten, bemüht sich
Ihre Familie Ederl.«
Es ist das Familiäre, das mich im Gasthaus Ederl hält. Denn seit Dorli fort ist (mich verlassen hat, sodaß ich oft daran denke, den Liebesroman »Trennungen« darüber zu schreiben), ist es eben das Gasthaus, wo ich zu essen und zu trinken bekomme. Meine Empfindlichkeiten für Kellner rühren auch daher: Sie sind es, die mir die Nahrung bringen. Aber ich muß dafür bezahlen. Das befreit mich andererseits von der Verantwortung, in irgendeiner der vielen, unmeßbaren, unbezahlbaren Weisen, in denen ein Mensch für einen anderen sorgt, für die Kellner sorgen zu müssen. Daß sich die Kellner selber durch einen rechnerischen Vorgang (»Herr Ober, die Rechnung bitte!«) ihrer Sorgepflicht entledigen, schafft nur manchmal böses Blut. Ich sehe ein, daß in den

Familien der Haß gegen den am größten ist, der am unabhängigsten von dem Zwang erscheint, den eine Familie ausmacht. Haß aus familiären Gründen lehne ich ab. Andererseits ertrage ich Kellner nicht, die sich mir in familiärer Absicht zuwenden: Kellner, die Platz nehmen, die keine Distanz wahren, Unglückliche mit eigenem, hinderlichem Schicksal oder Glückliche mit den Purzelbäumen ihrer Kellnerlaunen.

Allgemeinheiten beim Konsum von Lyrik.* Wenn Sprache mit dem Mund zu tun hat, auch weil manches Wort dahinter, nämlich auf der Zunge liegt, und weil der Mund – außer beim Bauchredner – beim Sprechen ja bewegt wird, dann kann man fragen, um wieder zu einer Metapher zu gelangen, was ist denn eigentlich mit den Zähnen los. Ist es das, was uns Friedrich Nietzsche in seinem Gedicht »Unter Freunden« mitteilen will:

Schön ist's mit einander schweigen,
Schöner, mit einander lachen, –
Unter seidenem Himmels-Tuche
Hingelehnt zu Moos und Buche
Lieblich laut mit Freunden lachen
Und sich weisse Zähne zeigen.

Der Text und die Zähne: Der Text hat »einen Biß«, er hat »keinen Biß« – mit diesen Worten pflegte Chefredakteur Irnberger vom längst untergegangenen Magazin *Extrablatt* auf seinem Schreibtisch die Spreu vom Weizen zu trennen. Diese Art der Aussonderung ist journalistisch, also im Zusammenhang mit Lyrik – wenigstens derartig direkt wie auf Irnbergers Schreibtisch – verboten, untersagt. Bei Nietzsche ist es das Lächeln, das mit den Zähnen los ist, also das bekannte Zähnefletschen in der freundlichen Absicht. Beißend hingegen will es der Chefredakteur. Was aber will die Lyrik?
Nach einer ausführlichen, 1994 begonnenen Befassung mit Konrad Bayer beschloß ich eines Tages zu wissen, was das Problem von Dichtung, von Literatur als Sprachkunstwerk ist, genauer, in der Moderne ist, oder als moderne Dichtung ist; das Problem scheint schlechthin die Vermeidung von Kli-

* Kurt Neumann gewidmet

schees zu sein, also die Vermeidung von Schrift als Reproduktion von Druckvorlagen, als Vermehrung des schon Gedruckten, Gesagten in seiner unendlichen Variationsbreite. Das Gedicht, sagt Oswald Wiener in »die verbesserung von mitteleuropa«, hat »amtscharakter«; das heißt, es ist staatlich beglaubigt und wiederholt ohne Unterbrechung diesen Glauben, daß die Interaktion von Sprache und Staat reibungslos vor sich gehen kann. Wem sag' ich's, der ich doch selbst ein Staatspreisträger, noch dazu einer für »Kulturpublizistik« bin!
Das moderne Gedicht enthält nicht notwendigerweise eine Verachtung des Klischees; diese wäre auch unangebracht, denn müßten wir die Bedingungen unserer Kommunikation stets neu erfinden, wären ja alle Menschen nicht nur vor dem Gesetz gleich, sondern es wäre auch ein jeder ein Dichter, ein Poet, denn »poesis« heißt Herstellen, und jeder müßte seine Sprache von neuem herstellen, erfinden, und man könnte mit der Menschheit noch weniger anfangen als ohnedies.
Das Klischee sei daher begrüßt in unserer Mitte und nicht aus ihr verstoßen, es vermittelt uns miteinander, und das Mittelmaß ist die Dimension, die uns die Chance zumindest einräumt, miteinander auszukommen, und das heißt in den Glücksfällen, aneinander vorbeizukommen. Auch könnte man sehr leicht erörtern, wie oft die Klischeevermeidung, vor allem im hochtrabenden Diskurs, erst recht der Erzeugung von Klischees dient; es blüht der Jargon der Eigentlichkeit, wenn auch das, was eigentlich sein soll, zum Glück den Moden unterworfen ist. Die Moden befreien – schreckliche Vorstellung, uns wäre immer dasselbe als das Höchste, als das Eigentliche verschrieben. Jedenfalls muß man fragen, da doch das Klischee so wie einst Gott heute allgegenwärtig ist, in welchem Sinne im Sprachkunstwerk, im Gedicht kein Klischee anwesend sein soll.

Ich gebe darauf eine Baudelairsche Antwort: Es gelte in der Moderne, durch Dichtung die Schönheit dem Klischee zu entreißen; das ist in meiner Lesart wiederum keine Mißachtung des Klischees, denn so gesehen ist das Klischee immerhin Träger der Schönheit, auch wenn man dem Träger, was ungeheuer schwer ist, seine Last entreißen muß, eine Last, die dem Dichter, hat er sie einmal entrissen, wiederum eine leichte ist.

Das Publikum freilich trägt – nicht zuletzt in den besten Fällen, also bei den am meisten gelungenen Gedichten – schwer daran, aber keinesfalls deshalb, weil der Dichter notwendigerweise das Publikum verachtet und triumphierend auf dessen Hörgewohnheiten und überhaupt auf die Verständigungsüblichkeiten des Publikums keine Rücksicht nimmt. Das Publikum hat es mit der Dichtung deshalb schwer, weil das Wesen des Publikums sozial ist: Das Publikum ist cum grano salis ein soziales Wesen, und das ist es nicht zuletzt durch die Vermittlung der Klischees, also durch die immer wieder wiederholbaren und auch austauschbaren, ja, fast beliebig ersetzbaren, gestanzten Sprachstücke. Der Dichter als Dichter oder besser sein Gedicht ist – naturgemäß – wesentlich ästhetisch, und was der Dichter tut, was paradoxerweise seine sogenannte »soziale Funktion« ausmacht, ist nichts mehr und nichts weniger als, dem Sozialen das Ästhetische zu entreißen. Wir blicken in die Zeitung oder wir schalten gar den Apparat ein, und was erblicken wir da, was kommt uns zu Ohren und vor Augen?

Eine ziemlich große Industrie kommt uns da vor Augen und Ohren; eine Industrie, die wiederum das Ästhetische ins Soziale umzumünzen, umzuleiten versucht; der Vorgang, dem Klischee die Schönheit zu entreißen und umgekehrt, das so Entrissene wiederum einem Klischee zuzuführen, nimmt sich aus wie ein Tauziehen, über das sich zu beklagen ein Irrtum wäre: Dieser Sport ist es – es ist die Sache, um die es geht, in ihrem Hin und Her, in ihrer wechselseitig gestifteten Spannung, in ihrem Aufgeladensein –, aufgeladen dem Publikum, und aufgeladen auch, in meiner metaphorischen Lesart, als dem Klischee bereits entrissene Schönheit: Diese aufgeladene Sprache des Gedichts, Schönheit hier nicht bloß als Glücksversprechen, sondern auch als Energiequelle – »wie unter Strom stehend«, hieße wohl das dazu passende Klischee – ist das gelungene Gedicht.

Moderne Dichtung ist also auf keinen Fall der Ort, an dem die Hegemonie des Klischees hochtrabend geleugnet wird; es ist auch nicht der Ort, an dem gegen die vermeintliche und auch reale Altbackenheit der Klischees an dessen Stelle das schlechthin Neue tritt. Dichtung – so scheib' ich es jetzt heraus – ist der Ort, an dem das Ästhetische das Soziale nachdrücklich distanziert, und zwar in Parallelaktion zu einer Welt, in der umgekehrt und nicht immer aus schlechten Gründen das Soziale das Ästhetische mit Druck distanziert, auflöst, aufhebt, nicht haben will und es also für viele »unverständlich« macht.

Das ist eine Behauptung, und da derzeit Behauptungen ohnedies nur die Funktion haben, jedwedem Mißverständnis Tür und Tor zu öffnen, versuche ich auch gar nicht, irgendein Mißverständnis auszuräumen, ich frage nur: Was hat das mit den Zähnen zu tun?

In der Antwort werde ich mir alle schiefen Bilder der Welt einhandeln: Ich will daher zuerst von meinem lyrischen Geschmack berichten, der einen merkwürdigen Bruch hat; ich schwärme für die Modernität (Schwärmen für Modernität ist an und für sich schon ein hölzernes Eisen), ich schwärme also nicht zuletzt für das elaboriert Anti-Metaphysische moderner

Dichtung, aber Gedichte sind mir andererseits nur als Metaphysikum wirklich zugänglich. In diesem Sinne habe ich beschlossen zu wissen, was in Gedichten überhaupt vorkommt, was Gedichte schlechthin sagen, oder besser, was das Lyrische eigentlich sei.

Nicht wie die Welt ist, so der Philosoph, sei das Geheimnis, das Mystische, sondern das Mystische sei, daß die Welt ist. Von diesem Geheimnis, das man nicht verraten kann, weil es der Aufklärung nicht zugänglich ist, kann man sprechen, und zwar gar nicht notwendigerweise geheimnisvoll; nüchtern nämlich und berufsmäßig spricht die moderne Lyrik von dem Geheimnis, daß die Welt ist, gleich wie sie ist – und weil in der Moderne eben die Welt sich schnell auf ein Ich verengt, spricht die Lyrik als Metaphysikum gerne auch von dem Geheimnis, daß ich bin – und sie, die Lyrik, gibt dabei sogar einige überraschende Ansichten davon, wie ich bin, und da ein moderner Lyriker als erster die Botschaft in die Welt hinausgetragen hat, daß Ich ein anderer ist, dadurch ist zum Beispiel Konrad Bayers Lyrik ein grandioser Wechselschritt vom Solipsismus zu den Riten der Selbstauflösung. Von der Aussage zur Auflösung (zur Selbstauflösung und zur Auflösung der Aussage), das ist das Rätsel der Lyrik, und: daß eben nichts von beiden verloren geht.

Das Gedicht bewahrt Plötzlichkeit, und während das Klischee für die Ewigkeit gemeint ist oder wenigstens für die nächsten zwanzig Jahre, ist das zeitgemäße Gedicht für den Augenblick da (und hält sich zumindest für zwanzig Jahre). Es ist klar, daß ich das alles niemals hätte sagen können, gäbe es nicht wenigstens ein Gedicht, das es mir gesagt hätte, aus dem ich es hätte herauslesen können. Nehmen wir das Gedicht, an das ich die ganze Zeit gedacht habe, das von einem Klassiker der Moderne stammt, das also alle nur denkbaren Garantien hat; es ist ein Gedicht, in dem die Dialektik von Schönheit und Klischee unzerreißbar waltet, in dem das Geheimnis des Seins, des Ich-Seins und des Nicht-Seins, nüchtern und zugleich artifiziell-metaphysisch ausgesprochen wird:

*Restaurant**

Der Herr drüben bestellt sich noch ein Bier,
das ist mir angenehm, dann brauche ich mir keinen Vorwurf
zu machen
daß ich auch gelegentlich einen zische.
Man denkt immer gleich, man ist süchtig,
in einer amerikanischen Zeitschrift las ich sogar,
jede Zigarette verkürze das Leben um sechsunddreißig
Minuten,
das glaube ich nicht, vermutlich steht die Coca-Cola-Industrie
oder eine Kaugummifabrik hinter dem Artikel.
Ein normales Leben, ein normaler Tod
das ist auch nichts. Auch ein normales Leben
führt zu einem kranken Tod. Überhaupt hat der Tod
mit Gesundheit und Krankheit nichts zu tun,
er bedient sich ihrer zu seinem Zwecke.

Wie meinen Sie das: der Tod hat mit Krankheit nichts zu tun?
Ich meine das so: viele erkranken, ohne zu sterben,
also liegt hier noch etwas anderes vor,
ein Fragwürdigkeitsfragment,
ein Unsicherheitsfaktor,
er ist nicht so klar umrissen,
hat auch keine Hippe,
beobachtet, sieht um die Ecke, hält sich sogar zurück
und ist musikalisch in einer anderen Melodie.

Dieses Gedicht Gottfried Benns kommt mir aus Gründen vollkommen vor, die mit dem Verstehen überhaupt zusammenhängen. Unter dem Paragraphen 531 der »Philosophischen Untersuchungen« unterscheidet Wittgenstein zwei Arten des Verstehens von Sätzen. Einerseits versteht man einen Satz in dem Sinne, »in welchem er durch einen anderen Satz ersetzt werden kann«. Das bedeutet, was hier unter Klischee verstanden werden sollte: Man versteht sich und einander durch das, was man »eigentlich« auch ganz anders sagen könnte. In diesem Fall, kann man mit Wittgenstein fortfahren, »ist der Gedanke des Satzes, was verschiedenen Sätzen gemeinsam ist«. Aber es gibt noch den anderen Fall, daß man nämlich einen Satz in dem Sinne versteht, »in welchem er durch keinen anderen Satz ersetzt werden kann (so wenig wie ein musikalisches Thema durch ein anderes)«. Während im ersten Fall die Gemeinsamkeit in den Sätzen das Verstehen bewirkt, also den Gedanken ausmacht, ist im zweiten Fall der Gedanke »etwas, was nur diese Worte, in diesen Stellungen, ausdrücken«. Und Wittgenstein fügt in Klammer das Paradebeispiel eines solchen Verstehens hinzu, nämlich: das »Verstehen eines Gedichts«.

Nun vereinigt Benns »Restaurant«-Gedicht nicht bloß Ironie und Pathos, das sind zwei existentielle Haltungen, deren Trennung, gemessen an der Vielschichtigkeit des Daseins, immer zu Einseitigkeiten führt. Benns Gedicht vereint auch die zwei zitierten Arten des Verstehens: Der besondere Fall, in dem der Gedanke sich durch eine exklusive, nicht ersetzbare Stellung der Worte ausdrückt, geht in dem Gedicht ele-

* Gottfried Benn. Sämtliche Werke. Stuttgarter Ausgabe. In Verb. m. Ilse Benn hrsg. v. Gerhard Schuster (Bände I–IV) und Holger Hof (Bände VI–VII). Band I: Gedichte 1. Klett-Cotta, Stuttgart 1986

gant über in die Allgemeinheit einer Alltagssprache, in der alle Sätze durch andere ersetzbar sind. Diese Alltagssprache wiederum verwandelt sich im selben Atemzug zurück in einen poetischen Diskurs, dessen unverwechselbare Worte es ja überhaupt erst ermöglichen, daß man das Gebilde als »Gedicht« wahrnimmt.

Dazu kommt noch etwas, das in der Benn-Nachfolge eine große Rolle spielte: »Ich denke«, sagte Rolf Dieter Brinkmann 1968, »daß das Gedicht die geeignetste Form ist, spontan erfaßte Vorgänge und Bewegungen, eine nur in einem Augenblick sich deutlich zeigende Empfindlichkeit konkret als snap shot festzuhalten.« Der Amerikanismus des Schnappschusses ist ein Manierismus der sechziger Jahre (gewesen), und es ist klar, daß Dichter, besonders österreichische, die vom Modernismus der fünfziger Jahre geprägt wurden, das Amerikanisch-Benn-Brinkmannsche Konzept als Rückfall hinter die zu vollziehende »linguistische Wende« betrachteten.

Aber Rückfälle können in der Kunst wie im Leben auch Glücksfälle sein. Die Wiener Gruppe, besonders in Person von Konrad Bayer und Gerhard Rühm, hatte zu ihrer Zeit starke Vorbehalte gegen Ernst Jandl, und ich halte es nicht für ausgeschlossen, daß dieser wiederum seine Vorbehalte gegen die Wiener Gruppe hatte: Jandl wollte sich vielleicht die Option auf einen Rückfall nicht nehmen lassen, auf einen Rückfall in den von mir sogenannten metaphysischen Bereich, in dem das Ich, das Altern, der Tod seine Urstände feiert. Aber das ist natürlich nicht mein Geschmacksproblem, das heißt: Die Vorbehalte von damals gehen mich heute nichts an. Mein Geschmacksproblem resultiert daraus, daß selbst meine Begeisterung für linguistisch gewendete Gedichte (zum Beispiel für »trauriges pudern« von Reinhard Priessnitz: »mehre dunkle wolken wehen herein / die sind so mehrere und so allein«), daß selbst diese Begeisterung auf der genannten zurückgefallenen Ästhetik beruht, also darauf, daß ich die uralten Motive darin lese, und das bedeutet, daß meine Begeisterung ein Mißverständnis sein kann.

Aber ich bilde mir ein, die »linguistische Wende« zu verstehen: Sie ist eine Möglichkeit von nicht selten zwingendem Charakter, nach strengen, fast technischen, »anti-mythologischen« Regeln den Klischees die Schönheit (in des Wortes weitestem Sinn) zu entreißen, also etwas Unverbrauchtes aus der verbrauchten Sprache herauszupressen. Das Kriterium des Gelingens ist die Innovation, ist das Neue, das neu bleibt, weil es bei jeder Imitation, bei jeder Wiederholung schon Klischee, schon der klischierte Einfall von einst geworden ist.

Und die Zähne? Friedrich Nietzsches Buch »Die fröhliche Wissenschaft« hat nichts Geringeres als ein »Vorspiel in deutschen Reimen«. Dieses Vorspiel trägt den Übertitel »Scherz, List und Rache«, und das 54. der darunter subsumierten Gedichte heißt »Meinem Leser«; es lautet:

Ein gut Gebiss und einen guten Magen –
Dies wünsch' ich dir!
Und hast du erst mein Buch vertragen,
Verträgst du dich gewiss mit mir!

Die Zähne sind, bei normaler Entwicklung, im Mundwerk am meisten anfällig. Zum Schluß sind sie alle ausgebissen. Im Organon der Sprache, also im Sprachwerk, verlieren Wörter, Sätze durch ihre Klischierung ihren Halt; im sozialen Einsatz sind sie ausgerechnet von den Bedeutungen weit entfernt, abgelöst, die zu haben sie quasi dienstlich vorspiegeln. Das Sprachkunstwerk dagegen und das Gedicht auf seine Weise geben eine Ahnung davon, wie es war, als das Sprechen noch geholfen hat.

Pause im Neujahrskonzert. Wie so oft hatte ich im Wirtshaus ein Erlebnis. Aber um davon zu erzählen, muß ich zuerst, jedoch nicht allzu weit ausholen: Der hundsgemeinste Dreck, der jemals über Wien zu sehen war, lief am ersten Jänner als Pausenprogramm des Neujahrskonzerts. Das Neujahrskonzert dirigierte damals Carlos Kleiber, der einzige, für den ich unmusikalisch ahnungsloser, Dirigenten hassender Mensch schwärme. Mein Schwärmen kommt davon, daß dieser unendlich feine, sensible Mann (dessen reizbares Künstlergemüt, wie man hört, oft sogar grobe, ihn selbst schädigende Folgen hat, also nicht, wie üblich, risikolos bleibt) aus gewissen Blickwinkeln der Kamera ähnlich rätselhaft, zerbrechlich lächeln kann wie Oskar Werner. Ich habe Oskar Werner in meiner Jugend als Prinzen Heinrich in »Heinrich IV.« von Shakespeare gesehen. Das war ein Bühnenereignis, welches mir unvergeßlich bleibt, welches sich um so tiefer in mein Gedächtnis eingrub, da ich, aus echter Gier nach Shakespeare, sofort in eine zweite Aufführung eilte, in der allerdings nicht mehr Oskar Werner, sondern der Schauspieler Boy Gobert den jungen Heinrich gab. Diesen Boy Gobert kannte ich bereits aus Filmen, deren Titel ungefähr lauteten »Schwarzwälderkirschtorte« oder »Bauchweh im Schwarzwald« oder ganz ähnlich. Es ist mir zeit meines Lebens niemals mehr möglich gewesen, zwischen Boy Gobert und Harald Juhnke zu unterscheiden; wer weiß, wie anders mein Leben, vor allem mein geistiges, ausgefallen wäre, hätte ich in diesem Punkt auch nur einmal Unterscheidungskraft bewiesen! Man weiß ja nie, wie ein Leben ausgefallen wäre, wenn …

Dort, von woher ich komme, ist daher der ziemlich öde, das Desinteresse am bloß Konditionalen dokumentierende Satz üblich: »Wenn meine Großmutter Radln hätte, wäre sie ein

Autobus.« Ein im Grunde harter, grausamer Satz, weil er, wenngleich einigermaßen verblümt, im Wesen doch unverfroren nach der Brauchbarkeit der Großmutter fragt. Das tut man aber nicht, denn eine Großmutter ist an und für sich Selbstzweck und bedarf daher keineswegs irgendwelcher Radln, um ein Autobus zu sein, was ja überhaupt ein Unsinn wäre, denn was nützte schon ein Autobus, der nichts ist als eine Großmutter mit Radln. Mit solch einem Bus käme man nicht weit, ein bißchen technisches Verständnis täte da schon not, wie es zum Beispiel Oskar Werner gezeigt hat, in seiner Rolle des Ingenieurs, dem tatsächlich nichts zu schwer war, außer dies eine eben: Inspektor Columbo hineinzulegen, was bekanntlich immer und in jeder Lebenslage unmöglich ist. Eine merkwürdige Geschichte, diese Folge aus der Columbo-Serie. Ich habe sie auf Video aufgenommen, oft gesehen und kein einziges Mal verstanden: Da spielt, wie gesagt, und so ist es mir gegenwärtig, Oskar Werner einen Ingenieur, der den Mord, den er selber begangen hat, auf Video aufnimmt, aber wohlgemerkt derartig, daß er selbst, also der Mörder, nicht darauf zu sehen ist; er, der Ingenieur, kann Columbo sofort das Video vorführen, auf dem der Mord stattfindet, aber ohne ihn, den Mörder. Sein ganzes Ingenieurshaus ist verkabelt und vernetzt, eine Hochburg des technischen Verständnisses, in die der Inspektor Columbo eindringt als absoluter Laie, das heißt, seine Anwesenheit dort macht ihn sofort dazu, und damit haben wir schon die Columbo-Figur im Ganzen: Columbo ist der kleine verdrückte Mann im schmutzigen Regenmantel (den ihm keine Reinigung mehr abnimmt), der gegen die Fachleute und gegen ihren ausdifferenzierten, geschmäcklerischen Spezialistenverstand einfach und klar denkt – und damit rechnen die Gentleman-Gangster nicht. Sie sind blind in den Hochmut ihrer Kompliziert-

heiten versunken. Oskar Werner fragt den Kommissar sogar, ob die Polizei überhaupt derartig raffinierte Abspielgeräte besitzt, um so ein Video analysieren zu können; falls nicht, sagt Werner, würde er gerne seine Anlage zur Verfügung stellen. Ja, ja, die Höflichkeit ist das beste Mittel der Häme, aber davon will ich gar nicht reden; ich habe andere Sorgen.
Man merkt doch, daß man vom Hundertsten ins Tausendste kommt. Das ist das Wesentliche der Kultur, vom Hundertsten ins Tausendste zu kommen. Es gibt so viel von ihr. Kultur existiert derzeit in der Form ihrer reinsten Inflation, und deshalb haben so viele Menschen das Gefühl, daß gerade zu wenig Kultur da sei, und deshalb gibt es immer mehr von ihr. »Kultur ist eine Wachstumsbranche«, sagen die praktisch orientierten Gelehrten, aber davon will ich gar nichts mehr sagen, es ist, wie gesagt, ja schon oft genug gesagt worden.
Ich will von etwas anderem reden, nämlich von der Stimme, von dieser Rilke-erprobten Stimme Oskar Werners. Er hat nämlich seinen Mörderauftritt bei Columbo selber synchronisiert, und da war seine Stimme nicht mehr die des Prinzen Heinrich von damals, die leicht war und filigran, säuselnd wie eine sanft gestrichene Geigensaite, melodiös wie ein Riesenorchester aus lauter kleinsten, allerfeinsten Instrumenten. Nein, da war schon seine andere Stimme, eine Laute verschluckende Stimme, schwer geworden, undeutlich, mit allen Akzenten auf den Hohlraum, auf die Resonanz, er sprach mit schwerer Zunge, er war ein heiliger Trinker geworden. Es war nicht allzu lang vor der Zeit, in der er sich auf der Bühne lächerlich machte, auf die menschlichste Weise; als Prinz Friedrich von Homburg schritt er mit gelöschtem Durst aus den Kulissen, und, so wird berichtet, wenn er seinen Auftritt als nicht gelungen empfand, kehrte er einfach zurück und dann wieder. Er hatte mit einer unmenschlichen Vorstellung

von Genialität gelebt, an der er menschlich zugrunde gegangen ist. Er hat, während er sich überlebensgroß vorkam und in den Himmel wuchs, keinen Boden unter den Füßen bekommen. Er konnte nicht Fuß fassen, er fiel ins Leere, ins Nichts, ins Grab, in diese Ausnüchterungszelle des Lebens. Ja, kam dieser Fall davon, daß er ein Schauspieler war, daß er nicht selbst die Kunst konnte, die er mit der Unbedingtheit eines Schöpfers anschwärmte, und weil er kein Schöpfer war, lebte er vielleicht deshalb mit diesem aushöhlenden Widerspruch so taumelnd, so ratlos? Kann man nicht wissen, kann man alles nicht wissen, aber das Leben und Sterben unserer Nächsten (je weiter sie von uns entfernt, je berühmter, je »prominenter« sie sind), ist immer für eine Metapher gut zu gebrauchen. Und wär's ein Mißbrauch – ohne ihn und seine Metaphern wüßten die Leute noch weniger voneinander.
Oskar Werner, diese Stimme war auch bei Columbo noch ein Kosmos, eine Welt, ganz nahe der Grenze zur Manieriertheit eines schauspielernden Gecken: Das Dilettantische, das durch die Rauheit der Trinkerstimme sich Platz schuf, rettete ihn künstlerisch. Aber gegen Columbo hatte er keine Chance; der klärte den Ingenieursmord schnell auf: Auf dem Video war eine zeitliche Verschiebung oder eine räumliche passiert. Der Gegenbeweis wurde also zum Indiz der Überführung. Wenn man genau hinsah, konnte man es genau sehen: Eine Person war von links, also eher von rechts?, und der Blumenstock fiel vorn?, und zwar um 20 Uhr, ich habe es, verdammt, nachgerechnet und nachgerechnet. Nichts, ich habe nichts verstanden; vielleicht war er gar nicht, dieser Ingenieur und Prinz Heinrich von Falstaffs Gnaden (den spielte damals Schomberg, was ist nur aus ihm geworden?), vielleicht war er gar nicht der Mörder; vielleicht war es nur ein Trick Columbos, Rache schon wieder an einem, der etwas besser kann, als

es die Polizei erlaubt, die ja mit der Disziplin des Mordandichtens nicht ihre schlechtesten Erfahrungen gemacht hat. Ich tat das einzig Mögliche, schloß die Beweisaufnahme ab und löschte das Video. Kein Columbo mehr über meine Schwelle, nichts von dieser triumphierend getarnten Kraft, von dieser Überwältigungslust der Dauersieger.

Ich will nämlich von dem reden, was *mir* den Atem raubt, nämlich von der Schwäche und davon, wie grandios sie wirkt. Man muß nur Carlos Kleiber dirigieren sehen. In den Wogen der Musik schwankt er wie das Rohr im Winde. Wie ein Fiedelbogen gibt er der Macht der Töne nach, und er hält sich fest an einem kleinen Vorbau, an einer kleinen Brüstung, die ihn vom glotzend-hörenden Publikum trennt. Dieser Dirigent sieht aus, als könnte er kein Wässerchen trüben, und dennoch putscht er das Orchester der Routiniers, die Wiener Philharmoniker, zu Höchstleistungen bei der Pizzikatopolka auf, beim Radetzkymarsch, einer Triumphmusik aus Tagen seltener militärischer Erfolge der eigenen Truppe, gehen selbst einheimische, will sagen eingefleischte Zyniker weinend in die Knie. Den beamteten Langweilern mit ihren Instrumenten, diesen Sektionschefs-Musikanten sitzt plötzlich, neben der Pensionsberechtigung, der Schalk im Nacken. Sie haben zwar nicht den Esprit, den sie vortäuschen, aber sie zitieren ihn auf einmal ganz ordentlich: Walzer, Walzer! Kleiber tut beim Dirigieren kaum etwas, noch weniger wäre gar nichts, etwas mehr wäre schon zuviel. Er deutet nur alles an, mit der Gelassenheit eines Versunkenen, der, und niemand weiß wie, dennoch führt. Er hat sich zum unaufdringlichen, aber dennoch unverzichtbaren Element der hier und jetzt stattfindenden Musikalität gemacht. Bei der Polka »Stadt und Land« läßt er oft und gerne beide Hände scheinbar schlaff herabhängen, um bloß mit dem Oberkörper die ohnedies schon gewaltige Energie des Orchesters gleichsam in Schüben zu vermehren. Dabei kommt es zu Momenten, in denen der Dirigent überhaupt aufhört, sich zu bewegen; diese Momente wirken sozusagen wie ein Trampolin für die gleich darauf wieder hochschnellende Spannung. Es bedarf ja manchmal der Impulse, und Kleiber, der seine Hand oft scheinbar lässig an der Hüfte stützt, ist ein Verzögerungskünstler. Sein absoluter Sinn für Spannungsabläufe läßt ihn dann zum einzig denkbaren Zeitpunkt eben jene Hand energisch fordernd gleichsam ins Orchester »hineinwerfen«, sodaß sich die musikalische Spannung ins explosionsartige Finale entlädt. Es ist unbeschreiblich, es sei denn in den Worten der Zeitung: »Allein der sich aus dem Nichts entwickelnde Beginn von Otto Nicolais Ouvertüre zu ›Die lustigen Weiber von Windsor‹ hatte in seiner zarten Bestimmtheit wahrhaft singuläre Qualität, die in Carlos Kleibers aufs wesentliche reduzierter, gerade dadurch bezwingender Gestik ihre kongeniale wie ursächliche Entsprechung fand.«

In diese kongenialen und ursprünglichen Entsprechungen, in dieses pulsierende Geflecht fällt der größte Mist hinein, eine Beleidigung des Auges und der Wiener Seele, die ja schon von diesem Johann-Strauß-Film eines gewissen Marvin Chomsky in schwerste Mitleidenschaft gezogen war. Der damalige Burgtheaterdirektor Peymann hat einmal bemerkenswerterweise gesagt, die Kantine des Burgtheaters wolle er nicht betreten. Darin »wienere« es zu sehr. Ich dachte, das wäre nur einer dieser Aussprüche, die unvermeidlich sind, wenn man den Alltag mit Wienern, die im Notfall schnell zu igelhaften Cliquen mutieren, verbringen muß. Aber der Ausdruck hat analytische Kraft von terminologischen Qualitäten; es »wienerte« tatsächlich in dieser internationalen Johann-Strauß-Film-Fernsehproduktion; die Synchronstimmen waren alle auf wienerisch eingestimmt, auf ein scheußliches Fiakerdeutsch, ein Sprachgulasch aus historischen, übriggebliebenen, stinkenden Zutaten. Und der Hauptdarsteller schlug einen nicht existierenden Takt, er hämmerte irgendeinen Musik sein sollenden Rhythmus durch die Luft, zeichnete mit seinem Geigenbogen einen ekelerregenden Wirbel in die Atmosphäre. Aber es war ein Blick in die Zukunft: Von nun ab wird der Österreich-Mythos nicht mehr daheim gemacht, die Abzeichen unserer Provinzialität werden international hergestellt. Herr Ernst Wolfram Marboe, der damalige TV-Intendant, schlawienert bereits in den Flughäfen und Hotelhallen umher. Er führt einen Sack Klischees mit sich, Gemeinschaftsproduzenten riecht er zehntausend Kilometer gegen den Wind, und dieser Wind hat den Mist in die Pause des Neujahrjahrskonzerts hineingeblasen: Einen Film über Wien, aber ganz nach den ästhetischen Maßstäben der Europäischen Wirtschaftsgemeinschaft, eine wahrhaftige Eurovision. Wien unter einer Zuckerschneeglaskugel, dazu erschallt, zu Scheiße zerquirrlt, von Johann Strauß die Musik. Bratfisch-Österreicher dienern sich am Kutschbock durch die Gegend, Fiaker sind omnipräsent, in Schönbrunn überquert ein einsamer Herrenreiter auf schuhpastabraun gestriegeltem Pferd die Fiakerroute. Aus dem breiigen Schwachsinn im Schnee lugt plötzlich »Der Kuß« von Klimt hervor, später erscheint, lasziv hingestreckt, eine Frauenfigur, natürlich von Schiele gemalt. An allen Wiener Ecken stehen im Neujahrsschneesturm lustige Kapellen und geigen den Passanten was. Diese wogen und wiegen sich, je nachdem, wie sie angespielt werden, ein Volk der Tänzer. Die Stadt ist aufgedonnert wie ein Christbaum, sie hat sich in ein illuminiertes Recreationcenter verwandelt. Wenn der starke Arm der EU es will, stehen hier alle Räder still, und die Stadt steht da als Produkt, als Ausgeburt internationaler Designerekstasen. In diesem Wien der Werbefritzen zerrinnen die Zeiten gemütlich, sammeln sich zu dieser einen Unzeit, in der ein Mozartköpferl aus dem Rokoko im Aufzug des Hotels Imperial sich über ein Micky-Maus-Heft beugt. Redouten finden hier überall statt, kostbar maskierte Wesen bevölkern die Passagen, und nur ein einsamer Bierführer mit seinem schwer dahintrabenden Pferdegespann verkörpert die Schönheit des Wiener Proletariats. Das Gasthaus Ubl im vierten Bezirk mimt ein Altwiener-Beisl. Aber wer spielt den Wirt? Den Mann kennt man doch. André Heller – ist es nicht. Es ist (man erblindet über dem Anblick) der in eine kafkaeske riesige weiße Schürze gewickelte Carlos Kleiber. Aber das ist nur die Nebenrolle in dem geräuschvollen, fast sprachlosen Stummfilm. Die Hauptrolle spielt ein junger hübscher Franzose, ein Mensch von offenem, da leerem Gesicht, ein Model, das nichts zu verbergen hat, bei dem alles vom vielen Vorzeigen offen daliegt. Das Model sieht vor dem Hotel eine Ballettänzerin, die ihrerseits auch einen Model-Termin wahrnimmt. Sie windet sich erotisch vor einer Kamera, wirft eines ihrer endlos langen Beine nach dem anderen von sich, läßt die Füße im Knöchelgelenk kreisen, emanzipiert ihren Rumpf vorübergehend von der Hüfte und blinkt mit den Augen unter einen Zylinderhut. Sektreklame wahrscheinlich – immerhin hat sie den jungen Franzosen erblinkt, der sie bald darauf gewiß mit der coolsten Schmierigkeit der Welt lieben wird. Zuvor aber muß er noch den Holzbauer anrufen. Es ist nämlich so: Wie aus der Vorschau zu erfahren war, handelt es sich bei dem jungen Model aus Frankreich um einen Architekten, und was soll ein französischer Architekt in Wien schon tun, als den Holzbauer anzurufen, wenn er die Geheimnummer von Hollein in Paris hat liegenlassen. Es kommt zu einem Telefonge-

spräch, bei dem die verständlichen, ewigen Worte fallen: »Vienne est mervellieux«, und dann sieht man gleich den jungen Franzosen im Fachgespräch mit Holzbauer, dem international bekannten Architekten aus Wien. Die beiden Fachleute weisen auf diesen Plan, auf jenen Plan, sie schreiten eine Galerie von Modellbauten ab, Spielzeughäuschen für den Laien nur, aber für die Kenner die Vorstufe zum Endgültigen, wenigstens zum endgültig Hingebauten.
So kommt Holzbauer ins Spiel, und er schlägt sich wacker bei dieser internationalen Produktion. Man sieht, wie er sich ins festliche Geschehen stürzt, leutselig und verschwitzt prostet er ständig den Mitgliedern einer vom Sekt schon aufgelösten Gesellschaft zu. Das gibt ein Mordshallo, und nach dem vielen Saufen im noblen Ambiente treffen die Wiener, weil sie halt so sind, sich am Würstelstand, auf dem zur Orientierung in riesigen Lettern Würstelstand steht. Übrigens zeigt der Film kein einziges wirkliches Würstel mit Senf, selbst das Gewöhnlichste, der Würstelstand, darf hier nur als sterile Kulisse passieren. Am Würstelstand stellt sich heraus, was für eine Schlüsselperson der Architekt Holzbauer in dieser weltläufigen Dramaturgie darstellt: Als Bonvivant kennt er natürlich die ebenfalls zum Würstelstand geeilte Ballettänzerin, und er kann seinem französischen Gast, dem er, als Künstler, das Kodakcolorleuchten in den leeren Augen sofort anmerkt, entgegenkommen. Er stellt ihm die Dame vor, und die Präliminarien einer französisch-österreichischen Begattung können beginnen. Hier ist Gott Amor in ein Sirupfaß gefallen, ein Hauch elendster Süßlichkeit verpestet im Dienste des Fremdenverkehrs das Gemüt. Womit aber mein Erlebnis noch nicht erzählt ist, bloß die Vorgeschichte davon.
Ich habe sie im sanften Understatement vorgetragen, und in ihr scheint mir ein Rätsel verborgen zu sein, dessen Lösung

vielleicht in jenem eingangs erwähnten Wirtshaus zu suchen wäre. Das Wirtshaus liegt unweit vom Hotel Imperial, welches nicht nur für den Film seine Schuldigkeit getan hat, sondern im Hotelrestaurant »Zur Majestät« dinierte Maestro Carlos Kleiber nach dem Konzert sein Festmenü: Carpaccio mit Spargel, gesulzter Ochsenschlepp und Wildlachs. Während dies geschah, dinierte mit Gästen im selben Haus der Bundespräsidentschaftskandidat Streicher, ein leidenschaftlicher Amateurdirigent, und im Marmorsalon ließ TV-Programmintendant Ernst Wolfram Marboe groß tafeln. Dort gesellten sich später Carlos Kleiber und Rudolf Nurejew unter Scherzen hinzu. Es war Nurejew (der in glücklichen Momenten ein bisschen wie Klaus Kinski aussehen kann), den Kleiber – ob einiger Dirigenten-Aktivitäten des Tänzers – gleich als »Herr Kollege« titulierte. »Hoppla«, meinte da Starmoderator Walter Cronkite, der, Gott sei's geklagt, schon zum achten Mal das Neujahrskonzert für das US-Publikum kommentierte. »Hoppla«, meinte er auf offener Szene, »und was ist mit mir?« Das wollten wir immer schon wissen, was mit ihm ist. Aber er gibt keine Auskunft, er will nur ein Versprechen eingelöst haben, denn: »Eben hat mir Freund Marboe versprochen, daß ich 1992 für ›Licht ins Dunkel‹ den Radetzkymarsch, Stars and Stripes und einen Walzer dirigieren darf.« Ja, so kommt schließlich Licht ins Dunkel: Das sind Dirigenten, alles Dirigenten ... Rechts um die Ecke, wenn man beim Imperial hinausgeht und dann vis-à-vis auf dem Schwarzenbergplatz die Straße überquert, steht man vor dem Original des abgefilmten Würstelstands; es ist dort nichts los, ein einsamer Würstelesser krümmt sich über seine Wurst; schon jetzt verkörpert er das Bauchgrimmen, das ihn bald als ganzen Menschen fordern wird. Aus seinen Mundwinkeln tropft ein Fett-Senf-Gemisch, das der Esser mit schubweisen, hypernervösen Schlucken aus einer Bierdose in Aufruhr, das heißt in eine andere chemische Zusammensetzung bringt. Kein schöner Land in dieser Zeit. Wo das Beisl liegt, in dem ich das Erlebnis hatte, verrate ich nicht. Ich möchte nirgendwo auf der Welt Stammgästen schaden; es handelt sich nämlich um folgendes: Am Tag nach der Ausstrahlung von Neujahrskonzert und Pausenfüller saßen, aufs bitterste erheitert, einige Bauarbeiter im Beisl. »Der Holzbauer«, riefen sie, »der Holzbauer! Der Fensehstar, der Fernsehstar!« Sie überboten einander mit Rufen und Gesten amüsierter Empörung. Schließlich hieß es: »Im Fernsehen spielt er den Gent, trinkt auf jeden ein Glas«, und dann fiel der erlebnisträchtige und erlebnisstiftende, der endgültige Satz: »Aber wenn er auf die Baustelle kommt, dann kann er nicht einmal grüßen!«

Madrid. Es war März, als er in Madrid ankam; in Wien war noch dieser unaufhörliche Winter gewesen, diese Kälte, die durch Mark und Bein marschiert, begleitet vom Wind und von einer Dunkelheit: Ab 15.30 schien es, als wären alle Wiener Lebenslichter ausgeblasen. Hierzulande, dachte er (sich fad übers Klima beklagend), muß man sich damit begnügen, im halbtoten Zustand zu leben, fröstelnd.
Und in Madrid? Der Flughafen (es war 22 Uhr), lag, so sagt man, »wie ausgestorben« da; einige Repräsentanten des Staates standen unbeflissen umher; Guardia civil – die Männer mit den Plastikhütchen nach Regeln strengster Geometrie? Franco, in Spanien kam so leicht das Wort Franco über die Lippen; Franco war schon lange weg – das war ein anderes Spanien, in dem er gerade angekommen war. Aber, sagte er sich stolz, die umstehenden Staatsrepräsentanten musternd, seinen Paß vorzeigend, ich kannte Spanien schon, als Franco noch da war. Seine größte Enttäuschung damals, der Norden Spaniens: Sieht aus wie die Steiermark. Siehst du, hatte er sich damals gesagt und erinnerte sich heute daran, überall, wohin du fährst, ist die Steiermark schon vor dir da: die satten Wiesen, das Grün der Wahlplakate, die grüne Mark und Pein.
Damals war Hochsommer, spanischer Hochsommer, das heißt, es war sehr kühl im Norden, so wie oft in der Steiermark. Sie waren im Zug durch einen Ort namens Palencia gefahren, und beim Anblick der Ortstafel hatten sie begonnen, einige Spanier zu Tode zu erschrecken mit dem Gesang: Palencia …
Und jetzt, wie war es jetzt in Spanien in einem der Märzmonate nach Franco? Es war bitterer Winter. Nach 22 Uhr die vollendete Dunkelheit, eine Nacht schwarz und ölig wie das Haar eines argentinischen Tangotänzers, bitter kalt: Der Be-

sucher hatte ein Verletzung am Fuß, eine seltsame unerkannte Beschwerde, ein Rätsel für die Ärzte, und er konnte nur in Hausschuhen gehen: Er schlurfte zum Taxi, ein Taxi, ein Königreich für ein Taxi.

Auf dem Madrider Boden lag grau und hoffnungslos Schneematsch; jetzt begann es allmählich zu schneien. »Taxi?« Er hatte Sehnsucht danach, endlich aus seinen Hausschuhen herauszukommen, die Patschen zu strecken, in sein Hotelbett zu fallen. Der Mensch ist leider so gebaut: Hat er eine Beschwerde, nur eine einzige, so kann er sich doch ganz krank fühlen. Damals, als er zum ersten Mal in Spanien war (das Taxi fuhr nun durch die Vorstädte von Madrid), fühlte er sich gesund, die Füße waren sogar gestiefelt, aber ein Hotelzimmer war nicht in Aussicht: Schlaf in Straßengräben, niemals soll man Gräben zuschütten! Geschlafen an den wichtigsten Verbindungsstraßen Franco-Spaniens, an den bedeutendsten Kreuzungen dieses Fast-Kontinents. Aufgestanden zum ersten Tageslicht, um den ersten Wagen zu begegnen: Hitch-hiking – Hand vor – Finger raus – winken –, aber abends, um weiterzukommen, immer in den Zug, kein einziges Mal mitgenommen von den Wagen, umsonst den Schlafplatz gewählt an den Autostraßen.

Idealistische Theorie darüber, erstens, die aggressive Variante: Die Spanier sind so stolz, daß sie einen Bedürftigen verachten; einen, der mitgenommen werden will, nehmen sie niemals mit, wenn er sich so weit erniedrigt, seinen Wunsch zu zeigen. Idealistische Theorie, zweitens, die verständnisvolle Variante: Spanier sind so stolz, daß sie es nicht ertragen können, jemandem ins Gesicht zu schauen, der nicht gleich stolz ist wie sie: ins Gesicht, das dieser Jemand, ein Niemand, gerade durch die Demonstration seiner Bedürftigkeit am Straßenrand verloren hat. Sie lassen ihn stehen – nicht um ihretwillen, sondern um seinetwillen, um ihn vor dem Erfolg seiner Demütigungen zu verschonen.

Im Taxi, die schweren starken spanischen Zigaretten, ein rauher, schneidender Reiz für die Lunge, und schon zuvor: das einschneidende Erlebnis des Gaumens, wenn der Sog, der pervertierte Atem, den Rauch hinunterzieht, nachtschwarzer Tabak. 22.45: Das Taxi fuhr immer noch an den Vorstadt-Neubauten vorbei, Madrid ist eine sehr reiche Stadt, das heißt, sie hat, wie jede reiche Stadt auf der Erde, sehr viele Arme. Immerhin lebten links und rechts der Straße noch Untergebrachte. Aber was war das? Sozialdemokratischer Wohnbau, Francos Erblast, internationale Flughafenzubringerlandschaft?

Aber die Stadt, die Stadt Madrid ist die schönste Stadt der Welt: eine Großstadt, die Straßen hinauf und hinunter, über Hügeln und durch Täler hindurch, eine künstliche Natur, die Stadtlandschaft der Natur – Madrid, überall Banken aus Lateinamerika, ein ewiger Umschlagplatz, und was der Fremde in seinem Taxi nicht wissen konnte – in zwei Tagen wird das Wetter umschlagen: Sonne, stechende Sonne, mitten im Winter, bald eine kochende Stadt, der Rückflug aus Madrid wird in den Winter heimführen, das heißt: Grippe. Erkältungskrankheit für einen von Madrid durch und durch erhitzten Fußmaroden, der Klimaschwankungen wegen, wegen der Schwankungen zwischen dem dort gebliebenen abgetakelten Winter und der plötzlichen, unwiderruflichen Hitze hier in Madrid.

Die Berge, die die Stadt auf der einen Seite eingrenzen. Am Ende wird der Fremde in der österreichischen Botschaft gewesen sein, ein thailändischer Diener bediente Seine Exzellenz, den Botschafter von Österreich, und der Gast, der auf seiner Vortragsreise auch vom Botschafter eingeladen wurde, heftete den Blick aufs Gebirge durch die Glasfenster der prunkvollen Residenz …

Das Licht von Madrid. Im Taxi zum Hotel phantasierte der Besucher das Licht von Madrid, wie er es von damals her kannte; es hatte ihm seinerzeit in einen Ohnmachtsausbruch hineingeleuchtet, seinerzeit, in einem Park von Madrid: diese laue, träge Parkdämmerung, diese von der Geometrie der Gartenarchitektur gequälten Riesenbäume, die Schatten nicht spendeten, sondern aufdrängten, und diese Schrekkensbilder des Monumentalen: Helden standen auf Fundamenten, große Täter der Geschichte Spaniens.

In den Jugendherbergen waren sie Herbergsväter. Als Losverkäufer arbeiteten sie auf den Gehwegen; in den Parkanlagen, da waren sie die Parkwächter – einarmige Menschen oder nur mit einem Bein fest auf der Erde Stehende, die Kriegsopfer der richtigen Seite, Versehrte, die kein Monument, aber ihre Jobs von Franco in Dankbarkeit Amen bekamen, und wer auf dieser Welt den Bürgerkrieg gewinnt, der darf über die Bürger herrschen, sein langes, langes Leben lang.

Das Taxi fuhr vorm Hotel vor, ein grauer Kasten von moderner Imperialität, mit dunkelbraunen, ganz alt gewordenen Ledersesseln in der Lobby, Staubduft in der Luft und grell scheinenden Lampen, als bestünde ein Grund, dieses Ambiente stolz auszuleuchten. Die alten Zeiten waren vorüber, morgen würde der Madrid-Besucher über »Das Wien der Jahrhundertwende« vortragen und sich dann in das Leben von Madrid stürzen.

Fußverletzung

Es geht leidlich
das heißt
ich leide
beim Gehen
durch Madrid

Die Madrilenen
und von zu Hause
mitgekommen
Personen
so stickig
so lange nicht
zum Lüften
ausgehängt
in ihrer Stadt

An mir
kommst du vorbei
mit den Gesichtern
der Vorübergehenden
obwohl du
nicht hier sein kannst
niemals hier warst
niemals hierher gehörst
nach Madrid

Ich
an der frischen Luft
schleppt sich
schmerzenden Fußes

Die Personen
klagen nicht
bestellen klaglos
ihren Anteil
an der Stadt

Darf ich
den Schund meines Daseins
für euch aufsammeln,
euch humpelnd
ein Stück meines Lebens begleiten?

Apokalypse. Plötzlich höre ich eine Stimme, ich weiß nicht, woher sie kommt, dafür höre ich aber überdeutlich den Satz: »Man muß sich an der Endzeit orientieren.« Bevor ich übereinstimmen, in den Abgesang einstimmen kann, wird mir klar, daß die Stimme aus einem Radio kommt; es war nur ein Sportreporter, der, weil er bei einem Schirennen mit den Zwischenzeiten nicht zurechtkam, in aller Ruhe empfahl, sich an der Endzeit zu orientieren.

Kleine Einführung in den dialektischen Masochismus. Hat man nichts anderes zum Spielen, dann kann man mit Begriffen spielen, zum Beispiel nachsehen, was sie bedeuten. So ein Spiel hat selber nicht viel Bedeutung, und vielleicht ist es bloß die vergeistigte Form der bekannten kindlichen Praxis, die Lieblingspuppen, und nicht zuletzt sie, aufzubrechen, um zu sehen, was drinnen steckt. Nehmen wir also den Begriff »Raunzen« und glauben wir nicht, Raunzen sei eine Kleinigkeit, über die es sich nicht nachzudenken lohnt. Raunzen, auf den ersten Blick oder besser auf den ersten Laut kein schlechtes Wort: Es entspricht schon im Klang seiner Bedeutung, es teilt sich dem Begriffsvermögen gleich übers Gehör mit: die Sinne und der Sinn. Raunzen. Aber was hört man dem Wort eigentlich an? Vielleicht kann man es so sagen: Man hört aus dem Wort Raunzen eine Schwäche heraus, eine Schwäche, die allerdings außerordentlich viel Kraft hat, und zwar Kraft, um sich die Schwäche mitzuteilen. Für den rhetorischen Charakter des Raunzens braucht man nur an den Raunzer zu denken. Ein Raunzer, das ist ein Redner von gebrochener, aber hartnäckiger Gegenwart. Er krümmt sich – zum Beispiel – über den Gasthaustisch, raunzt weinerlich glücklich, im Auge das Böse, das er getan hat und das er noch tun wird, aber auch das Böse, das ihm selber angetan wurde.

Man neigt dazu, das Raunzen ein bissel zu verniedlichen. Es ist, weil dabei nichts herauskommt, so eine Art Tick, und grenzt man aus dem Raunzen das Böse, das Niedergeschlagene aus, dann wirkt der Raunzer ganz liebenswürdig – aber nur in Film, Funk und Fernsehen, denn in Wirklichkeit sieht ein Raunzer seine Lebensaufgabe darin, an den Nerven der anderen tüchtig zu sägen. So ist Raunzen »dialektischer Masochismus«, eine Konstellation aus Gedanken und Gefühlen,

die so aussieht, als quälte man sich selber, während man mit Sicherheit die anderen quält.
Aber man irrt, wenn man das Raunzen auf die gekrümmte Gestalt des einflußlosen Faslers im Wirtshaus reduziert. So einer ist leicht außer Kraft zu setzen, es gibt dagegen ganz mächtige Raunzer. Ja, sogar viele, die Macht haben, raunzen – nicht nur, weil sie damit bei ihren Bittstellern um Mitleid werben, um die Einsicht, daß sie, denen es selber so schlecht geht, niemals etwas geben können. Raunzende Machthaber postieren sich auch im selbstgemachten Szenario, in dem es für sie keine Verantwortung gibt, weil ohnehin nichts jemals in ihrer Hand war.
In Österreich, der Heimat des Raunzers, kennt man zum Beispiel ein journalistisches Establishment, deren Vertreter – mittelalterliche Männer mit harten, klaren Gesichtern – gelegentlich im Chor darüber raunzen, daß es im ganzen Land keine ordentlichen Zeitungen gibt. »Oh«, stöhnen sie, »die *Zürcher Zeitung*«, und »ah, die *Frankfurter Allgemeine*« und »hm, die *Süddeutsche*«, aber ach, raunzen sie, für so was gibt es hier ja keine Leser, und überhaupt, es gibt auch gar kein Kapital dafür, um *die* Zeitung zu gründen, in deren Rahmen sogar sie selber jene großartigen Journalisten sein würden, die die Umstände sie nicht sein lassen. Raunzen ist immer eine Antwort auf eine Ohnmacht, und sei es auf eine angemaßte; es ist eine Antwort auf eine Impotenz, die man durch Taten nicht beseitigen kann oder besser gar nicht beseitigen möchte, ohne allerdings andererseits in der Lage zu sein, diese Ohnmacht zu ertragen. Sie ist einfach unerträglich! Raunzen erweist sich dann als einer der dritten Wege zwischen Tun und Nichtstun: »Ja, was man täte, wenn man es täte«, das teilt uns der Raunzer mit – um sonst nichts zu tun. Nicht wenige Raunzer sind selber die Verursacher der Behinderungen, die

sie beklagen, und indem sie Klage führen, während sie das Gegenteil von dem tun, was sie raunzend als das Gute preisen, lenken sie zumindest unter ihresgleichen den Verdacht erfolgreich von sich ab. Gerne sind die Raunzer miteinander, denn nur die, mit denen man die Ohnmacht teilt, wissen, was sie bedeutet. Allerdings gibt es Ohnmacht wirklich, und oft kann man tatsächlich nichts tun. Sollte man da auch noch aufs Raunzen verzichten, und ist dieses Produkt der Ohnmacht, das Raunzen, tatsächlich ausschließlich von der dargestellten, verschleiernd-profitablen Art? Es gibt auch eine andere Auffassung, nämlich: Wer weiß, was der heute noch über den Gasthaustisch gekrümmte Raunzer bereits morgen unternimmt? Furchtbar kann es sein, aber auch erlösend. Eines aber kann man schon vom Begriff her keinem Raunzer vorwerfen, daß er unmittelbar in die Kakophonie der allgemeinen Zustimmung mit einstimmt. *Er* raunzt – aber überall, wohin man sonst blickt, lauter happy people mit allem, was *sie* benötigen. Der Raunzer, ein dialektischer Widerstandskämpfer? Na ja, das Raunzen jedenfalls ein Begriff – einfach zum Nachdenken.

Nachricht. In Genua litt einer tagelang wahnsinnig unter Zahnschmerzen. Als er es überhaupt nicht mehr aushielt, legte er sich im Bahnhof auf die Schienen. Hunderte Reisende, die am Bahnsteig warteten, sahen teilnahmslos zu. Nur ein farbiger Einwanderer reagierte: Er riß den Mann im letzten Moment von den Geleisen. Der Polizei erklärte der Gerettete: »Jetzt suche ich mir einen guten Zahnarzt.«

Kärntner Elegie

Entfremdet
Verstimmung am Wörthersee
Vor den Telefonzellen
In Krumpendorf
Drinnen schon lange
Die Gäste
»Liebe Mutti«
Zusammengepfercht
Wie im Leben
So auch in der Zelle
Mann und Frau der BRD
»Liebe Mutti
Das Wetter ist schlecht
Das Essen ist gut
Liebe Mutti«

Verstimmung am Wörthersee
Die Türflügel
Der Zellen
Österreichische Bundespost
Zittern einander
Wie Rasierklingen
Entgegen

Entfremdet
In Krumpendorf
Auch ich hab sie aufgeschlagen
Die Frankfurter Allgemeine
Auf der Seite
Mit dem Gedicht:
»Nichts gesucht und nichts gefunden

Hier im heißen Schatten der Arkaden
Still brennt draußen der verlassne Platz.
Warum kam ich? Warum blieb ich?
Alle Häuser sind verschlossen.«

Verstimmung am Wörthersee
Nur der Wertkartenfernsprecher ist frei
Aber wer hat schon
In solchen Zeiten
Die Wertkarte mit dabei?
Vom See her weht kein Wind
Zum See hin weht kein Wind
Alle Häuser sind verschlossen
Und die Stimmen kommen aus den Zellen
Blechern fällt der letzte Schilling
Und von unten
Sieht man die Sandale
Verdickt darin
Gesundheitsschuh
Ein kranker Fuß

Verstimmung am Wörthersee
Entfremdet in Krumpendorf
»Liebe Mutti
Vor den Zellen
Brennt draußen
Kein verlassner Platz
Und unter den Arkaden hat hier keiner was zu suchen
Verstimmt, entfremdet
Als sie wegfuhr
Meine deutsche
Schrieb sie
Könntest Du

Für mich
Dem Mädchen
Das mich weckte
Geld geben
(ich hatte nur mehr großes)
Bitte schick mir
Auch den Schirm
Ich glaube
Ich habe ihn
Am ersten Abend
Im Seehotel vergessen.

Nichts gesucht und nichts gefunden!

Geht nix?
Fragt eine Frau
Einheimisch
Zu Hause ist alles besetzt
Entfremdet am Wörthersee
Verstimmt in Krumpendorf
Dieses Telefon
Kann Leben retten
Zerstört es!

Alles schon gesungen. Eine Chorsängerin ist zur Solistin aufgestiegen: Sopran. Diesen Aufstieg hat sie nicht verkraftet (wer könnte das schon! Allein auf der Bühne stehen …), aber wie die einen aus solchen Gründen arrogant werden, habituell herabschauen, werden die anderen demütig. Niedergeschlagen heftet unsere Sopranistin ihren beinahe verzweifelten Blick auf das Publikum, also auf irgendwen, der zu ihrem Auftritt in Massen kommen soll. Sie sagt, daß sie dankbar ist, und konzentriert ihre Dankbarkeit auf eine Maxime voll von falscher Euphorie: »Ich würde überall und mit allen alles singen!« So groß ist die Angst, vom Publikum allein gelassen zu werden; wieder in den Chor zurückmüssen oder überhaupt …

Die Zeit, in der wir leben. Ein Literaturkritiker, der eines Tages zu Recht den Österreichischen Staatspreis für Literaturkritik bekommen haben wird, war bereits seit langem auf seine Rehabilitation aus gewesen; er hatte unter anderem etwas Besonderes angestellt, nämlich einen Menschen, der in einem Buch übel verzerrt dargestellt wurde, dazu verleitet, den Autor dieses Buches (oder den Verlag oder Gott weiß wen, jedenfalls den Zuständigen) zu klagen. Dem Kläger (der das Buch gar nie so richtig gelesen hatte, er versicherte stets glaubwürdig, von den Büchern dieses Autors jeweils nur ungefähr fünf Seiten zu lesen) gelang es, obwohl er es selber gar nicht so wollte (vielleicht wollte es seine Frau?), ein zumindest vorübergehendes Verbot des Buches zu erreichen. »Kein Verbot«, pflegte der Kritiker zu sagen, »nein, nur eine Zeit, ein Aufschub, damit geprüft werden konnte, ob das möglich ist, einem Menschen so ins Gesicht zu spucken, wie dieser Autor es in diesem Buch tat.« Ja, es sei ein christliches, ein katholisches Motiv gewesen, das ihn, den Kritiker, dazu bewegte, ein Opfer der wüsten Satire zu einer Anzeige zu bewegen. Da aber der Autor berühmt war, geriet alles dermaßen in Bewegung, daß es den Kritiker beinahe darunter begrub.

Es ist ein gutes Zeichen, daß er als Kritiker überleben konnte, denn es zeigt, daß diese Gesellschaft mit Kritikern niemals hart und rücksichtslos ins Gericht geht. Die Äußerung eines anderen Kritikers, es sei klar, wenn einer mit so einer Untat am Kerbholz als Kritiker überleben kann, daß der Beruf des Kritikers nichts, gar nichts bedeutet, diese Äußerung ist gegenstandslos, zumal ja der inkriminierte Kritiker deutlich sagte, Grund für seine Aktion sei nichts als das Kritische selber gewesen, nämlich die Frage, wie schreibe ich als Kritiker über diese Satire, über diese Verletzungen, die anderen durch sie zugefügt werden. »Wenn ich darüber nur so schreibe, mache ich mich doch als Kritiker mitschuldig an diesen Verletzungen, die einer einem anderen vor meinen Augen zufügt.« Außerdem sei es in jenen Jahren für einen Kritiker immer schwieriger geworden, die Werke des Verletzungen zufügenden Autors wertzuschätzen. Das Frühwerk ja, das Frühwerk habe der Kritiker stets und schon seinerzeit als von hohem Wert anerkannt, aber später, nein, da sei der Autor ausgebrannt gewesen, einem Kritiker sei es immer mehr zur Qual geworden, diese endlosen Tiraden des Autors, diese, ja, diese Endlosschleife seines Geredes zu ertragen. Erst seien da autobiographische Schriften gekommen, der Autor habe seine Lebenslinie nachgezeichnet, durchgepaust, aber nur entlang der tristen Vorzeiten seines Künstlertums. Da sei man bei allem Widerwillen und vor allem wegen der Wertschätzung seines Frühwerks doch gespannt gewesen, wie der Autor den Vorgang seines Künstlerwerdens schildern würde.

»Und dann dieses Buch«, pflegte der Kritiker zu sagen, »dieses Buch!« Darin habe der Autor nur wertvolle Menschen verletzt und obendrein die Objekte seiner Verletzung schmählich getarnt und sie gleichzeitig als andere kenntlich, das heißt doch wiederum unkenntlich gemacht. So sei, sagte der Kritiker immer wieder gerne, die Figur Y im Buch in Wahrheit X gewesen. Die X habe nämlich ganz deutlich all die Eigenschaften, die der Autor der Y andichtet. Wie kommt die Y dazu, in der Rolle der X sich aufzuführen … Es sei ganz klar die X gewesen, die sich damals eine Art Hof gehalten, Gesellschaften gegeben hat. Die X habe sich immer Gott weiß was eingebildet; »Salon« habe sie bei sich zu Hause gespielt, Gott weiß wen eingeladen. Sie habe doch immer bei Kreisky ankommen wollen, aber Kreisky wollte von ihr nichts wissen, Kreisky habe sie stehenlassen. Kreisky hielt es sowieso

mit W, der ja ein Feind von X war. Und so weiter sprach der Kritiker, in diesem informierten Sinn.
Nein, wer das Buch des wertvollen Menschen Verletzungen zufügenden Autors nicht gelesen hat, der könnte aus den Auskünften des Kritikers entnehmen, daß hier gerade das Buch vorlag, in dem der Autor niederschrieb, warum er Künstler wurde, und zwar nicht in dem Sinn, als ja daraus klar hervorgeht, warum einer, wenn er es verhindern kann, nicht Kritiker wird. Es muß das Buch gewesen sein, in dem der Autor niederschrieb, daß er so wie zum Beispiel dieser Kritiker nicht sprechen möchte, auch nicht so wie sie alle sprechen, die X, die Y, und ebenfalls nicht so wie die anderen über die X und die Y sprechen. Man braucht nur die Fähigkeit zu besitzen, die Sprache dieser Leute, ihre Allerweltssprache in dem Ausmaß widerwärtig zu empfinden, in dem sie es tatsächlich ist, und schon ist man ein Künstler. Als Künstler kann man die Sprache dieser Leute dann in einem Buch wiedergeben; es wird so klingen wie die Sprache dieser Leute, es ist aber ein Buch, in dem steht, warum einer ein Künstler geworden ist, nämlich um aufzuhören, diese Sprache zu sprechen. Das kann aber nur ein verletzendes Buch sein, weshalb der Literaturkritiker mit Recht eingriff und einen Verletzten suchte, in dessen Namen *er* Klage erheben konnte. Vielleicht wollte der Kritiker einen anderen schützen als den Verletzten, den er schließlich gefunden hatte, denn es gab in dem Buch einige Verletzte, mit denen der Kritiker gut war, und um das Gute ging es ihm ausschließlich. Der Kritiker drückte sich sehr gut aus, er kannte, wenn es um X oder Y ging, keine Schonung, und er sagte es in seiner Sprache ganz deutlich, daß sein Eingriff, seine Verführung zu einer juristischen Maßnahme gegen ein Buch die Sache seines Gewissens, seines *christlichen* Gewissens gewesen war – ebenso wie die

Sache seines kritischen Handwerks, des Versagens seiner kritischen Sprache vor dem Bösen, das sich in einem Buch breitmachte.

Ja, es gibt viele Arten von Kritikern: den Kritiker als Makler, der die Sachen an den Mann bringt, den Kritiker als Instanz, der sein Urteil über die Sachen an den Mann bringt, den rettenden Kritiker, der immer das zu unrecht Vergessene oder das Übersehene rettet, den freundlichen Kritiker, der für die mit ihm befreundeten Autoren die Kritikerhand ins Feuer legt, und dann gibt es den Kritiker, den man den operativen Kritiker nennen muß: Dieser schwadroniert im Vorfeld der Erscheinungen, er greift da ein, wo kein Kritiker sonst etwas zu sagen hat, er beeinflußt Erscheinungen und Nichterscheinungen, er wartet nicht ab, bis die Erscheinung da ist, er ist schon vor ihr da und behindert oder befördert sie. Der operative Kritiker, wenn er die richtige Moral und die Druckfahnen im voraus in der Hand hat, erweitert die Kritik um eine Dimension. Das hat Zukunft, es wird Überraschungen geben.

Aber was bedeutet das für die »Zeit, in der wir leben«? Nichts, denn das Detail, das für diese Zeit etwas bedeutet, wurde noch gar nicht erwähnt. Dafür ist jetzt Zeit: Den operativen Kritiker kann man auch anders sehen, nämlich als Schurken, der moralisiert. Er heuchelt die Hingabe an den höheren Zweck, in dessen Diensten er steht und für den er Mienen und Spiele macht. Er blickt gut gesonnen, voll der besten Absichten, wenn er von seinen Spielen erzählt. Auch der böse Blick, mit dem er gelegentlich aus sich herausgeht, hat seinen guten Sinn. Er muß versuchen, die Zweifler niederzupredigen. In seine Taten muß das Nichtgeschehensein einziehen, es müssen zum Vorwerfen größere Verbrechen her als die kleinen, derer man ihn bezichtigt und die er ohnedies nicht begangen hat. Er muß selber glauben, daß er es niemals gewesen ist, und er gehört auch zu den Glücklichen, die für die kostbaren Augenblicke der Selbstverteidigung so gut wie unschuldig sind. Sie haben ihr Eigeninteresse ganz fest an ihre Wahrnehmung gebunden und ihre Wahrnehmung ganz fest an eine unbestrittene Moral. Nicht alle Moralisten sind Heuchler, aber alle Heuchler sind Moralisten. Der operative Kritiker arbeitete schwer daran zu überzeugen. Er wußte: Getan ist nur, wovon die anderen wissen. Er mußte dieses Wissen überrumpeln, deshalb informierte er, daß Y in Wahrheit X gewesen sei, und daß X so und so durchs Leben ging, und daß Y doch nicht für X stehen kann, und schon gar nicht in einem Buch von diesem allgemein abgeschriebenen Autor. Die Informationen kamen von *innen*, Insiderinformationen; auf sie baut der operative Kritiker, sie hat er allen anderen voraus, und wenn er sie nicht hat, dann hat er den Gestus, als ob er sie hätte. Er ist ein Insider, ein Eingeweihter, der das Spiel kennt und der auf der Grundlage seiner Kenntnisse unternimmt, was den Bösen schadet. Damit kann er Außenstehende überzeugen, und es gibt derzeit bei jeder Tat mehr Außenstehende, die neugierig hören wollen, was war, als Insider, die dabei waren. Am Schluß entscheiden darüber, wie es eigentlich gewesen ist, die Außenstehenden, nicht durch Überlegung, sondern durch ihre Mehrheit. Die Gnade von einst hat im Akt des Glaubenschenkens überlebt. Viele stellen sich vor noch viel mehr hin und rufen keinesfalls: »Gnade, Gnade!«, sondern: »Glaubt mir! Glaubt mir!« Das hält Leute wie den operativen Kritiker in Übung, der, wenn er nicht überhaupt lügt, seine Vermutungen dringend für wahr hält. Es stimmte natürlich überhaupt nicht, daß Y X war. Es stimmte gar nicht, wie der Kritiker behauptete, daß man diesen Schluß aus diesem oder jenem ziehen müsse; es

war alles falsch, es verhielt sich ganz anders, aber wer konnte das wissen? In der Sprache des operativen Kritikers genügte die Behauptung, um so gut wie wahr zu sein, und das war genau die Sprache, die der Autor nicht sprechen wollte, weshalb er *sofort* Künstler wurde. In seinem Buch sprach er als Künstler die Sprache noch einmal und immer wieder und hielt sich den Spiegel vor und sagte in seinem Buch, er selbst spricht diese Sprache genau wie die anderen – was man lesen kann, als hieße es: Ich bin auch nicht besser als die anderen, denen ich es jetzt hineinsage, weshalb mir niemand ankann, denn ich streiche mich ja nicht als einen Besonderen heraus, sondern ich bin wie die anderen, denen ich es besonders hineinsagen darf, weil ich mich ja niemals über sie stelle, und weil alles, was ich sage, auch besonders mich trifft.
Man kann es aber auch so lesen, nämlich, als ob in dem Buch stünde: Wird diese Sprache einmal gesprochen, dann gibt es keinen Ausweg; diese Sprache hat kein Subjekt, alle reden so, und wenn man so redet, ist man wie alle. Es ist die Sprache der Aussichtslosigkeit, der bequemen allerdings, die sich vom Ohrensessel aus sprechen läßt, mit oder ohne Glas in der Hand, auf ein Abendessen wartend. Man muß viel sitzen, um die Sprache zu lernen; es ist eine beschauliche Sprache von Menschen, die sich wenig bewegen, die geistig arbeiten. Das Sitzen in den Sesseln macht viele böse, sie ersetzen ihren Bewegungsmangel durch Sprechen, und wer sie auch nur anspricht, spricht schon in ihrer Sprache. Böse sind auch andere, aber nicht alle sind derartig sprachlich orientiert. »Boshaft«, sagte der Kritiker oft und gerne, »ist natürlich ein jeder Mensch.« *Natürlich*. Aber die sprachlich Orientierten haben eine eigene Natur, sie kommt vom vielen Sitzen und von der Angst vor den Kritikern. Das macht durchtrieben. Schweigen wäre ihnen gegenüber angebracht, niemanden anspre-

chen und sich von niemandem angesprochen fühlen, aber der Autor wollte die künstlerische Aufgabe lösen, dem eigenen Künstlerwerden durch die Gestaltung ihrer Sprache ein Dokument zu verschaffen. Seine künstlerische Sprache führte jedoch notgedrungen zu ihrer natürlichen. Der Kritiker hatte das Wort, und Jahre danach (das ist nämlich das Zeitgemäße) übergab der Kritiker alle Worte, die damals gesagt worden sind, dem neuen Archiv für Literaturgeschichte. Dort ist jetzt der Briefwechsel einer vorübergehenden Erscheinungsverhinderung exakt archiviert, und die Archivare haben plötzlich eine hohe Meinung von dem, der ihnen sein Material, ein Geschenk, überließ. Der Schurke hat durch die Dokumentation seiner Schurkerei ein Publikum versöhnt, die Archivare fühlen sich beschenkt, und die Zeit heilt alle Wunden. Aus jedem Täter wird bald ein Zeitzeuge, auch bei größeren Taten als bei den kritischen: Ein kleinerer der historischen Untäter hatte sich jüngst »Historiker« genannt und gefordert, in erster Linie, vor allen anderen, zu Wort zu kommen. Er allein habe nämlich über die zur Rede stehenden Untaten Genaueres zu sagen. »Frauen«, schloß gestern der operative Kritiker in einer Rezension, »wanken zwischen Auflehnung und Duldung, Männer zwischen Heldenmut und Gemeinheit.« Dem Mutigen gehört die Welt, die Helden haben das Sagen, und so wanken und schwanken sie andauernd.

Die Dame mit dem Tablett. Ein Schauspieler des Burgtheaters hält eine Lesung in der Provinz. »Wir sind so froh, und es ist so selten, daß wir einen Mann von Ihrer Bedeutung hier haben.« Der Schauspieler muß sich das anhören, und sein Antlitz spiegelt virtuos ironischen Widerwillen. Die Leute im Saal lachen ihren Stellvertreter, den Einleiter und Vorsteller, nicht unfreundlich aus; sie sind nur ganz auf der Seite des Schauspielers und begrüßen auch dessen ironischen Widerwillen. Der Schauspieler konzentriert sich. Seine Konzentration ist zugleich das Signal für das Publikum, ruhig zu werden. Zu lesen ist ein sehr schwieriger Text, eine kitschige Erzählung eines gar nicht erfolgreichen Autors, der aber glücklich in dieser schönen Gegend wohnt. »Es wird immer ein merkwürdiges Erlebnis sein«, würde ein Snob mit Recht sagen, »wenn sich das Virtuosentum, die perfekte Kunst, das Burgtheater eines mißglückten Versuches annimmt.« Der Schauspieler stimmt sich auf das Drama des Textes ein, das Publikum ist schon hingerissen, aber da geht plötzlich die Tür des Saals auf, und eine Dame der Veranstaltungsleitung bringt auf einem Tablett eine große Flasche Mineralwasser mit zwei Gläsern. Einige Sitzreihen sind geschlossen, über ein paar Leute muß sie sogar drübersteigen. Der Schauspieler ist aus seiner Konzentration herausgerissen, und er mustert, noch ganz in das Drama des Textes versunken, die Dame mit dem Tablett. Sie hat ihn inzwischen erreicht und tut auf seinem Tisch herum, schiebt das Mikrophon weg, auch das Manuskript, und stellt Flasche und Gläser ab. Man spürt, wie sie sich im Brennpunkt der Aufmerksamkeit fühlt. »Es gibt absolut keine Chance«, würde der Snob sagen, »ohne Peinlichkeit und bei atemloser Stille eines Publikums einem Schauspieler Mineralwasser auf die Bühne zu servieren.« Dem Schauspieler sitzt der Schrecken im

Nacken; er wollte gerade das Beste aus dem Text herausholen und hatte sich zu diesem Zweck in den Text hineinversetzt. Das Publikum war mitgegangen – und jetzt diese Dame mit dem Tablett! Sie war wohl dazu erzogen, eher jede Peinlichkeit auf sich zu nehmen, als auch nur im geringsten von ihrer Pflicht abzulassen. Schon kehrt sie dem Schauspieler den Rücken, macht sich peinlich berührt auf ihren Weg durch die Sitzreihen, während es ihm tatsächlich gelingt, die Situation zu retten. Er hätte gekränkt reagieren können, es wäre nur verständlich gewesen, denn man stört die Meditation eines Menschen nicht. In der Meditation versammelt der Mensch seine besten Kräfte. Der Burgschauspieler hätte hysterisch schrill sagen können, wie komme ich in diesem Drecksnest dazu, von einer Serviererin in meiner Kunst gestört zu werden. Es hätte aber auch sein können, daß ihm die Kraft, sich umzustellen, verlorengegangen wäre: Es kostet nämlich sehr viel Kraft, aus einer Konzentration unverrichteter Dinge auszusteigen, das ist ein schrecklich schmerzhafter Leerlauf. Aber der Schauspieler hat sich einfach vom Text weg in die Wirklichkeit zurückgerufen. Dort hat er mit seiner Alltagsstimme gesagt: »Na, hoffentlich bringt mir jetzt nicht auch noch einer eine Jause.« Das Publikum lacht, und zwar, wie es richtig heißt, »erlöst«. Das ist auch die Leistung des sogenannten Humors, der einen dazu befähigt, die Blockierungen aufzuheben, um dem Wechsel von der einen zur anderen Situation ohne Lächerlichkeit entsprechen zu können. Der Schauspieler rückt das Mineralwasser weg, richtet das Mikrophon, blickt konzentriert ins Manuskript, stellt einfach den früheren Zustand wieder her. Dann spricht er mit dem gesamten Glanz seiner dunklen Stimme von einem Mann, der an einem Flußufer steht, und von einer Frau, die später hinzukommt, und davon, was aus den beiden werden wird.

Wut. Er empfand Wut gegen die Leute, die ihre Verschlossenheit wie auf einem Bauchladen vor sich hertragen und die ihr Schweigen (ihr Schweigen ist ihre Wut auf die Redner, auf die Rhetoriker, die sich in Wörtern gehen lassen) nur dann brechen, um sich über die eigene, höchst persönliche Verschlossenheit zu äußern.

M. Ein Zeichner geht durch Wien und zeichnet von Zeit zu Zeit mit Kreide auf das Trottoir ein großes M. Er spitzt jeden Balken des Buchstabens zu einem Pfeil zu. Ein paar Leute beobachten ihn, und sie wissen sichtlich nicht, was das soll. Er kümmert sich nicht um sie, schnellt hoch, eilt weiter und zeichnet an einer anderen Stelle ein neues M. Dort sind es wieder andere Leute, die ihn umstehen und sich (aber nicht ihn) fragen, was das soll. Nur wer länger bei der Sache bleibt, merkt es allmählich: Der Zeichner legt an diesem milden Maiabend eine Spur. Seine Buchstaben sind so verteilt, daß von einem M gleich auch das nächste zu sehen ist. Der Zeichner geht seinen Weg, und nach einer Weile erscheint eine kleine Gruppe (darunter vielleicht M? Oder ist M wegen seiner sich zum Pfeil eignenden Gestalt ein besonders richtungsweisender Buchstabe?); die Leute finden jedenfalls ihren Pfad vorgezeichnet. Plötzlich kommt in alle Elemente, in die geometrischen, in die zeitlichen, in ihre Abstände und ihre Zusammenhänge eine Art Rhythmus: Das Kommen und Gehen, das Zeichnen und das Spurensuchen, die beteiligten Menschen bilden einen Kontext. Der Zuschauer hat das Entstehen eines Kunstwerkes wahrgenommen, das so souverän ist, daß es den Eindruck, eines zu sein, gar nicht erwecken muß.

Biographie

Die Spur des einst Verwirrten
verliert sich endlich in der Glätte des Zitierten:
Schnell ist so ein Leben aus gewesen,
jetzt ist es schnell auch ausgelesen!

Späte Geburt. Man wächst in das Alter anderer hinein; jedes Alter steht als Hülle bereit. Aber es gibt Menschen, die durch das Altern ihren Habitus vollkommen ändern. Man erkennt sie nicht mehr, sie sind ganz andere geworden: Greise, die neugeboren wirken.

Guter Rat, teuer. »Laß dir niemals deinen Pessimismus rauben; jeden zweiten historischen Augenblick kannst du in eine unerträgliche Lage kommen. Wenn du dir dann Hoffnungen machst, haben sie dich: Sie werden dich mit deinem Glauben, es könnte besser werden, erpressen. Du wirst alles tun, um davonzukommen, und es wird immer schlechter werden, und du wirst dich immer stärker in deine Aussichtslosigkeit verwickeln. Selbst wenn du am Schluß davongekommen bist, wirst du von dem Ende, das sie dir bereiten wollten, bestimmt sein. Im großen Maßstab erträgst du es nicht, überlebt zu haben, auch wenn man dir einredet, im Überleben läge ein Triumph. Das mag wahr sein, es gilt aber nicht für dich. Also sei dir immer bewußt, wie schlecht es schon jetzt ist, hier und heute, wie grausam allein bloßes Dasein ist, und bete darum, zur rechten Zeit nicht nur sterben zu können, sondern es auch zu wollen. Oder glaubst du, deinetwegen hat der Blutsturz Pause?« – (»Sieht aber ganz so aus«, antwortet ein Unbelehrbarer, der gar keinen Rat verdient und der merkwürdigerweise nicht einmal eine Hoffnung hat.) Mein Optimismus: Das Leben ist so schwer, gibt also Hoffnung, daß man nicht daran festhalten wird.

Erlösung. Am Totenbett irgend etwas sagen, das endlich alle Welt sehr interessiert.

Schöpfung

Gott sprach: Es werde Berlin
Und es wurde Berlin
Im Laufe der Zeit
In der auch ich
Eines Tages
Mich einfand
Im Gasthaus Wuppke.

Herrgott, sprach ich,
Ein Bier –
Ich bin ja so durstig.
Bitte schön, sagte der Mann
Hinterm Tresen
(das war für mich Wuppke,
wer sonst?)

Er zapfte ein Bier,
Stellte das Glas vor mich hin
Und ich sagte:
Ich bin aus Wien.

Ihm war das egal.

Ich hätte auch sagen können:
Die Bouletten bei Karstadt, pfui Teufel!
Oder: Im Pornokino nebenan
Spielen sie Horny Housewives
Ohne Untertitel!

Bei Wuppke im Lokal
War es finster
Wie in einem Zustand
Vor der Schöpfung.

Doch wir waren hier sicher.
Hier schlägt kein Blitz ein,
Kein Urknall macht sich
Um die Zukunft verdient.

Alles
War ja schon da
Wir standen
Vor vollendeten Tatsachen

Und in meinen Ohren
Tobte der Verkehr
Auf der Kantstraße
Nirgendwohin.

Die toten Augen von London. Angst, ich habe sehr häufig Angst, besonders vor Reisen. Bevor ich nach Brasilien im wahrsten Sinne des Wortes abdampfte, ich flog natürlich, das heißt: technisch gesehen flog ich, in Wahrheit dampfte ich ab, in einem dumpfigen Nebel von Angst flog ich durch die davon vollkommen unbeeindruckten Lüfte, bevor dieser Flug geschah, erzählte ich überall die Geschichte von den Radspeichenmördern in Brasilien. Diese Mörder spitzten Radspeichen auf das Äußerste zu, und sie stoßen mit der Radspeichenspitze gegen die Niere des Opfers, was den Vorteil bringt (alles nur angeblich), daß das Opfer so lange aufrecht stehen bleibt, wie es notwendig ist, um ihren Tascheninhalt zu untersuchen. Das schien mir genug an Argumenten, eine Reise nach Brasilien gefährlich, als sehr gefährlich zu empfinden, und auch genug, um allen Bekannten von der Gefahr zu berichten, die heutzutage eine Reise nach Brasilien mit sich bringt. Die verständigten Menschen dankten es mir schlecht und riefen, wenn ich vorbeikam: »Oho, das Radspeichenopfer, das Radspeichenopfer, es ist noch am Leben, damit es in Brasilien ordentlich zum Radspeichenopfer werden kann.« Aber sogar eine Reise nach London enthält für mich mehr als den Keim, nämlich schon die Saat des Entsetzens. Jeder weiß, London ist ein gefährliche Stadt, Mord und tote Augen – was weiß ein Fremder, der hinkommt, ob er je wieder zurückkommt? In einer Nacht vor meiner Abreise nach London träumte ich von einem Mörder in einem Park. Der Mörder sprang auf mich zu; er wollte mich berauben, und ich hatte dieses merkwürdige Gefühl, das ich auch von Autofahrten her kenne, dieses Gefühl, das eines Tages wirklich, das heißt unwiderruflich da sein wird: Es zerfetzt mich in alle Einzelteile (der »Unfall«), und die Einzelteile zerfetzt es in ein Nirwana; es ist der Moment, in dem alles aus wird sein, der Tod, den zu lernen angeblich philosophieren heißt. Ich philosophierte in der traumschweren Nacht. Der Mörder griff mich an, stach mit einem Messer gegen mich, und zu meiner vollkommenen Überraschung gelang es mir, die Mordtat umzukehren. Ich ermordete meinen Mörder im Traum, ich gelangte nämlich während der Rangelei in den Besitz seines Messers, und ausgerechnet ich, der grundsätzlich Wehrlose, erstach einen gewiß erprobten Londoner Parkmörder. Ich schwöre, hätte nicht ich ihn erstochen, sondern er mich, ich wäre nicht im Traum nach London gefahren, von wo ich wohlbehalten zurückkehren konnte.

Brasilien. São Paulo – die Stadt. Das ist, wie soll ich es sagen, die Postmoderne in Wirklichkeit. Alles Alte scheint in São Paulo abgerissen, selten sieht man dort ein altes Haus, und wenn, dann inmitten einer vollkommen gleichgültigen, da neuen Umgebung. Das Alte scheint in São Paulo von seiner Geschichte allein gelassen, aber auch das Neue ist in dieser Stadt nicht das Ganz-Neue, und auf keinen Fall ist es das schmuckkastelhaft Herausgeputzte, wie man es von europäischen Neuigkeiten her kennt.

In São Paulo gibt es diese Hochhäuser, die eine Skyline bilden oder besser, die je nachdem, von welchem Standort man ihrer ansichtig wird, die verschiedenen Skylines von São Paulo bilden. Viele dieser Hochhäuser stammen aus den vierziger Jahren und sind heute schon selber Zitate der Modernität, die sich ständig selbst überholen muß, und sie haben in ihren gigantischen Ausmaßen schon etwas von Filmkulissen. Das 20. Jahrhundert: natürlich ein Film, mit welchem Ausgang, das scheint immer noch ungewiß, und wer die Hauptrollen spielte, darüber möchte ich streiten. Als Neuankömmling in São Paulo hat man das Gefühl von Gegenwärtigkeit, von höchster Gegenwärtigkeit – in dem Sinn, daß man plötzlich denkt, hier spielt sich die Welt ab.

Die Welt, sie spielt sich natürlich nirgendwo ab – außer im Zusammenhang der Welten, außer in ihrem wechselseitigen Handel und Wandel, in ihrem sogenannten Zusammenspiel, aber vielleicht kommt der Eindruck, daß die Stadt São Paulo die Gegenwart in Besitz hat, daher, daß der Zusammenhang aller Welten hier akut ist, hier schmerzt, während er anderswo erst einmal im Hintergrund darauf lauert, eine beruhigte Bevölkerung schließlich eines Besseren zu belehren, auch wenn das Bessere nichts als der Abgrund ist, über den es Brücken und Wege gibt, dem aber nicht alle auf Dauer ent-

gehen können, und manche auch nicht entgehen wollen, weil sie vielleicht gar denken, besser als es schön zu haben, ist es zu wissen, erfahren zu können, wie die Welt in Wahrheit ist.
São Paulo ist eine Stadt der realistischen, der wahrheitsgemäßen Unruhe, es ist eine Stadt der obszönsten Gegensätze zwischen Arm und Reich, der schönsten Vereinigungen der menschlichen Rassen; es ist eine Stadt der Überlagerungen von Graziösem und Brutalem, von Stil und gefährlicher, ausbrechender, gewaltförmiger Formlosigkeit. Es ist eine Stadt der verwirrenden Zusammenkünfte der Menschen von überall her: aus Amerika, aus Japan, aus Europa, aus aller Herren Länder. So eine Stadt mit mehr als 15 Millionen Einwohnern, in der das disharmonische Spiel von sogenannter erster und sogenannter dritter Welt aufgeführt wird, ist von Bewegung beherrscht, von Geschwindigkeit und von Lärm. Stille scheint mir in São Paulo genauso ein Gut zu sein wie an anderen Stellen der Welt, zum Beispiel in der Wüste, das Wasser.
»Die Masse« – daß sie ein Subjekt ist und kein Gedankenkonstrukt, kann man in São Paulo sehen: Auf den Straßen und auf den Gehsteigen überall Menschen, und von überall her kommen andere Menschen hinzu. So entsteht die Masse, ein Wesen aus unendlich vielen einzelnen, die ihr den Körper geben und die in ihr für die Unruhe sorgen, die einem Kollektiv ein offenes, ein sichtbares Leben gibt. Was mich aber an die Stadt am meisten erinnert, ist die Geschwindigkeit, mit der wir sie fast ununterbrochen durchmaßen. Durch die Stadt fahren ist die adäquate Form des Aufenthaltes in ihr, und der ewige Gringo staunt über diese Stadt, die kein wirkliches Zentrum kennt, weil jeder Häuserblock für sich Zentrum und Peripherie zugleich ist. Das wenigste an diesen Stadtlandschaften scheint geplant, das meiste ist wohl irgend-

wie im Durcheinander und spontan entstanden. Manche Völker haben eben Glück mit ihrer Spontaneität.
In São Paulo, überhaupt in Brasilien, gefiel ich mir in einem Ausdruck besonders – in dem Ausdruck »auf einem anderen Erdteil«. Einmal nahm ich die Wendung zu schnell, versprach mich und sagte »auf einem anderen Erdball«. Brasilien ist für mich das Fremde schlechthin, und alles, was ich darüber sagen kann, entspricht einem Konzept, folgt einem Skript, das nicht nur diese Fremdheit nicht auflöst, sondern das darüber hinaus ständig auf mich zurückschlägt: Ich definiere gar nicht São Paulo, sondern was ich darüber sage, definiert am Ende mich, und es ist gut, wenn ich über São Paulo undeutlich genug bleibe.
Die erzählte Fremde ist malerisch ausgefertigte Undeutlichkeit. Sie motiviert sich aus dem Aberglauben, jemals dort gewesen zu sein und andere daran glauben zu lassen. Daß dort, wo die Konturen verblassen, etwas Wesentliches existiert, nämlich »die Fremde«, ist der Kunst der Erzählung zu verdanken, die ja auch sonst mit Imaginationen jongliert. Die Fremde ist der andere Erdball, um den man höchstens rotiert, ohne auch nur einmal Fuß fassen zu können. Wer übrigens Fuß faßt, ist schon wieder zu Hause, und er hat die Fremde, um die es ihm ging, im Stich gelassen. »Ich hätte die Fremde lieben können«, schrieb Robert Menasse, »wenn sie geblieben wäre, wo sie war: in der Fremde. Aber sie hat sich gar so heimisch gemacht, daß ein Heimkommen schon ein Fremdgehen ist.« Über die Fremde gibt es sehr viele einprägsame Worte; die Worte spielen entweder die Dialektik aus, die das Konzept der Fremde gleichsam vermittelt, am klarsten Alfred Polgar mit seinem durchlittenen Hit: »Die Fremde ist nicht Heimat geworden, aber die Heimat Fremde.« Oder die Worte über die Fremde legen die sich anbietende Dialek-

tik lahm und setzen auf den logisch unwiderlegbaren Starrsinn der Tautologie: »Fremd ist der Fremde nur in der Fremde«, sagt Karl Valentin, und in der Tat: Schön wär's!
In São Paulo lernte ich George Sperber kennen; er sagte über eine Wiener Art, Deutsch zu sprechen: »Das ist die Fremde, die mich an meine Kindheit erinnert.« Sperbers Lebensgeschichte ist in Wien verwurzelt: 1938 wurde er geboren, 1940 emigrierten seine Eltern nach Buenos Aires. Die Familie hätte einen italienischen Dampfer nehmen sollen, aber es gefiel Mussolini, in den Krieg einzutreten, und daher gab es in Italien keine Passagierfahrt mehr. Dennoch kamen die Wiener in drei Monaten heil nach Argentinien. Ich habe mir – nach einer Erzählung Sperbers – die Fluchtroute notiert: mit der Bahn von Wien nach Berlin, von Berlin nach Moskau, von Moskau mit der Transsibirischen Eisenbahn bis Charpin, dann mit der Mandschurischen Eisenbahn nach Korea, dann mit einer Fähre von Korea nach Japan und schließlich mit einem japanischen Frachter von Japan über Hongkong, Ceylon, Maputo, damals Laurenzo Marques, Kapstadt bis Buenos Aires.
Manche Überlebensgeschichten verdanken sich einer Reise, und als ich Sperber in São Paulo gegenübersaß, war er, der Argentinien 1960 verlassen hatte, längst ein Brasilianer. In Buenos Aires hatte sich seine Familie stets mit Emigranten aus Wien getroffen, daher konnte der Wiener Akzent ihm die Kindheit in Erinnerung rufen. Er selbst sprach fehlerlos Deutsch – bis zu ihrem Tod hatten seine Eltern nie richtig Spanisch gelernt. Deutsch blieb daher die familiäre Umgangssprache, und heute noch fühlt er sich in der deutschen Sprache, in ihrer Wiener jüdischen Prägung, zu Hause. Die urbane Geographie Wiens, einige Gassennamen im zweiten Gemeindebezirk, kann er gut memorieren. Sein Vater besaß

eine Drogerie auf der Kärntner Straße, sie hieß »Drogerie Sperber«. Aus ihr besitzt der Sohn noch eine Reliquie: eine Vaselintube der Marke Drogerie Sperber.

Als ich erfahre, daß Sperber eine Novelle von Schnitzler übersetzt hat, bitte ich ihn, sie mir in einem Rundfunkstudio vorzulesen: Schnitzler auf portugiesisch, aufgenommen in einem Sender von São Paulo, das wird reichen, damit man mir glaubt, ich wäre tatsächlich in Brasilien gewesen. Da sitze ich nun in einem Rundfunkstudio, sehr fern von zu Hause, und ein Mensch, der Wien als Zweijähriger verlassen hat, der aus der Wiener Finsternis geflohen war, liest mir in einer fremden Sprache die Novelle »Flucht in die Finsternis« von Arthur Schnitzler vor. Ich verstehe kein Wort und weiß dennoch, wovon die Rede ist: Ein Sektionsrat namens Robert verfällt dem Verfolgungswahn. Dazwischen war er einmal im Amt, im Kaffeehaus, am Semmering, also an all den Orten, die in unserer Heimat den Wahn nicht unbedingt zu verscheuchen helfen.

Vor dem Studio, im Hof des Rundfunkgebäudes, steht ein großer Baum, den die vielen Vögel, die auf ihm sitzen, durch ihr Zwitschern bezeichnenderweise in einen unerhörten Klangbaum verwandeln. Das klingt, als würde die Luft toben. Aber mit einem Schlag herrscht auf dem Baum absolute Stille. Ich erfahre, daß – immer wenn es beginnt, dunkel zu werden – die Vögel sofort verstummen.

Wiener Elegie

Der Schlaf
ist eine Alptraumbar
Die Luft kann uns nicht Wurscht sein
sagt der Verteidigungsminister
ich bediene mich täglich

Cathrin bescheinigt:
Alles zusammengebrochen
innen und außen
kann Dich nicht erreichen
versuche aber noch weiter

Menasse aus Brasilien zurückgekehrt

Der Floridsdorfer Friedhof
wird immer größer
ganz Österreich ein Eislaufplatz
das Reich der Toten
dehnt sich aus

Aber der Himmel besteht
aus einem Aggregat von Rauchschwaden
im halbfesten Zustand
wenn du die Straße betrittst
trommelt er dir auf den Schädel

Jedes Jahr
diese eigenartige Kälte
Ecke Grünangergasse Singerstraße
Alle Wiener haben eine einzige Grimasse
nämlich meine

Mir fällt der Satz ein
»Ich kann nicht«
und ich wende ihn auf alles an
was ich tun muß

Wer schreibt mir
endlich
die Entschuldigung fürs Leben?

Selbstdefinition. Er fühlte sich nicht als Gast, sondern als Parasit – und nicht zuletzt deshalb, weil er sich so fühlte und außerstande war, die Gastfreundschaft anzunehmen, war er auch einer.

Präzise Vermessung. »Ich bin dir nahe, aber ich habe eine andere Vorstellung von Nähe als du.« Größer kann man einen Abstand gar nicht mehr ausmachen.

Schatz. Als sie sich schließlich voneinander trennten, sagten sie »unsere Trennung«, als wäre dies ihr größter gemeinsam angehäufter Schatz.

Name. Wie wertvoll einem ein Name wird, der einem nicht einfällt.

Eine kleine Geometrie der Lüge. Der große Sänger sang bei der Benefizvorstellung nur zwei Lieder. Beim zweiten Lied auf der Bühne des kleinen Stadttheaters in der Provinz fühlte er, daß etwas Besonderes geschah, daß sein Gesang etwas Besonderes war, und daß das Lied – so viele andere Menschen es auch singen mögen – durch seinen Gesang allein wiederum so einmalig wurde, wie es für den Komponisten im Augenblick der Komposition gewesen sein mußte. Der Sänger dachte, während er genau auf dieser großartigen Ebene (»auf höchstem Niveau«) weitersang, an seine Geliebte. Nur für sie, dachte er, die eine Freundin seiner Frau war, geschieht es hier, nur für sie finden diese wunderbaren Augenblicke statt, die es ohne mich auf der Welt nicht gäbe. Als er zu Ende gesungen hatte und das Publikum im Applaus raste, verließ er die Bühne, und die Leiterin der Veranstaltung kam auf ihn zu. Sie überreichte ihm eine rote Rose.

Er hatte sich wohl gemerkt, daß die anderen Sänger und Sängerinnen jeweils einen großen Blumenstrauß bekamen. Er verstand, daß dieses gleichsam asketische Geschenk als eine besondere Auszeichnung für ihn gedacht war.

So nahm er die Blume entgegen und küßte die Frau. »Erwarte nicht«, flüsterte er ihr ins Ohr, »daß ich diese Rose nicht persönlich nehme.«

Der Sänger hatte ihr einmal sehr nahegestanden, zumindest an einem Abend war sie bei ihm auf dem Bett gelegen. Es kam aber nicht zu dem, zu dem es bei solchen Gelegenheiten immer kommen soll, denn etwas hatte den Sänger an der jungen Frau irritiert.

Sie hatte nämlich zu dem Treffen einen Extrarock mitgebracht, eine Schoß, wie man in Österreich sagt. Deutlich hatte sie mit allem gerechnet, wollte sich aber nicht sofort ausziehen und sich zu ihm aufs Bett legen, sondern zuerst wollte sie noch einen Rock, einen Übergangsrock anlegen, bei dem es nichts ausmachte, daß er beim Liegen zerknitterte. Das hatte den Sänger so sehr erschüttert, daß er plötzliche Migräne vorschützte und die Sache mehr oder weniger kultiviert abbrach.

Als er, Jahre später, nach seinem herrlichen Singen das kleine Theater in der Kleinstadt verließ, bekam er noch in den Auftritt seines Nachfolgers Extraapplaus. Er dachte und belustigte sich an seiner Selbstironie: »Jetzt applaudieren sie, *weil* ich gehe!« Und er ging nicht, sondern er lief; er hatte es eilig, mußte er doch eine Verpflichtung in der Staatsoper wahrnehmen. Er lief so schnell es ging in das nahegelegene Hotel, die Rose in der Hand.

An der Rezeption begrüßte ihn das Empfangsfräulein, das ihn schon gestern begrüßt hatte. Er fühlte es, bei ihr konnte er seine Bekanntheit voraussetzen, und so sah er dem Mädchen vertraulich in die Augen – wie zwei Menschen, die einander schon lange kennen. Ein Rezeptionist kam aus seiner Loge hervor und beobachte zustimmend, fast hingerissen, die Szene: Mit einer spontanen Bewegung hielt der Sänger dem Fräulein vom Hotel die Rose hin. »Bitte«, sagte er, »ich hab' es sehr eilig, ich muß sofort in die Stadt, eine Verpflichtung in der Oper, aber was soll ich mit der Blume machen, sie übersteht die Reise nicht. Hier«, und sein Blick in ihre Augen wurde gleichsam augenblicklich treu und fest, »hier, diese rote Rose, ich gebe sie Ihnen, aber nehmen Sie's nicht persönlich, es ist selbstverständlich nicht persönlich gemeint.«

Das Fräulein verstand den Herrn gut: Er war jemand, der es persönlich meinte, dessen Taktgefühl ihm aber gebot, sie vor dem durchaus aggressiven Zug seiner Annäherung zu schützen. Dafür dankte sie ihm mit einem herzlichen Lächeln.

Leser im Café. Wer ihn gesehen hat, den Herrn, der weiß, daß überhaupt alle von seiner Art etwas Besonderes sind: Der Herr saß im Café, hielt ganz entschieden die Zeitung vor sich hin, ja, er las genau, denn er war nicht einer von denen, denen etwas entgehen darf. Aber dennoch sah er im wesentlichen über die Zeitung hinweg, beachtete sie kaum, sah auf sie herab, las sie wie einen Akt, den ihm ein Untergebener mit äußerster Vorsicht und Zurückhaltung auf den Tisch gelegt hatte. Er ließ mit sich nicht spaßen. Das Stirnrunzeln über Tun und Lassen der anderen war in seine ganze Körperhaltung übergegangen. Diese Haltung war stolz und steif abweisend. »Mir nicht nahekommen«, sagte sein Körper im Maßanzug, derartig bestimmt, als ob wirklich jemand diese Nähe jemals gewünscht hätte.

Vielleicht war es auch einmal so gewesen, aber gemeinhin weiß man, solche Leute wie diesen Herrn hält man sich besser fern; ein Gentleman alter Schule, gewiß, das war er, aber wer weiß heute schon, was in diesen alten Schulen alles gelernt werden mußte. Der Historie kann man entnehmen: Wenig Nützliches, viel Schreckliches – wenn es stimmt, daß auch in dieser herrischen Generation fürs Leben, nicht für die Schule gelernt wurde. Jetzt saß er da, mit der Zeitung im Café, und sein stechender Blick spießte unnachgiebig Informationen aus dem Blatt. Übrigens trug der Herr Bart, einen ganz strengen: Länglich viereckig, haargenau gekämmt umrahmte der Bart das glatt-ausdruckslose Gesicht. Es stimmte alles, alles, nur … eines fehlte, aber … was konnte das sein? Ach ja, ein Monokel fehlte ihm, er hätte es unübertrefflich vors Auge klemmen und von dort wiederum herausspringen lassen können.

Das Besondere seiner Art soll aber nicht die Biographie sein, die man seinesgleichen anhängt, weil man es hier nötig hat, distinguierte Erscheinungen der Rede wert zu finden, und sei es nur der üblen Nachrede. Das Besondere an dem Herrn ist das ganz Gewöhnliche, das heißt: das gewöhnlich Unbeachtete, nämlich daß er im Café Zeitung liest. Zeitungsleser im Café – wer könnte es übersehen? – geben ein Stilleben ab. Hinten in der Ecke sitzt ein junger Mann; er hält die Zeitung weit von sich, und, als ob sie schwergewichtig wäre, stemmt er sie manchmal in die Höhe. Dabei krümmt er sich, kugelt sich ein bißchen, um mit dem Rückgrat das imaginäre Gewicht der Zeitung auszubalancieren. So bewegt er sich hin und her, aber ohne jemals den Blickkontakt mit den Buchstaben abreißen zu lassen. Das Ganze hat etwas sportlich Leichtes. Der Zeitungshalter schwankt geruhsam in der Zigarettenluft – vielleicht wie der Mast eines Spielzeugschiffs auf hoher See, bei allerdings ruhigem Seegang. Der junge Mann nimmt lächelnd zur Kenntnis, was er liest; er ist Narziß und hat es nicht nötig, von außerhalb seiner selbst etwas zu erfahren. Er ist sich selbst genug und verschwendet sich nur heute ein wenig an eine Tageszeitung. Sein Haar, frisch gewaschen und wie absichtsvoll schütter, ist so natürlich geschwungen, als hätte der Wind selbst einige Brisen delegiert, um dem jungen Mann die einzig ihm zustehende Frisur zu verpassen.

Nicht alle Stilleben sind gemütlich. In manchen herrscht sogar die Gier: die Zeitungsleser, die gleichzeitig essen! Ihre Münder folgen dem Lauf der Zeilen, und sie schnappen zwischendurch nach allem, was die Gabel bietet. Sie rollen die Augen, während der Bauch gefüllt wird. Körper, Geist, Mund, Auge – die Gabel wird zum Knotenpunkt. Diese Menschen sitzen vor vollen Tellern, aber es genügt ihnen nicht; sie müssen auch ihren Geist mit Kau- und Verdaubewegungen befassen. Das geht mit Kopfbewegungen zur Gabel hin und

von dort wiederum zur Zeitung zurück; Schluß ist erst, wenn alles Gewünschte verschlungen ist und wenn die Esser die Essens- und Zeitungsreste zusammen übriglassen.
Im ungemütlichen Stilleben gibt es auch ihn, nennen wir ihn den politisierenden Professor. Er hält sich die Zeitungsseiten einen Millimeter vors Augenglas. Er kriecht ins Blatt hinein, weil er in Wahrheit viel lieber aus ihm heraussprechen als in es hineinschauen möchte. Seine Haare sind haarscharf zurückgekämmt, damit kein einiziges in die Stirn fallen und seine Lektüre beeinträchtigen kann. Aber er ist, wenn es auch so aussieht, nicht kurzsichtig. Es ist eine andere Berufskrankheit, die auch mitwirkt: Als Professor muß er viel von anderen Professoren abschreiben, und deshalb sieht er sich jedes Wort genau an. Ja, er berührt mit seinem Gesicht die Textseiten, um aus ihnen etwas herauszuspüren, was andere Abschreiber vielleicht übersehen und nicht erfühlt haben. Es ist sein Stil: Seine professionelle Sensibilität läßt er sich auch beim Zeitunglesen nicht nehmen.
Es gibt nicht zuletzt Leser und Sammler. Die Leser und Sammler durchstreifen nomadisch das Café. Sie klauben an Zeitungen zusammen, was sie finden können, und sie häufen ihre Beute in Höhlen auf. Wer vorüberkommt und etwas davon abhaben möchte, der kriegt ein Zähnefletschen ab. Sie sind schlau: Über die Magazine, die jedermann begehrt und die im Café nur in Einzelausgaben existieren, legen sie einen wertlosen Zeitungshaufen. Gegen die Leser und Sammler hilft nur eine Freundschaft mit dem Cafetier. Ihn kann man holen, und er wird dann das gewünschte Blatt dem Leser und Sammler entreißen. Kampfeslärm in archaischer Urszene ist oft die Folge.
Kennen Sie die Frage: »Ist die Zeitung frei?« und die Antwort: »Welche Zeitung ist hierzulande schon frei?« Aber man

soll nichts gegen die Zeitungen sagen; sie ermöglichen es, daß man sie in Kaffeehäusern liest und daß über diese Lesungen die wunderbare Welt der Zeitungsleser entsteht, eine Welt mit hübschen, unkontrollierten Posen, die längst schon – wie hier – Gegenstand einer näheren Beobachtung hätten sein sollen.

Café Hegelhof. Leo, der alte Freund heute, im Café Hegelhof (benannt nach dem Philosophen Hegel!), das Fichtehof stirbt aus: geschlossen, ohne Wehmut darin nur mehr Ausrangiertes, Leo, der alte Freund heute, einmal habe ich ihn gefragt, was ist denn das, »die Leo-Gesellschaft«, er wußte es, er wußte es, ich hatte nämlich Tage, ja vielleicht Wochen zuvor auf dem Flohmarkt Konvolute gesehen: »Die Protokolle der Leo-Gesellschaft«; ein Rätsel für mich diese grauen, hellen Bände der Leo-Gesellschaft, eine tiefe Beunruhigung, und das, obwohl ich doch genau wußte, daß Irmgard am Flohmarkt stets bestohlen wurde. Sie ging jede Woche einmal auf den Flohmarkt (manchmal habe ich Leberschmerzen, habe ich jetzt Leberschmerzen?), wurde dort bestohlen und ging dann wiederum nach Haus, ein ganz klarer Vorgang, der hätte mich beunruhigen sollen, oder waren die Bände eher ins Grünliche (die Leberschmerzen!), sie waren jedenfalls von einer bestimmten Gefährlichkeit, fein säuberlich einerseits, andererseits verkommen, und ist die verkommene Feinsäuberlichkeit nicht das Gefährlichste überhaupt, sagte ich zu Leo, dessen Chef, der berühmte Anwalt Ratzak, gerade gekommen war (im Sommer bin ich im Café Hegelhof sitzender Flaneur, beobachte, was alle Welt, tout le monde tut), und, sagte Ratzak zu dem Kunden, der mir schon vor Leos Ankunft aufgefallen war, denn er hatte stets und in unkontrollierbaren Abständen ausgerufen: »O, als Zeuge bin ich gut, o, als Zeuge bin ich gut!«, sagte Ratzak zu ihm, was ich überhaupt nicht verstand und Leo mir sichtlich nicht erklären wollte, bis Ratzak schließlich verschwand, seinem Zeugen noch die Wiederkehr seines Anwalts Ratzaks auf den Kopf zusagend, und Leo besprach mit mir, sieht nicht gut aus, der alte Leo, hat 'nen Altersschub erlitten, sehe plötzlich den Reif auf den störrischen Gesichtswiesen Vorübergehender, die besondere Last der Jahreszeit: den Sommerschweiß, erkrankt an der Arbeit, die Leib und Seele aneinanderkettet, die Gesichter, so blaß, so blaß, die Lippen – ein Zustoßen kommandierend, welches niemals stattfinden darf, wo sind in dieser Stadt (als ob es mich interessieren würde) die Glücklichen?

Manchmal möchte ich das Café Hegelhof auf den Kopf stellen, es liegt an den Ufern der Straße, hatte früher einen Schutzstreifen aus parkenden Autos, jetzt überrollt auf dreispuriger Fahrbahn in Wellen der Verkehr auch den Gast, auf schwarzen Gartenmöbeln, als hätte Irmgard da vorgesorgt, die reich ist und der doch nur das Billigste gefällt, und, sagte Ratzak, wiedergekehrt, ich habe Sie eigentlich nicht erwartet, zumindest nicht vor eins; der Zeuge glubscht in seine Eierspeis, gelb und ölig, ein kosmischer Fettropfen, aber ein Glas Bier nach, und schon ist es nicht so schlimm, aber da sie schon mal da sind, der alte Leo, war das ein Sportler, »schau, sonntags, sonntags, da hab ich's gut«, und auf der anderen Straßenseite tritt Herr Wagner vor sein Geschäft, berechnend die Sonnenstrahlen musternd, ach, Herr Wagner, wissen Sie überhaupt, wer alles bei Ihnen kauft: die berühmte Schauspielerin, die schon in der Morgendämmerung …, und auch die Biographin eines großen, lange verstorbenen Dichters, für den bereits ihr Mann im Archiv sein Leben gegeben hatte (wenn sie beim Hegelhof vorbeizieht und ich an einem der Straßentische sitze, meine Melange vor mir und die Zeitung, versäume ich nie, meinen Nachbar, manchmal aber auch niemanden, darauf hinzuweisen, daß es sich hier um die Biographin eines großen Dichters handle, »um die einzige, die sich bei ihm noch auskenne«).

Leo lebt jetzt in Italien, ein stattlicher Mann, den Körper einer austrainierten Sprungfeder, immer nach vorne hin gebeugt, in der Absicht, aus sich hinauszuhechten, ich schätze Leo, »mache dich nicht zum Sklaven deiner Entscheidungen«, rate ich ihm in einer schwierigen Situation, und eine gewisse Verschrobenheit seiner Brustwirbelsäule macht mir Sorgen, das war früher nicht, währenddessen klärt Ratzak seinen Zeugen keineswegs über den Mythos der Schriftstücke auf (das ist eben das Problem dieser Maschine: Beim Einspannen kriegst du die Papiere nie richtig hin, taumeln dir immer so um die Walze rum, na ja, irgendein Unterschied, hat der Mann von Olivetti gesagt, ein Unterschied muß ja sein zwischen einer Maschine, die dauernd beschrieben wird, und dabei malte er sich ein ungeheuerliches Universum getippter Originale und durchgeschlagener Kopien aus), er habe, sagt Ratzak, alles umdiktiert, woraus klar hervorging, daß jetzt, umdiktiert, alles zu Ratzaks Gunsten entschieden ist, »ein Umdiktator«, sagte ich zu Leo witzig und dachte an den Kellner des Café Fichtehof, er war sicher ein Zuchthäusler, ein niedergeschlagener Mann, der an der Front zum Gast stets unmittelbar den Mangel an Vorräten erleiden mußte, mit dem das Fichtehof genügend eingedeckt war, völlig verschluderte Sitzmöbel, eine Tauchstation im staubigen Plüsch, und dann war nicht mal Gösser Bier da, ausgezehrtes Personal, ruinierte Besitzer, die zwei Alten saßen, waren die Inhaber, die Herunterwirtschafter, und jedermann sagte, das

Fichtehof ist erstklassig, und keiner ging hin. Auch mein Verleger nicht – der ging nicht einmal ins Hegelhof; der hat mich gestern ins Schwarzenberg bestellt, manchmal bestellt er mich ins Nimmervoll. Gestern im Schwarzenberg sagte er klipp und klar: »›Leser im Café‹ geht nicht.« Selbstverständlich stellte ich ihm die Frage nicht, warum ›Leser im Café‹ nicht ginge. So ein Fragen ist immer ein Entgegenkommen auf einem weiten Feld, auf dem man einander genausogut ausweichen könnte. Ich erwiderte auch nicht: Alles geht! So ein Satz kann erstens gegen mich verwendet werden, und zweitens, falls ein anderer sich diesen Satz zu eigen macht, hätte ich vielleicht das Nachsehen. Ich sagte nichts; er sprach sich aus: »›Leser im Café‹ tut so, als gäbe es keine Leserinnen, und das steht schon im Titel.« – »Wieso im Titel?« – »Na ja, Leser ...« – »Nein«, sagte ich, »der Titel ist korrekt.« – »Keine Red' davon. Schon im Titel müßte es heißen: ›Leserinnen und Leser im Café‹«. »Aber ich hab' ja gar nicht die Leser gemeint«, sagte ich kläglich, sondern den Leser.« – »Eben, den Leser.«

Es ist schwierig, nicht verstanden zu werden, aber es ist mein Schicksal, ich bin nie verstanden worden. Das macht hart und stellt immerhin auch einiges klar. Es gibt keine größere Weichheit, auch Gehirnweichheit, als dieses Pochen auf Verständnis, von dem die Gesellschaft als akustischer Raum im großen und ganzen widerhallt. Deshalb klingt auch vieles in unserer Gesellschaft so undeutlich, und der größte Schuft kann im Nebel des Verständnisses, das ihm zuteil wird, davonkommen. Ich teilte dem Verleger klipp und klar mit, daß mein, übrigens hier gleich oben angebrachter Text ›Leser im Café‹ einen Augenblick festhält, in dem sich keine Leserin im Café befand, dafür aber Leser: Professor Norbert Leser, der berühmte Sozialphilosoph, Sozialdemokrat und Katholik, ein Quergeist. Mein Verleger war von meiner Antwort nicht gerührt. Daß der Leser einen Namen hat, sagte ihm nichts. Er stieg einfach auf eine andere Frage um: »Und der Text, in dem ich jetzt festsitze, dieses »Café Hegelhof«, das ist doch unvollständig, brüchig, assoziativ, ein Entwurf ...« »Nein«, sagte ich ein für alle Mal, »das ist kein Entwurf, das ist alles.«

Kaffeehausliterat. Ich arbeite täglich einige Stunden als Kaffeehausliterat. Das heißt: Ich lese die Buchstaben zusammen, die auf dem Papier der Zeitungen verstreut sind, die im Kaffeehaus kostenlos aufliegen. Was gibt es also Neues? Nichts, sieht man davon ab, daß der Cafetier das Nebengeschäft, einen Textilladen, gekauft und seinem Lokal einverleibt hat. Daher stößt mein Blick, wenn ich von der Zeitung aufsehe, nicht gleich an die Wand. Ich sehe nun weiter. Ein größerer Raum als der ursprüngliche tut sich vor meinen Augen auf, und ich kann nicht leugnen, endlich das Gefühl von größerer Weltoffenheit zu haben.

Stilleben

Montags lebe ich still
Dienstags muß ich still leben
Mittwochs bin ich still
Donnerstags bin ich auch still
Freitags soll ich still sein
Samstags will ich still sein
Sonntags lebe ich still

Und die nächste Woche
Rühre ich mich überhaupt nicht

Mythen des Alltags

Ich denke,
daß das Insekt,
das mich heute morgen anflog,
weder in der Lage war,
mich zu beißen noch
zu stechen.

Ich kaufe
in der Weinhandlung
unter den Blicken eines stadtbekannten
Kabarettisten, der jetzt denkt,
ich hätte hier einen Auftritt,
eine Flasche Mouton de Rothschild.
Der Kabarettist lacht,
und der weiße Wein in seinem Glas
blitzt vor Kühle im künstlichen Licht.

Ich bin Rotweintrinker.

Dann gehe ich die Piaristengasse hinunter
an zirka zehn bis fünfzehn Menschen vorbei,
und plötzlich glaube ich,
wenn ich eines Tages schon nicht mehr existieren werde,
daß es doch ganz schön war (gewesen sein wird),
einmal dazugehört zu haben

(was mich aber sehr wundert,
denn gestern noch wurde ich geradezu erlöst
durch das Glücksgefühl,
daß das alles endlich einmal aus sein wird).

Totenschein für einen Star. An seinem Leben war nichts Besonderes, außer eben der Todesursache, und an der nur, daß sie nichts Besonderes war; es war nicht einmal eine Todesursache, er lebt nur nicht mehr. Daß nichts Besonderes durch ihn auf der Welt existierte, die ganze Zeit über, als er noch am Leben war, sagt nicht, daß er (für sich) seine Not nicht lebte und seinen Tod nicht starb. Aber es war nur gänzlich zufällig und unwichtig (gemessen am öffentlichen Aufwand und an dem Zwang, diese Existenz zu bemerken), es war eben nichts Wesentliches trotz der Omnipräsenz des Mannes, der in so vielen Filmen gespielt, aber eben nur gespielt hatte. Er hatte, über all die Jahre hinweg, sich nichts eingehandelt als eine ungeheure Namenlosigkeit, als die Anonymität des Stars, eine vom wirklichen Namen abgezogene gespenstische, allen vertraute Namenhaftigkeit, die ihn überlebt: Daß er jetzt tot ist, nimmt keinem etwas, es gibt ja noch seine Filme, und so wird er immer bleiben, was er war, dafür muß er nicht am Leben sein, er überlebt sich mühelos, so mühelos und so bewußtlos, wie er starb. Daran mag keiner schuld sein, beteiligt sind aber alle: Jede Kinokarte ist schon eine Aktie für den »Tod in Hollywood«.
Er war ein Star, wenngleich kein Mythos, er war ordentlich, spielte immer den Herrn (auch den heruntergekommenen), er liebte (mein Gott, was hat der geliebt!), er kämpfte und er gewann, immer, wenn das Drehbuch es vorsah. Er hatte etwas von der Faszination des Nichtssagenden, sich aber immer Wiederholenden, darin war er seinem Medium, dem amerikanischen Film, in Fleisch und Blut verwandt, und das machte ihn auch zum Star. Also tat er, was Stars tun, zum Beispiel seinen Freunden Angst machen, mit ihnen im Ferrari mit Tempo 220 betrunken durch Hollywood jagen und was es alles in der Art noch gibt. Aber trinken, das mußte er,

denn er war schüchtern, und das Gefühl von Größe und Stärke, daß die Massen gedankenlos, schlampig, aber fordernd über ihn, den Star, konsumierten, konnte er für sich nicht tragen. Das überfordert sie alle, und es müßte einer auch sehr krank sein, wenn er nicht mit einer Krankheit, und sei es einer Sucht, auf die Phantasien von Macht und Schönheit reagierte, die er ausstrahlen soll, wenn man ihn anblickt. Der Star ist eine Fata Morgana in der herrlichen Zivilisationswüste, eine Spiegelung in der grell erleuchteten Dunkelheit, stets reproduzierbar, durch hundert andere zu ersetzen und eben durch diese Ersetzbarkeit allen sofort (als Star) erkennbar. Als Mensch, als Person ist er bloß einer von den Millionen, die an dem zugrunde gehen, von dem sie leben, von dem sie zu leben glauben, an ihrer Arbeit nämlich, die nicht für sie, sondern die immer gegen sie organisiert und um dieses Stück voraus ist, das einzuholen den Arbeiter in den Tod treibt. Der Star freilich ist, im Vergleich zu den meisten, in einem Paradies zurückgeblieben: William Holden gehörte sogar ein Viertel von dem Hochhaus, in dem er starb, und sein Vermögen betrug 160 Millionen, in irgendeiner Währung, es ist egal, in welcher, denn 160 Millionen, das sind in jeder eine Summe, die nur der Traum des Menschen oder seine buchhalterische Rationalität festhalten kann.

Holden hatte immerhin die paradiesische Zurückgebliebenheit niemals in eine der Höllen, die manche seiner Kollegen bewohnen, investiert; in diese platonischen Schattenreiche des Lasters, in denen das Böse ebenso gelten soll wie der Reklame nach in der übrigen Welt das Gute, aber ebensowenig gilt, weil die monströsen Infanten des Stargewerbes oft dermaßen verkrüppelt sind, daß sie selbst im Bösen nur lustlos und voller Angst dilettieren. (Paranoia besteht immer zu Recht, denn sie ist das Wesen von Gesellschaft schlechthin,

deren Mitglieder gelernt haben, einander zu beobachten. Besonders trifft sie jedoch die Show-Stars, denn sie wiederum existieren ausschließlich daraus, angeschaut zu werden: So wollen sie selbst in ihren Lastern gefallen und behindern sich in der Ausübung der Libertinage!) Die Welt macht das Gute lächerlich, in den Hinterwelten der dumpfen, synthetischen Paradiese wird das Böse um seine Kraft gebracht. Bei diesem Spiel, das keine Erlösung kennt, außer eben der scheinhaften des moralischen Neutralismus (des sogenannten Schlechten, in dem der Verlust der sittlichen Potenz über die Menschen triumphiert), spielte Holden keine Rolle.
Er war nur ein »Quart-a-day-man«, das ist (in Hollywood) jemand, der einen Liter Schnaps pro Tag trinkt. Schon der mühsame, weil nie wirkliche Kampf gegen den Alkohol, diese Unfähigkeit zum wirklichen Kampf mit dem rauschhaften Aufflackern der Hoffnungen (irgendwo gibt es einen Arzt, er kennt das geheime, noch verbotene Entzugsmittel) und ihr nüchternes Erlöschen nahm ihm jede Chance. Allmählich wurden die Versuche sich zu heilen zu Symptomen der Sucht; eines Tages muß man trinken, schon allein, weil das Trinken der letzte Ausweg bleibt, der zu dem Glauben führt, damit noch aufhören zu können. Das Paradox beginnt eine Existenz, während sie geradewegs zusammenstürzt, gnadenlos zu regieren: »Seine Sucht war stärker als die Liebe.« Jede Sucht ist stärker als die Liebe, falls die Liebe nicht selber eine Sucht ist. Die Liebe ist sonst ein anderer Mensch, an dem ein Sehnen ankommt und als Sucht aufhört. Keiner wird süchtig, wenn er dafür einen Sinn und einen Menschen hat, aber jeder wird, wenn er süchtig ist, keinen Sinn und keinen Menschen mehr haben; deshalb ist er ja süchtig. Er wird glauben, bei niemandem anzukommen, und er wird trinken, aber er wird es immer mit einem Menschen versuchen, damit

er abgewiesen wird, weil er trinkt. Es muß jemand da sein, dem er versprechen kann, mit dem Trinken aufzuhören und mit dem Lieben zu beginnen.

Für Stephanie Powers hatte Holden das Letzte getan: Er versprach ihr, sie als Alleinerbin einzusetzen, wenn sie nur zu ihm zurückkehrte! Aber in seiner Todesnacht war er allein, dem Wodka, seinem einzigen Gefährten, treu geblieben. Als man ihn fand, war das Bett »blutbesudelt«, eine Kopfwunde »klaffend«, und die Flasche stand leer im Wohnzimmer auf dem Tisch. Das war das Ende, aber man hielt es wenigstens für einen Mord und wollte erst beweisen, daß es keiner war, sondern nur ein Unfall. Die Behörden ermittelten: Irgendwann in der Nacht war Holden, 2,2 Promille im Blut, aufgestanden und ins Schlafzimmer getorkelt. Dort rutschte er vor dem Bett auf einem Teppichläufer aus und stürzte gegen die Nachttischkante. Er war sich der Schwere seiner Verletzung nicht bewußt, der Rausch half ihm, die Lebensgefahr, in der er sich befand, nicht zu erkennen, und, während das Blut aus der Wunde schoß, versuchte er die Blutung mit Kleenextüchern zu stillen.

Der Star hatte den einzig wirklichen, weil unausweichlichen Augenblick seiner Tragödie verschlampt. Wie ein Komiker, der seinen Witz dadurch erzielt, mit unpassenden Mitteln gegen Naturkatastrophen zu agieren (mit Scheibtruhen gegen Erdbeben), hatte der Star versucht, ohne Aufwand gegen die tödliche Verletzung mit Kleenextüchern am Leben zu bleiben. Er hatte, aber auch das bewußtlos, seinen wirklichen Tod ebenso trivialisiert wie die Filme, an denen er mitwirkte, das Leben überhaupt trivialisieren; sie sind nichts als ein Element des abtötenden Rausches, in dem die zivilisierten Menschen sich vereinen, um nicht zu bemerken, was mit ihnen in Wirklichkeit vorgeht. Nur eines ist seltsam, beinahe ein

Lebenszeichen: Als man den Toten nach Tagen fand, war er derartig entstellt, daß die Behörden Gebiß- und Fingerabdrücke nehmen mußten, um ihn »zweifelsfrei« zu identifizieren. Er, der Star, allen, auf den ersten billigen Blick erkennbar, war im Tod unerkennbar geworden.

Natürlich, es mag in jeder Hinsicht ganz anders gewesen sein, aber darauf kommt es nicht an, es genügt, daß es hätte so sein können: In der Welt der Beliebigkeiten ist jede beliebige Auffassung über ein anderes Leben ebenso wirklich wie die richtige; deshalb kommt kein Leben gegen die beredten Varianten der Unwahrheit, weder gegen den Tratsch der Personen (privat) noch gegen die Informationen der Medien (öffentlich) auf. Die emotionelle Pest der tratschenden Informiertheit, Voraussetzung für den Weltruhm (oder für eine individuelle Berüchtigtheit), ist, weil sie sich auf den Schein stützt, beweglicher, manövrierfähiger als jede von ihrer Wirklichkeit belastete Existenz. Diesen Ballast werfen die Stars, zumindest nach der öffentlichen Dimension ihres Wesens ab. Da sie aber der Öffentlichkeit gehören, ganz in ihr aufgehen, von ihr besessen sind, sind sie nichts anderes als manövrierbarer Schein, als die Summe von allem, was öffentlich über sie gesagt wird: Es ist nur Schein, was ein Star produziert, und nur Schein, dem er zum Opfer fällt.

Gewiß, also wahrscheinlich ist, daß ein Manager des noblen Strandhochhauses »Shore Cliff Tower« in Santa Monica Holden eines Montags, morgens um 9.30 gefunden hat. Immer wieder erscheint Santa Monica im amerikanischen Traum, dem zufolge und weil (wie jeder einsieht) nicht alle reich sein können, wenigstens einige sehr reich sein sollen. Aber Montag morgens, wenn die Leichen sich finden, ist der Luxus abgestanden, und kein Manager kann noch Glanz in die Hütten bringen. Jeder, der Angst vor der Armut hat, hat sie zu

Recht, aber er muß wissen, ohne daß es ihm ein Trost sein darf, wie furchtbar der Reichtum ist: dieser abgedroschene Versuch, dem Tod zu entgehen, diese aufdringliche Demonstration einer unmöglichen Unsterblichkeit, diese Betäubung im Überfluß, diese lächerliche Flucht. Die wirklich Armen der Welt sind unter den Häusern der Reichen begraben, aber um sie trauert keiner, vor allem die Reichen nicht, die alles vergessen müssen, was sich hinter ihren Fassaden abspielt. Doch am Trauertag für den Star sind die Reichen in einem merkwürdigen Sample versammelt: Ronald Reagan, damals Präsident der Staaten, und der größte Spießer unter den Gangstern, Sinatra.

Da die beiden alles abdecken, was es an hervorragenden Menschen gibt, zählen die anderen nicht; sie sind nur Gefolge, die das öde Glück der Anerkennung, das schon zu Lebzeiten Holdens Leidensweg zu unterbrechen pflegte, über seinen Tod hinaus fortsetzen. Wie zum Hohn hieß sein größter Erfolg Oscar, ein kleines grinsendes Monster wäre damit gut benannt: Es freut sich, daß der Star jetzt hin ist. Holden hatte in seinem Testament bestimmt, daß seine Leiche verbrannt und die Asche ins Meer verstreut wird. Dem Meer gilt die Sehnsucht des Trinkers. Die wirkliche Möglichkeit aufzuhören, ist zu ertrinken, im Flüssigen (nicht ohne zuvor noch einmal, zum letzten Mal durchs Feuer gegangen zu sein) endlich zu verschwinden. Für sein Nicht-Sein bedarf der Star, dessen Element die Menschenmassen waren, des weitesten und des tiefsten Elements der flüssigen Natur: Nur der Ozean wird den Resten der Materie, die einmal die Person William Holden waren, gerecht sein. So starb er, was die Behörden bestätigten und wie es auch sein letzter Wille war, eines natürlichen Todes.

Unermüdliche Behörden: Die Behörden von Los Angeles haben auch den »Fall Natalie Wood« zu den Akten gelegt. An der Todesursache besteht kein Zweifel. »Es war kein Mord, es war kein Selbstmord, es war ein Unfall.« Das erklärte der Gerichtsmediziner (Dr. Thomas Noguchi), der schon die Leiche des Filmstars William Holden obduziert hatte. Der Tod Natalie Woods geschah in der Folge eines Abendessens, bei dem viel getrunken wurde. Natalies Mann, Robert Wagner, und Christopher Walken (Natalies Partner in dem Film »Brainstorm«, der bis zu dem Zeitpunkt ihres Todes zwölf Millionen Dollar verschlungen hat, ohne wahrscheinlich überhaupt je in die Kinos zu kommen) waren in Streit geraten. Es gab keine brachiale Gewalt, die Stars sind ohne Verletzungen. Also nur Streit. Aber worüber? »Über verschiedene allgemeine Dinge, die nichts mit Natalie zu tun hatten.« Dennoch war sie, offenbar aus Zorn (oder aus Angst?) aufgesprungen und davongelaufen. Sie hatte versucht, von der im Hafen verankerten Yacht an Land zu gelangen. Als sie ins Schlauchboot stieg, war sie (mit 1,4 Promille im Blut) ausgeglitten und gleich ertrunken. Sie muß in Panik gehandelt haben! Denn kurz vor ihrem Tod hatte sie einem Interviewer gestanden, daß sie nichts so sehr fürchte, als nachts in einem Boot über das schwarze Meer zu fahren.

Letzte Meldung: »Brainstorm«, der Film, dessen Dreharbeiten nach dem Tod der Hauptdarstellerin abgebrochen wurden, wurde doch noch fertiggestellt! Durch den Unfalltod war die Produktion für fast zwei Jahre gestoppt. Aus diesem Grund wollte MGM die Filmrechte an Paramount Pictures verkaufen, damit der Film abgeschlossen werden konnte. In einer anderen Lesart heißt es: Zwar wollte MGM sofort die Versicherung von 15 Millionen Dollar kassieren, aber Lloyds entschied, drei Millionen Dollar zu investieren, um die Kosten für das Weiterdrehen abzudecken – die 15 Millionen hätte nämlich gleichfalls Lloyds bezahlen müssen. Ein Problem allerdings blieb: Es fehlten einige kurze, jedoch wichtige Szenen mit Natalie Wood. Das Studio entschloß sich, den Film unter Verwendung eines Körperdoubles, einer Stimmenimitatorin sowie bereits vorhandenem und abgedrehtem Filmmaterial fertigzustellen. Im Herbst 1983 kam der Film schließlich an die Kinokassen und wurde, so lautet die Branchenmeldung, »zum Flopp«.

Versuch übers Surfen

Ich bin der Badewaschl
von Surf-City.
Ich suche
mein Surfbrett.
Wo ist es,
hast du es?

He, sage ich
zu einem Schilehrer,
der vorübergehend
in Surf-City weilt,

He, surft man
bei euch zu Hause
auch?

Yeah, sagt der Schilehrer,
und er erzählt mir,
wie er jüngst
auf dem Kamm
einer Lawine
ins Tal hinunter
surfte.

Romantheorie. Ich bin für das Unklare. Ein Roman sollte wie eine Uhr sein, der man niemals ansieht, wie spät es ist.

Über Stock und Stein. Zwei alte Menschen gehen über die Straße, er geht sehr schwer, das heißt, er rudert mit den Armen, als er versucht, sich an der Luft festzuhalten, und dabei zieht er einmal den rechten, einmal den linken Fuß nach. So ist sie ihm voraus. Ihr Kopf steckt unter einer dicken Wollmütze, die ihr Gesicht rund wie einen Vollmond erscheinen läßt. Aber dieser Mond ist nicht gnädig. Die Lippen der Frau haben etwas Zusammengebissenes – also einen Zug, der vom vielen Zähnezusammenbeißen geblieben ist. Der Mann wirkt immer mehr wie ein Automat, an dem etwas nicht stimmt. Die Frau versucht, eine Unmöglichkeit zu realisieren, nämlich einerseits mit ihrem Mann zu gehen und andererseits den Anschein zu wahren, daß sie mit diesem Mann hinter sich nichts zu tun hat. Plötzlich ruft er ihr nach: »Ich hätte doch den Stock nehmen sollen!« Darauf folgt ein Schweigen, keine Reaktion von ihr, alles geht seinen Gang. So muß er ihr noch einmal nachrufen: »Aber du hast gesagt, es ginge schon.« Jetzt hält es sie nicht mehr, sie dreht sich um und zischt durch die Zähne: »Daran bin also auch ich schuld.« Er antwortet ihr mit einem Blick: keine Hoffnung, auch keine aufs Auseinandergehen.

Unpathetisch. »Kein Pathos«, sagt er, »um die Gefühle, die wir nicht haben, wenigstens vor uns zu schützen.«

Die Ballade von M.
(streng nach Krafft-Ebbing)

M., zwanzigjährig,
litt im Alter
von neun Monaten
an Zuckungen, Zuckungen (Convulsionen)

Später litt er
an unruhigem Schlaf,
Enuresis nocturna, Enuresis nocturna

Entwickelte sich
mangelhaft,
war faul, ungelehrig
und in allen Beschäftigungen
unbrauchbar:
Selbst im Correctionshaus
wurde er
nicht besser

Man tat ihn zur Marine,
auch dort
tat er
nicht gut

Aber heimgekehrt
bestahl er
seine Eltern,
trieb sich herum
in schlechter Gesellschaft

Der Onanie war er so eifrig ergeben,
lief den Weibern nicht nach,

gelegentlich
sodomisierte er Hündinnen

Seine Mutter
litt an mania menstrualis periodica,
ein Onkel war irrsinnig, ein anderer trunksüchtig

Es ergab sich
bei der Untersuchung von M.'s Gehirn:
beide Stirnlappen,
die erste und die zweite Schläfenwindung
sowie
ein Teil der Occipitalwindungen
krankhaft verändert

Na was schon
hätte aus ihm werden sollen?

Hier ist ein Mensch. Er hat sich niemals angepaßt, denn um sich anzupassen, hätte er sich einer Differenz bewußt sein müssen. Differenzen hatte er aber keine, er hätte das Gefühl dafür haben müssen, selber etwas zu sein, das in einen Gegensatz geraten könnte. Aber dieses Gefühl hatte er nie, ein Gegensatz kam für ihn nicht in Frage, er wuchs in alles hinein. Man soll nicht glauben, ein solches Wachstum fiele leicht; vieles ist ihm in den Weg gelegt, und viele Widerstände muß man umranken, um emporzuwachsen. Es ist damit nichts über leicht und schwer gesagt, sondern nur, daß dieser Mensch in der Gesellschaft eher pflanzlich als menschlich existiert. Er hat gewiß große Angst, für Unkraut gehalten zu werden, und er nimmt sich vor, niemandem, der ihn ausrotten könnte, entgegenzutreten. Ist er einmal hoch genug gewachsen, dann wird es auch schwieriger werden, auf ihn draufzutreten oder gar ihn mit gezielten Maßnahmen von seiner Höhe herunterzuholen. Irgendein Teil von ihm klebt oben schon fest und setzt dort Traditionen, die der nächsten Pflanze zugute kommen werden. Er ist ein Familienmensch, und er achtet darauf, daß seine Nächsten wachsen wie er selbst. Er ist auf der Hut und bringt ihnen die Grundgesetze des Wachstums bei: Niemals sich durchsetzen, sondern sich den Bedingungen, die ohnedies herrschen, unterwerfen, sodaß man dem Zugriff, dem korrigierenden Eingriff, und das nicht einmal geschmeidig, sondern eher quallig entgeht.
Er möchte den Erfolg, und er saugt alle Regeln auf, nach denen schon ein anderer einmal Erfolg hatte. Wäre er nicht so seßhaft und wäre nicht sichtlich sein Zentralorgan der Hintern, auf dem er wie auf einer Kugel genüßlich auf- und abrollt, dann hätte man sogar sagen können, er jagt dem Erfolg nach. Es ist aber immer der Erfolg von jemandem anderen, in den er hineinwachsen möchte; kommt jemand, der ihm

sagt, es gibt auch jeweils eigene Regeln, solche, die man erst erfinden muß, um das Spiel überhaupt zu bestimmen, dann wird er wütend und wirkt verwachsen. Das geht gegen seine Kompetenz, er läßt sich nicht pflanzen, wie man emporkommt, weiß er. Er versucht, dem Kontrahenten durch Giftspritzen und durch quallige Umarmungen den Atem zu rauben. Das hält nicht lange an, denn die Kraftanstrengung ist zu groß, und um weiter wachsen zu können, entschuldigt er sich gleich. Farne und Kräuter haben Tausende von Jahren benötigt, um sich in ein Moor zu verwandeln. Dieser Mensch aber kann es in Sekundenbruchteilen; wenn es brenzlig wird, verwandelt er sich sofort in einen Schlammpatzen, aus dem es hervorgurgelt. Dann ist er unangreifbar, keiner wird ihn anrühren, und doch wartet er gerade in diesem Zustand darauf, daß ihm jemand wiederum seine Form gibt. Niemand ist so sehr freiwillig fremdbestimmt wie er. Aber am Ende wächst ihm keiner über den Kopf, er erinnert gleich jeden an das Realitätsprinzip. Da er selber nichts kann als kuschen, schlägt er, wenn jemand das Wort zu einem Problem erhebt, gleich Kuschen als Lösung vor. »Glauben Sie«, sagt er dann, sich im Bürosessel sanft wiegend, »das können Sie tun und das wird man sich gefallen lassen – ausgerechnet von Ihnen?« Manchmal hat er auf seinem Hintern das Gefühl, mit beiden Beinen auf dem Boden zu stehen und überhaupt auf dieser Erde stark verwurzelt zu sein. In solchen Augenblicken fühlt er die Kraft eines auch ihn überraschenden Wachstums, seine Augen strahlen wie Blütenblätter, und, als striche der Wind über die Heidepflanzen, ein Lächeln stiehlt sich in sein wäßriges Antlitz.

Gesinnungsfrage. Jede Gesinnung enthält Tricks, die den, der sie hat, erhebt, vergrößert; das ist das Wenigste, das man von einer Gesinnung erwarten kann, die naturgemäß von einem etwas abverlangt. Eine ordentliche Gesinnung schenkt einem nichts, und das bißchen Glück, auf andere herabschauen zu können, ist in Anbetracht des Mühsals der Konsequenzen kaum der Rede wert. Der Gegensatz zur Gesinnung ist im guten nicht die Gesinnungslosigkeit, sondern das praktische Hilfeleisten, das sich selbst nicht befragt, also Güte auf dem Niveau der Selbstverständlichkeit. Diese Güte (du meine Güte!) ist erst recht ein Mythos, aber ich glaube, daß die Ethiken und ihre Vertreter sich dadurch unterscheiden, ob sie dem Pathos der Gesinnung oder der Sachlichkeit einer Praxis anhängen. Aus dem Schwindel der Selbstüberhebung kommt man so oder so nicht heraus, er ist aber nicht das Schlimmste, mit dem man leben muß.

Sichergehen. Alles käme, sagt jemand gereizt und entschieden (als ob er die Vollmacht hätte) über seinen Vorgesetzen, der offenkundig, aber selbstsicher wie stets, etwas falsch gemacht hat, alles käme von diesem »Pseudowissen«: »Er denkt, weil er es immer so und nicht anders gemacht hat, wird es auch immer so gehen, immer so weitergehen.« Der Triumph, daß es diesmal nicht gegangen ist, erhält schnell den Anstrich eigener Vorzüglichkeit, und dabei fällt der Satz: »Ich behaupte nur das, was ich weiß.« Ich will mich da nicht einmischen, mir leuchtet nur sehr grell ein, daß das auftrumpfende Pseudowissen und das risikolose Bescheidwissen einander verdienen. Beide leben von einer sich niemals aufs Spiel setzenden Autorität. Aber während der eine im Ernst eingehen kann, geht der andere immer sicher. Er würde nie etwas behaupten, denn was man ohnedies weiß, braucht man nicht zu behaupten. Nur den Idioten erscheint Wissen als Behauptung; ein stolzes Leben, in dem man bloß wettet, wenn man weiß, daß man gewinnt. Es ist allerdings ein Leben, in dem es Wetten gar nicht gibt.

Der wehe Grübler

Warum nur, warum, tu es mir kund,
bin ich im Inneren so wund?
Mein Inneres, das ich fragte,
wollte nicht, daß ich klagte,
und es schwieg, nein, nicht sich gesund,
sondern mich noch viel mehr wund.

In einem Zug. Jemand fährt in einem Zug, und draußen fliegen seine Jahre an ihm vorbei.

Ein berührendes Erlebnis. Ah, da sah ich ihn wieder, meinen Bekannten aus der Schulzeit, er ging in eine höhere Klasse, übte über uns Gangaufsicht, war hart, aber nicht herzlich. Jahre später sah ich im Leibblatt sein Gesicht abgedruckt, er saß bei Wein mit Frauen und lachte übers ganze traurige Gesicht. Das Foto war jedoch ein Beweis, er war Staatsanwalt geworden, und sie hatten ihn erwischt: Er hatte Geld benötigt, um es in angenehmer Gesellschaft auszugeben. Ein Staatsanwalt kann solche Summen nur erwerben, wenn er das Erheben oder Fallenlassen einer Anklage diskret auf einem Markt anbietet. Aber wie soll Markt und Diskretion zusammengehen? Wer Gerechtigkeit verkauft, macht sich im Rechtsstaat erpreßbar, die großen Geständnisse liegen schnell in der Luft. Als er mir heute am Ring entgegenkam, hatte er gewiß seine Strafe schon abgesessen. Er schritt leutselig auf mich zu, reichte mir die Hand und zog mich mit den Worten ins Vertrauen: »Du hast einen kleinen Toilettfehler!« »Kleiner Toilettfehler« meint hierzulande schlicht, daß einem, wie die Deutschen sagen, »der Hosenstall offensteht«. Ich antwortetete, mich doppelsinnig verhaspelnd: »Na, zum Glück hab' ich keinen großen«, und war dann sehr peinlich berührt.

Im Blickfeld. Die Begeisterung, die er für sich selbst empfindet, sucht er in den Augen des anderen; er zieht vom Leder und erforscht den Blick seines Gegenübers. Ist der auf seiner Seite, wie weit spielt er mit, was läßt er sich auftischen? Er sagt: »Kein Vergleich. Heute kann ich viel besser mit Problemen umgehen als früher ...« Der andere will schweigend in seiner Neutralität veharren, aber diese Blicke suchen angesichts des verstockten Schweigens bereits nach

Zeichen des Angriffs. Es bleibt ihm nichts übrig, er muß etwas erwidern, was nach Beifall klingt. Daher sagt er: »Das wär' ja noch schöner, wenn es anders wäre …« Diese Antwort reicht nicht, der Begeisterte wendet sich ab – in diesen Augen hat er nichts mehr zu suchen.

Vom Schleim. Über den Schleim, über das Schleimige wird schlecht gesprochen. Die Schleimigen sind gefügig, glitschig passen sie sich jeder Form an, wenn sie sich eine gewinnbringende Gestalt davon versprechen. So nützlich Schleimhäute für den Menschen sind (der ohne Schleim ein zu trockenes Geschöpf wäre), so widerwärtig kann einem der Schleim werden. In großen Schleimspuren ziehen die Schleimigen auf ihrem Weg nach oben dahin, manche rutschen ab, manche erreichen ihr Ziel; es hängt davon ab, ob sie richtig eingeschleimt sind, ob es der richtige Schleim zur richtigen Zeit und die richtige Menge davon war. Es kann auch sein, daß sich der Schleim verhärtet und dann ganz fest wird; er kommt eben in vielen Formen vor, und einer, bei dem der Schleim bloß ganz hart geworden ist, würde es weit von sich weisen, schleimig zu sein.

Kasperls Souveränität. Der Kasperl steht über allen Positionen: Wenn die Ärzte über eine Krankheit streiten, die Philosophen über ein Problem, die Germanisten über eine Lesart, die Wahrsager über die Zukunft oder die Eisenbahner über den Fahrplan, dann ist der Kasperl recht. Die, die streiten, müssen den Kasperl, der sich in die Faust lacht, ertragen. Er hat recht, ohne etwas zu wissen, er ist die Antwort darauf, daß der Streit nie aufhören wird. Am Ende schaut immer eine Zipfelmütze hervor, kommt ein biegsamer, verbogener Kerl heraus und hüpft die Probleme und ihre Lösungen in Grund und Boden. Deshalb, wegen der Größe des Kasperls, stehen überall, wo es Probleme gibt, ein paar Trottel herum, die so tun, als wären sie Kasperln. Sie möchten die Probleme, die sie nicht kennen, gelöst haben, und sie möchten über denen stehen, die darüber streiten. Die Trottel ersetzen Arbeit durch Witze, aber sie lachen weniger selber, als daß sie die anderen zum Lachen bringen. Nicht jeder kann daher Kasperl sein, der Preis für seine Souveränität ist hoch: ein Buckel, eine laut funktionierende schlechte Verdauung, ein Schicksal aus verwirrenden verschiedenartigen Herkünften und fragwürdigen Verwandtschaften und eine lange hölzerne Nase, die einen erst mit Stolz erfüllen muß.

Abendland. Der Denker, ganz stolz auf die neurotisierende Kraft seiner Reflexion; der Dummkopf, ganz stolz auf die Unmittelbarkeit seiner Gewißheiten.

Gelungene Verständigung. Ich rufe den Meister an; gerade habe ich sein letztes Meisterwerk gelesen. Als er abhebt, sage ich sofort: »Ich möchte nicht stören«, und weil ich ja weiß, daß das eine Phrase ist, füge ich etwas hinzu, was mich von meiner Phrasenhaftigkeit exkulpieren könnte: »Aber ich störe lieber, als daß ich es dir nicht gleich sage: Ich habe gerade deinen Text gelesen, er ist ein Meisterwerk.« Darauf antwortet der Meister sachlich-beiläufig, so als ob es um beinahe nichts ginge: »Ah, ist der Text schon erschienen?« Und dann kommt er mir entgegen; er sagt: »Es freut mich, denn du weißt, dein Urteil ist mir wichtig.«

Ohne daß er darüber hätte nachdenken müssen, weiß er, worum es mir geht, nämlich um den Wert, den er auf mein Urteil legt. Aber er legt keinen Wert darauf, sich das vor Augen zu führen. Er nimmt meine Zudringlichkeit in Kauf, so als ob ich Kredit bei ihm hätte.
Ohne daß ich mich durch Zustimmung vor seiner Urteilskraft schützen wollte, freut mich jetzt der Schutz, den ich für die Dauer eines Telefonats genieße. Er weiß es, und ich weiß es. Es wird nicht alles ausgesprochen, nein, es wird sogar alles, worum es geht, ausgespart – und doch gibt es nichts zu entlarven. Vielleicht gelingen auf diese Art Verständigungen am besten.

Späte Liebe

Soll ich dir die Nacktheit
meines Körpers zumuten,
der auch in meinem Leben
ein Fremdkörper ist

Soll ich dich einweihen,
daß in meinem Gebiß
oben noch Zähne sind,
an denen eine Prothese hängt,
währenddessen die Prothese unten
schon lange allein ist

Soll ich dir
die alten Geschichten erzählen,
die abgezählten zehn oder zwölf,
in denen vorkommt,
wie aus mir ich wurde
und wie aus meinem Leben
die anderen Personen verschwunden sind,
sodaß wir beide heute
uns ganz allein für uns haben können

Soll ich dir,
weil wir uns plötzlich so nahe sind,
auch von meinen geheimen
Krankheiten erzählen,
die ich dir unmöglich verschweigen kann,
wenn zwischen uns nichts
als die Wahrheit sein soll

Soll ich dir ein paar Geheimnisse
meines Geistes verraten,

das Innenleben sozusagen,
das einem von außen keiner ansieht

Soll ich
das alles tun
aus Liebe

Als ich das letzte Mal etwas Schönes sehen wollte. Damals wohnte ich in einem Hotel an der Straße; in der Nacht war es jedoch sehr still, niemand fuhr mehr vorüber. Gewöhnlich um sechs Uhr begann der Verkehrslärm; er besuchte mich, denn er hatte etwas Regelmäßiges, gewohnt Wiederkehrendes, und er allein hätte mich auch niemals aus dem Schlaf geweckt. Aber in dem Zimmer neben mir kläffte plötzlich ein Hund. Bald darauf war er wieder still, und während ich darauf vertraute, jetzt wäre mit dem Kläffen Schluß, fing der Hund wieder an. Es muß ein kleiner Hund sein, dachte ich, denn einen solchen Ton schreibt man großen Wesen nicht zu. Man hat so seine Vorstellungen: Dieses hustenartige Bellen, das auch deshalb nicht zu Ende kommt, weil jeder Huster den nächsten hervorruft, gehört zu einem schwächlichen Wesen, das – sollte sein Kläffen einmal aufhören – die Stille nicht erträgt, weshalb es gleich wieder von vorne anfängt. Dieser Hund im Halbstock, sagte ich mir, kläfft aus Ohnmachtswut: keine Spielgefährten, eine an ihm bloß desinteressierte Herrschaft, und ausgeschlafen war der Hund auch, und das in aller Früh.

Am selben Morgen noch lernte ich ihn kennen: Eine Dame führte ihn an der Leine an mir vorüber, sie war, dachte ich, ungefähr sechzig Jahre alt, und ihre Mißvergnügtheit am Dasein, so sah ich es, hatte ihr einen besonders strengen Gesichtsausdruck verschafft. Sie trug einen braungrünen Rock und unter einem braungrünen Pullover eine braungrüne Bluse. Der kleine Hund ging so seltsam neben ihr her, in einem gestörten Rhythmus, als hätte er menschliche Plattfüße. Auch der Hund war braungrün, und man sah sofort, daß er nichts anderes war als die Fortführung einer Trachtenmode mit anderen, mit organischen Mitteln – mit Mitteln des Lebens, um es im Sinne guter Katholiken zu sagen, die immer gerne, sooft es möglich und unmöglich ist, vom »Leben« sprechen. Ich grüßte die Dame, denn ich kannte sie zwar nicht, aber ich hatte mit ihrem Hund Erfahrungen gemacht. »Guten Morgen.« Die braungrüne Dame erwiderte meinen Gruß auf eine einheimische Weise, nämlich so, daß es nicht zu beweisen war, ob sie ihn erwiderte oder ihn bloß abschüttelte oder auf ihn gar nicht reagierte. Weiß man denn, wer einen grüßt, und wenn, weiß man es gut genug, um zurückzugrüßen, womit man durch den Gruß plötzlich mit jemandem verbunden erscheint, der vielleicht in den Augen aller anderen gar nicht zu grüßen wäre?

So begann der Tag, an dem ich etwas Schönes sehen wollte. Was ich sehen wollte, hatte ich früher schon einmal gesehen: Viele Jahre war ich in dieser Gegend gewesen, auf Sommerfrische. Die Landschaft war lieblich und weich; sie kam meinem Übergewicht, meiner körperlichen Schwere entgegen, und die Last, die ich für mich selber bedeutete, hinderte mich hier nicht am Wandern. Dennoch war das Schöne, das ich wieder sehen wollte, nicht leicht zu erreichen: Es lag weit oben in einer Falte der Hügel, die in sanften Wellen die Landschaft ausmachten. Nun könnte ich sagen, das Schöne, das ich sehen wollte, sei die Burg dort oben, die Burg Neuenthal. Aber das stimmte nicht, denn schön war nicht das Gebäude, sondern schön war das Gebäude und die Art, wie es in der Landschaft stand; schön war das Maß, zu dem Architektur und Natur gefunden hatten und das man, ohne nachmessen zu müssen, sofort erkannte. Vermessen könnte ich sagen, es ist das Maß (aber das wäre vielleicht zuviel an humanistischer Bemühung), das ein jeder in sich selbst trägt. Von der Burg Neuenthal wußte ich wenig, das Datum 1154 fällt mir jetzt ein, weil ich, der ich einen jeden Namen vergesse (nicht mehr weiß, wie mein Mathematiklehrer oder wie der berühmte Regisseur heißt oder der Ort, an dem mein Vater zur Kur war), weil ich über ein überwältigendes Zahlengedächtnis verfüge. Ich rufe niemanden an, aber ich kann die Telefonnummern auswendig.

Weit unterhalb der Burg Neuenthal – weit für einen schwergewichtigen Menschen – hatten die Römer eine Siedlung angelegt; davon sind ein paar Fundamente übriggeblieben, und während ich, an einem dieser längst vergangenen Grundmauern vorüberschlenderte, waren ein paar träge Archäologen am Ausgraben. Ich empfand plötzlich grundlos Haß; er richtete sich gegen Vergangenes: Diese Römer, empfand ich, sie wußten, wo es gut war sich niederzulassen – und es packte mich ein gar nicht schwacher Ärger, daß früher einmal jemand gewußt zu haben schien, wo man lebt, und daß dieses Wo zugleich ein Wissen davon war, wie man lebt. Ich genoß diesen Ärger, denn er war ein klassischer, barbarischer Reflex: Wut auf eine unerreichbare Lebensart. Ich, der Barbar! Aber meine Barbarei hatte in erster Linie, zumindest an diesem Sommertag, keinen Feind: Die Römer jedenfalls hatte ich besiegt, und ich stand, wenn auch wütend, doch im wesentlichen beschaulich vor den Überresten ihrer nutzlos gewordenen Daseinsbeweise, die lustlose Archäologen ausschaufeln mußten. An dieser Stelle (im wahrsten Sinne des Wortes an dieser Stelle, also sowohl in der Schrift hier als auch an Ort und Stelle) fragte ich mich: Hör' mal, kommt deine barbarische, plötzliche Aversion gegen die alten Römer vielleicht auch daher, daß ein Mensch wie du hinter den Ansiedlungen der Römer einen harten, aber flexiblen politischen Willen vermutet? Die waren ja keine Sommerfrischler, die Römer, es hielt sie etwas zusammen und brachte sie in Bewegung, das einen tieferen Sinn hat, einen, von dem man in den Geschichtsbüchern lesen kann. Aber, ich schwöre, das war es nicht; es war dieses sich Breitmachen am Fuße der Hügel, die auch als Weinberge dienten, die also einen schöneren Zweck hatten, als in ihrem Schutz zielgerichtete Menschen unterzubringen. Einen politisch verankerten Lebenssinn, der über das Ideologische hinausreichte, weil er Taten setzte, Welten nicht nur eroberte, sondern sogar welche begründete, weil er Leben, wie die guten Katholiken sagen, »schuf«, besser, weil er Lebensumstände erzeugte, die zuvor erhaben oder dem erbärmlichen Schicksal der Menschen – ach, jetzt habe ich mich beim Schreiben übernommen und weiß beim Schreiben einfach nicht weiter. Einfach durchstreichen und weglassen kommt nicht in Frage; es war doch allein schon der Anlauf die Sache wert, wert genug, um den Absturz an einer Stelle in Kauf zu nehmen.

Das Wohligsein in Vorzeiten kränkte mich damals persönlich, es war der Verdacht simpler Lebensklugheit, der in meinen Tagträumen auf die Römer fiel. Das ist also, dachte ich, die Geschichte: Ich stehe heute da, ein unglücklicher gemarterter Mensch auf Sommerfrische, und die hatten es vor Hunderten Jahren schön. Natürlich half ich mir mit dem Wissen aus, daß das Leben damals hart war, kein elektrisches Licht und so, aber diese Gewißheiten vergrößerten nur meinen Ärger, denn daß die Annahme vom guten Leben in früheren Zeiten eine Illusion war, änderte in meiner krankhaften Stimmung nichts an der Stärke ihrer Wirkung: Ich haßte die alten Römer.

Solche ergreifenden Gefühle hatte ich auf Sommerfrische, weil ich allein war. Dieses Alleinsein höhlte mich täglich um ein Stück mehr aus. Am Ende war ich nichts, nur reine Empfindungsfähigkeit, allem ausgeliefert, was an mich herankam, ich war ebenso stumpf wie überempfindlich; ich war niemand, der Widerstand hätte leisten können. Noch weniger konnte ich mich selbst zu irgend etwas aufraffen; ich folgte mehr oder minder zufälligen Reizen, denen ich, ohne eine Entscheidung zu treffen, nachkam. Da ich viele Jahre das Erreichen dieses Zustands geübt hatte (und der Zustand viele Jahre seine Wirkungen auf mich ausgeübt hatte), konnte ich zu jeder Zeit Anschluß an ihn finden. Sehr schnell steht heute bereits am Anfang, was früher erst am Ende war. So war ich auch damals, als ich das Schöne wiedersehen wollte, schnell dem Zustand verhaftet. Jetzt aber muß ich einen anderen Anfang nehmen als den, der zu schnell auf das Ende anspielte, will sagen: auf das Schöne, das ich wiedersehen wollte.

Den ganzen Vormittag über saß ich, obwohl ich unbedingt zur Burg Neuenthal hinauf wollte, an einem der Kaffeehaustische des Hotels, die im Freien aufgestellt waren. Der Straßenlärm kam ganz aus der Nähe, und einmal bemerkte ich ihn und dann vergaß ich ihn wieder. Bemerken und Vergessen erzeugte für den am Kaffeehaustisch Sitzenden einen Rhythmus. Ein Auf und Ab war das. Ohne daß er sich (in diesem Fall ich mich) bewegte, hatte er das Gefühl, daß etwas ständig anders wurde. Die Sonne schien mir ins Gesicht, die Lichtstrahlen prallten auf das gelbe Plastiktischtuch. Starr beobachtete ich, wie eine Wespe nach der anderen ihren Körper in den schnabeligen Ausgang eines Zuckerstreuers versenkte. Als die seelische und gedankliche Leere dermaßen groß war, daß ich allmählich Angst vor einem bodenlosen Abgrund im Inneren empfand, holte ich mir einen Haufen Zeitungen, den ich abzuarbeiten begann.

Ich las, die Zeitungen so auf den Tisch legend, daß ich die Augen beim Lesen direkt in die Sonne halten konnte. Auf diese Weise blendet jede Lektüre, und durchgehalten bietet das den Vorteil, daß man am Abend nicht mehr fernsehen muß, weil man es nicht mehr kann: Man hat sich blind ge-

macht, nicht blind gestellt. Über mein Augenlicht sprachen die Zeitungen in vielen Stimmen zu mir; mancher antwortete ich, einigen gegenüber pflegte ich Verachtung, aber für viele war ich dankbar, weil sie mich zu einem Gespräch hinzuzogen, das mein Herz und meinen Verstand beschäftigte.
Das alles geschah aber schweigend. Am Nebentisch lachten zwei Damen konzertiert auf und störten den angenehmen Straßenlärm. Die Lacher brachten mich aus dem von mir gewählten Ablauf, aus meiner Stagnation in der Sonne. Die inneren Stimmen, die ich aus den Zeitungen hatte, sagten mir nichts mehr. Die Sonnenstrahlen stachen mir in die Augen. Ich ging ins Hotel und setzte mich in die Halle. Sie war fast leer, es saßen nur zwei Männer auf den roten Lederstühlen. Ich suchte mir in ihrer Nähe einen Platz. Der eine, dessen Gesicht mir zugewandt war, trug ein blaues, ausgewaschenes, bemerkenswert schlecht gebügeltes Hemd. Er selbst schien am Rande des nervösen Ticks zu leben, denn seine Mimik war unruhig, sein Körper saß ungebändigt, anarchischen Bewegungen ausgeliefert, im Sessel.
Vom anderen, der eine gemütliche Stimme hatte, sah ich nur einen großen runden Kopf, hervorragend abgerundet durch eine rundgeschnittene Frisur. Ich wollte gegen mein Alleinsein dringend Stimmen hören, und da zu mir niemand sprach, war ich gezwungen, andere zu belauschen. Ich bekam etwas Bestürzendes zu hören. Der Nervöse erzählte ganz ohne Eitelkeit und fast mit Demut, wie es ihm gelungen war, einem Handwerksmeister aus der Gegend eine Ware zu verkaufen, von der ich nicht erfuhr, um welche es sich handelte. Aber sein Gesprächspartner war nicht nur eingeweiht, er handelte offenkundig mit der gleichen Ware, denn bald machten sie sich daran, die Gegend nach potentiellen Kundschaften aufzuteilen. Während sie auf ihren Plänen Notizen

machten, erzählte der andere weiter, wie es ihm in einem Sägewerk ergangen war. »Es ist schwer«, sagte er, »es ist sehr schwer, überhaupt ins Gespräch zu kommen.« – »Sind Sie denn jemand«, fragte ihn der andere, »der sich beim Reden schwertut?«

Mein Freund, der nervöse Mensch, verneinte. Nein, er wäre in der Lage, in allen Lebenslagen zu sprechen, ohne zu klagen. Die freundlichen Worte flössen über seine Lippen wie ein Gebirgsbach hinunter ins Tal. »Das mit der Versicherung«, sagte er, »verrate ich Ihnen ja nicht gleich«, und so wäre es die reine Frohbotschaft, die er den Meistern verkündigte. »Aber«, sagte er, »da gibt es einen Augenblick, in dem ich mich plötzlich mutterseelenallein auf der Welt fühle. Es ist der Augenblick, an dem ich merke, der hört mir gar nicht zu, der ist wunschlos, der wird mir nichts abkaufen.« Der Robustere der beiden hatte sehr genau zugehört, und er fiel schon bei dem »Ab« von »abkaufen« mit dem Satz ein: »Das kenne ich.«

Danach schwiegen beide, und der Robuste, mit dem ich mich weniger befreundet fühlte, setzte nach einer Weile fort. »Das kenne ich«, sagte er noch einmal. »Du fragst sie, du gehst an sie ran, und sie sagen: Haben wir alles, brauchen wir nicht!« Er sagte es mit einer unerhörten Geringschätzung, die nicht gegen seinen Kollegen gerichtet war, sondern gegen die, die sich ihren Angeboten widersetzten. Aber er sagte es auch mit dem Schmerz des Zurückgewiesenen, mit dem Leid des sich vergeblich Abmühenden. Wie kommen Menschen dazu, was bilden sie sich ein, einem nicht zu glauben, wenn man doch versucht, sie nach allen Regeln der Kunst zu betrügen? »Gestern um vier«, sagte mein Freund, »habe ich es mir in den Kopf gesetzt« – (wörtlich sagte er: Schädel – »in den Schädel gesetzt«) –, »noch zwei Abschlüsse herauszuholen, und um Viertel nach vier hatte ich sie!« Nicht der geringste Triumph, es klang eher so, als sei ihm eine völlig unerwartete, aber doch absolut notwendige Rettung zuteil geworden. Ich stand auf, um mich bis zum Mittagessen in mein Zimmer zu verkriechen.

Ich hatte genug gehört und war bestürzt: die Vorstellung, mein Freund, der Mann im ausgewaschenen Hemd, müsse fremde Leute ansprechen, um ihnen etwas anzupreisen, was diese gar nicht wollten. Es war mir klar: So ist das Leben – ein Satz, denke ich am Schreibtisch, der weder für den, der darin eine Bedrohung sieht, noch für den, der darin einen Trost findet, nichtssagend ist. Ich spreche solche unbestimmten Sätze gerne aus – das ist wie ein Luftholen, bei dem sich keine Inhalte querlegen. Verblasen könnte man es nennen, verblasen wie der Dampf vor dem Mund bei einer Winterwanderung. Aber eines hätte ich doch gerne gewußt, ob die Geringschätzung, ja, die Verachtung des einen schlechthin der Ablehnung galt, die er bei seinen Verkaufsgesprächen hinnehmen mußte, oder ob er, wofür es Anzeichen gab, damit nur auf jene reagierte, die zuerst nein sagten, nein, wir brauchen nichts, die dann aber, von ihm, dem gefinkelten Reisenden, ins Gespräch verwickelt, kauften, was das Zeug hielt? Dann wäre alles anders, als ich es mir zurechtgelegt hatte, und die Verachtung des Reisenden würde nur jenen gelten, die sich regelrecht hatten hineinlegen lassen.

So konnte es nicht weitergehen, nicht so vergrübelt, und ich brach nach dem Mittagessen auf, um das Schöne, das ich schon einmal gesehen hatte, wiederzusehen. In den letzten Jahren, die ich nicht hier gewesen war, erinnerte ich mich oft unvermutet und ebensooft mit Absicht an den Platz auf dem Hügel: Dort saß ich auf einer Bank, vor mir eine Wiese, hinter der die beiden Türme der Burg anstiegen. Die Burg war so gebaut, daß ihre Grundfesten fünfzig Meter unterhalb der Wiese lagen. Die Burg war in den Abhang hineingebaut, sodaß man oben am Hügel die beiden Türme in Augenhöhe vor sich hatte. Der Turm links von mir war schlank, und es schien mir, daß er bei einem Angriff zurückgeschnellt wäre wie eine Gerte. Ich hörte das Schnalzen schlanker Türme in meinen phantasierenden Ohren. Dieser schlanke Turm trug auf seiner Spitze einen metallenen Vogel, einen Wetterhahn, den ich in den windstillen Sommertagen niemals an der Arbeit gesehen hatte. Eine Richtung anzeigen, indem man sich Windstößen hingibt, was für eine hervorragende Existenzberechtigung!

Ich spielte mit dem Anblick der beiden Türme und behauptete, daß der eine, der schlanke, die geistliche, der andere hingegen die weltliche Macht darstellte. Das Geistliche schrieb ich dem Turm nicht wegen meiner Vision von seiner Gertenschlankheit zu. Es kam mir nur so vor, als ob hinter dem Turmfenster, unter dem Wetterhahn, eine Glocke gut gepaßt hätte; wenn der Wind teuflisch ging, hätte sie wild geläutet, oder zu ruhigeren Zeiten hätte sie zum Gebet in die gewiß vorhandene Kapelle gerufen. Der andere Turm war stiller, er ruhte breit und mächtig in sich. Seine Fenster waren Schießscharten, und er hatte keinen Grund, um zu kommunizieren. Seine Aussage war selbstbezogen, mit seiner Form identisch, und wer verstehen wollte, konnte es, und wer nicht, konnte vorübergehen, würde aber schon sehen.

Die Aussage lautete mit einem Wort: Standfestigkeit. Der Turm, uneinnehmbar im Burgensemble, ragte in den Hof hinunter, der von meinem Platz aus nicht sichtbar war. Mein Blick glitt, das Gebäude streifend, zwischen den Türmen hin und her, und hob ich den Kopf, dann konnte ich über meine Türme hinwegsehen, in die Welt hinein, auf die man von der

Burg aus wohl eine perfekte Übersicht haben mußte. Die Zwecke, und seien es nur die von mir phantasierten, die umgebende Landschaft, die Fassaden und das mir unbekannte Innere der Burg, meine Bank und die wenigen Blickwinkel, die ich einnehmen konnte, und vor allem das Gefühl, das ich bei alledem hatte, bewog mich zu sagen, das wäre schön, und was gab mir diese Schönheit? Sie war eine schwache, aber immerhin eine Hilfe gegen mein Alleinsein. Allein hatte ich oft das Gefühl, an der Kippe zu stehen (in meinem Manuskript stand tatsächlich »Krippe«, »an der Krippe zu stehen«), und ich hatte das Gefühl, daß die Angst, die in kleinen Rationen in mir pulsierte, im nächsten Augenblick die Alleinherrschaft antreten würde.

Die Schönheit war eine Art Gesprächspartner, oder besser: Sie mußte mir nichts sagen und gefiel mir trotzdem. Schönheit macht das Schweigen erträglich, und ich hatte nur aus diesem Grund mir die Mühe angetan, herzufahren. So ging ich also nach dem Mittagessen zur Burg hinauf. Auf der Straße bildete mein Körper einen Schatten, der einmal rechts von mir und einmal links von mir erschien, je nachdem, welche Richtung der Weg nahm. Ich erinnerte mich daran, daß es in meinem Alleinsein Zustände gab, in denen ich Angst hatte, in meinen Schatten hineinzulaufen. Hinter dem Hotel konnte man auf einem Stück des Weges das Ziel, die Burg, vor sich sehen. Dann aber verstellte ein Weinberg die Sicht. Von weitem sahen die Rebstöcke wie streng gekämmte Haarsträhnen aus. Die Straße führte zuerst an Kukuruzfeldern vorbei, an stolzen, aufrechten Pflanzen. Darauf kamen die Kürbisfelder: Kindskopfgroße Kürbisse, aber auch riesengroße, lagen auf der Erde. Fröhlicher Mist, dachte ich über die gelbgrünen Früchte.

Ich war am Fuße des Weinbergs angelangt, als eine Gruppe

von Menschen mir den Weg versperrte. Wegelagerer, aber da sich mitten unter ihnen eine junge Frau im Brautkleid befand, konnte es auch in meinen Augen nur eine Hochzeitsgesellschaft sein. Die meisten waren maskiert, und sie standen in kleinen Rudeln nicht nur auf der Straße, sondern auch links und rechts auf den Wiesen herum. Auf der Straße tanzte eine Figur mit einem Akkordeon; der Akkordeonspieler schien mir aus einem Kartenspiel zu stammen: Diese hüpfenden Bewegungen, das Einhämmern auf das Instrument beim Auf- und Abspringen, die nach innen gedrehten Füße und die starre Maske einer halbherzig ekstatischen Fröhlichkeit.

Da ich kurzsichtig bin und schon damals eine neue Brille benötigte, erschrak ich über ein Wesen auf der Wiese, das – so viel konnte ich erkennen – von einem Jüngling, der als Bauernweibl verkleidet war, im Zaum gehalten wurde. Das Wesen war ein Pferd, aber es hatte Hörner. Ich ging näher heran und sah, daß das bockige gehörnte Pferd aus zwei Menschen bestand, die unter den angedeuteten Peitschenhieben des Bauernweibls außer Rand und Band gerieten. Sie wanden sich wie in Krämpfen und brachten auf der Wiese die schrecklichste Peristaltik zusammen.

Auf der anderen Seite der Straße lag ein riesiger Baum, den zwei einander gegenüberstehende Männer unter den Zurufen erheiterter Zuschauer in der Mitte durchzusägen versuchten. Eine junge Frau stand dabei, mit einem Topf in der Hand, den sie langsam ausleerte, um – wie ich vermutete – die Schnittstelle des Stammes zu wässern. Mir gelang es, unbeachtet dem Treiben auszuweichen, und so war es mir besser als dem Autofahrer ergangen, der jetzt an der Hochzeitsgesellschaft vorbei wollte. Die Ausgelassenen gaben aber die Straße nicht frei. Sie zerrten den Fahrer aus seinem Wagen,

was sie gewiß für eine einladende Geste hielten. Dabei brüllten sie ihm »Ein Prosit, ein Prosit, ein Prosit der Gemütlichkeit« in die Ohren, so lange, bis er den Text gelernt hatte und selber in der Gesellschaft ganz und gar aufgehend mitbrüllen konnte: »Ein Prosit, ein Prosit, ein Prosit der Gemütlichkeit.«
Ich war am Ende des Areals angekommen, das sie für sich besetzt hatten. Da stand auf der rechten Seite der Straße ein kleiner Tisch, feinsäuberlich von einem weißen Tischtuch bedeckt. Auf dem Tisch stand eine uralte, eine antike Schreibmaschine und ein altmodisches Telefon, von der Art, wie man es aus den Kriminalfilmen der vierziger Jahre kennt. In diesen Filmen erschienen solche Telefone in der Totale, sodaß auch die Leute aus den hintersten Reihen begreifen mußten, jetzt kommt ein Anruf, und jetzt kommt es auf einen Anruf an.

Für einen Augenblick dachte ich, das Telefon wäre angeschlossen, und ich ging neugierig von der Straße ab, um die Schnur zu verfolgen; sie endete im Gras. Bei meinem Umweg sah ich, daß auf dem Tisch ein Zettel lag. Darauf stand: »Martin bei der Arbeit!«, und ich begriff, hier wurde die Arbeitsstelle des Bräutigams zu feierlichen Zwecken symbolisiert. Diese Sorgfalt erfüllte mich mit nachträglicher Sympathie für die lautstarken Menschen an der Straße, und als ich ein Stück weitergegangen war, sah ich auf der linken Seite noch einmal einen Tisch. Darauf lag ein Ensemble von Dingen, die ich nicht identifizieren konnte, von deren Bedeutung ich keine Ahnung hatte. Ein Zettel brachte zwar keine Klarheit, aber immerhin eine vage Vorstellung davon, was das Ganze sollte. Ich las: »Gerti beim Hobby!«

Inzwischen war ich schon so weit gegangen, daß es mich überraschte, wie wenig ich mich anstrengen mußte, um die Burg wiederzusehen, die für mich in ihrer Lage und in ihrer

Form das Schöne darstellte, das ich lange Zeit vermißt und daher nicht vergessen hatte. Ja, die Hoffnung, daß es vielleicht doch anders wird, als man glaubt, nämlich leichter bei allem Schwergewicht – und von diesem Augenblick an, da mich die Leichtigkeit überrascht hatte, wurde mir das Gehen erst so richtig beschwerlich. Die Straße führte in einigen Serpentinen hinauf, und bereits etwas außer Atem betrachtete ich mich in einem der großen Spiegel, die über der Straße angebracht waren, damit die entgegenkommenden Autofahrer einander rechtzeitig sehen konnten. Lange hielt ich meinen Anblick nicht aus, und kurzatmig geworden, setzte ich vorsichtig einen Schritt nach dem anderen. Die Straße war von einer Insektenarmee gesäumt; ihr Summen klang böse, aber ich hatte nichts zu fürchten, denn diese Kampftruppen aus dem Tierreich waren mit Äpfeln und Birnen beschäftigt. Das Obst war von den Bäumen gefallen und lag schon lange am Straßenrand; es roch faulig in der Sonne. Von weitem hörte ich den Lärm eines Traktors, der keine Ruhe gab, der immer wieder anfuhr, nachdem er eine Zeitlang stille gestanden war. Das Schlimmste am Weg hatte ich hinter mir; zu meiner Linken lag das Burgtor. Der Besitzer hielt es mit einer riesigen Türe aus Maschendrahtzaun verschlossen. Die beiden Türflügel waren von drei Ketten zusammengehalten, an denen primitive große Schlösser hingen. Angesichts dieser lieblosen Abtrennung meiner Burg von der Öffentlichkeit fiel mir ein, was ich von ihrem Besitzer gerüchteweise erfahren hatte: Er war ein Fahrradhändler aus der Stadt, spezialisiert auf Räder mit Luxusausstattung, die es den alten Reichen ermöglichten, sich im Stile neuer Armut körperlich zu ertüchtigen. Aber – so ging das Gerücht – das Fahrradgeschäft ging schlecht, und der Burgherr, der seinen Besitz von einem heruntergekommenen Grafen übernommen hatte, befand sich in einer mißlichen Lage. Er war aber, so hieß es, trotzig: Bevor er die Öffentlichkeit zuließ, Besucher für Geld durch die Burg führte, ließ er lieber das Gebäude verkommen und verfallen. Ein Charakter auf dem Lande! Ich hatte das letzte Stück vor mir, eine Kurve noch, und ich würde die Schönheit, nach der ich mich gesehnt hatte, endlich wiedersehen. Das Schlimmste am Weg, ich versicherte es mir schon wieder, hatte ich also hinter mir – und wenn ich jetzt, das heißt, in diesem Augenblick, in dem ich von meinem Aufstieg zur Burg berichte, die Augen schließe, kann ich es vor mir sehen: Vor den Augen baut sich die Burg mächtig auf. Ich unterbreche aber meine Vorstellung und schreibe einen Satz auf, der mich, einen Städter von Gesinnung und ohne Wahl, dem Lande näherbringen soll: Wenn der Hahn kräht, haben die Geister gute Laune. Dann kommt die Vorstellung wieder, und man geht auf die Burg zu, kann innehalten und sie in ihrer gedrungenen, in die Landschaft hineingebuckelten Großmächtigkeit bewundern. Von hier aus nimmt die Straße eine Kurve, die um fast 180 Grad in die Gegenrichtung führt. Weitergehend hat man also die Burg im Rücken, aber nur für kurze Zeit. Die Straße schlängelt sich wieder zur Burg hin. Die Burg nimmt man jetzt anders wahr als zuvor noch, da sie einem so mächtig erschien. Von der Höhe, die man jetzt erreicht hat, sieht sie unscheinbar aus; sie überragt die Landschaft nicht mehr. Allmählich kommt man zum Burgtor, das aber nicht der Eingang in die Burg ist. Es ist in eine Mauer eingefügt, hinter der der Burggarten anfängt, ein Gittertor, durch das man ein Stück des Gartens sehen kann; der größte Teil des Gartens breitet sich aber so aus, daß man um die Ecke sehen müßte, um eine zufriedenstellende Einsicht zu nehmen.

Jetzt, während ich die Augen schließe, um zu prüfen, ob ich

den Weg zur Burg auswendig kenne, erinnere ich mich daran, was ich an diesem Sommertag dachte, als zu meiner Linken das Burgtor lag. Ich dachte: Der Besitzer hielt seine Burg mit einem riesigen Gittertor verschlossen, und damit niemand durch das Gitter hindurch konnte, hatte er das ganze Tor mit Maschendrahtzaun umwickelt. Man nähert sich dem Burgtor. Das Tor aus Maschendrahtzaun ist nicht der Eingang in die Burg selber. Es ist in die Mauer eingefügt, hinter der der Burggarten anfängt. Von diesem Garten kann man ein Stück sehen; sein größter Teil aber breitet sich so aus, daß man um die Ecke sehen müßte, um eine zufriedenstellende Einsicht in die karge Gartenlandschaft zu bekommen. So oder so ähnlich habe ich es ja gerade schon geschrieben.

Endlich war ich oben an meinem Platz angelangt. Ich erwartete meinen glücklichen Augenblick, der auch die Wiederholung so vieler anderer glücklicher Augenblicke sein würde. Ich sah die beiden Bänke in der Sonne stehen und ging geradewegs auf sie zu. Ich blickte nicht nach links, nicht zur Burg hin. Den Anblick der Burg in der Landschaft wollte ich mir noch eine Weile ersparen. Den Anblick wollte ich mir aufheben, und ihn dann, wenn ich auf der Bank im Sonnenschein saß, zelebrieren. Ich nahm Platz und öffnete, während ich mein Gesicht langsam zur Burg hindrehte, die Augen. Aber ich sah von dem, was ich zu sehen gewohnt war, nichts mehr. Der Horizont war mir verstellt: Jemand hatte unansehnliche, ja häßliche Sträucher gepflanzt; sie fingen meinen Blick auf und machten seine Absicht, etwas Schönes zu sehen, zunichte.

Ich saß starr, gebannt auf der Bank. Der Aufstieg war ein Abstieg gewesen. Es herrschte Stille, zu der ich auch die Nebengeräusche zählte, die, wie man sagt, in der Natur dazugehören. Ferne Motoren, Personenkraftfahrzeuge, Sägewerke;

irgendein Juniorbauer, der mit seinem Moped die Landstraße kurzfristig zur Rennstrecke gemacht hatte. Aus der Burg, die ich früher als etwas Schönes in der Landschaft zu sehen gewohnt war, hörte ich eine Stimme: »Jetzt geht's, Vater, jetzt geht's!« Dann wieder nichts. Ich blickte in den Himmel, damit die Sonne mich blenden, mir in den Augen weh tun konnte. Das hielt ich eine Weile aus, bis ich resignierte. Ein Mädchen, sehr jung, sehr froh, wohl aus der Hochzeitsgesellschaft, kam vorüber. Den Frohsinn erkannte man an dem Elan, mit dem sie, mich nicht achtend, vorüberging. Unter einem Apfelbaum sprang sie hoch. Im Sprung streckte sie die Hand weit aus und riß einen Apfel vom Baum. Als sie mit beiden Beinen wieder auf dem Boden stand, machte sie einen großen Mund und biß in den Apfel hinein.

In sich verschlossen. Dieser Mensch ist arm dran, er kommt aus sich nicht heraus; Tage und Nächte grübelt er über die Verachtung, die ihm zuteil wird, er schläft kaum noch, und er ist niemals wach. Er verachtet sich keineswegs selbst (zumindest nicht direkt), aber er hat selbst oft schon andere verachtet; er kennt also die Verachtung, er weiß genau, was sie bedeutet. Läßt sich diese Bedeutung, muß er nun fragen, auch gegen ihn selbst richten? Andere können aus dem Verachtetwerden ausbrechen, indem sie ihre Verächter hassen. Er empfindet seinen Verächtern gegenüber nur Gleichgültigkeit; sie sind ihm höchstens lästig, weil sie ihm ja nahetreten, und in seiner Nähe will er solche Menschen nicht haben. Die Worte, die Ausdrücke der Verachtung sind es, die sich in seinem Kopf selbständig gemacht haben und die dort wie wild geführte Messer auf ihn einschneiden. Es ist sein eigener Wille, andere zu vernichten, den er jetzt zu spüren bekommt, und je mehr er sich durch Grübeln die Messer aus dem Kopf schlagen will, desto schmerzhafter werden die Schnitte. Nur manchmal, ganz selten, atmet er auf und schöpft Luft – wie jemand, der durch eine Operation von einem langen Leid erlöst wird, in dessen Freude aber plötzlich der alte Schmerz unwiederuflich hereinbricht. In solchen Momenten des Aufatmens sieht er eine ganz andere Welt vor sich: In ihr hat auf einmal keine Verachtung ein Gewicht, es ist die schnell verschwindende Ahnung eines Paradieses, von dem er aber genau weiß, daß es die wirkliche Welt ist. So schön könnte er es haben, wenn er es schön haben könnte. Doch das Grübeln ergreift ihn sofort, die Messer schlitzen ihn auf, er muß sich ganz objektiv fragen, ob ausgerechnet dieser von ihm gegen andere gerichtete Blick nicht ihn selbst auf den Netzhäuten seiner Verächter exakt abbildet und der Vernichtung preisgibt.

Ein deutscher Sommer

Hitzewelle.
Ein Grillverbot
Über ganz Berlin
Verhängt.

»Das ist nicht Deutschland«,
Sagt Anki, während sie ihren alten Karren
Am Luisenplatz vorbeilenkt.

Über die Betonwüste
Von Tegel
Schleppt
Der letzte Yuppi,
Gerade angekommen
Aus Frankfurt am Main,
Flug Nummer IT 790,
Seinen Samsonite
Auf Rollen.

Auf eigenem Boden
Fühlt er sich als Fremdenlegionär.
Er trägt einen schwarzen Anzug
Wie einst die melancholischen Dandys,
Die schwarzsahen
Angesichts
Des Aufschwungs der Wirtschaft.

Hoffentlich
Fängt der Grunewald
Nicht Feuer!

Keinen Tiefgang
Haben die Schiffe am Rhein,
Und in Jüterbog
Brennen die Wälder.

Über Treuenbrietzen
Kann man nicht mehr
Auf die Autobahn:
Die Zufahrtsstraße ist brandgefährlich.

An den Bahnstrecken
Böschungsbrände.
Ein Ethnologe
Flüstert's
Dem Reporter:
»In Afrika
ist es kälter
als bei uns!«

Auf der Straße
Nach Lübbenau
Im Café »Wendestübchen«
Diskutiert eine nicht heitere
Runde (europäischer Sommer der schlechten Laune)
Erstens: Die Finanzierung der Renten
Und zweitens: Schadet die Hitzewelle der Wirtschaft?

Auf einmal
Gehen ehemalige Militärgelände
Der Russen
In Flammen auf.
Alte Munition
Erhitzt sich von selbst.
Der Brand

Wird aus der Luft
Bekämpft.

Wenn mit der Munition
Die Panzergranaten
Hochgehen …

Einer vermutet,
Daß es Brandstiftung war.
Der Detektiv ohne Portefeuille
Dreht vor meinen Augen
Die glühende Zigarette
Im Kreis.

Die überregionale Zeitung
In ihrem unerforschlichen Ratschluß
(»Also dieses Gerede über die Hitze
geht einem schon sehr auf die Nerven«)
Druckt ungläubig
Aus der Bibel
5. Buch Moses 28, 22 nach:
Der Herr wird dich schlagen
Mit Dürre, Fieber, Hitze, Brand …

Auf dem Lande
Verflüchtigen sich
Noch die dringlichsten
Ozonwarnungen
In der Abendsonne.

Der Schmied und Gastwirt
Von Wiepersdorf
Führt seine alte Mähre
In den Stall.

Seine schmächtige Tochter
Sitzt zusammengekauert
Wie ein Tier
In der Ecke des Gasthauses.
Als Antwort
Auf die Frage,
Die ihr keiner stellt,
Sagt sie immerzu:
»Mir macht die Hitze zu schaffen.«

Sonntag abend auf PRO 7

Fischige Monster im Meere
tun meinem Körper die Ehre.
Sie reißen ihn in Stücke,
und im Ozean bleibt
von mir
nicht eine Lücke.

Negative Utopie. Sie erleidet alle ihre Hoffnungen als Sorgen.

Entschuldigen. Gewöhnlich entschuldigt er sich mit Lügen, und wenn er einmal nicht lügt, dann spricht er die Wahrheit entschuldigend.

Gehetzte Langeweile

Möglich, es wird uns gegen Ende des Jahrhunderts wieder so langweilig, wie es den feineren Menschen schon am Jahrhundertanfang war. Am Ende kommen wir wieder auf Ideen. Und das ist gern der Anfang des Schrecklichen.

Martin Walser, Unser Auschwitz (1965)

Seit Jahrzehnten befasse ich mich mit der Langeweile; das heißt, die Langeweile befaßt sich mit mir. Jüngst zum Beispiel in Linz. Ich hielt dort einen Vortrag, und die Erschöpfung danach vorwegnehmend, plante ich Erholung. Was mir vorschwebte, war das Grün der Wiesen an der Donau, also etwas Ländliches. Das Wort Gasthof schwebte mir vor: Schwere und Gastlichkeit, behäbiges Behagen inmitten der Natur. Ich fragte den Taxifahrer: »Sagen Sie mir bitte, wo …?« Und er brachte mich an eine merkwürdige Stelle, in ein Zentrum der Weltlangeweile, wo man sich Selbstmörder aller Länder vereinigt denken darf. Es war eine Vorstadt, nur im übertragenen Sinne weit vom Schuß, jedenfalls weit vom Fluß. In solchen Vorstädten sind die Ehefrauen einsam, und abends, wenn der Gatte erschienen ist, sind sie erst recht allein. Alles ist gepflegt, das Bärtchen des Gatten über der Lippe und das Gärtchen draußen vor der Tür. Einfamilienhäuser und Genossenschaftshäuser für besserverdienende Genossen ergänzen einander in trostloser Harmonie. Die Natur hält sich bedeckt, und von weiter draußen schaut sie herein: kleine grau-grüne Flächen und am Horizont auch dann und wann ein Hügel, der um Gottes willen kein Berg sein möchte. Nichts Aufregendes darf sein.

Und der Gasthof? Er ist zweigeteilt: Einerseits existiert er als Biergarten, in dem die Biere pulsen, vor allem zu dem Zweck, daß Ausflügler sich abfüllen. Auch Sangesfreude schlägt dem einsamen Neuankömmling, der sich vom Vortrag erholen möchte, ins Gesicht: Ja, droben auf dem gelben Wagen, da wird es schön sein, denn der Wagen bewegt einen wenigstens fort – fort von den übermüdeten Kellnern, die nur noch mittels einer unaufhaltsamen Mechanik funktionieren: Zombies mit Tabletts. Aber innen im Gasthof ist der Gast selber der Zombie. Die Zimmer, auf der anderen Seite des Biergartens, hinter dicken Hausmauern, sind totenstill und auf eine vernichtende Weise gerade frisch renoviert. Ein Mensch mit der Vorliebe für die Farbe Blau hat sich ausgelebt: blaue Wände, blaue Bettwäsche, blaue Vorhänge. Serienklo, Seriendusche, blaue Duschvorhänge, aber doch: die allerneueste Telefonanlage. Ich telefoniere hinaus, aber verdammt, ich komme nicht hinaus. Ich probiere und probiere, gebe dann auf und rufe eine Hausnummer an, Nummer 18: die Bar. Die harscheste aller oberösterreichischen Frauenstimmen teilt mir mit: »Der Chef ist nicht da, und er allein kann das Telefon anstellen!« Ich möge mich doch bequemen, den »Münzer« in der Gaststube zu verwenden, aber nein, lieber mache ich mich auf und suche mir eine Telefonzelle in freier Wildbahn. Mittlerweile bin ich verwirrt, verstört. Ich denke, der Mythos vom Taxifahrer, der einem Bescheid sagt, führt in die Irre. Wer ihn nach dem richtigen Ort der Entspannung fragt, macht die Rechnung ohne den Wirt, das heißt: Er unterschlägt den feinen Unterschied, daß Menschen seines Berufes sich anderswo entspannen als ich, der Nervöse. Nein, nein, ich behaupte keineswegs, daß diese Vorstadt, in der ich jetzt nach einer Telefonzelle suche, um Kontakt mit irgendeiner Außenwelt aufzunehmen, tatsächlich das Weltzentrum der Langeweile ist, das Zentrum, in dem die Selbstmörder zu ihrem letzten Symposion zusammentreffen. Ich schwöre nur, daß diese Vorstadt genau so auf mich wirkt. Keine Menschen auf der Straße, keine Menschenseele hat man früher treffend gesagt: Das Entseelte ist das Langweilige. Halt, da kommt mir ein müßiges Paar entgegen. »Entschuldigen Sie bitte«, frage ich sie beherzt, »können Sie mir – bitte – sagen, wo hier eine Telefonzelle ist?« Die beiden blicken einander erstaunt in die Augen; sie sind ernsthaft interessiert, es fällt ihnen in diesem Augenblick nämlich zum ersten Mal auf, daß sie nicht wissen, wo hier eine Telefonzelle ist. Diese Auskunft erteilen sie mir knapp, und dann gehen sie ihres Weges. Ich irre herum, Trial & Error, die Großfirma, bei der ich einmal Trial bin, oft aber auch nur Error, eine fatale Partnerschaft, wir steuern die Firma in den Abgrund ...

Aus einem schmucken Genossenschaftshaus, besser müßte es heißen Genossenschafts-Eigentumshaus, kommt eine ältere Dame hervor; sie, denke ich visionär, wird hier nicht wohnen, trägt sie doch in jeder Hand eine Plastiktüte, ganz so wie jemand, der seine Beute vom Schlachtfeld, sprich vom Arbeitsplatz, in die eigene entlegene Höhle bringt. »Entschuldigen Sie bitte«, frage ich sie, »können Sie mir – bitte – sagen, wo hier eine Telefonzelle ist?«

Ja, ich habe es nicht vergessen, auch weil ich schon so oft darüber gesprochen habe, daß ich seinerzeit als Gymnasiast in London, in der Großstadt, Menschen aus purer Langeweile nach dem Weg, den ich eh kannte, gefragt habe, nur um die eigene Stimme zu hören und um mich wieder für das Frage-und-Antwort-Spiel anzumelden, für den Dialog, der etwas, der irgend etwas mit dem geistigen Leben zu tun hat. Eine Großstadt ist aber das andere: Dort sind die vielen Menschen und ihre Wechselhaftigkeiten, ihre Interaktionen von unüberwindlicher Gegenwart. Diese Gegenwart macht dich klein, du bist das Individuum, das unteilbare, weil keiner von de-

nen, die hier heimisch sind, mit dir etwas teilen will. Alles hier erscheint dir öffentlich, wie eine riesengroße Öffentlichkeit, in der du dich bewegst, ohne hineinzupassen. Kein Wunder, daß du, Mensch aus der Weltprovinz, aus dem Windschatten der Geschichte – (»Können Sie mir bitte sagen, wie viele Jahre hier schon Flaute herrscht?«) – in diese öffentliche, in diese offene Stadt nicht hineinpaßt. Alles Offene ist dir verschlossen, kommt dir, kein Wunder, rein öffentlich vor, weil hier rein gar keiner mit dir etwas Privates im Sinn hat. Das ist das Langweilige, das Reine, das Einseitige, das um die Dialektik Gebrachte, das rein Private oder das rein Öffentliche: todlangweilig.
Frage: Wie wäre die reine Liebe, abgesehen davon, daß sie zuviel verlangt wäre? Das Lebendige ist gemischt, auch die Langeweile, das Abtötende ist eine Mischung, ein trauriges Spiel von Stimmungslagen. Das Abtötende, die Langeweile hat sogar eine eigene Geschichte, das Wechselspiel historischer Stimmungslagen. Meine Lieblingsgeschichte aus der Geschichte der Langeweile? Ich habe sie in meinem Linzer Vortrag über die Langeweile, von dem ich mich jetzt endlich entspannen möchte, eingebaut. Sie stammt von Walter Benjamin oder eigentlich nicht von ihm, erstens weil sie in seinem »Passagenwerk« etwas Notiertes, ein montiertes Notat, ist, und zweitens – na ja, aus einem anderen Grund. Jedenfalls erzählt die Geschichte von einer Zeit, nämlich vom 19. Jahrhundert, als die Langeweile epidemisch wurde, als also Unterhaltungskünstler, wie zum Beispiel der seinerzeit berühmte, heute vergessene Komiker Deburau, von sich reden machten: »Ein großer Pariser Nervenarzt«, überliefert Walter Benjamin, »wurde eines Tages von einem Patienten aufgesucht, der zum ersten Mal bei ihm erschien. Der Patient klagte über die Krankheit der Zeit, Unlust zu leben, tiefe Verstimmungen,

Langeweile. ›Ihnen fehlt nichts‹, sagte nach eingehender Untersuchung der Arzt. ›Sie müßten nur ausspannen, etwas für ihre Zerstreuung tun. Gehen Sie einen Abend zu Deburau, und Sie werden das Leben gleich anders ansehen.‹ ›Ach, lieber Herr‹, antwortete der Patient, ›ich b i n Deburau‹.«
1) Was für eine wunderbare Geschichte, so wunderbar, wie all die Geschichten, in denen einer zum Beispiel der Mörder, den er ganz im Ernst sucht, selber ist. Geschichten, die den Helden, den Akteur, zu seinem Ausgangspunkt zurückdrängen, ihn an diesen fesseln, enthalten die einzig wahre Moral für Helden überhaupt; sie lautet: Den Weg hätt' er sich ersparen können! Ich behaupte, die Anekdote von Deburau und dem Nervenarzt ist nicht nur unterhaltsam, sie ist lehrreich, und vor allem ist sie wichtig. Daß sie wichtig ist, beweise ich wie folgt: Sie wird nämlich – und deshalb sagte ich vorhin, es gibt noch einen anderen Grund für die Fragwürdigkeit der Autorenschaft Walter Benjamins – sie wird nämlich über ganz jemand anderen genauso erzählt: »Man erzählt sich, daß irgendwann im vergangenen Jahrhundert ein prominenter europäischer Arzt einen älteren Mann untersuchte. Nachdem er alles gründlich überprüft und sich die vielen unbestimmten Klagen angehört hatte, konnte der Arzt keine körperliche Krankheit finden, die die Symptome des Patienten hätten verursachen können. Wir dürfen vermuten, daß dem Arzt … der Gedanke gekommen ist, daß die körperlichen Beschwerden des Patienten höchstwahrscheinlich als Maske für eine tiefverwurzelte Gemütsbelastung und Depression dienten. Plötzlich kam ihm eine gute Idee. Zufällig war Josef Grimaldi, vielleicht der größte Clown aller Zeiten, in der Stadt, um am Abend eine Vorstellung zu geben. Der Arzt zuckte die Achseln, weil er zu keiner Diagnose gelangen konnte, und riet dem Patienten: ›Warum gehen Sie nicht zu

Grimaldi heute abend?‹ Das Gesicht des alten Mannes bekam einen gequälten und enttäuschten Ausdruck, und er rief aus: ›Ja, verstehen Sie denn nicht. Ich bin Grimaldi!‹«

2) Was ich nicht verstehe, ist: Wieso macht mir das Freude, solche Parallelitäten zu entdecken, die von nichts anderem künden als von der gähnenden Langeweile der (Kultur-)Geschichte, in der die Akteure sich in ihren Routinen erschöpfen, und in der sich immer wieder was ereignet, weil die Clowns nicht zu Hause bleiben, sondern zum Arzt gehen oder in den Kriegsrat oder gar zur Geliebten? Vielleicht der größte Clown aller Zeiten – wer wird da nicht neidisch, aber was soll daran wichtig sein? Das 19. Jahrhundert begrüßt die zweite Hälfte des 20.! Wichtig ist daran nämlich, daß die Anekdote die Aussichtslosigkeit lehrt, durch Unterhaltung die Langeweile, den Lebensüberdruß, die Gemütsbelastung, die Depression zu besiegen. Keine Chance, weil die Unterhaltung der gewaltigste Funktionär der Langeweile ist: Die couch potatoes öden sich an, wenn sie Gottschalk gucken, den reinen Unterhalter, und auch wenn sie's in ihrer Verödung nicht selber bemerken, nach jeder Samstagabendshow, bei der sie sich »gut unterhalten« haben, sind sie noch ein bißchen mehr dem Lebensüberdruß, dem Vitalitätsmangel ausgeliefert. Ach, welcher Durst nach Amusement ist in dieser Gesellschaft, in der wir Kleinbürger uns zu Tode langweilen, und in der die Idioten uns mit Befunden daherkommen, wir würden uns zu Tode amüsieren!

Ja, ich mache mir eben Gedanken, und deshalb habe ich auch vergessen, was mir die gute Frau erklärt hat, wie man zur nächsten Telefonzelle kommt. Es gehen Leute allein durch die Wüste, und wenn's sein muß, sogar durch die Eiswüste. Da sollte ich in einer Linzer Vorstadt die Telefonzelle nicht finden? Ich kann ja im Gehen suchen und gleichzeitig nachdenken. So denke ich eben an den Mann auf der neuseeländischen Fünf-Dollar-Note. Der hat sich realiter so gelangweilt, daß er vor lauter Langeweile in die Berge ging. »Ich stand auf dem Everest«, nannte er sein Buch. Ursprünglich hätte es heißen sollen: »Ein Kampf gegen die Langeweile.« »Well«, hatte Edmund Hillary, der Erstbesteiger, gesagt, »we knocked the bastard off.«

3) Der Mensch überwindet entweder aus Not oder aus Langeweile die Widerstände. Die wahrhaft pessimistische Weltanschauung lautet: Entweder peinigt den Menschen die Not, dann langweilt er sich nicht. Oder der Mensch hat keine Not, dann quält ihn die Langeweile. In der Not hat man keine Zeit, man geht in der Außenwelt auf, der man etwas für sich ablisten muß. Hat man aber alles Nötige, dann ist man über kurz oder lang mit sich selbst allein. Die Welt ist einem Wurscht, und wenn nicht, dann hat man keinen Kontakt zu ihr und man entdeckt in sich: die Leere, die einem die Zeit so lang macht. Man langweilt sich. Am besten ist die Zeit, wenn sie ihr eigenes Verschwinden bleibt. Man merkt dann nicht, daß sie da ist, vergleichbar mit der Gesundheit, die man nicht speziell wahrnimmt, die aber in allem, wozu man in der Lage ist, eine Rolle spielt. Was die Gesundheit ist, davon macht man sich den einprägsamsten Begriff, wenn sie fehlt: in der Krankheit. Die Langeweile ist eine Zeitkrankheit. Die Zeit verschwindet in einer begeistert ausgeübten Tätigkeit; sie wird präsent, wenn man nichts »Sinnvolles« zu tun hat. Sperrt man jemanden in einen Raum (oder mich in die Vorstadt), beschränkt man den (Bewegungs-)Raum eines Menschen gar auf das lächerliche Maß einer Zelle, dann leidet er, falls er nicht klaustrophob ist, weniger am Raum, sondern in der Hauptsache an der Zeit: Die Zeit wird ihm eine Last. Gerichtsurteile verkünden den Ort der Unterbringung,

aber ihr Hauptakzent liegt auf der Zeit, auf der Länge der Strafe. Die Zeit ist die Folter, auf die der Gefangene gespannt ist. Als Last schlägt die Zeit in eine Art Gefühl um oder besser in das besagte Syndrom, in eine Konstellation von Gefühlen, die auch verschiedene Intensitäten – bis zur tödlichen Langeweile – zustande bringen.

In meinen schweren Zeiten der Langeweile empfand ich sie als eine Art Wundsein; sie ist kein scharfer Schmerz, aber ein Schmerz, der gerecht verteilt ist: Er läßt nichts aus, er ist, wie soll ich es sagen, an allen Orten der Seele zur Stelle; er ist wie ein Klingen, wie ein einziger anhaltender, durchdringender monotoner Ton, er ist ein Selbstgespräch ohne Inhalt, ohne Thema, ohne jemanden anderen. Der Schmerz der Langeweile gehört zur Einsamkeit, und sich mit jemand anderem langweilen heißt, daß so ein anderer einen kalt und allein läßt. Das »sich« im Langweilen ist nicht das einer quasi harmlosen Selbstreflexion, sondern mit diesem »sich« steht man unerlöst, auf sich zurückgeworfen da, und weil ich gerne im Terminologischen deliriere, spreche ich jetzt auf meinem Irrweg durch eine Linzer Vorstadt vom Sichtum des Ich, das in der Langeweile zum Ausdruck kommt. Jetzt bin ich ja mehr ein Praktiker der Langeweile und habe den Wunsch, sie loszuwerden. Aber als ihr Erforscher möchte ich sie gar nicht loslassen und ich entwerfe das Projekt, die Analysen der historischen Formen der Langeweile – angefangen von der, die die Höhlenbewohner in ihren unbeleuchteten Nächten erlitten – mit einer phänomenologischen Betrachtung zu verbinden: historisch-systematisch! Die Langeweile der Mönche im Mittelalter, der Mittagsdämon, was für eine Sünde: Der vom Beten aufgeriebene Mensch gerät zu Mittag in einen anhaltenden Überdruß, und plötzlich ist der Messias da, und der Mensch nimmt, obwohl er zeit seines Lebens auf nichts an-

deres gewartet hat, den Messias gar nicht wahr, bloß weil ihm sterbenslangweilig ist. So ändern sich die Zeiten, und das ist die große Schwierigkeit des Diskurses der Langeweile: Jemand wie ich, ein Literat, ist unweigerlich versucht, aus dem unendlichen Zitatenmaterial der Langeweile-Geschichte die wunderbaren, schon längst gesprochenen Sätze über die Langeweile noch einmal zu zitieren. Es gibt ganze Bücher, die nichts anderes tun 4) – zum Glück, denn sie eröffnen den riesigen Horizont und bieten zugleich einen ersten Einblick in die sagenhaften Verästelungen des Themas.
Und ich, wenn ich jetzt durch die Vorstadt marschiere, rastlos, was ist mit mir, welches Zitat paßt auf mich? Ich gebe ja zu, mein Linzer Vortrag über die Langeweile mißlang. Kaum hatte ich auszuführen begonnen, daß die Langeweile eine Grundweise des Daseins sei, nicht mit einer Verstimmung zu verwechseln; vielmehr sei sie eine Ungestimmtheit, genauer, eine fahle Ungestimmtheit, in der das Dasein an sich selbst überdrüssig wird und sich ihm so das Sein als Last offenbart, kaum hatte ich dies auszuführen begonnen, wurde ich schon unterbrochen. Dies sei langweilig, sagte ein Herr, der sich nicht eine Sekunde leisten wollte, ohne seiner eigenen Stimme zuzuhören. Schon führte er seinerseits aus, daß ihm selber niemals langweilig wäre: Er lese eben Schopenhauer und wäre überhaupt gebildet. Daher käme bei ihm, anders als bei den Trotteln, die die Mehrheit bilden, niemals eine Langeweile auf. Aus war der Vortrag; es folgte ein fruchtloser Streit, in dem ich leidenschaftlich die Langeweile lobte: Die Langeweile storniert die elende Geistesgegenwart. Immer zusehen, wo man bleibt, immer sehen, wo die anderen stehen, immer vif und auf dem Posten. Auf diese Weise kann nur entstehen, was es eh schon gibt. Erst die Langeweile, der Überdruß, der Ekel ermöglichen, daß sich etwas zusammenbraut: Das ist ja

wie eine Trance, aus der wenigstens der Möglichkeit nach neue Klarheiten kommen können. »Neue Klarheiten!« spottete der Herr. Am Ende haben die Leute, die doch meinen Vortrag besuchen wollten, gesagt, sie wären meiner überdrüssig. Sie zogen unter der Führung dieses Menschen ab, der gegen mich den Einwand erhoben hatte, ich wäre langweilig. Na und? Die Furcht, langweilig zu sein, und die Furcht vor der Langeweile macht doch Idioten aus euch allen. Das mich ausscheltende Gemurmel der Abziehenden habe ich im Ohr. Deshalb hetze ich durch die Vorstadt auf der Suche nach einer öffentlichen Telefonzelle, um jemanden anzurufen, der meine Kränkung lindert.

Ich kann ja sagen, welches Zitat auf mich paßt: In meiner Hetzerei durchs Leben erleide ich die Langeweile in ihrer modernsten Form. Langeweile, sagt der Philosoph, sei »die Sucht des Zeitgewinns bei Verlegenheit seiner Nutzung«.

Gehetzt: Ständig möchte ich Zeit gewinnen, aber wenn ich sie hätte, wüßte ich nicht, was tun. Jetzt suche ich eine Telefonzelle, aber eine Vorstadt ist das eine, im Unterschied zum anderen: Überwältigt dich in der Großstadt die Öffentlichkeit, ist in der Vorstadt das öffentliche Leben verschwunden. In der Großstadt wird man kleinlaut, hier fühlst du dich groß und findest alles sonst eng und beschränkt. Angesichts der öffentlichen Telefonzelle, auf die ich am Rande des Biotops Vorstadt endlich gestoßen bin, und zwar dort, von wo aus die öffentlichen Verkehrsmittel, die Straßenbahnen ins Zentrum von Linz hineinführen, fasse ich den Verdacht, daß mir diese Vorstadt nur deshalb zuwider ist, weil sie ihre schreckliche Gemütlichkeit stolz exponiert, während ich vor mir selbst geheimhalte, wie sehr ich von dem abhängig bin, was man hierzulande gepflegte Langeweile nennt. Wen soll ich denn anrufen? Außerdem ist eh keiner zu Haus. Fast kommt es soweit, daß ich mich nach der blauen Box im Gasthaus sehne, nach dem Zimmer, in dem über dem Bett der Fernsehapparat thront.

Lebensglück

Der Gang
Und der Gäbe
Ein Blick
Durch die Stäbe
Die Lüge, die Wahrheit
Der Vater, die Mutter
Der Turm und die Kirche
Die Rente im Alter
Die Angst im Moment
Die Wahrheit, die Lüge
Von allem getrennt
Vom Vater, der Mutter
Vom Turm und der Kirche
Von der Rente im Alter
Von der Angst
Im Moment.

Neue Sicht

Ich habe ein Gerstenkorn
Auf meiner Brille.
Behalten Sie es im Auge,
Hat der Arzt gesagt.

Charlie Chaplin

Mit dem Leichtgewicht des Steckens
Hält er das Gleichgewicht des Schreckens.

Der alte Dichter und seine Sendung. Aus der Form, aus dem Geschäft. Der alte Dichter geht seinen Weg, und der Winterwind peitscht zum Beispiel durch seine Erinnerung. Was halten Sie von der Revolte in Polen derzeit? Derzeit ist heute schon damals, ist gewesen-gewesen (also doppelt vergangen, das hält für alle Zukunft besser) zum Glück, und was sollte er schon halten, dafürhalten, gehalten haben, damals? Er empfand manchmal eine solche Liebe zu den Meinungen, daß er sie unbedingt zurückhalten wollte. Für sich allein zurück – nie wieder, sagte er dem Publikum, eine Meinung von mir! Die Erniedrigung, die Sklaverei, die Gemeinheit, die Menschenwürde – ein Themenkatalog. Guten Nachmittag, wünscht Ihnen Christl Reiss von Radio Österreich. Ja, warum nicht, liebe Christl: Die wirklichen Sätze sind eine dichterische Sehnsucht; sie werden nicht gesagt, sind niemals spruchreif und ergreifen doch unsagbar und zuhauf die Leser. Dafür müssen wir kämpfen.
Wer glaubt noch an die Politik? Das alte Hollywood ist weg (good old Hollywood is dying), auch der schmierige Singsang ist weg, die Architektur ist am Ende, und mir ist kalt, sagt der alte Dichter, die Hadikgasse (wie lange noch?) entlangschreitend, Schritt für Schritt. Das ist das Metrum; es nimmt, bestimmt seinen Gang. Daneben die Autos auf Fahrt. Vom Straßenlärm läßt einer wie ich, sagt der alte Dichter zu sich, sich gern in Trance versetzen und überhaupt versetzen. Das Exil phantasieren: Ins Ausland übersetzen, die Westbahnstrecke entlang. Positives Fremdeln, auch das ist zu bekämpfen. Er kannte Leute, die sehr gebildet waren, interessant, sodaß es sich gleichermaßen lohnte, mit ihnen bekannt zu sein wie sie zu hassen. Aber was war mit diesen Leuten los, weshalb erwähnte er sie jetzt, was hatten sie mit alledem zu tun? Das Gedächtnis war intelligent genug, bei seinen Selbstge-

sprächen hin und wieder schwach zu werden. Da fiel es ihm schon wieder ein.
Es fällt mir ein, ja, diese Leute, meine Freunde, lachen schon bei dem Wort Österreich, oder besser, sie lachen schon bei dem Wort Österreich, guten Tag, meine Freunde, auf, sie lachen auf. Der Name ihrer Staatsnation gilt ihnen als Synonym für Schwachsinn, und Schwachsinn war ihr Lieblingswort in allen Lebenslagen. »Was ist denn das für ein Schwachsinn«, sagten sie froh, und sie reichten einander Belege für den neuesten Schwachsinn. Ihr helles Auflachen war damals in vielen Stuben, aber es fragt sich, ob diese Säcke auch nur einen einzigen Gedanken dem Ernst des Lebens der vielen widmen konnten, die der Schwachsinn bis aufs Gebein ausgezehrt hatte, sodaß sie am Ende tatsächlich den Schwachsinn verkörperten, ihn darstellten wie auf einer Bühne für die anderen Idioten, die zum Schwachsinn beitrugen, indem sie ihn konstatierten, oder indem sie zitierten, wie die anderen Schwachsinn konstatierten. Alle sitzen im selben Boot und leisten ihren Beitrag zum allgemeinen Geruder, sagte sich der alte Dichter, die Ruderboot-Metapher wählend, und er dachte, das ist das stärkste Argument dafür, stillzuhalten und nicht mit seinem vollen Maul ins Schwanken zu geraten. Man stürzt sonst raus in die weiten Fluten, und man ist doch kein Seemann. Man ist Landmann und Landsmann. Wo ist ein Land in Sicht, das ein halbwegs gebildeter Mensch ohne Auflachen zur Kenntnis nehmen dürfte? Aber das Lachen hat im Ohr des alten Dichters plötzlich etwas Parasitäres, nichts mehr Revolutionäres. Es klang wie ein monotoner Ton, auf den sich einige eingestimmt hatten, die mit ihren Stimmungen dem Herrgott seinen lieben Tag stahlen. »Drah kan Füm, Oida, oda i tritt da in de Eia!« sagte zum Dichter gerade ein Jugendlicher, der aus der Onno-Klopp-Gasse geradezu her-

ausschoß, aber Gott sei Dank ließ auch dieser Tagedieb keine Taten folgen, denn er war ja in Eile. Erstaunlich, rief ihm der Dichter mutig nach, wie schnell Bedrohungen heutzutage an einem vorübergehen! Der Dichter hatte seine gute Zeit; er war schon in aller Munde und jetzt auch im Fernseh gewesen. (»Fernseh« hatte er einmal geschrieben gelesen, und der, der Fernseh geschrieben hatte, geißelte mit der Verballhornung die aufdringliche Intimität von Fernseh, also von der Television.) Der alte Dichter hingegen sagte »Fernseh« des Reimes wegen, wegen Fernweh. Aber Fernseh ist Fernseh. Darauf läuft es hinaus, was im Inneren los ist, warum einer Fernseh sagt, von wegen der Scheiße im Fernseh oder wegen Fernweh, geht keinen was an. Wir, sagte der alte Dichter contre cœur, sind Behaviouristen, achten auf das Äußere und sehen in uns selbst hinein, als wären auch wir das Äußere von uns selbst. Diesen Gedanken notierte der alte Dichter, alleinstehend in der Onno-Klopp-Gasse, Wort für Wort, und zwar unter »14. Bezirk, Onno-Klopp-Gasse«.

In der Sendung »Dichter über Dichter« hatte er Rede und Antwort gesessen. Er hatte sich eingeredet, die Endlosschleife seiner Selbstgespräche im Haar. Immer wenn er ausreden möchte, redet er sich ein und sagt sich was. Das Fernseh legt jetzt eine Art Künstlerlex in Videoclips an. Was kann der Fernseh für die Kult tun? Eine Lex der kreativen Kräfte des Landes? Eine gute Anlag – je nun. Das kreative Potential macht sich halt, und vor allem es ist so schön. Die nett Leut, die Dichtersmanne, die Architektuer, die Bilderer, die vom Theater, die Musikfranzen und -fritzen, die Romanciers, die Dirigent, die Opernführer, ein ganzer Staat im Staat. Der Dichter war dementsprechend hochvif gewesen; er hat keine Frage sich verbeten, niemals gesagt: Das verbitte ich mir, er hat eine jede Frage eingeräumt, alle Fragen ausgeräumt, also

ausgeträumt, wie er selbst sagte. Aber nicht nur das; er war fasziniert dagesessen. Jede Frage schien ihn mit einem derartigen Erstaunen zu erfüllen, als hätte er so eine Frage noch nie erlebt.
Es waren natürlich die alten Hadern, nach denen man ihn fragte, denn es gibt ja nichts zu fragen. Aber das brennende Augengelichter, das eine jede Frage beim Dichter aufs neue entzündete, die Frage, eine jede, war dem Dichter aufs Auge gedrückt, entflammte auch den Frager für den Dichter. Das wird meine beste Sendung, denkt sich der Frager, die Antworten im Ohr und den Ruhm im Herzen, und fragt eine alte, abgestandene Frage. Der alte Dichter nimmt sie überrascht auf. Erstaunt blickt er auf den Frager, ja, das habe ich mich nicht einmal noch selber gefragt, und er wiegt seinen Kopf abwägend zwischen den dergleichen gewohnten Schulterblättern, um dann bei der nächsten Frage, wie von Überraschung überwältigt, seine ganze Körperhaltung gleichsam auf diese eine Frage einzustellen. Er dreht dabei den Dichter-Körper auf dem Sessel in die eine oder in die andere Richtung. Also geht ihm die Frage sogar körperlich nahe. Die Frage geht mit dem Dichter durch. Die Frage ist sein Schicksal. Der Dichter nimmt sich Zeit, und zwar alle Zeit der Welt, die Frage zu beantworten. Langsam entsteht die Antwort aus dem Fundus der Frage; alles schon gefragt, gesagt und abgehakt.
Nur einmal kommt der Dichter leicht aus der Ruhe, nämlich selber ins Fragen hinein, als ihm die Aktentasche mit seinen Manuskripten einfällt, die er im Sondergastraum zurückgelassen hat. Wird sie noch dort sein, wenn er alle Fragen beantwortet haben wird? Der Frager fragt jetzt nach. Oft ergibt sich erst aus der Nachfrage die Antwort, die man sucht. Eines Tages wird auch der Frager gesucht sein, und er gibt dann

die Antworten auf Fragen nach den Fragen, die er gestellt hat. Er hat das Fragestellen zu einer Kunst entwickelt; eines Tages wird man alles über diese Kunst wissen wollen, und er selbst wird dann dasitzen und das seltsame Erlebnis seines Fragens zur Antwort geben. Als Befragter wird er nicht unheikel sein; er wird seinen Lohn wollen für die Mühen seines Nachfragens, für die Kennerschaft der Schleichwege zu den Befragenswerten. Er wird sich stundenlang befragen lassen, und wenn ihm eine Frage nicht paßt, weil sie von Verständnislosigkeit zeugt, wird er aufspringen und widerwärtig sein. Seine Fragen stehen schon heute in den besten Magazinen. Das Papier ist trocken, es saugt den Schleim besser als das Fernseh. Er unterscheidet zwischen skandalösen und seriösen Fragen; die seriösen Fragen sind für das Fernseh: »Und, was glauben Sie, würde Ihre Mama ...« Die skandalösen Fragen für das Magazin. Man fragt einen Mann, was ihn verletzt hat, verleitet ihn dazu zu referieren, daß es nicht mehr weh tut, und er kommt immer wieder darauf zurück, daß es nicht mehr weh tut. Es geht darum, die Unschärfen herauszuarbeiten, und zwar genau. Man spielt dem Mann den Namen seines Feindes zu und gibt dann in der transkripierten Fassung wieder, wie der Mann den Namen seines Feindes ausspricht. »Ich lieb' dich überhaupt nicht mehr.« Oder man läßt den Mann sagen, wem er sich überlegen fühlt. Der Mann trommelt sich aufs Brustbein. Er fühlt sich überlegen: Robert Musil, James Joyce, Marcel Proust, Reinhard Priessnitz, Gustav Ernst, Josef Haslinger, Thomas Bernhard, Peter Handke, Heiner Müller, Andre Müller, Luciano Pavarotti, Rocky Marciano, Oswald Wiener und John Updike.
Das ist wie im Kino, also wie Fernseh am Samstag nachmittag, wenn der dicke Italiener als Banana Joe in einem nicht näher bezeichneten fernen Unrechtsstaat die einheimischen

Gauner verprügelt; es ist nur für ein anderes, für ein viel weniger lockeres Publikum gemacht. Gemach, mein Freund, folgen wir ihm ins Gemach, dem Freund: Ein Gespräch muß sich anhören wie ein Ringen zweier überspitzter und übertrainierter Menschenphantome, die sich gut eingeschleimt aneinander reiben und die zur Fragestunde ihre Hauptorgane virtuos exponieren, während sie gleichzeitig überzeugend darlegen, gerade dergleichen nicht im Sinne zu haben. »Und die Mama …« Dem alten Dichter war das Wurscht; obwohl dieses Spezialkönnen, diese seine Fähigkeit zu sprechen und dafür geliebt zu werden …

Es ist schon merkwürdig, dachte der Dichter, während er sprach, um geliebt zu werden, ich sage gegen euch alle die härtesten Wahrheiten, ich kreide euch jeden Atemzug eurer Giftlungen an, und ihr habt gar nix gegen mich. Ihr bringt gegen mich nichts vor, ihr schätzt mich; mein Verleger sagt, ihr »liebt« mich. Entweder, sage ich meinem Verleger, ist die ganze von mir adressierte Bagage, also die Gesellschaft überhaupt, so korrupt, daß sie das Beschwören ihrer Schlechtigkeit als Anreiz, zum Aufreizen ihrer verschlammten, verschleimten Lethargie herbeisehnt. Das, genau das, hat der alte Dichter schon einmal gesagt, mitten in die Leute hinein, und im Magazin stand, er habe es »kritisch angemerkt«. Im nicht laut werdenden Selbstgespräch während der Sendung sagt sich der alte Dichter, daß er ja doch genau weiß, wie er's macht, nämlich instinktiv: Instinktiv, sagt er insgeheim, lasse ich bei der schärfsten Kritik durchblicken, daß wir doch allealle Menschen sind, ein jeder ist teilweise ein All-Mensch, also sind alle ein Bund Hadern. Ich greife sie an und spreche sie frei, das ist meine Kunst. Für eine Sekunde in diesem Gespräch während der Sendung, in der er zugleich nach außen spricht, sich also laut werdend entäußert, hat er eine Frage:

Ist ein Instinkt, den man als solchen erkennt und ausübt, überhaupt noch ein Instinkt? Wie akademisch er manchmal sein kann, sagt sich der alte Dichter. Gegen jegliches Paradox (und überhaupt gegen jegliches Sein) hilft immer Verzeihen, nämlich Sich-Verzeihen. Der Nächste, der man sich selbst ist, bedarf der Nachsicht. Wenn's darauf ankommt, ist man wie die anderen, die man anklagt, aber das macht nichts, denn auch darüber kann man klagen: Klage führen und sich verzeihen, vor allem das Unverzeihliche, das, einmal gebeichtet und angeklagt, zu den Highlights des Persönlichen gehört. Beschuldigen und freisprechen, auf meiner Leitung ertönt immer das Freizeichen, sage ich allen, auch wenn ich längst abgeschaltet habe. Aber das war ihm jetzt Wurscht, dem alten Dichter. Wichtig war ihm seine Arbeit: die Aktentasche mit den Manuskripten im Sondergastraum. Es genügt nicht, irgend etwas zu sein, man muß es auch darstellen können (ist gleich Kunst). Aber in den Darstellungspausen, in kleinen blitzartigen Momenten, fiel ein dichterischer Blick der Verachtung auf seinen Interviewer. Im seriösen Gespräch hatte der Dichter ja nichts Skandalöses zu fürchten, also keine Kritik, die ihn immer hellwach machte (und die ihn gegen Kritik überhaupt einnahm), während er doch das kreative Dösen für sich suchen mußte, diesen Schlaf, aus dem mit einem Schlag die besten Einfälle kommen. Jetzt hatte er nichts zu befürchten, er konnte sich kurz, eben blitzartig dem Durchschauen seines Visavis widmen.
Der Mann war ein Gschissener, dieser Oberbefrager und Chefinterviewer; ein Taxonom, der deinen Wert, o alter Dichter, mitbestimmt – und der in diesen Augenblicken der verschränkten Zeiten und beschränkten Personen (die in allerhand Identitäten auftauchten und wieder verschwanden) deinen Wert, o alter Dichter, überhaupt allein, »exklusiv«

festlegte. Der Gschissene tat so, als ob die Obszönität seiner Gespräche ihm ein reiner Hochgenuß wäre. Sie war ihm aber nur Ersatz für eine Potenz, die er andauernd in anderen vermuten mußte. Er strich um die Potenz der anderen, so dachte der alte Dichter, mit seinen Fragen herum, wollte ihre Ejakulationen beobachten und sie herzeigen, als ob sie von ihm selbst stammten, wollte aber auch beim Versagen dabeisein, und wer weiß, vielleicht wollte er bloß das Versagen als die andere Seite der Potenz glänzend herausstellen? Dennoch übersah der alte Dichter, im Unterschied zu den meisten Befragten, nicht, wieviel Kraft so ein Mann am Ende doch kostet: Händel, verschwiegenen Streit und dieses schale Gefühl, Worte, von denen man lebte, aus Egoismus ehrlich leben wollte, mißbraucht zu haben. Er saß diesem Mann schon seit einer Stunde gegenüber und hatte von ihm das Gesicht nicht gesehen. Es war keines da, nur eine Stimme, ein Singsang mit Dornen (Natur) und ausgeworfenen Ankern (Technik). Das Tonband, die Kamera. Wir sind zivilisiert, daher wird uns nicht voreinander schlecht, und wären wir Wilde, dann hätten wir zu solchen entlastenden Bemerkungen keine Möglichkeit; und auf brillante Art teilt der Dichter gerade mit, daß er nichts mehr haßt als Brillanz, und vergißt dabei, sich selbst zu beobachten, wie er nicht ungeschickt aus allen Klischees einer in früheren Zeiten vielleicht wirklichen Genialität eine derzeit wirksame Originalität formuliert.
Der alte Dichter (der seine Existenz ja bloß einer Assoziation verdankt, nämlich der zum alten Richter) dachte plötzlich an das Wort einer von ihm geschätzten Kollegin. Sie hatte gesagt: »Jemanden beschreiben heißt ihn hintergehen«, aber er fügte für sich hinzu: Wie sollte man aufhören, die zu beschreiben, die einen andauernd hintergehen? Währenddessen tauscht er mit seinem Befrager ein paar Worte aus. Worte

stinken nicht. Worte sind vor dem Mikrophon die Münze, die es kostet, um die Form zu wahren. Der Befrager war gegen sein eigenes Versagen immun; er hätte es ja im Paket mit dem Gespräch verkaufen können. Auch sein Versagen wäre skandalös gewesen, eine Aufregung. Das Spektakel war ein geschlossenes System, sagte sich der Dichter, und dennoch gab es immer wieder seltsamen, überraschenden Kulissenwechsel: dieses ganze herrische Vorführen der eigenen Heldenhaftigkeit im Gespräch, und im Gegensatz dazu die Unterwürfigkeit des Befragers, diese militante Selbstverkleinerung, die im Grunde (»im Grunde« sagte der alte Dichter) nichts Großes, also auch nicht den alten Dichter, dulden wollte. Pro domo, aber auch mundo hätte er fast gesagt: »Die Impotenz möchte durch ihre Bitte um Bescheidenheit die Leistung verhindern.« Aber er blieb den Satz schuldig, er wollte ihn sich nicht leisten, ausgesprochen wäre ja alles umsonst gewesen. Man muß vorsichtig und sich einig sein. Das gilt im Kleinen, aus dem man die Kraft schöpft, im Großen unbestechlich zu bleiben. Man spielt so mit, daß noch Platz für das eigene Spiel bleibt; für diesen Platz muß man kämpfen, auch indem man mitspielt. Man hat Verantwortung, für sich und sein eigenes Spiel.

Vor kurzem (man könnte auch sagen: vor zweitausend Jahren) waren die Dichter noch gut gewesen, hatten in ihrer Güte alle Entrechteten verteidigt und waren auf diesem Weg auf ihren grünen Zweig gelangt. Es ging ihnen gut, während sie für die sprachen, von denen sie sagten, daß es ihnen schlecht ging. Der alte Dichter dachte, während er glänzend sprach, warum muß so eine Banalität ausgerechnet durch meinen Kopf gehen? Wäre es den Guten selber schlecht gegangen, wären sie sprachlos gewesen. Der Dichter dient den Sprachlosen als Wortverleiher, und dem alten Dichter fiel in der Sendung, die er glänzend beherrschte, eine Schönheit aus einer anderen Sprache ein: das Wort »pawnbroker«. In »The Pawnbroker« war Rod Steiger der pawnbroker, und es ging, sagte sich der Dichter, ein Ernst von dieser Figur aus, die mir im Hirn geblieben ist: der Pfandleiher. Dieser Ernst war geschichtsgesättigt und gegenwartsschwer: Alte Entsetzensbilder paßten auf einmal zu dem, was vor dem Geschäft, vor einer Pfandleihe in New York zu sehen war. Auch die entsetzliche Vergangenheit (nicht nur die schöne wie andauernd in Wien) sucht sich eine Gegenwart. Es gibt keine Erlösung, und eine Sehnsucht nach dieser Gewißheit erfaßte den alten Dichter, dem es einmal gut und einmal schlecht ging, der aber immer hoffte, es würde mit ihm gutgehen. Dieses schwankende Dazwischen, diese Grauzone – es wäre ihm recht gewesen, manchmal jedenfalls, wenn es ihm schwarz vor den Augen hätte werden können und er nichts mehr zu hoffen hätte, wenn keine Mühen des Gottvertrauens mehr aufzubringen wären und wenn der Zweifel, den er so haßte, sich endlich sicher sein durfte. Zum Glück und vom Befrager vorsichtig geleitet, dachte er jetzt wieder beruflich, also positiv, und er sprach in der Sendung offen aus, was er auch allein zu sich selbst gesagt hätte: Wir liehen, sagte er ganz offen, den Sprachlosen das Wort, was in erster Linie hieß, daß das Wort uns gehörte, daß es in erster Linie auf uns hörte. »Und daß«, setzte der Befrager geistreich hinzu, »Sie sich auch von denen, denen Sie das Wort geliehen haben, nichts dreinreden lassen würden.« Jetzt, nach der sozialen Weinerlichkeit, stellte der Befrager ungefragt fest, leben wir in Europa im Zeitalter der neuen Widerlichkeit. Sogar Professoren, und das ist ein schlechtes Zeichen, fordern den bösen Dichter, damit sie ihn gleich als Dichter erkennen können: Ein Dichter ist böse, hysterisch, nervös, ist ganz er selbst, mit sen-

siblen Fühlern und plumpen Widersprüchen, dann aber elegant amoralisch, beißend in seinem Spott und verbissen in seine Dichtung; fern der von ihm gegeißelten Welt, in der er jeden einzelnen straft, besteht er, wenn er doch einmal zu Besuch kommt, höhnisch auf seinem Recht, angebetet zu werden. Was für eine Erholung (es ist so anstrengend, gut zu sein) gewährt dieses Bild gegenüber dem guten Dichter, der ja tatsächlich kein Wässerchen trübt, dachte der alte Dichter, der kein guter war, aber einen guten ganz gut spielte.
Der Dichter konnte automatisch weitersprechen: »Vor kurzem noch waren die Dichter«, sagte er in der Sendung, »gut gewesen, hatten in ihrer Güte zum Beispiel alle Entrechteten verteidigt und waren auf diesem Weg auf ihren grünen Zweig gekommen. Es ging ihnen gut, es ging gut. Aber plötzlich erschienen« – irgendwas, sagte der Dichter sich selbst, erscheint immer plötzlich, was rede ich zusammen? Im Laufe der Zeiten hatte er sich ohnedies längst umgestellt, besonders in der Frage der Aura, die er wieder wollte, nachdem er sie mit Rat und Tat (und durch Drehbuch für das Fernseh) bekämpft hatte. Der Dichter (für den zappenden Pöbel arbeitet er nicht mehr) sagt gerade automatisch: »Ach, wissen Sie, es ist doch gar nicht wichtig, was in der Zeitung steht, was öffentlich wird«, sagt er jetzt im Fernseh, »es kommt mir einfach auf etwas ganz anderes, auf das ganz Andere an«, und er, der Lyriker, der Romancier und Essayist, sagt, seine Theaterpranke betrachtend: »Wenn im Zuschauerraum das Licht ausgeht, dann möchte ich mit meiner Kunst den einzelnen im dunkeln packen.« Er, der Dichter, der noch nicht ganz in seiner neuen Rolle bewandert war, freute sich schon darüber, daß er selbst es begriff, wie man als Dichter zum Ausdruck des ewigen Neuerdings werden kann, ohne sich selbst zu verlieren. Der alte Dichter mußte sich nichts vormachen. Er war nicht

schizophren, er setzte im Gegenteil die Schizophrenie als Mittel ein, um gesund zu bleiben, um ein Dichter sein zu können, auch weiterhin, in Zeiten allgemeiner Dichterlosigkeit. Neuerdings, behauptete wenigstens der Befrager, kalkulierte man mit der Gleichgültigkeit, mit der Härte, mit der Vereinzelung, mit der Einsamkeit, mit den Gegensätzen unter den Schwachen zugunsten des Zusammenhalts der Starken, die ja behalten wollen, was sie sich in der vorbeigegangenen, mehr solidarischen Periode angeschafft haben. Denen die Sprache verliehen ist, fehlt es nicht an dem Entsprechendem. Oder so. Sie treten neuerdings hart auf (zugleich auratisch weich, denn alles, was akzentuiert wird, erscheint auch in seinen Gegenbildern), und wegen der Differenz der Systeme müssen sie nicht merken, daß sie parallel dasselbe tun wie die von ihnen verabscheuten Kontrahenten aus der undichterischen Welt: die Geschäftsleute, die Kritiker, die Politiker, die Intendanten, die Chefs, ja: die Polizisten. Es ist immer dasselbe, dieselbe Aura, und der alte Dichter hatte für sich das Gleichbleibende, seine Geschäftsgrundlage entdeckt: Zu allen Zeiten waren die Menschen aus Fleisch, immer hatten sie das Fleischliche im Kopf. Das Fleisch ist der Stoff des Dramatischen, des Epischen und des Lyrischen – darüber hätte er ein Essay verfassen können: über den gellenden Aufschrei des Fleisches in der verödeten Landschaft, dem vorübergehenden Aufenthaltsort der Menschen, die ans Geld glauben müssen, das nicht zuletzt durch ihren Glauben in den Himmel wächst, das aber immerzu den anderen gehört. »Am liebsten schreibe ich im stillen Winkel«, antwortet der Dichter gerade dem wortführenden Winkelschreiber, und es kann durchaus gewesen sein, daß es am Ende doch dessen beste Sendung geworden ist.

Der Dirigent und sein Laie. Niemandem bleibt irgend etwas verborgen, weil die Lakaien die Belange ihrer Herrschaft überallhin ausposaunen. So hat auch der Laie seine Ahnung, ein blasses Dämmern von dem, worum es geht. Worum geht es? Stellen Sie sich einen Laien vor, der laienhaft einen Dirigenten erblickt. Ein paar Lakaien haben ihn, den Laien, aufgeschreckt, sie haben den Namen des Dirigenten so eindringlich oft im Munde geführt, daß auch der Laie mit dabeigewesen sein möchte. Träge, wie Laien sind, wirft er sich ins Abendkleid, es war in der Abgrundtiefe seines Kastens fast schon verkommen. »Bewundert und beneidet«, klingt dann in seinen Ohren die lakaienhafte Rede über den Dirigenten nach. »Bewundert und beneidet«, gehorcht der Dirigent nichts anderem als dem eigenen Gesetze. Da staunt der Laie, und er bestellt gleich ein Funktaxi, das bringt ihn vors Haus der Musik. Dort sind schon viele andere Menschen im Abendkleid zur Stelle, und in der Menge wogen sie auf und ab wie ein von Erwartung geschwellter Busen. Der Laie ist entsetzt vor so viel Plüsch in einem Haus.

Im Haus der Musik sieht es aus, sagt der Laie, als ob man ein schäbig gewordenes Schloß, in dem keiner mehr lebt – und es fällt dem Laien nichts mehr ein zu dieser Metapher, womit er sich weiter zum Thema ausdrücken könnte. Auf der Bühne sitzen so an die hundert Leute mit Instrumente genannten Geräten. Aber es ist noch nichts los mit ihnen, sie dürfen nicht allein, sie warten auf ihn, und bis dahin wagt der Laie noch einen Blick aus seiner Loge und nimmt ganz deutlich einige stadtbekannte Lakaien wahr.

Und dann ist er da – der Dirigent, die Hundertschaft auf der Bühne springt auf, das Publikum jubelt, auch der Laie, besonders er, denn wirklich schön ist für seinesgleichen nur der grundlose, der unbegründbare Jubel: Bravo, und dennoch:

Der Dirigent kehrt ihm plötzlich den Rücken und beginnt zu fuchteln. Warum fuchtelt er? Vielleicht weil er – anders als die, denen er vorsteht, selber kein Instrument kann. Aber unterschätzen Sie den Laien nicht. Der weiß natürlich: That's the way, das ist die Art und Weise, in der man Musik macht. Er reagiert, falls gereizt, als Laie immer mit verheerenden Bemerkungen. Damit blamiert er sich selbst am meisten, wie Sie hören. Die Kapelle spielt nun ein erhebendes Stück, aus einer der andauernden Vorkriegszeiten der letzten hundert Jahre. Buschtrommelmusik aus Europas Dschungeln mit Pauken und Trompeten, sagt der Laie und erinnert sich vage, daß er das Stück nicht nur schon Hunderte Male, sondern auch einmal in einem utopischen Tschingbum-Film gehört hat, wo es zu seinem Vergnügen das sanfte Trudeln eines Raumschiffes im Weltraum begleitete. Der Laie schließt die Augen, denn zuhören kann er auswendig, so wie der Dirigent, der mit extra vor allen Menschen geschlossenen Augen auswendig dirigiert.

Er ist allein mit dem Klangkörper, der ohne ihn ein Nichts wäre, obwohl er stets versichert, wieviel sie beide zusammen sind. Flüstern Geigen, und durch die Geigen hindurch flüstern die Lakaien vom Wesen des Dirigenten. Der Dirigent, sagen sie, ist weltbewegend; er ist gegen den Zeitgeist eingestellt, er ist unumstritten, seine Affären haben die Bevölkerung gespalten, der Dirigent war ungehalten, sie bissen bei ihm auf Granit. Alle waren so aufgeregt, der Hochadel, der Geldadel, der Landadel und der Beamtenadel! Der ganze höhere Musikantenstadl.

Der Laie kennt alle Dirigenten. Kein Wunder: Der informierte Banause ist ja das innere Leitbild der Lakaienkultur. Es soll niemandem möglich sein zu übersehen, wovon die Lakaien begeistert sind. Ihre Begeisterung muß überall ausgestellt werden, ein jeder muß sich daran satt sehen. Das ist ja die wahre Macht, die eigenen Vorlieben als unverzichtbares Allgemeingut hinstellen zu können. Als Rache dafür kennt sich auch der Laie ein bißchen aus. Vor seinem trüben geistigen Auge ziehen ein paar bekannte Dirigenten vorüber: Einer steht wie ein Halbstarker am Pult, ein cooler Leibwächter der Musik, er schüttelt sich ein bißchen, zuckt die Achseln, seine Körpersprache ein einziges drohendes Understatement. Ein anderer schupft die Chose mit voller Kraft, bohrt sich wie ein Bulldozer durch den Orchestergraben, ein dritter wiederum kommt zur Symphonie wie die Jungfrau zum Kind, schlägt die Augen nieder vor der Katastrophe oder blickt, vom Journalisten befragt, mit tiefer kindlicher Unschuld in die Kamera. Denn wer kann schon ermessen, welch selig machende Abgründe einem Musikanten offenstehen, um ihn zu trennen vom Rest der Welt? Dann gibt es auf diesem militanten Vorposten des Patriarchats den Gentleman, den dirigierenden Lebemann; er kommt zur Party, hält mit disziplinierten, gemessenen Gesten die relativ tobenden, jedenfalls schwer arbeitenden Musiker in Schach und geht wieder, wenn es ihm reicht.

Als Zuhörer kann man schwerer gehen, während die Töne das übrige Publikum noch ergreifen. Sich durch die Menge der berauscht Hörenden zu zwängen, wäre eine Sportart. Sie überstiege jedoch die Kraft des größten Banausen, und wer sonst als dieser hätte Lust darauf? Ach, überall muß man heutzutage gewärtig sein, daß ein Banause sich rührt, daß er sich hineinzwängt und mit seinem laienhaften Zeug die besten Plätze belegt. Wie der Dirigent folgt nämlich der Laie ausschließlich dem eigenen Gesetze. Man muß ihm endlich das Wort entziehen, damit der Fachmann es ergreifen kann, und sei es um den Preis, daß es für den Laien kaum möglich ist, einen Fachmann von einem Lakaien zu unterscheiden. Beide haben nämlich das, woran man sie jeweils erkennt, auch miteinander gemein. Sie kennen sich halt so gut aus.

Sehnsucht nach Musik. Bei einer Schreibarbeit erfand ich eine Figur, die Sehnsucht nach Musik hatte. Das Wort Sehnsucht meinte ich ernst; das heißt: Meine Figur wollte nicht Musik hören. Musik zu hören ist keine Kunst. Gerade habe ich das Radio aufgedreht. Ich hörte Musik – bis sie von einer Stimme unterbrochen wurde, die mir sagte: »Sie haben es sicher gehört, unsere Tonbandmaschine lief in der falschen Geschwindigkeit …«

Sehnsucht, die auf sich selbst etwas hält, trotzt der Erfüllung. Es gibt vieles, das ich schreiben möchte, und mit dieser Absicht ist es genug. Keineswegs scheitere ich daran, es zu schreiben. Ich halte an der Absicht – jenseits aller Realisierung – zufrieden fest. So stelle ich mir auch die Sehnsucht nach Musik vor: Es gibt auf der Welt gar keine Musik, die sie stillen könnte; es gibt nur den – jenseits aller Realisierung – hochgeachteten Wunsch.

Ist so etwas denkbar? Alles Romantische wird nicht zuletzt solcher Traumvorstellungen wegen verspottet. Der Konstruktion einer reinen Sehnsucht könnte ja tatsächlich ein schlichter Denkfehler zugrunde liegen. Man könnte nämlich sagen, daß die Sehnsucht gar nichts Primäres, gar nichts Ursprüngliches ist. Sie könnte ja das Gegenteil davon sein, nämlich eine nachträgliche Abstraktion von Erlebnissen beim Hören von Musik: Man hat Musik gehört und bildet sich daraus einige vermischte und vage Vorstellungen, die schließlich in eine Sehnsucht nach Musik münden …

In Prousts »Suche nach der verlorenen Zeit« ist von einer Sonate die Rede, die nach meiner Lesart die Funktion hat, so etwas darzustellen wie die Sehnsucht nach Musik. In dem Klatsch, der sich hinter großen Büchern immer auftut, wird danach gesucht, aus welcher Musik die Traumsonate, die »Vinteuil-Sonate« bei Proust, in Wirklichkeit besteht. Was ist

zum Beispiel mit Beethoven, Debussy, Fauré, Franck, d'Indy, Saint-Saëns und last, but not least Wagner?
Sehnsüchte erklärt man gerne aus allen möglichen Schubladen der Wirklichkeit. Da ist die Auswahl groß. Ich behaupte aber, daß die Vorstellung einer nie gehörten Sonate keiner Erklärung bedarf. Aber wie soll ich das wiederum erklären? Ich habe in den letzten Jahren Kunst immer stärker von einer Ästhetik her verstanden, von einer Theorie der Wahrnehmung; es sind die Sinne, die gleichsam etwas haben wollen, was es von Natur aus nicht gibt. Die Sinnlichkeit begehrt Artefakte. Sie ist sich nicht selbst genug, und was sie sehen und hören kann, reicht bei weitem nicht aus, um sie zufriedenzustellen. Der Mensch muß, um dem Geschmackssinn Genüge zu tun, kochen, auch wenn er von den Früchten des Waldes leben könnte. Wenn ich Musik höre, also etwas Künstliches, und es gefällt mir, dann bin ich bei mir daheim. Zu keinem geringen Teil bin ich ja selbst ein Kunstprodukt. Die Sinne, so die These, sind in der Kunst bei sich. Deshalb hat die Kunst einiges mit Nostalgie zu tun, mit dem Wunsch heimzukehren. Wohin weiß man nicht genau.
Aus solchen Ungenauigkeiten erwächst die Sehnsucht. Diese Sehnsucht hat etwas zu tun mit der Aversion gegen Sprache und ihre definitiven, begrifflichen Festlegungen. Solange Nietzsche für Wagner war, war er für seine Sehnsucht nach Musik. Am Ende konnte Wagners wirkliche Musik diese Sehnsucht nicht befriedigen. Aber diese Sehnsucht war von Anfang an mit der Idee verbunden, daß die Sprache zerstört ist. Der noch von Wagner begeisterte Nietzsche schrieb, überall sei »die Sprache erkrankt«, hohl und konventionell geworden. Unter ihrer Gewaltherrschaft könne kein Mensch sich mehr »naiv zeigen«, geschweige denn mit einem anderen wahrhaftig sprechen. Erst die Musik, »als die wiedergefun-

dene Sprache der wahren Empfindung«, verbindet die Menschen von neuem miteinander; »in ihrer Kunst ertönt die in Liebe verwandelte Natur«.

Das ist nichts als die Sprache der Sehnsucht, der – wenn sie auf Erfüllung drängt – nur die Enttäuschung folgen kann. Ich wiederhole, daß sie aber deshalb nicht gegenstandslos ist. Diese Sehnsucht hat mit dem zu tun, was man zu hören bekommt: Die Welt der Geräusche, der Lärm, auch die Tausenden Stimmtöne der anderen Menschen, schließlich selbst die Stille – sie wecken den Wunsch, etwas zu hören, was davon entlastet. Alledem ist man ausgeliefert. Musik nenne ich das, was man aus freien Stücken hören möchte; es sind freie Stücke, denen eine Sehnsucht vorausgegangen ist.

Der Sinn, wie ihn sprachliche Äußerungen produzieren, verwickelt einen ständig in das Problem, möglicherweise gar keinen Sinn zu haben. Von der Musik, nach der man sich sehnt, stellt man sich von vornherein die Befreiung vom Sinn vor. In den Diskotheken und Konzerthäusern treibt man, so gut es geht, den Sinn aus. Frei schwebt die Musik aus dem Orchestergraben ins offene Ohr hinein. Während man in der Diskothek tanzt oder zuhört, spricht man kein Wort; sagt man doch etwas, dann ist es kaum zu verstehen. Die Musik ist, wenn schon nicht stärker, so doch lauter. Darin kommt sie der Sehnsucht entgegen. Ihre Lautstärke vereitelt den Versuch, sich verständlich zu machen. Und bei leiser Musik verstummt der sentimentale Mensch überhaupt: der Schlager.

Ich glaube, alle Kunst kämpft vergeblich, die Regression beim Hören zu beseitigen. Sie kann mit ihr höchstens Bündnisse eingehen, bei denen sie den Bündnispartner austrickst. Die alte Lust an der Musik kommt daher, daß sie es einem Menschen ermöglicht zu verschwinden: Er verliert die Erdenschwere, indem er hört. Musik, die gefällt, ist jene, durch die ein Mensch »ganz Ohr« wird. Die Vereinseitigung seiner Sinne, die Konzentration aufs Hören allein, gibt ihm die Chance, sich eine Zeitlang vom Rest der Welt zu verabschieden.

Ich glaube aber nicht, daß die Sehnsucht nach Musik per se regressiv ist. Sie bewahrt der Musik ein besonderes Gehör: nämlich daß sie aus dem Nichts kommt und nicht gemacht wird, zum Beispiel von Orchestermusikern, die ihre fixen Termine haben.

Bonjour tristesse – ich bin in Birmingham. Im Jahr 2000 – Ende November, und es weihnachtet unerbittlich. Am Viktoria Square vor dem Rathaus dreht sich ein Ringelspiel; das Spiel glänzt in goldenen Farben, und viele Lichtlein drehen sich mit. Noch mehr Lichtlein sind auf der Rathausfassade zum Spruch der Tage formiert: Merry Christmas. Hin und wieder hält das Ringelspiel und nimmt eine neue Ladung Kinder auf. Ach, denke ich, da tut die Stadt was für ihre Kleinen, sie dürfen gratis im Kreis fahren. Aber die Kostenlosigkeit ist nicht die Stärke Englands. Wilsons Karussel kostet »one pound only«, nur ein Pfund.

Oh, Britannia – darf ich du sagen – was ist nur mit dir? Braungraue Mauern, Regen, der unaufhörlich fällt, ein verdunkelter Himmel. Ich bewohne mit meinem freundlichen Gastgeber, einem Professor für Kulturwissenschaften, ein Reihenhaus in einer Seitenstraße der Pershore Road. Das Viertel heißt Bournville, ja, dort bei Cadbury, der Schokoladefabrik, es ist eine wahrhaft heruntergekommene Gegend. Die Türe in unserem Haus klemmt – sie hat keine Schnalle, an der man sie kraftvoll öffnen könnte; sie hat nur einen kleinen Hebel, in dem sich mein Zeigefinger schmerzhaft verkrallt. Es passiert, daß auch das nichts hilft – die Tür geht nicht auf, und die Vorstellung, nicht rauszukommen, hat einen niederschmetternden Charme. Dann eilt der Kulturwissenschaftler herbei, um mich zu befreien: Er steigt auf den Schreibtisch und klettert aus dem Fenster auf die Straße hinaus. Die Stelle, über die die Beine aus dem Fenster hinausgeschwungen werden müssen, ist mit scharfen Spitzen versehen. Unternehmen Kastration nenne ich meine Befreiung.

Das Beste an meinem Charakter, an meinem sonst so verdammten Wesen, verdanke ich London und den sechziger Jahren. Ja, ich liebe – ich liebe England, England war meine

Befreiung. Aber was ist? Ich bestelle mir einen Tee in Birmingham: Und es kommt heißes Wasser mit einem Teebeutel. Der Teebeutel ist das Ende – da könnte man den Soldaten der britischen Marine gleich Uniformen in Grün anziehen. Der Kulturwissenschaftler aber sagt: Die Teebeutel sind in England viel besser als überall auf der Welt.
Ich gehe hinaus in die britische Unwirtlichkeit. An der Pershore Road ein Verkehrsschild: GIVE WAY – das ist das, was die Leute hier können, in dieser Gegend können müssen: Platz machen. Im Pub saß gestern mittag eine Truppe vollkommen Geschlagener, sie schienen mir die am meisten entmutigten Menschen Europas zu sein. Ich sah, wie sie ins schwer verdiente, kaum bezahlbare Bierglas starrten. Wird es ein nächstes Bier geben, und wenn, kann es dann noch eines geben, und wann wird der Kreislauf des lustlosen Durstes zusammenbrechen? Ich hätte mich gerne zu ihnen gesellt, auf ein Newcastle Brown Ale, die meisten waren ja aus der Generation, die uns von Hitler befreit hat. Aber es ist ausgeschlossen: Diese Menschen existieren ebenso exklusiv wie die Hocharistokratie des Geldes oder der Geburt.
Auf der Pershore Road heißt eines der wenigen nichtindischen Eßlokale »Last Chance Café« – Café zur letzten Chance. Du hast keine, aber nütze auch das nicht. Gleich danach trifft man auf ein abschließendes Gebäude, das die Inschrift trägt: Midland Cooperativ Funeral Service, ein Begräbnisinstitut. Daneben hat eine Blumenhandlung ihren günstigen Platz eingenommen; sie heißt Heart and Flowers, Herz und Blumen, und ich wüßte gerne, worauf die Blumenhändler mehr setzen – auf das Leben oder auf den Tod?
Am Bahnhof in der New Street: Reisende, die man nicht halten soll, studieren die Abfahrtszeiten der Züge. Ihre Blicke sind nach oben auf die Tafeln gerichtet. Blitzschnell ändern

sich die Informationen; die Blicke wechseln in der von den Tafeln vorgegebenen Geschwindigkeit. Wenn man's nicht wüßte, man hätte das Gefühl, einem geheimnisvollen unbegründeten Auflauf, einer grundlosen Menschentraube zuzusehen. Die Traube hat sich einem komplizierten Glücksspiel gewidmet: den Ankünften und Abfahrten britischer Züge. Wer den Bahnhof verläßt, steht inmitten einer Baustellenlandschaft, die so aussieht, als ob sie bleiben würde: die Baustelle als höchster Zweck, als Selbstzweck des Errichtens. In der Dunkelheit wirft eine Flutlichtanlage Licht über die Arbeiter: vereinzelte Männer mit Helmen, in gelben Plastikjacken – manche sitzen in ihren Baggern und jagen ihr Gefährt wie zum Vergnügen den Hügel hinauf.
Birminghams Innenstadt. Die Symphony Hall, das Konzerthaus, leuchtet des Abends in einem gut proportionierten Lichtermeer. Dieses optische Meer strahlt in einem leicht kitschigen Blau. Die einzelnen Stockwerke, die man vom Platz aus einsehen kann, verfügen über jeweils einen Lichtschlauch. Demnächst steht Händels »Messias« auf dem Programm mit dem City of Birmingham Choir und mit Simon Rattle, dem Sir, der hier eine seiner künstlerischen Heimaten hat. Ich habe in einem großen Musikgeschäft gefragt, ob ich typische Musik aus Birmingham haben könnte. Der Verkäufer, durchaus freundlich, obwohl er aussah wie ein klassischer Feind aus einem James-Bond-Film, riesengroß und zu viele Muskeln, dieser Verkäufer antwortete: Nein, typische Birmingham-Musik machen hier nur die Schwarzen – und deren Musik führen wir nicht …
Ich spaziere in der Stadt durch eine Reihe von Durchhäusern – auch die Symphony Hall ist ein Durchhaus. Vor einem der Eingänge – nicht auf der Bank dort, sondern auf der steinernen Umrahmung eines mickrigen Gärtchens, sitzt ein schön

anzusehendes Liebespaar. Auf der anderen Seite stehen ein paar Menschen, die man »homeless« nennt: Obdachlose. »Wenn es England schlecht geht, dann geht es Europa schlecht.« Und an den Obdachlosen vorbei komme ich zur schönsten Stelle von Birmingham: Es ist ein kleines Venedig, ein grazil überbrückter Kanal, sehr elegante Architektur, und dahinter ein gestylter Platz mit besseren Restaurants. Geht man von dort aus die Gasse hinauf, kommt man zu einem Platz, auf dem ein Springbrunnenballett mit großer Besetzung aufgeführt wird. Hoch gehen die Strahlen und dann fallen sie wieder – eine Zeitlang bleiben sie bescheiden, bis sie – plötzlich – von neuem über sich hinauswachsen. Das Licht der Platzbeleuchtung spiegelt sich im Wasser und gibt der Künstlichkeit des Naturschauspiels den letzten Schliff. Das ist Birmingham – ist das Birmingham?
Vom fünften Stock der Universität habe ich einen Ausblick. Auf einem Sportplatz drehen zwei Läufer ihre Runden. Ihren Lauf halten weder Ochs noch Esel auf – nur sie selbst, sie haben es in der Hand und in ihren Beinen. Zwei freie Menschen trainieren ihre Körper, von oben gesehen sind ihre Bewegungen sowohl in sich als auch aufeinander bezogen, absolut gleichmäßig. In der aus meiner Sicht näheren Kurve bleiben sie auf einmal stehen und gehen langsam weiter, bleiben wieder stehen, schöpfen Luft, und plötzlich beginnen sie wieder zu laufen.

Gedicht im Konzept

[3. Gedicht ->
das erste # Gedicht
über das Schwein ->
nach #
Motto von
Gedicht ist ä
über die Sprache ->
und es ist unübersetzbar
Dazw. am Stück
Ds Dritte Gedicht ist
über Ra# dem ich oft spreche]

Das Schwein

Zwei Schweinchen verschwanden
galoppierend im Staub.
Malcolm Lowry, Unter dem Vulkan

Wenn die zwei Schweinchen kommen,
mir aufzuwarten,
dann frag' ich sie immer,
wo ist denn das Schwein
geblieben?

Aber da sind sie schon
im Staub verschwunden.

Der Tod des Autors

Der Tod ist keine Rede wert.
Die, die wissen, was er heißt,
benötigen niemanden,
der's ihnen sagt.
Die, die's nicht wissen,
verstehen kein Wort,
wenn vom Tod wieder einmal
die Rede ist.

Wenn vom Tod
wieder einmal die Rede ist,
dann hat sich in den Sprecher
(vielleicht von ihm unbemerkt)
eine leise Freude
darüber eingeschlichen,
daß er selbst noch nicht gestorben ist.

Er verspricht aber,
wenn vom Tod
wieder einmal die Rede ist,
vom Nicht-Sein zu reden,
auch vom Nicht-Sein des Redners selber
und nicht von seinem Dasein,
das immerhin, wenn auch verdeckt,
(durch seine Rede verdeckt)
Evidenz beansprucht.

Viel mehr
existiert der Tod,
und wenn vom Tod
wieder einmal die Rede ist,

ist auch das Sein der Dinge
in der Sprache des Redners
kein Thema.

Thema ist
das Nicht-Sein der Dinge,
ihre Abwesenheit –
gerichtet gegen jede gewöhnliche Rede
unter Anwesenden
und gegen alles,
was Anwesende sich nicht nehmen lassen:
gegen ihre blutkreislaufgestützte Gegenwart.

Wenn, wie besprochen,
vom Tod
wieder einmal die Rede ist,
diesmal weil der Redner selbst
gestorben ist,
dann kommen ein paar Leute zusammen,
die ihn zu Lebzeiten gut
gekannt haben.

Sie danken ihm, er hat Wort gehalten,
er hat sein Versprechen eingelöst
und nicht ewig gelebt.

Ein Leben lang, heißt es im Nachruf,
hat er die biographische Illusion zerstört.
Reden, Schreiben heißt Sterbenlernen,
und da es ihm am Ende geglückt ist,
er ausgelernt hat,
wissen wir,
auf ihn war immer schon Verlaß.

In den Dokumenten seiner Reden,
in den Schriftzügen voller Schlußpunkte,
hat er jetzt jene Gegenwart,
die jede (vor allem unsere) Vitalität übertrifft.

Ein Sterbenswort
auf seinen Lippen,
ist er der Überlebende,
der, biographisch gesehen,
gleichrangig mit seinem Tod
weiter existiert.

Immer wenn vom Tod
die Rede ist,
gibt es die einen,
die von ihrem Toten sagen:
Was hätte so ein Mensch
im Leben noch alles
zusammenbringen können,
aber der Tod
hat es ihm genommen!

Und es gibt auch die anderen,
die von ihrem Toten sagen:
Jetzt hat er die Unsterblichkeit,
die Souveränität und Anonymität,
das wahre Leben,
das uns in Schriftzeichen entgegentritt.

Innblick. Es ist unglaublich, daß es auf der Welt eine solche Idylle, ein solches Bildchen von einer Landschaft gibt wie die Strecke von Neuhaus am Inn bis Passau. Hier in Niederbayern scheint alles seine Ordnung zu haben: Die Natur widerspricht nicht der Kultur, und auch die Bauern arbeiten nicht so schwer wie anderswo. Sie haben, hat man mir gesagt, hier die richtigen Maschinen! Überhaupt sieht man kaum jemanden bei der Arbeit, aber ich, der ich im Wald Zuchtkarpfenteiche umrunde, habe ohnedies nicht den Blick für die Werktätigen. So war ich überrascht, nein, dem Entsetzen nahe, als ich auf einem der Häuser die Inschrift erblickte: »Arbeite, als könntest du ewig leben. Bete, als endete morgen dein Leben.«
In Wien kostet ein Begräbnis ungefähr 6000 Euro, und ich beschloß, damit meines nicht zu früh kommt, diese Summe wieder einmal in die Gesundheit zu investieren. Die 6000 Euro inkludieren das Trauermahl – das Wort sagt man, um die Mißverständlichkeit von Leichenschmaus zu vermeiden. Ich wohne derzeit im Gesundheitszentrum der Barmherzigen Brüder am österreichischen Ufer des Inns, der – wenn er nicht gerade bestialisch am Hochwasser beteiligt ist – dick und zufrieden dahinfließt. Auch in der Kuranstalt wird mit Wasser gearbeitet, was natürlich symbolisiert werden muß: Vervielfältigt hängt im Haus eine Zeichnung herum, auf der man einen Buben und ein Mädchen sieht, dem die Pointe überlassen bleibt: »Laß dich waschen, kleiner Wicht. Kaltes Wasser schadet nicht.«
Alles gefällt mir hier, nur dieses intellektuelle Niveau nicht. Um es zu heben, habe ich die scheinnaiven Zeichnungen gestern nachts weggeräumt und durch ein Wort von Heidegger ersetzt: »Das Krughafte des Kruges west im Geschenk des Gusses.« Diesen Satz bezog ich aus dem Kapitel »Leere« eines

Reclam-Heftes, das sich in der Tasche meines Bademantels leicht unterbringen läßt. Während ich auf die Güsse warte, ziehe ich »Philosophie des Zen-Buddhismus« von Byung-Chul Han hervor: »Hin- und herüber, / das Herz, so wie die Weide, / läßt alles geschehen.«

Byung-Chul Han arbeitet als Privatdozent am Philosophischen Seminar der Universität Basel; er ist, nach seinen Veröffentlichungen zu schließen, ein Spezialist für Heideggers Philosophie, aber er ist keineswegs dessen blinder Anhänger. Byung-Chul Han stellt auch an Heidegger heraus, was unsere Philosophie zu keinem geringen Teil so problematisch und zugleich so erfolgreich macht: den Heroismus. Man liest vom Tod, der einen zum eigensten Sein wachruft, der einen ans wahre »Ich-bin« erinnert. Ist man für dergleichen empfänglich, dann geht man aus einer solchen Lektüre seltsam gestärkt hervor. Mit solchen Konzepten schwärmte man auch vom Heldentod. Man hat sich taub gemacht für eine andere Rede, die man doch sehr genau kennt und die buddhistisch zum Beispiel lautet: »In meinem Alter / bin vor der Vogelscheuche / sogar ich schüchtern.«

Und die Religionen? Die katholische verhält sich dem Buddhismus gegenüber ambivalent. Sie hat Anhänger, die ihn zum Teufel wünschen: Buddhismus, das ist der reinste Nihilismus – eine Religion ohne Transzendenz! Es gibt aber auch Katholiken, die den Buddhismus mit der Spiritualität der Mystiker vergleichen. Byung-Chul Han, der die unversöhnlichen Unterschiede zur christlichen Mystik thematisiert, weist auf die brennende, zumeist aber angenehm wärmende Schwachstelle des Christentums hin: »In der menschlichen Gestalt Gottes sähe der Mensch *sich selbst*. Er gefiele *sich* in Gott. Der Buddhismus ist dagegen nicht narzißtisch strukturiert.«

Ich bin narzißtisch strukturiert, aber ich will auch nur selten jemandes Religion sein. Es hilft nichts, das Erhebende unserer Religion kommt zumindest zum Teil von einem Gott, von dem wir uns einbilden, »Ebenbild« sagen zu dürfen. Im Zen-Buddhismus wird kein Mensch als Gott verehrt, es gibt sogar den Vorschlag zur Güte: »Tötet Buddha!« Niemand soll Macht haben, Namenlosigkeit ist ein Schritt dazu: »Die fehlende Konzentrierung der ›Macht‹ auf einen *Namen* führt zu einer Gewaltlosigkeit. Niemand repräsentiert eine ›Macht‹.« Mit Respekt würde ich dem Zen-Meister mitteilen, daß ich darin eine Schwäche des Buddhismus vermute: Menschen bedürfen der Selbstermächtigung, ihre Begierden sind doch aktenkundig. Ununterbrochen bemächtigen sie sich irgendeiner Sache oder gar eines Menschen, und von der fehlenden »Konzentrierung der Macht« kann man vielleicht sprechen, aber danach leben?
Der Fluß. Um mich zu beruhigen, eile ich hinunter zu ihm. Der Masseur nämlich, Herr Schacherreiter, sagt mir ein jedes Mal, wenn er mit dem Rücken fertig ist und mit meinem Nacken beginnen möchte: »Aufsitzen!« Darüber rege ich mich auf, weil ich ein Gegner der Kavallerie bin, ja überhaupt jeder militärischen Verwendung von Tieren. Es fehlt mir der Mut, dem Masseur, der schwer arbeitet, zu sagen, daß es »aufsetzen« heißt. Dafür denke ich an eine buddhistische Freundlichkeit, mit der ich Herrn Gerhard Schacherreiter gerne begegnet wäre, und zwar namentlich mit meiner Namenlosigkeit: »Tiefer Herbst. / Mein Nachbar – / wie mag's ihm gehen?«
Das 68. Beispiel des »Bi-yän-lu« weist mir eventuell einen Weg zu Herrn Schacherreiter: »Yang-schan (Hui-dji) fragte San-scheng (Huj-jan): Was ist denn dein Name? San-scheng sagte: Hui-dji. Yang-schan sagte: Hui-dji bin doch ich. San-

scheng sagte: Dann ist mein Name Hui-jan. Yang-schan lachte mächtig: hahaha.« Byung-Chul Han interpretiert dieses Beispiel, in dem sich einer beim Namen des anderen nennt, als ein Aufheben »in jene Leere, wo es keinen Unterschied zwischen Ich und anderem gibt«. Für mich hat diese Lehre etwas Merkwürdiges: Sie ist nicht realisierbar, Herr Schacherreiter würde sich verhöhnt fühlen, falls ich bei der Vorstellung »Schacherreiter« sagen würde, und dennoch ist das Beispiel, das diese Lehre gibt, merkenswert: Man merkt sich ein Ideal, besser ein inneres Bild für Freundlichkeit, die durch das sprachliche »Umstoßen« des eigenen Namens entsteht; so eine Sprache ermöglicht es dem anderen, von der zum Ausdruck gebrachten Namenlosigkeit zur Nennung des eigenen Namens zu kommen, womit wiederum dem anderen, dem ersten, eingeräumt wird, doch seinen Namen zu nennen: »Dann ist mein Name Hui-jan.«

Auf diese Weise achtet man den Unterschied, der im Alltag praktisch ist: Hießen alle Schacherreiter, dann wäre ein jeder Name gleichgültig; man könnte zum Beispiel, was für eine Sorge!, niemanden mehr rufen: »Schacherreiter!« – und vierzehntausend Leute kommen. Aber das zitierte 68. Beispiel des »Bi-yän-lu« zeigt, daß auch nach der Nennung der unterschiedlichen Namen die Erfahrung der Namensgleichheit in Erinnerung geblieben ist; der, der mit ihr agierte, hat sie gewiß nicht vergessen, und bei dem anderen äußerte sie sich in einem mächtigen Lachen. Herr Schacherreiter hatte bei mir nichts zu lachen, meine Freundlichkeit erschöpfte sich damit, ihn über sein Fach anzusprechen: »Babymassagen zur Stimulation von Geborgenheitsgefühlen – was sagen Sie dazu?«

Es gibt keine Grenze mehr: Die Zollhäuser an der Brücke zwischen Österreich und Deutschland stehen in heiterer

Funktionslosigkeit da; zum Teil sind sie umfunktioniert: Auf der deutschen Seite ist eine Werbeagentur im ehemaligen Zollhaus untergebracht. Ein Paß ist nicht mehr nötig, allerdings »Zwei Chaoten üben den Lach-Paß« steht in der Zeitung. Die netteren Hyänen der Unterhaltungsindustrie sind schon zur Stelle, um, wie die Schlagzeile es uns sagt, den Lach-Paß zu üben; es handelt sich dabei um einen österreichisch-bayrischen Komödienstoff, also um einen geistigen Engpaß, bei dem es um Hopfen und Malz geht: Der bayrische Brauereibesitzer Otto Mühldorf liefert sich mit seinem ehemaligen Jugendfreund, dem Schärdinger Fußballtrainer Toni Brandtner, einen dauernden Machtkampf. Den Bayern spielt ein fetter Mann, dessen künstlerischer Höhepunkt das Vorzeigen einer Kreditkarte im Werbespot ist; er ist ein echter Bayer, während sein Widerpart ein echter Tiroler ist, der künstlerisch seine Höchstleistung ebenfalls in einem Werbespot erreicht, in dem er allerdings keine Kreditkarte benützt, weil er den Kaffee, der ihm schmeckt, obwohl er koffeinfrei ist, gratis bekommt.

Ja, die Welt ist nicht nur eine der Begierden und Bedürfnisse – durch Begierden und Bedürfnisse haben wir überhaupt erst eine Welt. Meinem Zen-Meister würde ich voller Respekt sagen, der Buddhismus ist wunderbar, aber doch nur, um auf eine Welt zu reagieren, die schon existiert, die schon aus Begierden und Bedürfnissen hervorgegangen ist. In die bestehende Welt einzugreifen, um sie zu verbessern, um etwas an ihr zu verbessern, dafür scheint man mit der buddhistischen Überlegenheit über all die flüchtigen Erscheinungen schlecht gerüstet. Wer kann es dem Land Oberrösterreich und der Gemeinde Schärding verübeln, daß sie bei der Produktion der »Dickköpfe« fleißig mitfinanziert haben, weil sie sich touristischen Aufwind à la »Schloßhotel Orth« erhoffen?

So tot kann das Leben sein, und so viele Existenzen hängen dran. Das ist nicht zu verachten: Die Friseure brauchen Köpfe zum Haareschneiden, die Bierbrauer uns Trinker, die wir in den Phasen unserer Enthaltsamkeit auch den Barmherzigen Brüdern nützen können. Dennoch habe ich das Gefühl, daß das ganze System der Bedürfnisse, das seine Ordnung hat, Züge eines lächerlichen, manchmal sogar eines grotesk entsetzlichen Chaos trägt. Man kann auf die Idee kommen, das Streben überhaupt einzustellen, diese ganze Streberei, in der man heute seines Nächsten Weib begehrt und morgen einen Posten im Salzamt oder in der Arbeiterkammer. Der Leerlauf der Mühen und Plagen, gefolgt vom metaphysisch getarnten Katzenjammer der Überanstrengten, die nicht aufhören konnten zu wollen. »Das Leben«, hat Karl Kraus gesagt, »ist eine Anstrengung, die einer besseren Sache wert wäre.« Bei allem Respekt, ich glaube keinem Meister. Den Meister erkennt man daran, daß er und die anderen Schüler einem stets nachweisen, man hätte etwas, und zwar seltsamerweise immer das Wesentliche, nicht verstanden. Das Antidiskursive des Buddhismus kommt den Meistern aus dieser Richtung entgegen: Falls ich es richtig verstehe, dann ist das sprachlich Vermittelbare nur dazu da, um dem vermeintlichen Halt, den es gibt, im Kopf ein für alle Mal aufzulösen. Kein Wort ist wahr, auch dieses nicht!

Am Ufer zeigen die Häuser stolz Marken, die davon künden, wie weit sie vom Inn überflutet worden sind. Die Jahreszahlen 1954 und 2002 liegen an einsamer Spitze. Im Haus der Barmherzigen Brüder hat man eine sorgfältig gerahmte Fotografie an die Wand gehängt: Darauf sieht man einen Herrn Ordensbruder, wie er in einem Ruderboot zum Haus hinrudert. Jahreszahl 1940. Das Wasser reichte damals bis zum Vorpark, wo heute inmitten eines grünen Rasens die Büste des

Pfarrers Kneipp steht. Der schlanke Stein, der das etwas fette Gesicht mit dem leicht autoritären Ausdruck von Sebastian Kneipp trägt, trägt auch eine Inschrift. In Großbuchstaben und untereinander geschrieben stehen da die Fundamente seiner Heilkunst: Wasser / Ernährung / Bewegung / Pflanzen / Ordnung. Ohne Zweifel, durch Kombination und Verbindung der einzelnen Elemente wird die heilende Wirkung dieser Einzelkomponenten noch verstärkt. Immer wird ja etwas verstärkt oder etwas geschwächt, je nachdem. Wasser – Hydrotherapie, Bewegung – Kinesiotherapie, Heilpflanzen – Phytotherapie, Ernährung – Diätetik, aber was zum Teufel: Lebensführung? Lebensführung – Ordnungstherapie!
Was mein Tod bedeutet, hängt davon ab, wie lange ich sterben werde. Tritt er plötzlich ein, bin ich fein raus. Mitten aus dem Leben herausgerissen – das ist der Tod, aber kein Sterben. Ein Tod, der von keinem Sterben angefüllt ist, bedeutet zum Glück gar nichts, nicht einmal eine Erlösung. Lange starb meine Mutter, ein dreiviertel Jahr lang, und im Sommer schien eine Lungenentzündung zu allem anderen Übel sie hinwegzuraffen. Aber die Medizin hat sie fürs erste gerettet, über Infusionen bekam sie, die einer Gehirnkrankheit wegen das Schlucken vergessen hat, Antibiotika eingeflößt. So lag sie als atmende Leiche auf dem Totenbett. Der Sohn, der ich nie war, weinte bei ihrem Anblick. Da kam die stellvertretende Oberschwester vorüber und sagte mir zum Trost: »Das ist das Leben!«
Nein, schoß mir durch den Kopf, das ist nicht das Leben, das ist ihr Leben; es gibt andere Arten zu enden, und gerade beim Sterben spielt das Glück eine Rolle. Bühnenwirksam. Es gibt einen Dichter, dem die Dichtung ein Naturtrieb ist und der sich in schlecht gespielter Ambivalenz ständig über seine ihn beglückende Leidenschaft beklagt, »alles in Szenen auflösen

zu müssen«. Die Sterbeszenen: Schon früh könnten wir Sterblichen einander um die Todesarten beneiden. Die Todesarten machen am Schluß den Unterschied, auch für den Angehörigen, der zurückbleibt und den ein »Das-ist-das-Leben!« nicht tröstet. Aber hatte ich nicht meinem Vater gegenüber den Gedanken gehegt (und niemals ausgesprochen, denn es gab keine Sprache für uns), daß der Mensch am Lebensende über einige metaphysische Gedanken verfügen sollte, um nicht schutzlos ins offene Messer seines baldigen Nicht-Seins zu laufen? Natürlich war dieser Gedanke pharisäerhaft, und er schützte vor allem mich gegen den Vater, dessen aggressives Jammern, dessen jammernde Aggressivität nicht zu ertragen war, von niemandem, von keinem Menschen auf der Welt, und der mich mit seinem Tod infizieren wollte, auch weil ich ihm keine Enkelkinder beschert hatte. Wenn ich meinen Tod vorwegnehme (das muß ich doch tun, denn in den entscheidenden Augenblicken kann ich es nicht mehr), wenn ich ihn also vorwegnehme, um rückblickend zu sehen, was mein Leben bedeutet (hat), dann weiß ich es schon: Es war wie das Herunterschlucken einer aufgetischten Mahlzeit, zu schnell und geschmacklos vorübergehend wie nichts; ein Rotieren in den Zweck-Mittel-Relationen, ein ständiges Vorhaben, in dem man aufgerieben wird …

Ins Haus der Barmherzigen Brüder kommt manchmal ein Theologieprofessor zu Besuch, um den Kurgästen einen Vortrag zu halten. Ich habe ihn im Café gesehen, und ich denke, er ist ein freundlicher Eiferer. Es tut mir leid, daß ich seinen Vortrag zum Thema »Schwerverständliche Gleichnisse im Neuen Testament« versäumt habe, denn das Schwerverständliche interessiert mich andauernd. Ich wollte die Ärztin verstehen, die ihren schweren Dienst am Sterbebett meiner Mutter tat. So hingebungsvoll wie sie, dachte ich berechnend, kann man diese mir aussichtlos erscheinende Arbeit nicht machen, wenn man nichts Höheres im Sinne hat. Aber auch Goethe, der an Höheres glaubte, floh den Tod; den Tod Schillers durfte man Goethe nicht melden, und eine lebenslange Geliebte ließ er ohne seine Visite verenden.

In der Welt der Sterblichen gibt es kein Faktum, das irgendwen verpflichtet, Sterbenden begeistert zur Seite zu stehen. Für Geld ist es ein schlechter Job, für den Glauben ist es am Ende die Bestimmung. »Frau Doktor«, fragte ich, »was bewegt Sie? Ist es der Humanismus, der alte sozialdemokratische, oder ist es Caritas, die Barmherzigkeit der Religion?« – »Nein«, sagte sie, »ich bin Buddhistin.« Als ich ihr anvertraute, an schlechtem Gewissen zu leiden, weil ich mich zu wenig um die Mutter gekümmert hatte, antwortete sie: »Man muß mit diesem Werten, Abschätzen, Urteilen und Beschuldigen aufhören.«

Ein schroffer Trost. Das schlechte Gewissen ist mir stets näher als die gute Tat. Ich wollte der Ärztin, die genau wußte, wie wenig ich mich kümmerte, zu meinen Gunsten zu verstehen geben, daß ich deswegen wenigstens an schlechtem Gewissen litt. Die Chance, mit einem Leiden dort gut auszusteigen, wo eine gute Tat hingehört hätte, nimmt jeder Schwächling gerne wahr. Dieses Wahrnehmen definiert ihn, aber die andere Chance, mit dem Werten und den Schuldgefühlen aufzuhören, macht aus dem Schwächling einen brutalen Täter, zumindest einen rücksichtslosen Menschen.

Wenn man ruht, spürt man die Unruhe besonders stark, von der man geprägt ist. Die Unruhe läßt sich nicht außer Kraft setzen, bloß weil man auf Kur weilt. Überhaupt hat die Kur bei jemandem, der mit den Nerven, besser, mit seiner Nervosität arbeitet, einen klassischen Charakter: Je nervöser man wird (vegetative Erschöpfung), desto mehr bedarf man der

Kur. Aber die Kur macht mich so empfindlich, sensibilisiert mich derart, daß ich für alles, was mich nervös macht, noch mehr empfänglich werde. So fahre ich wieder auf Kur, ein Kreislauf – einer der Kreisläufe, aufgrund derer man versteht, warum Kreislauf als Metapher für alles plausibel erscheint. Man redet sich die Worte ein, um mit fragwürdigen Erfahrungen auf gleich zu kommen. Ich nehme, unausgeglichen wie es mir zu sein gestattet ist, meine Arbeit überallhin mit: den Laptop, Säcke mit Büchern, Notizen, den Konvoi des Nichtfertiggestellten, der mich mein Leben lang in jeweils anderer Besetzung und mit anderen Formationen begleitet. Ich studiere ein Gedicht von Goethe, »Wandrers Nachtlied« – »Ein Gleiches« dazu kennt jeder, der Gedichte kennt. »Über allen Gipfeln / Ist Ruh«, beginnt es, und es endet: »Warte nur! Balde / Ruhest du auch.«

Ein Graffiti war es – der verliebte junge Goethe hat das Gedicht im Jahr 1780 mit Bleistift auf eine Bretterwand geschrieben, und 1831 stand Goethe, 82jährig, an der Wand. Dort las er sein altes Gedicht wieder. Der Amtmann Mahr, der den Olympier begleitet hatte, notierte: »Goethe überlas diese wenigen Verse und Tränen flossen über seine Wangen. Ganz langsam zog er sein schneeweißes Taschentuch aus seinem dunkelbraunen Tuchrock, trocknete sich die Tränen und sprach in sanftem wehmütigem Ton: ›Ja, warte nur, balde ruhest du auch.‹«

Texte, Sätze. Ich benütze Goethe, denn ich muß eine Ahnung von einer Empfindsamkeit ohne Dekadenz bekommen. Diese Ahnung soll mich leiten, und es ist diese Daseinssentimentalität (warte nur, balde), die mich ohnedies leitet, genauer, der ich hinterherlaufe. Zudecken mit Goethes Schneuztuch! Während meiner Goethe-Studien und meiner buddhistischen Verfinsterung (also eklatanten Nicht-Erleuchtung) ist der Fernseher an, irgendein drittes Programm läuft, wie es heißt, läuft – nur, damit in meinem Zimmer was los ist. Plötzlich höre ich: »Das neue Innviertel.«

Geräusche, nicht zuletzt das, was aus einem Fernseher dringt, sind für mich wie Möbel, auf die ich nicht achte, aber es ist erst die Nichtachtung, die aus Worten Geräusche macht. Nicht zuhören müssen! »Das neue Innviertel von New York.« – Jetzt höre ich plötzlich zu. Was? – New York hat ein Innviertel, hat man den Fluß hinübergetragen, über den Ozean, und dort neu zum Fließen gebracht? Das Deutsche ist eine Klammersprache, man versteht einen Satz oft erst mit dem letzten Wort. Plötzlich höre ich den Satzanfang ganz: »Das neue Innviertel von New York, das ehemals gefürchtete Harlem« – nein, es gibt kein Innviertel in New York, es ist das alte Harlem dort, aber jetzt ist es kein Viertel mehr im Out …

An eine Felsenwand unten beim Fluß, auf der österreichischen Seite der Promenade, hat jemand geschrieben: »Just fat without a plan, but living hip.« Da hat sich ein Mensch die Mühe eines Graffitis gemacht, die Schriftzeichen blinken bei jedem Wetter, es ist New York in Schärding. Seltsam, wie der Kreislauf der Assoziationen sich selbst in Gang hält, Absatz für Absatz finde ich etwas Passendes. »Just fat without a plan, but living hip« – bei bester Laune / ohne Plan, aber bestens drauf. So schreibt man sich überall auf der Welt Mut zu. Flußabwärts schwimmen Enten im Geschwader; sie lassen sich von der Strömung tragen, aber sie blicken in die Gegenrichtung, als würden sie verkehrt auf einem Pferd sitzen. Sie sehen nicht, was kommen wird, sondern der Bereich, den sie hinter sich haben, wird in ihren Augen immer größer. Manchmal machen sie dagegen eckige, zackige Bewegungen, Schwung aus der Strömung holend. Es kommt mir vor, als bewegten sich diese Wasserwesen nur der Eleganz wegen – im

Dienste einer Grazie, die die Tiere wohl spüren, von der sie aber nichts wissen können. Den Schönheitssinn ihrer Bewegung trage ich an sie heran; er stammt von mir. Sollte ich, da ich selbst kein elegantes Tier sein kann, nicht wenigstens diese Enten mit meinen Wahrnehmungen verschonen? Vom Ufer aus sehe ich dem Flug zweier Schwäne zu, und bevor mir noch der (falsche?) Gedanke kommt, daß diese Tiere aerodynamisch ungünstig gebaut sind, ist er endlich da: der »Glanz der Immanenz«, ein wunschloser Zustand.

Werkmeister. Bei einem kleinen Werkchen denke ich immer, das ist nur für Späh-Büchelchen, wodurch er den Ankergrund für ein größeres suchen läßt.

»Er las immer Agamemnon statt angenommen, so sehr hatte er den Homer gelesen.« LICHTENBERG

Was für eine Frage – jemand hat ihn gerade gefragt, warum er denn »kein großes Werk« verfaßt habe. Er gibt darauf die einzig möglich Antwort: »Weil ich keines zusammenbringe.« Aber so einfach macht er es sich nicht; er macht sich zwar an kein großes Werk, aber im Hintergrund ist er deshalb nicht niedergeschlagen. Diese Art von Fragen versetzen ihn immer noch in Erstaunen, denn er glaubt ja, daß seine Arbeit für sich genommen einen Sinn hat, daß also jeder geschriebene Satz, jede öffentliche Rede, daß überhaupt sein Dasein, wenigstens in den gelungenen Augenblicken, genügt.
Würde er selber Fragen stellen, dann würde er Antworten hervorrufen wollen, die ihm bestätigen, daß »sein Werk« zu neunzig Prozent aus Gesprächen, Vorträgen, Thesen und Ideen besteht, also aus Flüchtigem und aus dem Reiz, den dieses Flüchtige ausmacht. Fluxus, eine Kunstform, mit der man sich jedem gewöhnlichen Werk überlegen fühlen kann, nicht zuletzt deshalb, weil Kunsthändler in the long run damit kaum etwas anfangen können. Das Flüchtige vergeht zwar wie nichts, aber in den Augenblicken, in denen es da ist, ist es sich selbst genug, unvermittelt oder zumindest schwerer zu verfälschen als das Überdauernde. Daher hat er manchmal das behaglich-unbehagliche Gefühl, kein Werk sei doch besser als ein Werk!
Dieser Hochmut wird einem aber mit Recht nicht gegönnt, und, so oft nach seinem »Werk« gefragt, hat er einzusehen ge-

lernt, daß die Leute etwas Zusammenhängendes, etwas nachlesbar Gültiges von ihm erwarten – falls sie seine Art zu denken oder zu reden oder zu erscheinen weiterhin ernst nehmen wollen. Diese Leute denken: Spricht denn der nicht, als hätte er ein großes Werk hinter sich oder wenigstens eines in Aussicht?
Sie wollen sichergehen und niemandem vertrauen, der bei so viel Selbstbewußtsein nichts Geschlossenes vorzuweisen hat. Das Okkasionelle, das Gelegentliche, mit dem einen das Leben abspeist, will man in der Kunst nicht noch einmal haben! Daher geben ihn manche demonstrativ auf, verspotten ihn als jemanden, aus dem nichts Richtiges mehr wird. »Ach, der ist ein ewiges Talent«, hört man über ihn, nicht zuletzt von Leuten, deren Genie hauptsächlich daraus besteht, es mit solchen Bemerkungen zu untermauern.
Aber diese Bemerkungen reichen aus, um ihn zu kränken. In den Kränkungen sind die Feinde anwesend, sie halten sich in ihm auf, wo sie gar nichts zu suchen haben, und beschäftigen seine Gedanken. Aber gleichzeitig sind sie durch diese Anwesenheit kontrollierbar, er kann sich aus seiner Kränkung heraus mit ihnen unterhalten, und sie, was ihm in tiefster Seele immer gelingt, widerlegen.
Natürlich hat er auch Selbstzweifel, aber er ist nicht sicher, ob nicht gerade sie zu seinem Kapital zählen. Selbstzweifel kann man als ein Merkmal von Größe in Rechnung ziehen; keinesfalls stellt ihr Vorhandensein von vornherein ihre Berechtigung unter Beweis.
Manche, die an ihm zweifeln, erkundigen sich besorgt, ob er nicht doch noch an ein größeres Werk denke. Das ist für ihn schlimmer als jede Kränkung: In ihrer Besorgnis klingt Mitleid an, und durch Mitleid kriegt man fast jeden leichter klein als durch Verachtung. Er hat das Gefühl, diese Leute

denken, er wäre ohne ihre Besorgnis nichts Ganzes, nur ein Rumpf; ihr Mitleid würde ihn erst ergänzen. Jedenfalls scheint es, als meinte man, er würde seine Zeit vergeuden, wenn er nicht bald mit etwas Umfassendem und Endgültigem herausrückt.

Der Wunsch nach Kompaktem ist ihm aber peinlich fremd, und die Vorstellung quält ihn, andere würden auf ihn Hoffnungen setzen, die er nur durch eigene Arbeit erfüllen könnte. Hochmütig, wie er trotz aller Einsicht geblieben ist, muß er glauben, solche Hoffnungen kommen bloß daher, daß die Leute seine bisherigen Anstrengungen nicht verstanden haben. Im Prinzip bestehen diese Anstrengungen darin, alles Nebensächliche mit der Energie aufzuladen, die andere für ihre Hauptwerke verbrauchen – aber wenn man dies extra herausstreichen muß, wenn es sich also nicht von selbst versteht (»umherspricht«), dann hat (soviel sieht er ein) es eben nicht funktioniert.

Bevor das widerwärtige Gefühl, verkannt zu werden, von ihm Besitz ergreift, sieht er, daß er wenigstens jetzt Glück hat. Die Besorgnis des Fragestellers rührt nämlich daher, daß dieser bloß selber wieder einmal drauf und dran ist, ein großes Werk zu verfassen, daß er aber – aus Erfahrung – sehr daran zweifelt, ob er es zustande bringen wird. So konsultiert er mit seiner Frage ein Gegenüber, das er für einen Spezialisten nichtgeschriebener großer Werke hält; er solidarisiert sich mit ihm auf dieser Basis und erhofft sich Zuspruch von einem Leidensgenossen; ihn bewegt dabei eine Art aktives Mitleid, ein Selbstmitleid, das großzügig auch Mitleid einschließt.

Der Spezialist antwortet dementsprechend großspurig: »Es gibt bei Werken«, sagt er, »drei Möglichkeiten: Entweder man schreibt sie, oder man schreibt sie nicht, oder man ver-

sucht sie zu schreiben, aber man bringt sie nicht zusammen.«
Der Spezialist meint, man könne mit jeder dieser Möglichkeiten leben; vor allem, denkt er, sei es zwar wahr, daß diese Stadt von Leuten überquillt, die ihre Vorhaben tatenlos besprechen, die von den Gerüchten der Werke, die sie in die Welt setzen werden, recht und schlecht leben (und die nichts anderes in die Welt setzen als diese Gerüchte); aber er hält – tatsächlich – sogar die passive Variante des Tatendurstes für schöpferisch: das Plänemachen!
Dahinter kann (denkt er), wenigstens der Möglichkeit nach, mehr Geist stecken als in manchem ernsthaft realisierten Plan, und wenn man einerseits die bloßen Träumer von Werken verachtet, so muß man ihnen andererseits wenigstens eine Unschuld zubilligen, um die sich die meisten derer, die ihre Absichten ordentlich realisieren, ein für alle Mal gebracht haben.
Es ist schon was dran (denkt der Spezialist dafür), deshalb stolz zu sein, weil man dieses oder jenes Werk nicht geschrieben hat. Aber er weiß natürlich, daß man solche Negationen nicht einfach in etwas Positives verwandeln kann: Dann wäre zum Beispiel jeder, selbst der Ärgste, wegen der Verbrechen, die er nicht begangen hat, ein Vorbild höchster Moral.
Der um sich selbst besorgte Fragesteller fühlt sich vom Lob des Plänemachens ermuntert, jetzt seinen eigenen Plan zu erläutern. Er endet mit einer Kalkulation: »Drei Monate für 120 Seiten?«
Zeit ist das Wichtigste, das ein Schöpfer zu beachten hat, auch wenn es plump ist, sie gleich so in Quantität umzusetzen. Zeit zerrinnt während der Arbeit, und paradoxerweise gerade dann, wenn das Gefühl übermächtig wird, daß man keine Zeit mehr hat, muß man aufhören, denn die Ungeduld, dieses Ziehen der Nerven, dieses voreilige Erwarten

von Resultaten, die Zeitnot zerstört das Werk. Ein Werk schafft man nur in Freiheit, es ist etwas, das man in einen offenen Horizont hineinarbeitet, gleichgültig gegenüber allen äußeren Beschränkungen und auch gleichgültig gegenüber dem inneren Zwang, der den Schöpfern nachgesagt wird, weil er die ihnen eigene Weihe verleiht: das Unbedingte des Werks.
Kann man daran zweifeln? denkt der Spezialist. Wieviel wäre ohne Druck überhaupt nicht entstanden? Ist der primitivste äußere Zwang nützlich, inspirierend? Vielleicht ist es ein Gleichgewicht aus Zwang und Freiheit ... Die Illusionen von Langsamkeit, Gemächlichkeit, von Macht über seinen Gegenstand – der langen Zeit wegen, die es kostet, ihn zu fassen ... Dem Spezialisten fällt der ideale, der eigentliche Schriftsteller ein: Jemand, der nichts hat, nichts weiß, nichts ist, der nur schreibend, nur in seiner Funktion existiert. Im Rest des Lebens kommt er nicht vor.
Aber was ist in einem solchen Fall Schreiben? Es ist ein Sich-Zusammennehmen, ein Sich-Zusammenfassen, -Zusammenreißen, also auch bloß eine Feigheit vor dem Feind des Auseinanderfallens. Auseinanderfallen (mag der Spezialist darunter nervös leiden oder nicht) hält er für den einzigen, noch wahrheitsgemäßen Lebensinhalt. Lüge, alles Lüge, was geschlossen daherkommt: Einheiten, zum Beispiel Werke, haben etwas peinlich Auftrumpfendes. Sie genießen sich selbst, weil sie glauben, das Auseinanderfallen ein für alle Mal und für sich exklusiv überwunden zu haben. (Schnell wird zu Wahrheit und Lüge, was ein Können oder Nichtkönnen ist. Das Problem, sein Problem: Gibt es ein Nichtkönnen, mit dem man die Könner überragt?)
»In jedem Fall«, sagt der Spezialist zum Fragesteller, dessen lästige Genauigkeit – »Drei Monate für 120 Seiten?« – er über-

geht, »in jedem Fall ist jeder das, was er tut und was er getan hat, und niemals das, was er nicht getan hat.«
Es ist ein Sommernachmittag, und die beiden Herren sitzen müßig in einem Gastgarten. Das Licht, das jetzt bald verschwinden wird, wirft, nach einem hier niemandem bekannten Gesetz, Schatten an die Hauswände. Aus einigen Wohnungen hört man störende Geräusche, manchmal ist es der schrille Lärm von Mietern, die seit eh und jeh durch die Angst gepeinigt sein dürften, überhört zu werden. Dann das Klappern von Hausrat, auch das verhaltene Surren elektronischer Geräte, der Auf- und der Abmarsch von Staubsaugern, nicht zuletzt die selbstbewußte Akustik von Radios und Fernsehapparaten, deren Lärmwelt, zur Kulisse degradiert, noch stärker ihren lallenden, aber verbissen zum Abschlaffen überredenden Charakter verrät. Auf dem Kiesel knirschen die Schritte der Kellner, und die Gesprächsfetzen der anderen Gäste im Hof fügen sich glücklich zu nichts.
Vielleicht, denkt der Spezialist, hätte ich hinzufügen sollen, daß ein jeder auch das ist, was er einmal wirklich tun wird (also sein wird); Betonung auf wirklich: Es ist nämlich nicht ausgeschlossen, daß ein werkloser Mensch die Sehnsucht nach einer utopischen Gesellschaft hegt, in der einem auch seine niemals realisierten Möglichkeiten zugute gehalten, angerechnet werden. Man ist dann tatsächlich eins mit dem Versprechen, das man für sich und andere abgibt, und Versprechen wäre alles, was von einem verlangt werden kann.
Aber diese Gesellschaft existiert nicht, und das ist vielleicht auch ein Glück, denn in ihr kämen einige Leute allzuleicht davon; sie brauchten nur Flagge zu zeigen, und es würde für ein ganzes Schiff reichen! Wer weiß, denkt der Spezialist, welche Möglichkeiten zum Beispiel in dem Fragesteller da schlummern, aber eben nur schlummern. Für so einen

Schlummer kann niemand geschätzt werden, den Seinen gibt's der Herr im Schlaf, aber die müssen wenigstens das Ihre dazu beitragen.

Der Fragesteller, der keine Ahnung hat, was sein Visavis über ihn denkt, fühlt sich verstanden und geborgen, vor allem getröstet in der wechselseitig zugegebenen und zugestandenen Impotenz. Das heißt, er jammert jetzt ganz offen und verwendet dafür merkwürdige Metaphern: Er habe sich selbst, sagt er, für sein Leben als »Montblanc« (das ist der Gipfel!) konzipiert, und heute müsse er als »Alpenvorland« dahinwerkeln. Er sagt wörtlich: »Ich winde mich in meiner Durchschnittlichkeit.«

Aber er tröstet sich mit der bösen Maxime, daß auf der Welt überhaupt nichts Großes mehr existiert. Der Mann erkennt nicht: daß es zur Durchschnittlichkeit gehört, daß es sie bestätigt und ausweitet, Größe nirgendwo zu sehen. Der Spezialist belehrt ihn nicht darüber, die Falschheit verschafft ihm ein Alibi, das es ihm erlaubt, sich hinterlistige Gedanken über einen Mitmenschen zu machen. Der da, denkt der Spezialist fast schon wütend, hat den Wunsch zu überragen, bloß weil er sich für die prinzipielle Gleichheit der Menschen zu schade ist.

Damit denkt der Spezialist jedoch, daß er diesen Jahrhundertgedanken der Gleichheit ertragen kann. Ohne Verluste. »Mag sein, aber bin ich selbst in der Lage, mich gut zu fühlen – ohne das Gefühl, herausgehoben zu sein?« Der Spezialist ist überheblich, denn klammheimlich glaubt er tatsächlich, daß genug Werk von ihm da sei – auch wenn er der einzige ist, der es in seiner Zerstreuung als ein Werk wahrnimmt. Es ist leicht, das Egalitäre in der Gewißheit zu propagieren, daß man es ohnedies für sich nicht in Anspruch zu nehmen braucht.

An Stelle des Zweifels hat er in diesem Punkt eine typische Erinnerung: Er erinnert sich mit böser Freude, mit heiklem Triumph daran, wie vor vielen Jahren einer, der damals in aller Munde war, ihn in diesem Gasthaus hier anstieß und anschrie: »Du, wer bist denn du, *was* bist denn du?«
Der Schreier von damals, der nicht wußte, mit welcher Art von Werk sein anstößiger Widerpart sich identifizieren ließ, ist heute verstummt. Wenn die Rede auf ihn kommt, wird immer gesagt, dieser Mann sei am Ende: »Nichts kommt mehr von ihm, mit ihm ist es aus.« Ja, heute wäre der Spezialist gerne auf ihn gestoßen und hätte ihn angeschrieen: »Wer bist denn du, und was bist du schon gewesen?«
Diese Vorstellung ist aber so niederträchtig, daß der Spezialist sie nur aushält (er hat sie oft!), indem er seine Niedertracht mit der jener Freistilringer ironisierend vergleicht, die zur Zufriedenheit aller den bösen Part übernehmen – ein Ritual, nichts weiter.
Der Dialog wird jetzt etwas kompliziert, nämlich dialektisch, es wäre – auf dieser Basis – auch nicht anders möglich: Der Spezialist redet dem gequälten Durchschnittsmenschen versöhnlich zu, daß mit einem Werk, selbst wenn es von eigener Hand da ist, am Schluß auch nichts zu machen wäre. Er spielt den Nihilisten, in der beruhigenden Einbildung, er hätte gegenüber seinem Gesprächspartner etwas in der Hinterhand, nämlich ein zerstreutes, verborgenes, nur ihm selbst offenbares, großartiges Werk. Als Nihilist hat er aber zugleich die Wertlosigkeit der Werke intus und kann dem Werklosen als überragendes Beispiel dienen: Er bejaht, wodurch der andere sich vernichtet fühlt!
Der so Überlegene (der sich leisten kann, was den anderen vernichtet) triumphiert mit tröstenden Worten: Kein Werk, was heißt das schon, wo doch alles vergeht, untergeht, das

Sterben, der Tod, die Gleichheit. Er zitiert abschließend einen Satz Lichtenbergs. Gestern abend beim Durchblättern der »Sudelbücher« (»Hudelbücher!« sagt er) hat er den Satz aufgelesen, sein Gedächtnis gibt ihm den Satz passend wieder: »Die letzte Hand an sein Werk legen, das heißt es verbrennen«, und der erinnerte Satz entflammt ihn jetzt genauso wie schon gestern auf den ersten Blick: Die Brandstiftung als das Letzte, was man für sein Werk tun kann, nur im Feuer sei es zu vollenden, das ist ein Gedanke, für den er sich fanatisch begeistert.

Sein Gegenüber aber fühlt sich zum ersten Mal in diesem Gespräch unbehaglich; er erkennt das Peinliche der Ausführungen. Hier will mir einer, denkt er, mit etwas nahetreten, an das er selber nicht glaubt. Begeisterung, notiert er im Geiste für sein geplantes Werk, ist tatsächlich oft nur die spontane, das heißt nicht lang andauernde Besänftigung eines Unglaubens! Er, schreibt er sich selber zu, mag zwar ein Durchschnittsmensch sein, aber er ist doch klug genug, um einzusehen, daß er einer ist. Um diese Klugheit will er sich von niemandem betrügen lassen, und das ist ja die Sprache der Betrüger: Zitate und große Namen.

Dagegen erklimmt der Durchschnittsmensch nun wenigstens in diesem etwas einseitigen Dialog seinen Montblanc. »Ja«, sagt er, »kein eigenes Werk, aber viele fremde im Kopf, zitierbar, als wären sie ganz von einem selber.«

Von einem selber fluktuiert einiges in den Werken der anderen; der Spezialist, ein sonst ziemlich unlustiger Mensch, hat merkwürdigerweise dann Humor, wenn er sich bei anderen wiederfindet. Vieles von ihm ist notgedrungen auch von anderen, aber die Zerstreutheit seines »Werks«, sein Nicht-Werk, bietet anderen ausgezeichnete Gelegenheiten, das, was dann doch wiederum von ihm ist, fürs eigene Werk aufzusammeln.

In einer geschlossenen Form, im Werk, wird schließlich die Herkunft des Aufgesammelten unerkennbar bleiben. Nur der Spezialist kann dann erkennen, was seinen Gedanken Durchschlagskraft (»Zitierbarkeit«) verschafft hätte, und es ist immer das, von dem er sich so peinlich abgeschreckt fühlt: Es ist etwas Treffendes, etwas sich an den Hauptsachen Abarbeitendes, auf das alle warten, um dazu Stellung zu nehmen. Gerne hätte er gehabt, daß man sein Nicht-Werk als dekadente Antwort darauf verstanden hätte, als Aristokratismus, aber das ist unmöglich, denn dazu wäre jene (nur durch Werke zu erobernde) Aufmerksamkeit nötig, deren Fehlen seine Eitelkeit eben kränkt. So lächerlich diese Kränkung auch sein mag, nichts ist lächerlicher als nichtfunktionierende, unbestätigt bleibende Eitelkeit (während dagegen die bestätigte Eitelkeit geradezu Charisma hat, denkt er mißgünstig in den hereinbrechenden Abend), so lächerlich ein solcher Spezialist auch sein mag, sein Widerwille gegen das Fahnenschwenken, gegen dieses Hier-bin-ich-Rufen der Werke ist vielleicht kein schlechtes Gefühl; jedenfalls bildet er sich ein, dieses Gefühl habe bei ihm (wie schon gesagt) mit der Scham darüber zu tun, daß hier Leute mit ihren Werken um Präsenz kämpfen, und Präsenz, meint er in einer Art religiösem Halbwahn, Präsenz stünde jedem auf Erden kampflos zu. Der Rest wäre Prominenz.

Mein Werk ist meine Burg. Die Werklosen stehen in der Branche draußen, man nimmt ihnen gerne ab, was sie haben, um es ins Werk einzuverleiben. Aber man nimmt sie niemals bei sich und bei seinesgleichen auf, schon allein weil man befürchten muß, daß sie entweder Klage erheben oder daß in diesen Regionen der Blick auch auf sie fällt und es klar wird, woher dieses oder jenes kommt.

Aber die wichtigste Funktion der Werklosen, auf die man

nicht verzichten kann, ist es, den Schöpfern von Werken zur Unterscheidung zu dienen. Davon, daß die einen nichts haben, haben die anderen das Ihre. Der Spezialist hat damit eine seltsame Erfahrung gemacht; sie fällt ihm gerade ein, da es im Gastgarten allmählich kühler wird und sein Gegenüber für ihn, das heißt für seinen inneren Monolog, fast jede Bedeutung verloren hat: Warum, denkt der Spezialist, hat sein Freund das damals zu ihm gesagt? Wahrscheinlich, weil er annehmen mußte, ich hätte gesagt, dieses oder jenes wäre von mir und nicht von ihm. Aber ich habe das doch niemals gesagt – also warum mußte er es annehmen?

Der Spezialist würde auch niemals versuchen, einen Sammler in Urheberschaftsfragen zu beraten: Wer richtig sammelt, der hält ein jedes Fundstück für ein selbst erfundenes. Von diesem richtigen Weg läßt sich kein Sammler mehr abbringen.

Was also hat der Freund zu ihm gesagt?

Der Freund hat die Freundlichkeit kurz einmal seinlassen und hat, um sich zu unterscheiden, die Größe seines Werks durch die Auflagenziffer bekanntgegeben. Eine schwindelerregende Höhe. »Davon kannst du nur träumen«, hat dann der Freund zum Spezialisten gesagt und dann hinzugefügt: »Aber tröste dich: Dafür bist du der meistabgeschriebene Schriftsteller im ganzen Land.«

Da der Spezialist das in aller Bescheidenheit nicht glauben kann, genießt er auch nicht (oder wenigstens nicht auf so einfache Weise) den Trost des Ressentiments, in dem der Freund ihn gefangenhalten möchte.

Er sieht auch den Freund nicht mit anderen, unfreundlichen Augen an, bloß weil er weiß, daß dieser sich von ihm ein seltsames Bild macht, nein, der Spezialist malt sich sogar dieses Bild aus: Er sieht sich mit den Augen des Freundes in einer

Flut von Werken untergehen und hört sich dabei rufen: »Das ist von mir, von mir ist das!«
So sieht es also aus, solche Bilder werden von einem gemacht, aber (denkt er, sich selbst beim Denken zusehend) schließlich mache ich mir von den anderen auch keine andere Art von Bildern, und er versucht, sich an der Vorstellung zu belustigen, daß jede moderne Geschichte mit einer derartigen Stagnation enden muß: Die Spiegelbilder erdrücken einander gnadenlos.
Über diese Gedanken hat der Spezialist sein Gegenüber vergessen. Das ist diesem nur recht, denn selten hat er, der Durchschnittsmensch, so intensiv an sein Werk denken können wie in diesen Augenblicken, da die Dunkelheit in den Gastgarten einbricht, und da der unter den Füßen der Kellner knirschende Kies den Gästen Gutes verheißt. Verdammt, warum stößt dem Kies eigentlich niemals etwas anderes zu, als daß er unter Tritten zum Knirschen gebracht wird?
Der Durchschnittsmensch fühlt sich bereits mitten in seinem Werk: »Eine Einleitung, dann Kurzporträts, schließlich ein paar Interviews …« Er sieht sein Luftschloß klar, ja, wie man sagt, überdeutlich vor sich. Auch die Zeit, die er sich nehmen wird, ist ihm plötzlich kein Rätsel mehr. Er sieht sich arbeiten, und er genießt bei einem Schluck aus dem Glas das Heldentum der Arbeit, diese Härte, diese Unnachgiebigkeit gegen sich selbst, die er an den Tag legen wird, und er fühlt in seiner Seele, wie das Werk entsteht, wie dann ein Wort nach dem anderen bleiben wird und nicht mehr durchgestrichen werden muß.
Seine Begeisterung rührt von der Ahnung her, daß kein Werk abhängig macht, das heißt, er will damit umgekehrt sagen, daß ein Werk Freiheit – und ausgerechnet dazu fällt ihm das Wort verleiht ein, daß also ein Werk Freiheit verleiht. Jetzt

empfindet er besonders stark das Nachgefühl triumphierend gegen die Anleihen aus fremden Werken.
Diese Geschichte kann mit der traurigen Feststellung aufhören, daß sich der Mann auch diese Klugheit hätte ersparen können. Der hastig Sätze (»Hudelbücher!«) einheimsende Spezialist hatte sich bloß verlesen. Bei Lichtenberg steht nämlich etwas anderes, nämlich der Gegensinn der Verherrlichung des Werks, und es wäre interessant zu erfahren, was der Spezialist gedacht hätte, hätte er Lichtenbergs Satz einmal richtig gelesen: »Die letzte Hand an sein Werk legen, das heißt verbrennen.« Daraus geht hervor, daß man sich an Zitaten die Finger verbrennen kann.

Bei den Kunsttischlern. Jemand hat eine Freundin; sie liebt ihn – ein schwer beschreibbarer Begriff, dieses (zum Schein mit einem Tätigkeitswort versehene) »sie liebt ihn«. Jedenfalls ist sie im Begriff, ihr Selbstbewußtsein durch ihn zu empfangen. Man muß also darauf achten, daß Selbstbewußtsein im Spiel ist, wenngleich ein gleichsam in der Garderobe abgegebenes. Diese Abgabe (nach der erst das Spiel stattfinden kann) hat den Vorteil, daß man für sein Selbstbewußtsein nicht mehr selbst zuständig ist, aber dennoch ein ausgeprägtes besitzt. Das Selbstbewußtsein bleibt aus dem Spiel, aber das Spiel kann nur stattfinden, weil es draußen bleibt. Einmal delegiert, spielt das Selbstbewußtsein alle Stücke, und zwar durch einen anderen. Man selber könnte es nicht besser, nicht übersichtlicher. Man gewinnt eine gewisse Klarheit, wenn die Äußerungen anderer für das eigene Innere zuständig sind. Diese Äußerungen können nicht sehr verwirrend sein (nicht so verwirrt wie man selbst), da im Zusammenhang mit dieser Art von »sie liebt ihn« sich Kompliziertes kaum einstellt.

Eher wird alles überdeutlich, man sieht ja selbst, wie sein Wort, sein Blick, seine Geste einen beeinflußt. Man wird anhänglich, abhängig, aber nicht einseitig, sondern voneinander, denn auch er, der die Führungsrolle spielt, wird von ihrer Abhängigkeit abhängig. Der, den sie liebt, hat etwas merkwürdig Katholisches. Aber was ist das?

Gewiß ein Konzentrat aus Vorurteilen und Erfahrungen, etwas Brauchbares für Gedankengänge und für eine Gegenwehr im Leben; Gegenwehr – denn es fällt mir schwer, das Katholische zu ertragen. Andere leben darin wie in ihrem Element, und schließlich gibt es auch welche, die wünschen, daß alle in ihrem Element untergehen, daß sie um des elementar Höheren willen als Personen verschwinden. »Das Katholische« hat aber mit Religion nichts zu tun, nur mit einer sogenannten religiösen Erziehung, mit dem Aufwachsen in einer irdischen, selbstzufriedenen Kirchengemeinde. Im »Katholischen« herrscht ein Pfadfindergeist, es ist der Drang, immer zu gewinnen, immer auf der besten Spur zu sein und alle hinter sich zu lassen. Der erste beim Einlauf ins Ziel, dort steht sie, sie empfängt ihn, und, selber erschöpft vom Aneifern, schließt sie ihn in die Arme. Das ist die Liebe, nämlich ihre Gewißheit, daß er immer siegen wird, und daß sie ihn, falls er verliert, auch für den Sieger hält: Diese Liebe macht zwangsweise blind für seine Niederlagen; würde sie jemals erkennen, wie abhängig er von dieser Blindheit ist, dann wäre vielleicht der Zauber gebrochen. Aber was hätte sie davon, ein eigenes Selbstbewußtsein?

Für ihn wächst die Gefahr; ständig muß er alle in ihrer Umgebung reduzieren, kleinmachen. Es ist vielleicht jemand darunter, der, wenn er ihm schon nicht überlegen ist, so doch seine Siege relativieren könnte. Das Katholische hilft ihm: Er kann ausgezeichnet sticheln, schlechtmachen, die Sünde in den anderen sehen, selber das beste Gewissen haben. Ein Gewissensbeißer fügt Gewissensbisse zu. Sie glaubt ihm aufs Wort, hält ihr Leben mit seinen Geringschätzungen halbwegs aufrecht, und im Umgang mit ihren Leuten ist sie gelassen, als ob nichts wäre. Sie ist (da sie sich außerhalb seiner Bejahung selber als Versager fühlt und da sie sich nie seiner Bejahung sicher ist, er spielt damit, ob er sie ihr gewähren oder ob er sie auf die Folter spannen wird) wenigstens mit den Versagern unbefangen. Es gibt nur eine Grenze: Würde einer der Versager sich skeptisch über ihren Sieger äußern, dann müßte sie gegen den Skeptiker auf Leben und Tod kämpfen; gegen ihn geht es um alles, was sie hat, nämlich um ihr Selbstbewußtsein. Das macht sie ihren Leuten klar, sodaß ohnedies niemand mehr zweifelt; sie vermittelt ihnen suggestiv, durch irgendwelche, nicht feststellbare Tricks sein Imponiergehabe. Ihrer ausnahmsweisen Unbefangenheit steht deshalb die Befangenheit ihrer Leute gegenüber, eine Befangenheit, die ein ähnliches falsches Klima schafft wie jenes, aus dem sie ihr Selbstbewußtsein schöpft. So wird die Welt seltsam gleich, eine Einöde, in der man existiert, aber in der es nichts sonst gibt. Allein die berühmte Fata Morgana spiegelt einem vor, wie bunt hier alles durch ihn ist.

Ja, das ist das Glück, man möchte es niemals missen; es ist gefährdet, besonders in seiner Branche, in der Kunsttischlerei. Er ist Kunsttischler, er haßt alle Bautischler bis aufs Blut, sie teilt seinen Haß leidenschaftlich, was für eine Leidenschaftsliebe. Ein katholischer Kunsttischler hat es heute schwer, zumal einer, der nicht für die Kirche, sondern für die ganze Welt arbeiten möchte. Staatsaufträge sind schon da, auch private; er fühlt, jetzt steht er an seinem Wendepunkt, es bedarf nur einer kurzen Anstrengung, und die Welt wird sehen, wer er ist, ein weltberühmter Kunsttischler, auf seinem Gebiet unschlagbar. Aber wie alle wirklich Großen, so sieht zumindest er es, wird er von Zweifeln heimgesucht; er sagt sich, gerade diese Zweifel stellen ihn in eine Reihe mit den großen Kunsttischlern, wer hat jemals einen Bautischler zweifeln, geschweige denn verzweifeln sehen? Und ein Kunsttischler, sagt er sich, der niemals zweifelt, wird nicht in der Lage sein, dem Chaos der Welt etwas abzugewinnen. So einer geht seinen sicheren Weg und kommt nirgendwo an, so einer schafft höchstens gefällige Unterhaltung für den Augenblick, nichts als Design, als Entertainment.

Die Welt aber ist zweifelhaft, und nur im Einklang mit ihrem Wesen, dem Zweifel, ist es möglich, die Kunsttischlerei als Ganze voranzubringen.

Die Existenz am Wendepunkt, dieses Abwarten, hat den Kunsttischler ungeduldig gemacht; sein Sticheln wird immer ärger, in Gesellschaft wirkt es oft wie eine Krankheit. Er, der jedermann wie frisch gebeichtet gegenübertritt, sich entlastet und gesegnet fühlt, kann sich andererseits nur über die Blößen anderer, nur über ihre Sünden ins Gespräch bringen. Es ist der tiefe Verdacht des eigenen Ungenügens, den er in Gesellschaft an den Verletzlichkeiten anderer los wird; er möchte selber alles verschmerzen, und das geht am besten, wenn er andere verwundet, aber niemals so, daß man Blut sieht. Niemand darf auf Wunden zeigen, die er geschlagen hat. Seine Verletzungen soll ein jeder für sich behalten müssen. Die Kunst des Stichelns besteht ja darin, daß man das Opfer in eine Lage bringt, in der das Eingeständnis der Verletzlichkeit eine zusätzliche Niederlage bedeutet. Wie Erpressung zwingt das Sticheln zu indirektem Verhalten, zu Unausgesprochenem. Das kommt mir eben katholisch vor, wie ich überhaupt glaube, daß das Christentum die Nächstenliebe glücklich zur Koketterie ausgebaut hat. *Liebe deinen Nächsten wie dich selbst,* es ist also Selbstbewußtsein im Spiel und nicht Leidenschaft, über die man sich angeblich und manchmal auch tatsächlich verlieren kann. So ein Selbst ist bestens als Grenze für alles anzugeben, sogar für den Tod, denn der ist nur der Zustand, an dem man selbst nicht mehr da ist.

Aber ein Kunsttischler am Wendepunkt denkt nicht ernsthaft an den Tod. Noch aus der Zeit der Katholischen Jugend (KJ) hat er einen Freund, mit dem er auch den Tod bespricht und die Liebe. Sein Freund ist Architekt geworden, er hat heute viele Bautischler unter sich, sein Herz hängt jedoch nur an der Kunsttischlerei. Zusammen sind sie ein Herz und eine Seele. Der Kunsttischler einerseits, von schlaksiger Nettigkeit, von einnehmendem Fluidum, etwas harmlos, und über

die sich anmeldenden Züge einer vielleicht kommenden Verbitterung sieht man hinweg. Und andererseits der Architekt, ein Mann von runder, doch nicht fetter Männlichkeit, mit Augen fast wie in Trance, die nach unendlicher Trägheit aussehen, aber das täuscht. Er ist tätig, tagein, tagaus, denn Stadt und Land verlangen nach Bauten. Etwas Ungenaues, Verschlamptes haftet den Freunden an, die, wie sie es selber sagen, den Frauen gefallen; sieht man genau hin, verschwindet das Gefällige an ihnen, aber auf wen, sagte der Kunsttischler, könnte man heutzutage schon genau hinschauen?
Die Freunde sind eine ideelle Gemeinschaft, sie beschwören automatisch ihre Kindheit, arbeiten einander in die Hände, besonders gegen die Frauen, denen sie gefallen. Ist es Liebe? Es ist ein Selbstgespräch mit dem Freund bis ans Lebensende. Sie ahnt es, ihr Blick ruht freundlich auf den Freunden, Unfreundlichkeit wäre hier unpassend, es macht sie nicht unglücklich, auch hier wiederum auf seiner Seite zu stehen, für den Freund – und ein bißchen gegen sich selber.
Auch sie hat Geheimnisse, ihr erster Mann war Bautischler, davon hat sie niemandem etwas erzählt. Wird es eines Tages aufkommen? Manchmal beruft der Kunsttischler seinen Freund und einige Bekannte ein, um ihnen seine Arbeiten vorzuführen. Dann leidet sie unter einer Doppelbelastung: Sie muß Essen kochen (nur das Beste!), Flaschen öffnen, aber zugleich muß sie richtig reagieren; sie muß, ohne beim Schmeicheln erwischt zu werden (Schmeicheln ist eine bloße Routine), seine Arbeiten spontan hochschätzen; sie schätzt sie hoch, aber das Problem ist, sie muß diese Hochschätzung auch zum Ausdruck bringen; es geht um den Ausdruck, um den wahrhaftigen, glaubwürdigen Ausdruck. Es genügt nicht, die richtigen Empfindungen zu haben, man muß auch fähig sein, sie zu zeigen. In der modernen Welt tut sich oft eine

Kluft auf zwischen einer wahren Empfindung und den Versuchen zu beteuern, daß man über eine solche verfügt.
Deshalb muß er sie oft auf die Probe stellen. Zu diesem Zweck setzt er sie vor eine Kunsttischlerarbeit und fragt, was sie denn davon hält. Sie muß sehr vorsichtig sein, es könnte passieren, daß die zu besprechende Arbeit gar nicht von seiner Hand stammt. Bei den Proben bringt er sie leicht um den Verstand; er deutet zurückhaltend leidend an (oder er spricht es kraß aus), daß sie nichts von Kunsttischlerei verstünde. Sie sei auch gar nicht lernfähig, manches könne man ohnedies nie lernen, indem man sich bloß darum bemüht. (Damit verstieß er auch ihre Bemühungen!) Es fehle ihr einfach an dem gewissen Etwas, das ihr, wenn er es recht bedenkt, auch ihm gegenüber, auch seiner Person gegenüber abgeht. Sie ist währenddessen starr vor Schreck, sie weiß überhaupt nicht mehr, was gut und böse ist in der Kunsttischlerei. Alle Hoffnung auf Lob (die Hoffnung, deretwegen sie sich die Probe stets gefallen läßt) ist verloren. Einmal hätte sie ihm fast entgegengeschleudert: »Mein erster Mann war ein Bautischler!« Aber Gott sei Dank ist es niemals soweit gekommen, sie hat sich immer beherrscht. Dafür liebt sie die Gespräche um so mehr, die er mit ihr nach den halböffentlichen Zusammenkünften, diesen Proben im Bekanntenkreis, führt. Er erzählt ihr, wer eine Ahnung hat und wer für alles zu dumm ist. »Hat einfach nichts zu sagen«, sagt er über den einen. »Hat auch nichts zu sagen«, sagt er über den anderen. »Versteht von Kunsttischlerei gar nichts«, heißt es über die meisten.
Sie gibt ihm recht und wird nicht müde, ihm recht zu geben. Es ist schon spät, und das Licht der schwachen Nachttischlampe flackert. Sie löscht es aus. Im dunkeln schmiegt sie sich an ihn, er hat nicht aufgehört zu sprechen, und während sie sich an ihn schmiegt, kommt ihr die ganze Angst wieder. Sie

ist nicht dumm, sie weiß genau, wie es sein wird, wenn er sie verläßt: Er wird sich vor sie hinstellen, sein Ellenbogen wird leicht auf seinem Kunsttischlerwerkzeugkasten lasten, den er eindrucksvoll auf der Kommode zurechtgerückt hat. Er wird aussehen wie einer dieser gemalten, großen Musiker aus dem 19. Jahrhundert. Und dann wird er sagen, oder besser, er wird es aufsagen: »Hör' mir zu!« wird er beginnen, und dann fortsetzen: »Es ist für mich, wie soll ich es dir sagen, eine der großen Bewußtseinserweiterungen, die einem im Leben nicht oft widerfahren. Ich sehe dich an, und was sehe ich da? Ich sehe dir auf den Grund. Ja, wenn sich in einem Menschen für einen Augenblick der Unachtsamkeit etwas öffnet, dann sieht man ihm auf den Grund seiner Seele. Dort steht in großer Schrift und unleugbar, was so ein Mensch bis zu diesem Augenblick mit so viel Anstrengung hatte verheimlichen können. Verstehst du mich? Ich habe erkannt, daß man sich nicht mit noch so lieben Als-ob-Menschen umgeben soll. Man muß aber sehr erfahren sein, um zum Beispiel, wenn du mir das Beispiel erlaubst, diese Naturerscheinung zu erkennen, die es einem Insekt ermöglicht, zur Tarnung wie ein Blatt auszusehen. Und so hatte ich nahe meinem Herzen einen Menschen, der nie verstanden hat, wer ich tatsächlich bin.«
Während sich solche Sachen in ihrem Kopf abspielen, hört er auch im dunkeln nicht zu reden auf. »Und jetzt soll ich«, ruft sie plötzlich, »wieder allein sein?!« Mit dieser Frage meldet sie seiner Dauerrede überraschend ihren Alptraum. Aber er hat es auch keineswegs leicht: Beim Kunsttischlern, also in der Praxis, war er schon vor vielen Jahren auf ein Problem gestoßen. Kinder, pflegte er ihr oder seinem Freund, dem Architekten, zu sagen, haben es leicht. Wenn das Kind an den Holztisch stößt, schlägt es ihn mit den Fäusten, denn was ist

der Holztisch für das Kind? Für das Kind ist der Holztisch ein Feind.
Auch die Kunst-Tisch-Bemerkungen, die Professor Vlusser an der Kunsttischlerfachhochschule seinerzeit gemacht hatte, beeindruckten den werdenden Kunsttischler für sein Leben. Ist der Tisch am Ende nicht doch unser Feind, und der Kunsttischler, der sich selbst und den auch seine Freunde gerne »Pater Superior« nannten, wußte nicht, während er auf einen seiner schönsten Tische einschlug, ob er dem sprichwörtlichen Kind nicht recht geben mußte. Es ist schon klar, sagte er sich oder er sagte es dem Architekten oder er sagte es ihr, es ist schon klar, falls wir, ob nun Kind oder Kunsttischler, uns an einem Tisch stoßen, dann stoßen wir gegen Holz, also hyle, wie die Griechen sagen, und zwar in Form, also morphé, eines Tisches. Genaugenommen, und er wußte, wovon er sprach, stoßen wir gar nicht gegen den Tisch, sondern wogegen stoßen wir? Und falls er zu ihr sprach, faßte er sie ins Auge, die Strafe schon im Sinn, die ihr gebührte, wenn sie eine falsche Antwort gab. Aber sie wußte die richtige: Nicht am Tisch stoßen wir uns, sondern an der Tischkante, und die wiederum … Und die wiederum, fiel er ihr sofort ins Wort, ist ein Aspekt der Tischform.
Das Holz ist bloß der Stoff (das Füllsel, mit welchem die Form gestopft ist), und es ist die Form, gegen die wir stoßen. Das Holz ist nur eine Erscheinung, nichts Wirkliches.
Aber nachts träumte er immer wieder den anstößigen Traum, es wäre anders: Niemals stoßen wir mit der Tischform zusammen, sondern immer nur mit dem Holz. Wenn er schweißgebadet erwachte, schrie er es hinaus: »Ist der Holztisch eine mit Holz gestopfte Tischform oder ist der Holztisch Holz, auf das eine Tischform aufgedrückt wurde?« Einmal hatte sie ihn zärtlich in die Arme genommen und dabei gedacht, was

ist, wenn ich ihm jetzt meine Form aufdrücke? Wirklich gesagt hatte sie, um ihm und ihrer Liebe zu ihm zu helfen, vielleicht ist es noch einmal ganz anders: So ein Tisch ist nichts als ein Schwarm von Teilchen, die im leeren Raum schwirren, woraus folgt, daß der Holztisch eigentlich nichts ist. Das half damals im Morgengrauen, aber – Teilchen hin, Teilchen her – die Ansicht, daß so ein Tisch am Ende nichts ist, war doch mit Gefahr verbunden.

Profilieren auf dem Jahrmarkt. In Gesellschaft beschwert sich jemand bitter über eine Person, die sich so aufdringlich (das aber heißt: so gut) vermarkten könne. Die Beschwerde erntet Widerspruch; jemand anderer wendet ein, daß es unter den vielen Zwei-Arten-von-Menschen auch diese zwei gäbe: Die einen verlören in der Vermarktung ihr Gesicht, die anderen würden durch Vermarktung überhaupt erst eines gewinnen. Da das keineswegs ironisch gemeint war, muß man wohl daraus schließen, daß nicht einmal Vermarkten per se schon lächerlich ist.

Slogans gegen die Werbung. Im 19. Jahrhundert hat ein ein kluger Mann ganz einfach gesagt, der Reichtum einer modernen Gesellschaft erscheint als »eine ungeheure Warensammlung«. Nicht ganz einfach kann man dagegen sagen, was eine »Ware« ist: Sie ist nämlich das Produkt, die Konzentration, die Kristallisation, die Konkretisierung eines äußerst komplizierten Zusammenspiels verschiedener, in sich wiederum differenzierter, aufgespaltener Kräfte. Oder glaubt man, eine Ware wäre ganz einfach das, was in Auslagen steht oder wofür im Fernsehen geworben wird?
Die Ware möchte unschuldig angesehen werden; das liegt gleichsam in ihrem Wesen: Sie ruft nach einer Naivität, für die das Publikum eine ungeheure Bereitschaft mitbringt. Vor allem will die Ware angesehen sein, denn es liegt im Wesen des Reichtums, daß er sich zeigen möchte. Selbst dort, wo ein Reicher seinen Reichtum verbirgt, tut er es nur, weil er ja genau weiß, daß dem Zeigen eine (von ihm zu unterschlagende) Bedeutung zukommt.
Eine moderne Gesellschaft, selbst ein eigentümliches, konkret-anonymes Wesen (»Hasch mich, ich bin die Gesellschaft«), würde niemals ihren Reichtum unterschlagen. Sie möchte ihn im Gegenteil zeigen, und der pathologische Exhibitionismus, mit dem sie dies tut, heißt Werbung.
Die Werbung informiert das Publikum darüber, welche Waren auf dem Markt zu haben sind, das heißt, wie unendlich reich diese Gesellschaft ist! Das Informieren aber wird von den Funktionären der Werbung, den sogenannten Werbefuzzis, bloß vorgeschoben; es ist eine Rationalisierung, die den kultischen Charakter der Werbung verbergen möchte: Die Werbung bezieht sich auf eine Transzendenz, nämlich auf die Unendlichkeit des Reichtums dieser Gesellschaft. Die Waren sollen so viele sein, daß ihre Fülle den Eindruck er-

weckt, es hört mit dem, was zu haben ist, nimmermehr auf, und wenn man alles hat, was man wollte, kann man sicher sein, daß man etwas wollen wird, was man noch nicht hat. Die Aussage der Werbung ist nicht nur primitiv, sondern auch immer dieselbe: Diese Gesellschaft ist ein Paradies.

Je einförmiger der Kult, je primitiver er vor allem gegenüber den Kulten der sogenannten Primitiven ist, desto variantenreicher und technisch komplizierter wird die Monotonie der Werbung in Szene gesetzt: Das Immergleiche soll immer anders gezeigt werden. Die Fuzzis (in Deutschland sagt man auch »Werbefritzen«) legen sich ins Zeug, bestehlen die Kunst, nicht nur die, die ihnen entgegenkommt; sie beklauen den Alltag, schnappen die Sprüche auf, die zwischen Tür und Angel fallen, bündeln die Gier, die sie in ästhetischen Gebilden verwalten; schreiben zum Beispiel hin: Geiz ist geil, und irritieren, um Aufmerksamkeit zu erregen, mit Amoral, aber auch mit Moral, mit allem, was kommt. In die Werbung wird unendlich viel an menschlicher Produktivität, an sogenannter Kreativität gesteckt. Diese Kreativität reibt sich am primitiven Zweck auf, sie geht, um es philosophisch-idealistisch zu formulieren, der Menschheit verloren. Aber die Aufgeriebenen bekommen in ihrem aufreibenden Beruf viel Geld; für die Werbung, also für den Kult der Gesellschaft, sich als die reichste auszustellen, werden selber Reichtümer ausgegeben. Die Werbung kann sich auf der ganzen Welt fast jede Kreativität kaufen.

Kritik unterläuft die Werbung auf vielerlei Arten. Man stelle sich, sagen zum Beispiel die Fuzzis, eine Welt ohne Werbung vor – wie öde ginge es auf der Straße und im Fernsehprogramm zu. All die Buntheit und Abwechslung verdanken wir der Werbung. Wer dagegen ist, weiß auch nicht, was die Wirtschaft benötigt und daß es für alle gut ist, wenn die

Wirtschaft (und sei es die Werbewirtschaft) hat, was sie benötigt. Wir kennen es schon, das antikapitalistische Ressentiment, und wir teilen es nicht. Wir weisen es zurück, und auch ich glaube, daß Kritik an der Werbung keinen Sinn hat. Der Werbung ist es gelungen, sich zu totalisieren: Alles ist Werbung, vom Liebeswerben bis zur Rede, von der Casting-Show bis ins Personalbüro. Tausend Millionen Münder haben nur Trends auf der Zunge, nichts anderes als das wird besprochen, was als Ware Karriere macht oder schon gemacht hat. Aus dem Kreislauf kommt nichts mehr heraus; es ist die reichste Gesellschaft, auch reich an Kritik an der Werbung.

Daß die Werbung ein Kult ist, hat zwei prinzipielle Folgen: Erstens zeigt die Werbung eine überirdische Welt, ein Jenseits, in dem es keinen Tod gibt, keinen Schmerz, keine Geschichte, sondern eben nur die Allgegenwart der Waren, mit denen die Menschen allein und zufrieden sind. Da die menschliche Kreativität scheinbar keine Grenzen kennt, und da jede Regel nach ihrer Verletzung lechzt, hat ein Werbefuzzi aus einem katholischen Land einst den Tod in seine Kampagne eingebaut.

Der Tod, der sonst nur den Sterbenden und ihren Nächsten gehört, wird vom Fuzzi aufs Plakat gebannt. Die werbliche Wirkung kommt von der Überschreitung der Regel, in der Werbung niemanden sterben zu lassen; der plakatierte Tote ist das Resultat auf sich selbst angewandter Werbung, er ist andere Werbung, die durch ihr Anderssein die Konkurrenzprodukte der Werbung anderer aus dem Felde schlägt.

Ein moderner Kult unterscheidet sich von einem altehrwürdigen dadurch, daß er die Tabuverletzung in sein Regelsystem aufnimmt und daß gerade die Regelverletzung das System stabilisiert. Die Werbung, die ihr eigenes Tabu verletzt, erregt Aufmerksamkeit, den Skandal, das heißt höchste

Werbewirkung; es gibt, wie gesagt, für den Fuzzi keine moralischen Grenzen, denn die Werbung ist ein ästhetisches Phänomen, und so wie sie die Ware ausschließlich ästhetisch vorführt, so ist sie selber, wie sonst nur noch die Kunst, moralisch ungehemmt. Überschreitung, gestern noch Signum der Kunst, heute schon Strategie der Werbung. Die Überschreitung geht in der Werbung so weit, daß selbst moralisch geworben wird – so wertneutral ist die auftragsabhängige Werbung.

Der kultische Charakter der Werbung resultiert zweitens daraus, daß sie den ihr wesentlichen Zweck als Geheimnis hegt und pflegt. Werbung verschleiert ganz offen, daß Waren gekauft werden müssen und daß die Mehrheit der Menschen Geld ausschließlich durch Arbeit erwerben kann; es heißt, Menschen aus Gesellschaften, die durch einen Mangel an Waren gekennzeichnet sind, seien die eifrigsten Gläubigen des Werbekults. Nach einer Wende fühlten sich solche Menschen regelmäßig getäuscht. Sie müßten, so heißt es, dann einfach die Erfahrung machen, daß in einer Warengesellschaft keine paradiesischen Zustände herrschen.

Radio banal

Meine Stimme
getrennt von mir
ich hör sie nicht
wo kommt sie her
so fern

Meine Stimme
ein Teil von mir
mein Körper
so weh
so fremd
so fern

Die Stimme
weit fort von mir
läßt mich allein zurück
an anderen Enden
kennt jeder mich
an meiner Stimme
Stück

Editorische Notiz. »Und sonst, Herr Schuh, wie geht es Ihnen sonst?« Naja. Es war schwierig, das Projekt, also das Buch, das nun hier vorliegt, das heißt, hinter mir liegt, loszulassen und herauszugeben. Wissen Sie, ich schreibe gerne, aber ich bin leider fast unfähig, etwas »fertig zu machen«. Unfertig sind mir die Sachen am liebsten, unreif bin ich mir selbst am erträglichsten. Ach, heilige Ambivalenz: Zugleich leide ich an nichts mehr als an der Unabgeschlossenheit meines Tuns, an der Unaufhörlichkeit meiner Aufgaben: »Ewig ruhlos, daß das Werk gelinge!«

Und jetzt, nach all dem, habe ich meinen alten Zustand erreicht: Ich bin wieder überarbeitet und unterfordert – so geht man am besten ins 21. Jahrhundert, und es wird sich zeigen, wann genau ich aus diesem Jahrhundert aussteigen werde. Jetzt jedenfalls kann ich die Gelegenheit nutzen, mich jener Texte zu erinnern, die ich so gerne in dieses Buch hätte aufgenommen, die aber verschwunden sind. Ich habe sie verloren, und sie waren gewiß meine besten Texte. Ihnen gilt am Schluß mein Andenken. Die wenigsten von ihnen habe ich achtlos verschmissen, die meisten habe ich extra zurechtgelegt, und auf diesem Weg sind sie natürlich verlorengegangen.

Der Verleger hat gesagt, ich hätte in einer editorischen Notiz anzugeben, welche Texte vor der Veröffentlichung in diesem Buch schon publiziert waren. Das Publikum, so der Verleger, habe ein Recht auf gekennzeichnete Ware, und bei einem publizistisch Tätigen vermute man ohnedies, er würde nichts als seine alten Hadern verwerten. Ich setzte mich mit einer Halbwahrheit zur Wehr: Kein publizistisches Organ wäre mir wert genug, um es in meinem Buch zu erwähnen. Die andere Halbwahrheit ist, daß ich nicht mehr weiß und es auch nicht ausfindig machen kann, wo genau die Erscheinungen stattgefunden haben. Aber ich bin bereit, auch auf diesem Gebiet mit einer Zwischenlösung zu arbeiten.

Als ich merkte, daß es in meinem Projekt auch um Orte ging, zu denen man hinfährt, und um solche, an denen man festsitzt, nahm ich »Gasthaus Ederl«, »Leser im Café«, »Das Beisl im Eck« auf. »Café« und »Beisl« erschienen jeweils in einem Buch des Falter-Verlages, das »Gasthaus« in der Zeitschrift *Wespennest*. Im *Wespennest* waren auch abgedruckt »Zur Metaphysik der Feindschaft« und, ja, so war's, vor vielen Jahren, der »Werkmeister«-Text. Einige der Texte mit den fremden Ländern im Titel (zum Beispiel nicht »Palermo unter Professoren«) sind in einer Publikation des Ritter-Verlages erschienen. Es belastet mich, daß in dem »Palermo«-Text eines nicht vorkommt: Zum ersten Mal habe ich in Palermo von Menschen erfahren, die für die zukünftige Welt nicht untypisch sein werden; es waren Flüchtlinge aus Afrika, in großer Zahl, aber ohne jede Verankerung an ihrem Zufluchtsort. Sie besuchten keine Schulen, zahlten in keine Krankenkassa ein, ihre Kinder wuchsen im selben Nirgendwo wie die Eltern auf. Sie waren alle bloß da, vorhanden, unerfaßbare Außergesetzliche, deren erster und oft letzter Gesprächspartner in der neuen Heimat die Polizei war.

Den Text über Graz – er ist in dem Buch des Droschl-Verlages, »graz, von außen«, erschienen – habe ich aufgenommen, weil ich den Text über Linz, »Gehetzte Langeweile«, aufgenommen habe. Und umgekehrt. Das hat seinen Grund in dem Wahnwitz von einem Wort – in dem Wort »Kulturhauptstadt«. Graz war eine Kulturhauptstadt, auch Linz wird bald eine gewesen sein, und im Vorfeld dieses Werdens ist etwas Entsetzliches passiert: Ein Bube, berühmt durch seine Sangeskunst, hat nach einem Auftritt in Linz über sie gesagt, sie wäre nichts als Drogen und Langeweile. Im *Spiegel* hieß es dann über Linz, sie wäre der »Arsch der Welt«. So war das Entsetzliche unvermeidlich: Offizielle Funktionäre der Stadt Linz haben dementiert, daß Linz, die Hauptstadt Oberösterreichs, der Arsch der Welt sei; diese Ansicht beruhe auf Vorurteilen, deren Beseitigung längst auf dem Stadtplan stünde. Linz und den Linzern rufe ich zu: »Beseitigt nichts!« Wenn nämlich die Welt im Arsch ist (und sie ist es immer), dann ist der Arsch der Welt ihr Mittelpunkt. »Gehetzte Langeweile« war abgedruckt im Katalog der oberösterreichischen Landesausstellung, die sich das Thema »Zeit« vorgenommen hatte.

F. S.

Inhalt